U0519109

芸窗小札

刘浏著

知识产权出版社

全国百佳图书出版单位

图书在版编目（CIP）数据

芸窗小札/刘浏著. —北京：知识产权出版社，2019.9
ISBN 978 - 7 - 5130 - 6017 - 2

Ⅰ.①芸… Ⅱ.①刘… Ⅲ.①随笔—作品集—中国—当代 Ⅳ.①I267.1

中国版本图书馆 CIP 数据核字（2018）第 296251 号

责任编辑：国晓健　　　　　　　　　　责任校对：谷　洋
封面设计：臧　磊　　　　　　　　　　责任印制：孙婷婷

芸 窗 小 札

刘　浏　著

出版发行：	知识产权出版社 有限责任公司	网　址：	http：//www.ipph.cn
社　　址：	北京市海淀区气象路 50 号院	邮　编：	100081
责编电话：	010 - 82000860 转 8385	责编邮箱：	guoxiaojian@ cnipr.com
发行电话：	010 - 82000860 转 8101/8102	发行传真：	010 - 82000893/82005070/82000270
印　　刷：	北京九州迅驰传媒文化有限公司	经　销：	各大网上书店、新华书店及相关专业书店
开　　本：	787mm×1092mm　1/16	印　张：	19.5
版　　次：	2019 年 9 月第 1 版	印　次：	2019 年 9 月第 1 次印刷
字　　数：	290 千字	定　价：	78.00 元

ISBN 978-7-5130-6017-2

无边光景（代序）

宋代大学者朱熹诗云："胜日寻芳泗水滨，无边光景一时新。等闲识得东风面，万紫千红总是春。"这首题为《春日》的小诗，由于旧时的童蒙读物《千家诗》的选录，而成为家弦户诵、脍炙人口的名作。乍一看，这是一首春游赏景诗：春回大地，万象更新，东风荡漾，百花盛开，扑面而来的无边风光景物，透着新鲜与活力。作为风景诗，融情于景，借景抒情，写得生动流丽、浅显明白，端的是一首好诗。可是，当笔者仔细揣摩"泗水"一词时，不免心生疑问：泗水，也称泗河，在今山东济宁境内，春秋时属鲁国。史载孔子尝居洙、泗之间，设席讲学，教授弟子。朱熹所处的时代，宋室南渡，泗水流域已为金人所管辖，朱熹一生未曾北上，怎能到泗水边上游春吟赏呢？其实，泗水或洙泗，古人常常用作借代，指孔门或儒学。朱熹这里所谓"胜日寻芳泗水滨"云云，实际乃是说，向孔门寻求圣贤之道，或者说读圣贤之书，真如置身在泗水之滨，晴朗的日子里，东风拂面，触处皆春，万紫千红，生意盎然，从眼前到心里，都感觉"无边光景"，焕然一新。这样看来，朱子这首《春日》诗，就不是一首单纯的写景诗了，而是一首深藏理趣的说理诗。只是由于诗作形象鲜明、情景生动，加之描写自然，让人读了只觉春光满眼，竟不知作者是在借景说理呢。"无边光景一时新"，说的是孔门儒家教化、圣贤之书的功效，也不妨说是文化的力量。

文化的力量，从古至今，概无例外地体现在人类的生存和发展上，凝结在时代变迁、王朝更迭、社会进步的过程中。在汉语系统中，"文化"的本义就是"以文化之"，它表示对人的性情的陶冶、品德的教养，本属精神领域之范畴，而随着时空的流变，"文化"逐渐成为一个内涵丰

富、外延宽广的多维概念。文化是人类智慧的结晶。学者季羡林先生说过，千百年来，人类保存智慧的手段不出两端：一是实物，一是书籍。前者为物质文化，后者为精神文化。狭义地理解，文化即指后者。文化的力量，或曰文化的功能，很早就为我国古代哲人所深知。孔子说："不学诗，无以言。"又说："诗可以兴，可以观，可以群，可以怨。"诗在这里可广义地视作精神层面的文化的一种形态，一种文学样式；也可狭义地单纯看成是《诗》或《诗三百》，即后来赋予其尊称的《诗经》。孔子认识到文化的力量，所以他精心整理"诗"，将其纳入教育的重要内容。

《诗》如此，《骚》亦然。司马迁《史记》记载："屈平疾王听之不聪也，谗谄之蔽明也，邪曲之害公也，方正之不容也，故忧愁幽思而作《离骚》。离骚者，犹离忧也。"司马迁评论说："屈平正道直行，竭忠尽智以事其君，谗人间之，可谓穷矣。信而见疑，忠而被谤，能无怨乎？屈平之作《离骚》，盖自怨生也。"这里的"怨"，大约就是孔子所说诗的兴、观、群、怨的"怨"，即是诗能很好地表达作者愤激之情，给人以情感共振的力量。屈原的爱国思想和坚持理想宁死不屈的牺牲精神，凝聚在他的作品里，给后来的人们以很大影响。贾谊谪长沙，投书吊屈原，引屈原为知己；司马迁受腐刑，忍辱写《史记》，也深为屈原精神所感动；历代作家、诗人在遇到民族压迫或是政治黑暗的时代，常常联想到屈赋，并从中汲取力量，用诗歌和其他文学形式作为斗争的武器，像南宋的陆游，清代的屈大均、龚自珍、康有为、丘逢甲，直到南社的柳亚子诸人，无不受屈赋之感召，并从中汲取营养。这当然也是文化的力量。

李白被称作"谪仙人"，谪仙人的诗篇仍然具有现实的力量。他那"安能摧眉折腰事权贵，使我不得开心颜"的蔑视权贵、向往自由的反抗精神，他那"长风破浪会有时，直挂云帆济沧海"的高远志向和坚定信念，他那"飞流直下三千尺""烟花三月下扬州"之类对祖国山川景色深沉的热爱和由衷的赞叹，他那"且就洞庭赊月色，将船买酒白云边"的潇洒和那"但使主人能醉客，不知何处是他乡"的旷达，尤其是那"人生得意须尽欢，莫使金樽空对月""天生我才必有用，千金散尽还复来"的自得、自负与自赏，都给后人留下了取之不尽的精神财富。人们爱李白，也从李白浪漫主义的瑰丽诗篇里汲取力量。

被前人誉为诗圣、被今人冠以"人民诗人"称号的杜甫，用诗记录了他的时代，自唐以来，他的作品即被称为"诗史"。"穷年忧黎元，叹息肠内热"，杜甫对人民投入了无限的同情；"济时敢爱死，寂寞壮心惊"，杜甫对祖国充满了无比的热爱；"必若救疮痍，先应去蝥贼"，杜甫对各种祸国殃民的恶势力怀着强烈的憎恨；"致君尧舜上，再使风俗淳"，杜甫的忧国忧民是和他的忠君思想联系在一起的；"安得广厦千万间，大庇天下寒士俱欢颜"，杜甫贫穷一生，但他的仁心是十分富有的。作为"集大成"的诗人，杜甫充分运用了当时的一切诗体，充分发挥了各种诗体的功能，为各种诗体树立了典范。他用诗写传记、游记、自传、日记、奏议、书札，写一切他要表达的人情物事。作为现实主义的伟大诗人，杜甫的成就难以尽言。他对后代的影响也不只是在文学方面，大政治家王安石、民族英雄文天祥、爱国诗人陆游和呼号"天下兴亡，匹夫有责"的顾炎武等，都无不领受到杜甫诗之教益。杜甫之后，出现了"千家注杜"的盛况，杜诗沾溉后人的功德也是说不完的。

还有"文起八代之衰，道济天下之溺"的韩愈，诗、文、词俱称大家，人格、风华堪称至美的苏轼……上下五千年，纵横九万里，我们的前人创造了灿烂的文化，给了我们无穷的文化力量。笔者只是习文学，而且只是重点研习诗的，举例也只是偏于诗词歌赋。更不用说，孔子的语出谆谆，孟子的滔滔雄辩，老子的精微简约，庄子的汪洋恣肆，《世说新语》的玄谈清议，还有伟大的《红楼梦》这"封建时代的百科全书"的娓娓道来。如果我们把传统文化的长河比作"泗水滨"，我们徜徉其中，胜日寻芳，东风拂面，万紫千红，满眼皆春，那绚丽的"无边光景"，是怎么也游赏不尽、领略不完的。所以陶渊明归居田园，"既耕亦已种，时还读我书"；所以杜甫"读书破万卷，下笔如有神"；所以颜真卿说"三更灯火五更鸡，正是男儿读书时"；所以苏轼说"腹有诗书气自华"，教人"旧书不厌百回读"。

于是，笔者想起二十世纪初商务印书馆的老板张元济先生。这位前清中过进士，点过翰林，入民国后又创建了东方图书馆的著名出版家、教育家，推出了严复翻译的《天演论》和林纾翻译的《茶花女》，主持影印了《四部丛刊》，校印了《百衲本二十四史》。他曾经说过一句很有名

的话："天下第一好事，还是读书。"学贯中西的现代学人季羡林先生评论这句话时说："天下"而又"第一"，可见他对读书重要性的认识。

于是，笔者记起明代于谦的一首诗，题作《观书》："书卷多情似故人，晨昏忧乐每相亲。眼前直下三千字，胸次全无一点尘。活水源头随处满，东风花柳逐时新。金鞍玉勒寻芳客，未信吾庐别有春。"书卷多情，就像老朋友，无论早晨还是夜晚，忧愁还是快乐，总是亲切地和我在一起。真是痛快呀，眼前扫过大块文章；豁然开朗呀，我的胸中再也没有一点儿尘埃。朱子《观书有感》云："问渠那得清如许？为有源头活水来。"我则把读书比作春风化雨，染得柳枝泛绿，引来百花盛开，所谓"东风花柳逐时新"也。那些宝马雕鞍的"寻芳客"们哪里知道，或者竟是不敢相信，真正的春天就在我的书房里，我的读书处呢。于谦这首《观书》诗，与开头所引朱熹的《春日》诗，异曲同工，都是表现读书、问学之所得、所乐与所感。

我们生活在伟大的新时代，肩负着民族复兴的伟大历史使命。习近平总书记反复强调，我们要有文化自信，不能数典忘祖，要善于从祖国悠久灿烂的传统文化中去汲取养分，以建设我们新时代的新文化。让我们在辛勤劳作之余，常常去朱熹所景仰的"泗水滨"，也不妨说是在传统文化的长河边散步徜徉，莫辜负这满眼皆春的"无边光景"吧。

目录

第一辑　香草美人

漫话诗之起源

——从朱熹《诗集传序》谈起

南宋朱熹的《诗集传》，是一部在宋以后广为流传、至今还常用的解释《诗经》的书。"传"读去声，是注释的意思。它对于汉以来人们信而不疑的《毛诗序》做了总的批判。只有打破了对《毛诗序》的迷信，才有可能开辟理解《诗经》的新途径。朱熹《诗集传》较之前人有许多新见解、新提法，更加符合《诗经》的实际。朱熹为他的《诗集传》写了一篇简短的《序》，内容相当丰富。《序》开头的一段话，引起了笔者的注意：

> 或有问于予曰：诗何为而作也？予应之曰：人生而静，天之性也。感于物而动，性之欲也。夫既有欲矣，则不能无思。既有思矣，则不能无言。既有言矣，则言之所不能尽，而发于咨嗟咏叹之余者，必有自然之音响节族（音奏）而不能已焉。此诗之所以作也。❶

意思是，有人问我说：人是怎么作起诗来的呢？我回答说：人生来是偏于静的，这是自然的本性；感触到外物的影响而由静转动，这是人性的欲望。有了欲望以后，就不能不有所思考；有了思考以后，就不能不把它说出来。已经说出来了，可是似乎还不够，所谓一言难尽，于是就咨嗟咏叹起来，发出自然的音响节奏，而且到了不能自已、不吐不快

---

❶ （宋）朱熹集注：《诗集传》，中华书局，1958年，第1页。

的地步。这就是诗之所以起的缘由。

朱熹这里说的是"诗何为而作"，笔者以为这似乎也可回答诗之起源问题。朱子是一位唯心主义思想家，但他对于"诗何为而作"的回答则是唯物的。他认为诗是发自内心的，秉承天然之性，但一定是"感于物"而后才有欲、有思、有言，然后有诗。在朱子看来，诗乃是人类活动的产物，是人的内心和外界事物碰撞而发出的自然的音响节奏，所谓"言之不足则咏歌之"也。依笔者理解，朱熹大概是"诗起源于人类生活"这一判断的拥护者。

有一种流行的说法：诗（或许还包括一切艺术）起源于劳动。《淮南子·道应训》中有一段话可以为证："今夫举大木者，前呼'邪许'，后亦应之，此举重劝力之歌也。"❶鲁迅先生据此发挥，饶有趣味地写过一段有关文学起源的话：

> 人类是在未有文字之前，就有了创作的，可惜没有人记下，也没有法子记下。我们的祖先的原始人，原是连话也不会说的，为了共同劳作，必须发表意见，才渐渐地练出复杂的声音来。假如那时大家抬木头，都觉得吃力了，却想不到发表，其中有一个叫道"杭育杭育"，那么，这就是创作；大家也要佩服，应用的，这就等于出版；倘若用什么记号留存了下来，这就是文学；他当然就是作家，也是文学家，是"杭育杭育派"。❷

鲁迅这里说的是文学起源于"共同劳作"，但鲁迅只是举例说明，并不是说诗或整个文学只起源于劳动。但是以往不少人引用鲁迅这段话，只是用来证明诗或文学起源于劳动的唯一与正确。笔者以为这是不够全面的。

人们在讨论屈原的《九歌》时，常常提起东汉王逸《楚辞章句·九歌叙》中的一段话：

> 《九歌》者，屈原之所作也。昔楚国南郢之邑，沅湘之间，其俗信鬼而好祠，其祠必作歌乐鼓舞，以乐诸神。屈原放逐，窜伏其域，

---

❶ 张双棣撰：《淮南子校释（增订本）》，北京大学出版社，2013 年，第 1241 页。
❷ 鲁迅：《且介亭杂文·门外文谈》，人民文学出版社，1973 年，第 76 页。

怀忧苦毒，愁思沸郁。出见俗人祭祀之礼，歌舞之乐，其词鄙陋，因为作《九歌》之曲。上陈事神之敬，下见己之冤结，托之以讽谏。故其文意不同，章句杂错而广异义焉。❶

意思是说，《九歌》是供祭祀鬼神用的"歌乐鼓舞"的一部分。在《九歌》之前，老百姓已有祭祀之礼，歌舞之乐，只是"其词鄙陋"。这是否也可以说明，诗之产生可能不止是劳动，也可能是祭祀的需要，或者直接说诗或文学也起源于古代人们的祭祀活动。不仅仅是"南郢之邑，沅湘之间"，广袤的中原也是如此，《诗经》中许多篇什亦可为证。祭祀活动的对象，诸神之外，还有祖先，祖先崇拜与诸神崇拜一样，有时竟将祖先崇拜成了诸神，《诗经》的《雅》《颂》的一些篇什，大约即是为此而作，歌功颂德，以志不忘，恐怕也是诗或文学产生之一源吧。

《毛诗序》解释《风》诗说："上以风化下，下以风刺上，主文而谲谏，言之者无罪，闻之者足以戒，故曰风。"❷ 对此，朱熹提出了不同意见："凡诗之所谓风者，多出于里巷歌谣之作，所谓男女相与咏歌，各言其情者也。"❸ 所谓男女相与咏歌，各言其情，就是我们今天所说的爱情诗。确实，十五《国风》和一部分《小雅》中，那缠绵而热烈的恋歌，辉煌而婉丽的婚歌，悱恻而哀怨的别离歌与弃妇歌，或浓或淡，或喜或悲，千姿百态，美不胜收。据说这都是二千五百年前朝廷的采风人和地方的乐师采集或进献来的。联系到当今许多民族还存留着如"对歌"一类的以歌为媒的民俗，我们又是否可以这样认为：人类的爱情也是诗或文学，以及其他一切艺术产生之一源。

还有，人们除了劳动之外，也还需要娱乐。《吕氏春秋·古乐》记载："昔葛天氏之乐，三人操牛尾，投足，以歌八阕。"❹ 我们最早的先人，恐怕也和当下的我们一样，年成丰收了，要共同庆祝，人家有了喜事也要祝贺一番，娱人并且娱己。碰到不顺心的事可能也会发出感叹，

---

❶ （东汉）王逸撰，黄灵庚疏证：《楚辞章句疏证》，中华书局，2007 年，第 742－746 页。
❷ 袁峰编著：《中国古代文论选读》，西北大学出版社，2003 年，第 7 页。
❸ 《诗集传》，第 2 页。
❹ 张双棣等译注：《吕氏春秋译注》，吉林文史出版社，1987 年，第 139 页。

对于剥削者、欺凌者也会发出不满的讥讽或反抗的呼号。这些与劳动，与祭祀，与爱情活动一起，都应是诗或文学产生之源。

　　笔者以为，一句话：诗起源于人类的生活。有生活的地方就有诗，生活是诗及一切艺术产生的沃土。

多情的画卷　绚丽的开篇

——说《风》《骚》

　　《诗经》和《楚辞》，历来学者公认是我国文学（主要是诗歌）现实主义与浪漫主义的两大源头和最早样板，正如双峰并峙，二水分流。《诗经》以十五《国风》为代表，《楚辞》以屈原《离骚》为代表，并称《风》《骚》。它们都是多情的画卷，是我国光辉灿烂的文学史长卷绚丽的开篇。

　　章培恒、骆玉明主编的《中国文学史》中有一篇章培恒撰写的《导论》，论述编纂文学史所要达到的目标，其中重点论述了文学的特征：以语言为工具，塑造形象，反映社会生活，以感情来打动人。尤其是对以感情来打动人，作者做了详尽而深刻的辩驳与讨论，认为文学作品能不能以情来打动人，是衡量文学作品优劣高低的最重要的标准。笔者赞同这一看法。拿这个标准来衡量我国文学史上最早的两个样板作品《诗经》和《楚辞》，虽然二者产生的时期不同，地域各异，形象有别，语言风格也大不一样，但都饱含感情，以情动人，所以我用"多情的画卷，绚丽的开篇"来作为本篇的主题。

　　《诗经》是我国文学史上第一部诗歌总集，原来或只称为《诗》，或曰《诗三百》，共收诗305篇。诗作产生的时间跨度从西周初年到春秋中叶，约五百多年，编定成书大约在公元前六世纪。诗作产生的地域，大约从陕西到山东的黄河流域，涉及江、汉一带。整部诗集形式上分为风、雅、颂三部分，其中十五国风160篇，雅包括大雅31篇、小雅74篇计105篇，颂包括周颂31篇、商颂5篇、鲁颂4篇计40篇。《诗经》的作

者成分很复杂，有周王朝乐官制作的乐歌，公卿、列士进献的乐歌，还有许多原来流传于民间的歌谣。《诗经》各篇大都不知道具体作者，各地的民歌或由周王朝的采诗人到民间去搜集，或由各地乐师搜集进献，最后经过加工整理，有所淘汰，有所修改。据司马迁《史记·孔子世家》说，诗原来有三千多篇，经过孔子的删选，成了后世见到的这个样子。学者认为此说不太可靠，孔子当年所见到的《诗》，已经是三百余篇的本子，称作"诗三百"❶；但今传《诗经》确实经孔子整理修改过，则有许多史料可以证明❷。就具体内容看，三颂大体为祭祀鬼神与歌颂功德；二雅亦大略如是，只是《小雅》有部分诗作类似于《风》诗；十五国风（也包括《小雅》部分诗作）则都是各地民间歌谣。据说《诗经》各篇都是可以歌唱的，风、雅、颂也都是音乐的名称，所谓庙堂乐、祭祀乐、民间乐，只是这些古代的音乐早已亡佚了，后人只能以诗来欣赏。秦国以后，汉初传授《诗经》的有四家，简称齐诗、鲁诗、韩诗、毛诗（前三者取国名，后者取姓氏），前三家逐渐衰落，至南宋时只有毛诗流传，就是我们今天看到的《诗经》。《诗经》经西汉毛亨传、东汉郑玄笺、唐代孔颖达疏，而成为《毛诗正义》，这是宋以前最权威的注本。到了南宋，朱熹《诗集传》打破了《毛诗序》对《诗经》的一些曲解和迷信，为《诗经》的学习和研究开辟了一条新的途径，成为宋以后广为流传，直到今天还为人所用的注本。

《诗经》是以抒情诗为主流的。有论者指除了《大雅》中的史诗和《小雅》《国风》中的个别篇章外，《诗经》中几乎完全是抒情诗。而且，从诗歌艺术的成熟程度来看，抒情诗所达到的水准，也明显高于叙事诗。这样，从《诗经》开始，奠定了中国文学以抒情传统为主的发展方向。以后的中国诗歌，大都是抒情诗；以抒情诗为主的诗歌，又成为中国文学的主要样式（参看章培恒、骆玉明主编《中国文学史》）。

《诗经》就是一部多情的画卷。现代著名学者郑振铎在他的《插图本

---

❶ 《论语·为政第二》："子曰：诗三百，一言以蔽之，曰：思无邪。"本书《论语》均出自杨伯峻译注：《论语译注》，中华书局，1980 年。

❷ 《论语·子罕第十五》："子曰：吾自卫返鲁，然后乐正，雅颂各得其所。"

中国文学史》中论述《诗经》时，以"乱世的悲歌"与"民间的恋歌"为例，并评价说："这些乱世的悲歌，与民间清莹如珠玉的恋歌，乃是最好的最动人的双璧。"❶ 前者如《柏舟》《葛藟》《伐檀》《硕鼠》，尤其是《采薇》写行役之苦，"昔我往矣，杨柳依依；今我来思，雨雪霏霏。行道迟迟，载渴载饥。我心伤悲，莫知我哀"一段，郑氏指为"乃是《诗经》中最为人所传诵的隽语"❷。后者即民间的恋歌，在十五《国风》中最多，《小雅》中亦间有之。郑氏说："这些恋歌的情绪都是深挚而恳切的，其文句又都是婉曲深入，娇美可喜的，他们活绘出一幅二千五百余年前的少男少女的生活来，他们将本地的风光、本地的人物，衬托出种种的可入画的美妙画幅来。"❸ 像《山有扶苏》《鸡鸣》《青青子衿》《将仲子》之类，郑氏特举出《月出》三章："月出皎兮，佼人僚兮，舒窈纠兮，劳心悄兮。月出皓兮，佼人懰（liu）兮，舒忧受兮，劳心慅兮。月出照兮，佼人燎兮，舒夭绍兮，劳心惨兮。"郑氏认为"其情调的幽隽可爱，大似在朦胧的黄昏光中，听凡珴令的独奏，又如在月色皎白的夏夜，听长笛的曼奏"❹。

《诗经》是现实主义的，它所表现出的关怀现实的热情、强烈的政治和道德意识、真诚积极的人生态度，被后人概括为"风雅"精神，早已融注在我们的民族魂中；而在二千五百年前产生作品如此之多、水平如此之高的抒情诗，是世界各国文学中所罕见的，为我们赢得了荣誉，也为我国诗歌抒情言志的传统开辟了道路，因此，《诗经》是不朽的。

《诗经》诞生二百多年后，战国后期出现了《楚辞》，它和《诗经》共同构成中国诗歌史的源头。南方楚国文化的美学特质，屈原不同寻常的政治经历和卓异的个性品质，造就了光辉灿烂的楚辞文学，屈原成为中国文学史上第一位伟大的诗人。

楚辞的含义有三：一是指战国时代，我国南方楚地出现的一种诗体。这种诗体不同于以四言为主的《诗经》的诗篇，那是产生于中原地区，

---

❶　郑振铎：《插图本中国文学史》，人民文学出版社，1982 年，第一册第 48 页。

❷　同❶注，第 48 页。

❸　同❶注，第 49 页。

❹　同❶注，第 50 页。

而楚辞植根于南方，"书楚语，作楚声，纪楚地，名楚物"❶；二是指楚国伟大诗人屈原，当然也包括宋玉等人，运用这种诗体创作的诗歌作品；三是指把屈原、宋玉等人作的这些新体诗搜集。编辑而成的一部诗集，就叫作楚辞，我们今天就要加上书名号。

《楚辞》一书收集了从战国时的屈原到东汉的王逸等十来位作家的作品，但主要的代表作家是屈原，主要的代表作品是《离骚》，所以后人也把楚辞称作"骚赋""楚骚"或直接称作"骚"。《离骚》为我国古代最重要的文学作品之一，也是屈原这位诗人的最伟大的作品。"离骚"二字的解释，司马迁以为"犹离忧也"，班固以为"离，犹遭也；骚，忧也"。《离骚》全文，共 373 句，2490 字。郑振铎赞叹说："作者的技能在那里已是发展到极点。她是秀美婉约的，她是若明若昧的，她是一幅绝美的锦幛，交织着无数绝美的丝缕；自历史上、神话上的人物，自然界的现象，以至草木禽兽，无不被捉入诗中，合组成一篇大创作。""屈原想象力是极为丰富的，《离骚》虽未必有整饬的条理，虽未必有明晰的层次，却是一句一辞，都如大珠小珠落玉盘，各自圆莹可喜；又如春园中的群花，似若散漫而实各在向春光斗妍。"❷

《离骚》最大的特色，就是全篇充满着强烈的浪漫主义色彩。前面部分叙述生平经历、政治理想，揭露当时黑暗政治等，虽多实写，但也采用一些"比兴"手法，以香草比喻自己的志洁行芳；而江蓠、辟芷、秋兰、芰荷、芙蓉，这些生长在南国水乡的幽花芳草，容易把读者的心情引到奇丽的幻想境界。后面部分，诗人大量驱使神话传说、历史人物、日月风云、山川流沙等，构成一幅异常雄奇壮丽的完整图画。诗人写他的理想不能实现，而又无人能了解他，无可奈何，幻想驾着鸾凰凤鸟，乘风飞上天空。诗人幻想着早晨从南方的苍梧出发，日落以前就到了西北的昆仑山上。本想在灵琐这地方稍事逗留，可太阳很快要落下去了。他命令给太阳驾车的羲和停鞭慢行，莫教太阳迫近崦嵫山。他让马在咸

---

❶ （宋）黄伯思：《东观余论·校定楚词序》，转引自黄寿祺、梅桐生：《楚辞全译·前言》，贵州人民出版社，1984 年，第 3 页。
❷ 《插图本中国文学史》，第 56 – 57 页。

池饮水，折下若木枝条来挡住太阳。他叫给月亮驾车的望舒走在前面，让风神飞廉紧紧跟上。鸾凰凤鸟为他在前面戒备，凤凰展翅，旋风率领云霓来迎接。云彩缤纷，神光离合。诗人一路车马喧阗，转昆仑，过流沙，向西海，……驰骋中，蓦地光明的天宇下面，诗人忽然看见故乡，心情又悲伤起来，连仆夫和马也不愿再向前走。这是全诗情节的高潮，也是诗情感渲泄的高潮。全诗有物事的叙述，有幻想的描写，但贯穿始终的是抒情，抒发的是不向邪恶屈服的志向和爱国主义的深情。

刘勰《文心雕龙·辨骚》说："故其叙情怨，则郁伊而易感；述离居，则怆怏而难怀；论山水，则循声而得貌；言节候，则披文而见时。是以枚（乘）贾（谊）追风以入画，马（司马相如）扬（雄）沿波而得奇。其衣被词人，非一代也。故才高者菀其鸿裁，中巧者猎其艳辞，吟讽者衔其山川，童蒙者拾其香草。"❶ 这是对屈赋艺术及其影响的礼赞。

鲁迅盛赞屈赋"逸响伟词，卓绝一世"❷，认为《楚辞》"较之于《诗》，则其言甚长，其思甚幻，其文甚丽，其旨甚明，凭心而言，不遵矩度。故后儒之服膺诗教者，或訾而绌之。然其影响于后来之文章，乃甚或在三百篇以上"❸。程千帆、程章灿《程氏汉语文学通史》评论《诗经》和《楚辞》说："《风》《雅》逝去，诗道衰落了二三百年，到战国后期，由于新的诗体楚辞和伟大诗人屈原的诞生，先秦文学史步入了第二个诗歌时代。楚辞代表了诗三百篇之后又一次诗史的高潮。"❹ "从渊源上说，楚辞承袭了诗三百篇所开创的中国诗歌的优良传统，但能自铸伟辞，独呈新貌，从而成为中国文学史上最高的两个传统典范之一。""从文学史上看，《诗经》对文学批评方面的影响较大，讽谏、比兴是历代文学批评家常谈不衰的话题；楚辞对文学创作方面的影响较大，香草美人的传统不知沾溉了多少代文人的心灵。"❺ 《中华文学通史》这样评价《诗经》和《楚辞》："《诗经》中的一部分作品和屈原的作品，除了共同

❶ （南朝梁）刘勰撰，周振甫译注：《文心雕龙今译》，中华书局，1995 年，第 46 页。
❷ 鲁迅：《汉文学史纲要》，人民文学出版社，1973 年，第 20 页。
❸ 同❷注。
❹ 程千帆、程章灿：《程氏汉语文学通史》，辽海出版社，1999 年，第 43 页。
❺ 同❹注，第 57 - 58 页。

地以深刻反映现实、关心国家社会和关心人民的伟大精神影响后世外，《诗经》更多地以民歌的风格和现实主义的手法为后人学习的榜样；屈原的作品却更多地以诗人的文采和浪漫主义的手法'衣被词人'。'风'和'骚'是我国古人对诗歌所悬出的两个最高的标准，它们对我国古代诗歌的发展都有特殊的重要意义。"❶ 笔者希望补充的是，《诗经》和《楚辞》都有一个最大的共同点，就是它们的抒情性。这也就从一开始，源头上就奠定了中国诗以抒情诗为主体，经历代传承而蔚为抒情诗大国的基础。

多情的画卷，绚丽的开篇。今天，面对古人留给我们的《风》《骚》宝典，学习欣赏之时，当保持一种深深的敬意。

---

❶ 邓绍基主编：《中华文学通史·古代文学编》，华艺出版社，1997 年，第一卷第 121 页。

赋·比·兴

　　古籍中有所谓"三礼"，即《周礼》《仪礼》和《礼记》。《周礼·春官·大师》有"教六诗"的说法："教六诗，曰风，曰赋，曰比，曰兴，曰雅，曰颂。"学者考证，这部《周礼》是战国时的书。到了西汉初年，有个叫作毛亨的人，治《诗》，为河间献王博士，有《毛诗故训传》三十卷，书中有篇《毛诗序》，又提出诗有六义："一曰风，二曰赋，三曰比，四曰兴，五曰雅，六曰颂。"后来学者将其分为两类：一为体，也就是诗之体式，即风、雅、颂；一为格，也就是诗之修辞格，即赋、比、兴。同时代的《礼记·乐记》说《风》《雅》《颂》："宽而静、柔而正者，宜歌《颂》；广大而静、疏达而信者，宜歌《大雅》；恭俭而好礼者，宜歌《小雅》；正直而静、廉而谦者，宜歌《风》。"这说的是《诗经》的《风》《雅》《颂》同声乐的关系，而且与教化有关，我们可不去管它。赋、比、兴，则是写作手法，或曰修辞方法，也是一个说不完的话题。

　　郑玄注《周礼·春官·大师》说：

　　　　赋之言铺，直铺陈今之政教善恶。比，见今之失，不敢斥言，取比类以言之。兴，见今之美，嫌于媚谀，取善事以喻劝之。❶

郑玄是专就与美（赞美）刺（讽刺）结合的赋、比、兴来讲，强调《诗》的美刺作用。其实，就赋、比、兴说，不一定要结合美刺，有的有美刺，有的就不一定有美刺，这样讲并不符合《诗经》的实际。

　　给赋、比、兴做出比较明确的解释，而且为人们所认可的还是南宋

---

❶　（东汉）郑玄注：《十三经古注·三·周礼》，中华书局，2014 年，第 483 页。

的朱熹。他在《诗集传》里给"赋"下的定义是："赋者，敷陈其事而直言之者也。"首先举的例子是《葛覃》："葛之覃兮，施于中谷。维叶萋萋，黄鸟于飞，集于灌木，其鸣喈喈。"大意是：山间葛藤长又细，蔓延到了山谷里。它的叶子多繁密，黄莺在那叶间飞，有时集在灌木上，喈喈叫声不停息。给"比"下的定义是："比者以彼物比此物也。"举的例子是《螽斯》："螽斯羽，诜诜兮。宜尔子孙，振振兮。"大意是：螽虫扇动它们的羽翅飞翔，一群一群地又飞又唱。你的子孙呀一定会这样繁衍，人人振奋合家兴旺！给"兴"下的定义是："兴者，先言他物以引起所咏之词也。"举的例子是《关雎》："关关雎鸠，在河之洲。窈窕淑女，君子好逑。"大意是：咕咕鸣叫着的雎鸠呀，徜徉在河边的沙洲。那温柔善美的姑娘哟，你真是君子的好配偶。

《诗经》里大量运用了赋、比、兴的表现手法，或单用，或合用，加强了作品的形象性，获得了良好的艺术效果。赋是铺陈，包括一般陈述和铺排陈述两种情况。大体《国风》中铺排陈述不多，《七月》等少数例外；而大《雅》、小《雅》中，尤其是史诗，铺排的场面则较多。后来的两汉辞赋，大肆铺张描写，或正滥觞于《诗经》，是赋的手法的夸张运用。比是比喻。《诗经》里用比喻很多，手法也富于变化。如《氓》用桑树从繁茂到凋落的变化，来比喻爱情的盛衰；《鹤鸣》用"他山之石、可以攻玉"来比喻治国要用贤人；《硕人》连续用"柔荑"喻美人之手，"凝脂"喻美人之肤，"瓠犀"喻美人之齿等，都是好例。赋和比乃是一切诗歌最基本的表现手法，而"兴"则是从《诗经》开始，中国诗歌中比较独特的手法。"兴"的本义是"起"，朱熹说是"先言他物以引起所咏之词"，也即是借助其他事物为所咏的内容铺垫。有时说"兴起"，有时又作"起兴"。它往往用在一首诗或一章诗的开头。大约最原始的"兴"，只是单纯的一种发端，同下文并无意义上的联系，只表现出思绪无端地飘移联想。后来进一步，"兴"又兼有比喻、象征、烘托等较有实在意义的用法。如上引《关雎》，开头两句原是借眼前景物以"兴"起后两句，但关雎和鸣，亦可喻男女求偶或夫妻恩爱，只是它的喻意不那么明白确定。又如《桃夭》："桃之夭夭，灼灼其华。之子于归，宜其室家。"开头两句写出了春天桃花开放时的美丽氛围，可以说是写实之笔，但也可以理解为对新娘美貌的暗喻，又可说这是在烘托结婚时的热烈气氛。由于"兴"是这样一种微妙的、可以自由运用的手法，后代喜欢诗歌含蓄委婉韵致的诗人，对此也就特别有兴趣，从而形成中国古典诗歌的一种特殊味道。其实，历代民歌中，"兴"的运用也很普遍。唐人刘禹锡仿民歌的作品《竹枝词》："山桃红花满上头，蜀江春水拍山流。花红易衰似郎意，水流无限似侬愁。"托物起兴，兴中有比，比中有兴，兴和比糅在一起，因而极富情韵。

另外，郑玄注《周礼》时把赋、比、兴与所谓美刺结合起来讲，虽然有些偏颇，因为事实上《诗经》中有的并没有美刺，但确实也有与美刺结合的。歌功颂德也好，讥刺时政也好，后人运用得似乎更加得心应手，含蓄有味，赋予了它许多教化的功能，不少也都是通过赋、比、兴，尤其是比、兴来完成的。所谓有寄托，所谓弦外之音，也大多借助于比或兴。

毛泽东主席给陈毅元帅谈诗的一封信上说："诗要用形象思维，不能如散文那样直说，所以比、兴两法是不能不用的。赋也可以用，如杜甫之《北征》，可谓敷陈其事而直言之也，然其中亦有比、兴。比者以彼物比此物也，兴者，先言他物以引起所咏之词也。"❶ 随意侃侃而谈，可见同样也是诗人的他，对诗之赋、比、兴的熟稔和兴趣。

---

❶ 载《诗刊》1978 年 1 月号。

《诗经》的爱情描写

郑振铎《插图本中国文学史》评述《诗经》时说："《诗经》中的民间歌谣，以恋歌为最多。……在全部《诗经》中，恋歌可说是最晶莹的圆珠圭璧；假定有人将这些恋歌从《诗经》中都删去了（像一部分宋儒、清儒之所主张者），则《诗经》究竟还成否一部最动人的古代诗歌选集，却是一个问题了。"❶ 郑振铎还以诗人般的抒情笔调写道："这些恋歌，杂于许多的民歌、贵族乐歌以及诗人忧时之作中，譬若客室里挂了一盏亮晶晶的明灯，又若蛛网上缀了许多露珠，为朝阳的金光所射照一样。他们的光辉竟照得全部的《诗经》都金碧辉煌，光彩炫目起来。他们不是忧国者的悲歌，他们不是欢宴者的讴吟，他们更不是歌颂功德者的曼唱。他们乃是民间小儿女的'行歌互答'，他们乃是人间的青春期的结晶物。"❷

郑振铎所说的恋歌，也就是今天所说的爱情诗，《诗经》里的十五《国风》最多，《小雅》中也间或有之。今人王宗石先生编著的《诗经分类诠释》一书，做过如下统计：十五《国风》计 160 篇，其中爱情诗 52 篇，包含初恋诗 10 篇，热恋诗 10 篇，失恋诗 9 篇，追恋诗 23 篇。另有婚姻、嫁娶诗 20 篇未计在内。《小雅》74 篇，《大雅》31 篇，合计 105 篇。其中《小雅》中有婚姻、家庭诗 8 篇及思妇诗 2 篇，或也可归入爱情诗一类。爱情诗占到《国风》三分之一，占到整部《诗经》的五分之一。

---

❶ 郑振铎：《插图本中国文学史》，第 48 – 49 页。

❷ 同❶注，第 49 页。

按性别来计，《国风》中的爱情诗，属于男子的有 17 篇，属于女子的则达 35 篇。从内容上看，女子追求爱情也似乎较男子更为主动，更为热烈。就地域而言，《郑风》中爱情诗最多，计有 12 篇，然而若依比例算，则远不及《陈风》，10 篇中有 8 篇爱情诗。

《诗经》的爱情诗，为我们描绘出一幅幅二千五百多年前少男少女们的爱情生活的图画。

像《邶风》中的《静女》：

> 静女其姝，俟我于城隅。爱而不见，搔首踟蹰。
>
> 静女其娈，贻我彤管。彤管有炜，说怿女美。
>
> 自牧归荑，洵美且异。匪女之为美，美人之贻。

笔者曾将其译为现代汉语（下引各篇均为笔者试译），大意是：

> 文静的少女哟，多么娇美，
> 与我约会在城上的角楼内。
> 你躲藏着，我找不到你呀，
> 怎不叫我抓头搔耳空徘徊！
>
> 娴静的少女哟，你多么美丽，
> 你把红色的草梗送到我手里。
> 红红的草梗呀，你红而有光，
> 我从心底里是那样地喜欢你。
>
> 姑娘在郊外为我采来一根荑草，
> 真是多么奇丽呀真是多么美妙。
> 可不是你荑草本身有多么美呀，
> 姑娘送的哟，捧在胸前多美好。

像《郑风》中的《子衿》：

> 青青子衿，悠悠我心。纵我不往，子宁不嗣音？
> 青青子佩，悠悠我思。纵我不往，子宁不来？

挑兮达兮，在城阙兮！一日不见，如三月兮！

大概意思是：

> 那系着青青领带的青年，
> 你长长地驻在我的心田。
> 纵使我没有去看望你呀，
> 你难道不能给捎封信笺？

> 那缠着青青腰带的小伙，
> 你深深地藏在我的心窝。
> 纵然没去看你是我的错，
> 难道你就不能来看看我？

> 我急切地来来回回奔走，
> 在城楼上独自观望等候。
> 哪怕就一天没有见到你
> 也像是隔了三月那么久！

这是写初恋的诗篇。《静女》写一少年与姑娘相约在城楼相会，姑娘送给他从郊外采来的嫩红色的茅草梗，他非常珍视，因为这是他心爱的姑娘送的。《子衿》写一个少女想念有几天不见的情人了，就到他们经常相聚的城楼上守望，大有"一日不见，如隔三秋"之感。少男少女们初恋的情景，真是跃然纸上。

《郑风》中《溱洧》二章，在三百篇中独具一格，打破了四字句为主的格调，从二字句到七字句，倒有些类似于散文诗，或是唐宋以来的长短句，描绘的是少男少女初恋时在春天的河边约会，赠物纪念的情景，写得生动活泼，极富情趣。有论者指其为后世冶游艳诗之祖：

> 溱与洧方涣涣兮，士与女方秉蕑兮。
> 女曰："观乎？"士曰："既且。"
> "且往观乎？洧之外洵讦且乐！"

维士与女，伊其相谑，赠之以芍药。

溱与洧浏其清矣，士与女殷其盈矣。

女曰："观乎？"士曰："既且。"

"且往观乎？洧之外洵订且乐！"

维士与女，伊其相谑，赠之以芍药。

诗中"既且"的"且"同"徂"，"去"的意思。笔者的译诗，似有改写的味道，不知能否传达出其中的韵味：

明媚的阳光映照着溱河与洧河，

春水盈盈，东风吹送着缕缕清波。

波光映衬着一对美丽的少男少女，

手拉着手，馥郁的兰花在胸前捧着。

姑娘问道："你想到那边走走吗？"

小伙子回答："那边我已经去过。"

"再去看看吧！"姑娘热情地要求着：

"洧水那边，真是又美丽呀又宽阔！"

这对少男少女呀，相互戏谑着，

赠物纪念，就用那芬芳的芍药。

溱水洧水沐浴着和煦的阳光，

河水是那样的深广呀那样的清亮。

美丽的少男少女在河边徜徉，

成双成对的，就像并蒂莲开放。

姑娘说："哥哥呀，到那边去看看吧！"

小伙子说："妹妹呀，我已经去过一趟。"

"再去走走吧！"姑娘投来灼人的目光：

"洧水那边，真是又宽广呀又漂亮！"

这些少男少女呀，互相嬉逗着对方，

赠物纪念，身后留下芍药的芬芳……

《诗经》中热恋的诗，更是写得热情似火，活泼大胆，但都出之以真情。
像《野有蔓草》：

> 野有蔓草，零露漙兮。
> 有美一人，清扬婉兮。
> 邂逅相遇，适我愿兮。
>
> 野有蔓草，零露瀼瀼。
> 有美一人，婉如清扬。
> 邂逅相遇，与子偕臧。

稍许演绎一下，大意是：

> 野地里蔓草平铺着像碧毯一样，
> 夜晚草上露珠就像那星星闪光。
> 那个美丽姑娘款款地向我走来，
> 体态那样轻盈呀双眼那样明亮。
> 今儿晚上在这里会见意中人哟，
> 称心如意实现了我长久的愿望。
>
> 野地里的蔓草真正是碧绿如茵，
> 夜晚的草丛中透出露水的湿润。
> 那个漂亮的姑娘姗姗向我走来，
> 双眼那样晶莹体态又那样匀称。
> 今晚在这野草地上会见意中人，
> 让我们草丛中藏起来热烈亲吻。

还有《郑风》的《将仲子》：

> 将仲子兮，无逾我里，无折我树杞。
> 岂敢爱之？畏我父母。
> 仲可怀也，父母之言，亦可畏也。

将仲子分，无逾我墙，无折我树桑。

岂敢爱之？畏我诸兄。

仲可怀也，诸兄之言，亦可畏也。

将仲子分，无逾我园，无折我树檀。

岂敢爱之？畏人之多言。

仲可怀也，人之多言，亦可畏也。

"将"字读若"羌"，义同李白古风《将进酒》的"将"，是为"请"的意思。按古人孟、仲、叔、季的排序，"仲子"即为老二。全篇大意是：

亲亲二哥哥哟，我请求你：

不要翻过我家的篱笆，

不要弄断我栽的杞树丫。

不是妹妹我舍不得呀，

是怕我的爹和妈。

二哥哟，我很想你，

可爹妈的话，也有些害怕。

亲亲二哥哥哟，我请求你：

不要翻过我家的院墙，

不要弄断我栽的柔桑。

不是妹妹我舍不得呀，

是怕我的几位兄长。

二哥哟，我很想你，

可兄长们的话，也教人心慌。

亲亲二哥哥哟，我请求你：

不要越过我家的菜园，

不要弄断我栽的紫檀。

不是妹妹我舍不得呀，

是怕邻里邻居的多言。

　二哥哟，我很想你，

可旁人的话，也真让人讨嫌！

上引两首热恋诗，一是大胆约会，乃至于"与子偕藏"；一是再三叮嘱情人不要偷偷地来家幽会，两种不同的表现，却是一样的真诚热烈，一样的儿女情长。

　　《诗经》中的爱情诗，描绘恋爱中人物的心理，有时达到细致入微的程度，有论者指非有亲身体会者，不能达此境界。如《齐风》的《鸡鸣》三章：

　　　　鸡既鸣矣，朝既盈矣。匪鸡则鸣，苍蝇之声。

　　　　东方明矣，朝既昌矣。匪东方则明，月出之光。

　　　　虫飞薨薨，甘与子同梦。会且归矣，无庶予子憎。

钱钟书《管锥篇》谈到这首诗，说："窃意作男女对答之词，更饶情趣。"笔者即按"对答之词"来演绎这首诗：

　　　　"你听呀，晨鸡已经喔喔地叫了，

　　　　早晨的太阳已经升得老高。"

　　　　"啰，那可不是晨鸡的啼声，

　　　　那是成群的苍蝇在那里嗡嗡叫。"

　　　　"你看呀，阳光透过纱窗，

　　　　东方已经变得很明亮。"

　　　　"啰，这不是东方的太阳光，

　　　　而是月亮发出的光芒。"

　　　　"看虫儿嗡嗡叫着成群乱飞，

　　　　我多么想再和你多睡一会儿。

　　　　可是天色已明我得赶紧回去，

　　　　绝对没有一点嫌弃你的意思。"

此诗写的是一对幽会的情人，在快天明即将分别时的一段对话。一个老是惊疑天色已明，要起身离去；一个说时光尚早，还可以多延一刻，同入美梦。最后必须离去时，还委婉地请求对方不要责怪。《管锥篇》曾引述下面这段话：莎士比亚剧中写情人欢会，女曰："天尚未明，此夜莺啼，非云雀鸣也。"男曰："云雀报曙，东方云开透日矣。"女曰："此非晨光，乃流星耳！"钱钟书认为莎翁剧中这段对话，可以与《鸡鸣》三章"相比勘"。看来即使时代不同，地域各异，人类的爱情生活的心理还是相通的。

《诗经》的爱情诗，写法多姿多彩。有用赋的，有用比的，有用兴的，还有比、兴糅在一起的。像《桃夭》三章：

> 桃之夭夭，灼灼其华。
>
> 之子于归，宜其室家。
>
> 桃之夭夭，有蕡其实。
>
> 之子于归，宜其家室。
>
> 桃之夭夭，其叶蓁蓁。
>
> 之子于归，宜其家人。

译为今文，稍作敷衍，大略是：

> 娇嫩的桃树呀，
>
> 开满艳丽的花。
>
> 这位姑娘出嫁哟，
>
> 会使她的家庭融洽。
>
> 娇嫩的桃树呀，
>
> 结满肥硕的桃。
>
> 这位姑娘出嫁哟，
>
> 会使她的家庭美好。
>
> 娇嫩的桃树呀，
>
> 长满碧绿的叶。
>
> 这位姑娘出嫁哟，
>
> 会使她的家庭和谐。

朱熹《诗集传》解此诗曰"兴也"，是说作者就眼前的桃树起兴，以引起

下面对新嫁娘的赞叹。同时它又似乎是"比"，用"桃之夭夭"比喻新嫁娘的美丽或美好。就三章排比而言，笔者以为又可以说是"赋"，因为它给人以铺陈的印象。像《桃夭》这样，善用比、兴的诗篇是很多的，《诗经》第一篇就是有名的《关雎》，更是极佳的例子：

> 关关雎鸠，在河之洲。
>
> 窈窕淑女，君子好逑。
>
> 参差荇菜，左右流之。
>
> 窈窕淑女，寤寐求之。
>
> 求之不得，寤寐思服。
>
> 悠哉悠哉，辗转反侧。
>
> 参差荇菜，左右采之。
>
> 窈窕淑女，琴瑟友之。
>
> 参差荇菜，左右芼之。
>
> 窈窕淑女，钟鼓乐之。

全篇五章，笔者将其译为六节，大意是：

> 你听那雎鸠鸟关关地叫，
>
> 应和的声音是多么娇娆。
>
> 成双成对地并游着，
>
> 在那小河中的沙岛。
>
>
> 你看那和善的姑娘，
>
> 体态是那样的苗条。
>
> 姑娘呀，做我的配偶吧，
>
> 那该是，那该是多美好！
>
>
> 那参差披拂的荇菜，
>
> 或左或右去采摘它；
>
> 那轻盈温柔的姑娘，
>
> 日夜想着要得到她。

想得到而又得不到，
心里是多么烦恼。
思绪是那样的悠长，
翻来覆去睡不着。

对那参差披拂的荇菜，
我要或左或右去把它采；
对这娴静温顺的姑娘，
我要弹琴鼓瑟表示亲爱。

对那参差披拂的荇菜，
我要或上或下去把它摘；
对这娇美温和的姑娘，
我要鸣钟击鼓使她愉快。

诗人见到河边沙滩上的雎鸠鸟，因以之起兴，荇菜亦是。周振甫说"关关雎鸠"是写雎鸠和鸣，应该是引起诗里写的君子用钟鼓来娱乐淑女吧。（见《中国修辞学史》之《毛诗序》篇）。周氏认为这当然是"兴"，但有实际意义，或有比在内。"荇菜"诸章，兴之外，比意似更浓。

《诗经》的爱情诗（当然也不只是爱情诗）常常采用叠章的形式，即重叠的几章间，意义和字面都只有少量的改变，造成一种一唱三叹的效果，可以借此强化情感的抒发。上引诸篇大体上都是如此。还有，为了获得声音上的美感，大量使用双声、叠韵、叠字。像上引《关雎》中的"窈窕"为叠韵，状淑女的美丽；"参差"为双声，状水草的状态；"辗转"双声兼叠韵，状因相思而不能入睡的情状；"关关"为叠字，状水鸟的叫声：这样既写出了生动的形象，又和谐动听的声音。

《诗经》的爱情诗虽多，但内容很少重复。凡属恋爱、婚姻生活里所有的离合悲欢，追求、初恋、热恋、婚嫁、失恋，等等，都在这些诗里得到了表现。艺术表现也多种多样，呈现千姿百态，绝不雷同。程千帆、

程章灿《程氏汉语文学通史》说："从总体上看，《诗三百篇》把我们带到遥远的上古时代，去领略先民们纯朴的感情和朴素的审美趣味。它有着丰富的生活内涵和情感形态，多样的表现手法，卓绝的艺术感染力，奠定了中国诗歌注重抒情写志、关注社会人生的现实主义传统，成为中国抒情诗的最初典范。"程氏这段话是就《诗经》总的来说的，当然也就包括了爱情诗。笔者以为，《诗经》中的爱情描写，正是我国历代众多美妙的爱情诗的最初典范。所以，郑振铎深情地说："我们也很喜欢《诗经》中的恋歌。"（《插图本中国文学史》）

"香草美人" 寄兴长

　　《楚辞》是继《诗经》之后的我国第二部诗歌总集（有的学者认为还是应当称为选集），它有许多不同于《诗经》的艺术特色。比如，打破了《诗经》以四字句为主的格式，语言形式上自由挥洒；以"兮"字"些"字等为显著标志，以"乱曰"之类为尾声；以"九"字名篇，像《九歌》《九章》《九怀》《九叹》《九思》之类；有短歌，也有长诗，像《离骚》就长到有373句，计2490字；还有，与《诗经》的现实主义不同的浪漫主义文学风格，等等之外，楚辞首先是屈原赋，以《离骚》为代表，还继承而且发展了《诗经》所惯用的比兴手法，形成一种似乎比一般单纯比兴更具意境意味的象征手法，即是后人所津津乐道的"香草美人"的"讽喻"方法。东汉王逸的《楚辞章句》："《离骚》之文，依《诗》取兴，引类譬谕。故善鸟香草以配忠贞，恶禽臭物以比谗佞，'灵修''美人'以媲于君，'宓妃''佚女'以譬贤臣，虬龙鸾凤以托君子，飘风云霓以为小人。其词温而雅，其旨皎而朗。"王逸说的是"引类譬谕"；到了刘勰《文心雕龙·辨骚》，则谓屈原乃是"依《诗》制《骚》，讽兼比兴"。刘勰说的是"讽兼比兴"，近人章太炎的大弟子黄侃解释"讽兼比兴"说："案《离骚》诸言草木，比物托事，二者兼而有之，故曰讽兼比兴也。"（《文心雕龙札记》）黄侃说的是"比物托事"。"香草美人"就是"引类譬谕""讽兼比兴"或者"比物托事"的形象说法，摘取屈骚中惯见的"香草""美人"两个语词，表达的也是两种意象，作为这种象征手法的"形象代言"。"香草美人"是楚辞尤其是屈赋最显著的艺术特征之一。

屈原的《离骚》，用得最多，也最引人注目的两类意象，就是这"美人"与"香草"。"美人""灵均"的意象，一般用作比喻，或借喻君王，或借以自喻。借喻君王的，比如：

> 惟草木之零落兮，恐美人之迟暮。
>
> 不抚壮而弃秽兮，何不改乎此度？

这里的"美人"，当指楚怀王（按，也有不同的解释，或指屈原自己）。意思是：想到草木会由盛到衰，渐渐凋零，君王啊，你也会由壮及暮，慢慢衰老。为什么你不利用壮年扬弃腐败的政治，改一改那些不合时宜的法度？再比如：

> 余固知謇謇之为患兮，忍而不能舍也。
>
> 指九天以为正兮，夫惟灵修之故也。

这里的"灵修"，亦指楚怀王。意思是：我本来早就知道，忠言直谏是会招来祸端的，原想忍而不发，却又控制不住。手指苍天，请他为我做证，我这样做，一切都是为了君王的缘故啊。诗人以向"美人""灵修"倾诉的形式，表达了希望君王变法改革的愿望以及忠言直谏无所畏惧的精神，比直说要委婉、含蓄，而且要形象得多。

借以自喻的，比如：

> 怨灵修之浩荡兮，终不察夫民心。
>
> 众女嫉余之蛾眉兮，谣诼谓余以善淫。

这里的"灵修"指怀王，"余之蛾眉"即"美女"，当指屈原自己。意思是：君王啊，怨就怨你喜怒无常，行为放纵，始终不能体察别人的心思。那些女人嫉妒我的丰姿绰约，造谣诬蔑，说我妖冶，而且喜欢风流。有论者指，屈原在很大程度上，是通过自比弃妇（当然也是美人）来抒情的，所以《离骚》在情感上哀婉缠绵，如泣如诉。

"香草"的意象，在《离骚》中更是俯拾即是。它们的作用，一则是作为一种装饰，烘托氛围、渲染气氛，支持并丰富"美人"意象；一则是作为一种象征物，指品德和人格的高洁。像开篇自叙身世时说：

> 纷吾既有此内美兮，又重之以修能。
>
> 扈江离与辟芷兮，纫秋兰以为佩。

这里"江离""辟芷""秋兰"都是香草。意思是：先天赋予我这样美好的素质，我又不断地加强品质的修养。我把馥郁的江离和芷草披在肩上，还把秋兰结成带子佩在腰间。再比如：

> 朝饮木兰之坠露兮，夕餐秋菊之落英。
>
> 苟余情其信姱以练要兮，长顑颔亦何伤！

意思是：早晨我只饮木兰上的露滴，晚上我只用秋菊的残花充饥。只要我的心灵美好，坚贞如一，形容消瘦又有什么关系！在这里，香草象征着美好的品质，高洁的德行；以佩带香草，乃至寝食于香草之间，来比拟养成美好的品德和锻炼自身的修为。还有：

> 制芰荷以为衣兮，集芙蓉以为裳。
>
> 不吾知其亦已兮，苟余情之信芳。

意思是：我要把菱叶裁成上衣，用荷花缝成裙子。没有人了解我也就算了罢，只要我的内心真正馥郁芬芳。这样，表达得更形象，也更美，尤其是不直露。

《离骚》中的"香草美人"，构成了一个复杂而又巧妙的象征系统，使得诗篇形象鲜明、生动，意思蕴藉、含蓄，语言则显得更华美、流丽；而且诗中"香草"，都是楚地物产，诗人描摹之间，更增添了诗篇的地方色彩与民俗风情；尤其是与诗人上天入地、上下求索的幻想和想象的描写结合在一起，更富有一种神奇瑰丽的意味，大大增强了作品的艺术感染力。

"香草美人"作为有象征、有寄托的一种写作手法，对后来的文学创作产生过重大影响。有学者指出："香草美人的传统，不知沾溉了多少代文人的心灵。"(《程氏汉语文学史》)

屈原之后的宋玉，据王逸说是屈原的弟子，他的《高唐赋》《神女赋》，写楚王与巫山神女的故事，学者指乃是讽楚襄王的。宋玉以神女自况，表现他怀才不遇的苦闷以及欲伸其志的希望。《高唐赋》结尾"思万

方，忧国善，开贤圣，辅不逮"的劝勉之辞，即班固所言之"曲终奏雅"，虽是轻描淡写，也能传达出作者对楚襄王的期望与讽谏。《神女赋》写襄王梦见之神女：

> 茂矣美矣，诸好备矣。盛矣丽矣，难测究矣。上古既无，世所未见。瑰姿玮态，不可胜赞。其始来也，耀乎若白日初出照屋梁。其少进也，皎若明月舒其光。须臾之间，美貌横生。晔乎如花，温乎如莹。五色并驰，不可殚形。详而视之，夺人目精。其盛饰也，则罗纨绮绩盛文章，极服妙采照万方。振绣衣，被袿裳。襛不短，纤不长，步裔裔兮曜殿堂。忽兮改容，婉若游龙乘云翔。嬛（读如妥，义为美好）被服，侻（读如退，义为适宜）薄装。沐兰泽，含若芳。性和适，宜侍旁。顺序卑，调心肠。

这还是从襄王口中转述的，后面宋玉遵襄王之命而为之赋，则更是"其象无双，其美无极""毛嫱鄣袂，不足程式""西施掩面，比之无色"了。这无疑是一篇美女赋。宋玉屈居人下的愤懑和怀才不遇的苦闷，不是直接流露出来，而是非常含蓄地表达出的。他学习屈原在《离骚》里创造的以美人自喻，以美人比君子的象征手法，把神女写得那么美丽，那么多情，大概就是以她来象征自己出众的才华和为君王效劳的愿望。但面对颟顸的楚王，宋玉的愿望只是奢望。这是宋玉的悲剧，也是时代的悲剧。

"香草美人"的传统到了曹植手上，成就了一篇千古传诵不已的名篇《洛神赋》。何焯《义门读书记》说《洛神赋》："植既不得于君（指其兄丕，即魏文帝），因济洛川，作为此赋，托辞宓妃，以寄心于文帝，其亦屈子之志也。"何氏认为这篇《洛神赋》也是承继屈原"香草美人"传统的作品。赋中铺写其在洛水见到的"丽人"，在历代描摹美人的篇什中可谓绝唱。试读其中一段：

> 其形也，翩若惊鸿，婉若游龙。荣曜秋菊，华茂青松。仿佛兮若轻云之蔽月，飘摇兮若流风之回雪。远而望之，皎若太阳升朝霞；迫而察之，灼若芙蓉出渌波。秾纤得中，修短合度。肩若削成，腰如束素。延颈秀项，皓质呈露。芳泽无加，铅华弗御。云髻峨峨，

修眉连娟。丹唇外朗，皓齿内鲜。明眸善睐，靥辅承权。瑰姿艳逸，仪静体娴，柔情绰态，媚于语言。奇服旷世，骨像应图。披罗衣之璀璨兮，珥瑶碧之华琚。戴金翠之首饰，缀明珠以耀躯。践远游之文履，曳雾绡之轻裾。微幽兰之芳蔼兮，步踟蹰于山隅。

通篇《洛神赋》以艺术形式的精致供人玩味，以缠绵悱恻的情感摄取人心，以深寄其中的丰富蕴含让人思索，掩卷而不能忘怀。

曹植的《美女篇》，是乐府歌辞，以美女盛年不嫁，比喻志士之怀才未遇：

> 美女妖且娴，采桑歧路间。
> 柔条纷冉冉，落叶何翩翩。
> 攘袖见素手，皓腕约金环。
> 头上金爵钗，腰佩翠琅玕。
> 明珠交玉体，珊瑚间木难。
> 罗衣何飘飘，轻裾随风还。
> 顾盼遗光彩，长啸气若兰。
> 行徒用息驾，休者以忘餐。
> 借问女安居？乃在城南端。
> 青楼临大路，高门结重关。
> 容华耀朝日，谁不希令颜？
> 媒氏何所营？玉帛不时安。
> 佳人慕高义，求贤良独难。
> 众人徒嗷嗷，安知彼所观？
> 盛年处房室，中夜起长叹。

刘履在其《选诗补注》中说："子建志在辅君匡济，策功垂名，乃不克（能够）遂（实现），虽授爵封，而其心犹为不仕，故托处女，以寓怨慕之情焉。"《美女篇》以绝代美女比喻有理想有抱负之志士，以美女不嫁，喻志士怀才未遇，含蓄委婉，意味深长。或曰何以见之？诗中"佳人慕高义，求贤良独难。众人徒嗷嗷，安知彼所观"透出此中消息；尾句"盛年处房室，中夜起长叹"更是诗人自己之抒情也。

再说唐代吧，翻开《唐诗三百首》，第一篇张九龄的《感遇》：

> 兰叶春葳蕤，桂华秋皎洁。
>
> 欣欣此生意，自尔为佳节。
>
> 谁知林栖者，闻风坐相悦。
>
> 草木有本心，何求美人折？

《唐诗别裁集》亦录此诗，沈德潜并点评说："草木有本心，何求美人折？想见君子立品。"沈氏依"香草美人"的传统评点此诗，可谓得其微旨。

杜甫《佳人》亦是承继"香草美人"传统的名作：

> 绝代有佳人，幽居在空谷。
>
> 自云良家子，零落依草木。
>
> 关中昔丧乱，兄弟遭杀戮。
>
> 官高何足论？不得收骨肉。
>
> 世情恶衰歇，万事随转烛。
>
> 夫婿轻薄儿，新人美如玉。
>
> 合昏尚知时，鸳鸯不独宿。
>
> 但见新人笑，那闻旧人哭？
>
> 在山泉水清，出山泉水浊。
>
> 侍婢卖珠回，牵萝补茅屋。
>
> 摘花不插发，采柏动盈掬。
>
> 天寒翠袖薄，日暮倚修竹。

仇兆鳌《杜诗详注》解曰："按天宝乱后，当是实有是人，故形容曲尽。旧说托弃妇以比逐臣，伤新进之猖狂、老成雕谢而作，恐悬空撰意，不能淋漓恺至如此。"章燮《唐诗三百首注疏》辩驳曰："按旧说未必非是，仇说未必是真。盖记物兴比，乃唐人本色，况杜遭际非为顺境，安知其不寓意耶？"曾国藩说："前后皆以美人喻贤者，迷离其词，使人骤难寻求，与阮公（指阮籍）《咏怀》诗相近。"

"香草美人"寄兴长。似可不必再多举例，楚辞中"香草美人"的象征手法，"衣被后世"，影响至深。我国历代诗人之讲兴寄，讲含蓄，讲蕴藉，讲弦外之音，讲象外之意，讲味外之味，讲言在此而意在彼，讲言有尽而意无穷，等等，应该或多或少，或远或近，都受到《诗经》"比兴"、《楚辞》"香草美人"传统的影响。"香草美人"，这诗文中颇具中国特色的传统，在今天，仍然值得我们去学习和发扬。

关于屈原的《橘颂》

后皇嘉树，橘徕服兮。

受命不迁，生南国兮。

深固难徙，更壹志兮。

绿叶素荣，纷其可喜兮。

曾枝剡棘，圆果抟兮。

青黄杂糅，文章烂兮。

精色内白，类任道兮。

纷缊宜修，姱而不丑兮。

嗟尔幼志，有以异兮。

独立不迁，岂不可喜兮？

深固难徙，廓其无求兮。

苏世独立，横而不流兮。

闭心自慎，终不失过兮。

秉德无私，参天地兮。

愿岁并谢，与长友兮。

淑离不淫，梗其有理兮。

年岁虽少，可师长兮。

行比伯夷，置以为像兮。

——屈原《橘颂》

《橘颂》是屈原《九章》中的一篇。王逸《楚辞章句》把《橘颂》

排在九篇诗的第八位，置于《惜往日》之后，《悲回风》之前。可是《橘颂》外在的语言风格以及内里的感情气息，都与其前后乃至整个《九章》大不相同，因之引起了历来学者争论不已。东汉王逸《楚辞章句》说："《九章》者，屈原之所作也。屈原放于江南之野，思君念国，忧心罔极，故复作《九章》。"所谓"复作"者，笔者推其意，乃是前已作《离骚》，今又作《九章》也。

王逸此言，是认为《九章》作于放逐之后，心境悲苦之时。这用之于《橘颂》之外其他八篇则合，用之于《橘颂》则不合。因为《橘颂》通篇光明爽朗，乐观向上，毫无悲苦之意。语言形式上也与其他八篇以及《离骚》不类。清人陈本礼《屈辞精义》说："《橘颂》乃三闾大夫早年咏物之什，以橘自喻，且体涉于颂，与《九章》之文不类。应附于末，旧次未分，且有谓《橘颂》乃原放于江南时作者，未可为据。"晚清吴汝纶，今人陆侃如、郭沫若、陈子展等，都持作于年少之论。

游国恩则仍用王逸一说："《橘颂》写作的时代表面上是看不出的。从'生南国兮'一语看来，似乎这橘树就是屈原在江南途中所见，所以《橘颂》这篇短短的咏物诗，也很可能是再放江南时所作。"游氏倾向于晚作。

除开少作、晚作争论外，亦有疑为伪作者。刘永济《屈赋通笺》说："以《橘颂》'嗟尔幼志'及'年岁虽少'之语，疑为屈子少作，则不免以后世文人习尚拟古人。即是少作，何缘入《九章》？疑系淮南小山之徒所为，与《招隐士》为同类之物。"《招隐士》学者考证系伪作，那《橘颂》为同类之物，当然是疑为伪作了。

今人文怀沙也是楚辞专家，他认为《橘颂》较其他篇什较朴实，"将《橘颂》认作早年作品，未尝不可"，"但我们未始不可以另一端的理解为屈原的晚年作品，所谓归绚烂于平淡是也"。所以他在他的《九章今绎》的《橘颂》题解里说："（《橘颂》）文字风格与其他八章迥异，因此我们可以比较大胆的肯定，这一定是距离其他八章写作期较远的作品。"意思是：如果不是作于其他八章之前的早年未放时，前人所谓少年时代，那就是作于其他八章之后的很晚的时候。当然这是一个两可的说法。笔者的意见，倾向于大多数人所持的"少作说"。

　　至于《橘颂》的主旨，历来看法则比较一致。林云铭说："一篇小小物赞，说出许多大道理，且以为有志有像，可友可师。而尊之以颂，可谓备极称扬，不遗余力矣。"（《楚辞灯》）陈子展说："《橘颂》同用《诗》三百篇里比兴的手法，即象征的手法，却又更进了步。因为它不只是'感物造端'，用比兴发端，而是试图用一物比兴到整篇，在三百篇中只有《鸱鸮》一篇和它相仿佛。说物则物中有人在，说人则人中有物在。是一是二，若合若离，语带双关，近似'谐隐'"（《九章解题》）文怀沙说："本篇是缘物寄情的诗章，通过对橘子的歌颂，说明自己坚贞的情操，绝不能变心从俗。"（《屈原九章今绎》）黄寿祺、梅桐生说："屈原通过对橘树的高贵品质的赞颂，表现了自己的人格和个性。这首诗把咏物和抒情紧密结合，对后来的咏物诗产生了深远的影响。"（《楚辞全译》）刘大杰在他的《中国文学发展史》中专立一目，评介《橘颂》。刘氏说：《橘颂》是屈原初期之作。他以岁寒不凋的橘树的品质，来比拟他自己的受命不迁、横而不流的精神。所谓"嗟尔幼志，有以异兮""年岁虽少，可师长兮"，这都说明了《橘颂》的时代和屈原写作时候的心情。

　　是的，屈原热情歌颂橘树的品质和性格，也就正是歌颂他自己的品质和性格。所谓"受命不迁""横而不流""苏世独立"和"深固难徙"，正是屈原后来作品中一再出现的爱国家爱乡土的精神，也就是屈原一生所保持着的、最为人们所景仰的崇高品质。

　　至于《橘颂》诗句的解释，即使有人说它相对其他篇章显得比较单纯或简单，真正解释起来也有不少不同意见。陈子展在《楚辞直解》中将"后皇嘉树"译为"君王有美树"，又在《九章解题》中说他解释"后皇嘉树"的意思未必人人同意。"后皇"一词，王逸首先解为"后土皇天"，著有《山带阁注楚辞》的蒋骥、著有《屈原赋注》的戴震都同意王注。著有《楚辞集注》的朱熹则以"后皇"是指楚王，林云铭则以为这是后土之神，郭沫若《屈原赋今译》一扫旧说，创立新解，说"后皇"当即辉煌堂皇之意。其次，如"嘉树"一词，王逸、林云铭和蒋骥都以为是美树的意思，朱熹却以为是"喜好草木之树"，一释"嘉"字为形容词，一释为动词。再如"徕服"一词，王逸说："来服习南土，便其风气。"朱熹、蒋骥、戴震无异义；林云铭偏说："言橘来服属而列于嘉树。"郭沫若又拨弃旧说，自出新解，说："徕服，犹离靡，亦连绵字，非来服水土之意。"即此可见，这么一句的解释是何等的纷歧！（参看陈子展《楚辞直解》之《九章解题》）

但是不管分歧如何，学者们总能自圆其说。郭沫若、陈子展、文怀沙都有《楚辞》今译（或直解、今绎），而且流播较广。笔者大学时代也曾将《橘颂》译为现代汉语，今翻出旧稿，稍加润饰，抄录如下：

> 天地间美好的树木，来习服于楚国的水土，
> 承天命，生南国，从不愿随意迁居。
> 专心一意要留在祖国啊，可说是根深蒂固，
> 生绿叶，开白花，葱郁得令人敬服。
>
> 枝条层层，小刺尖尖，更有那果实团团，
> 青的青，黄的黄，色彩是那样的绚烂。
> 白瓤象征着纯洁的内心，像是能把重任争担，
> 茂美的树冠，修饰得宜，真的是美不可言。
>
> 啊！你就像年轻的小伙子，真有些与众不侔，
> 独立世间，不迁不移，怎不叫人钦服低首？
> 你忠贞不渝，品格伟大，对人没有非分的要求；
> 你鄙弃世俗，独立自主，内心充实而不随波逐流。
>
> 你慎言慎行，从不放荡，始终没有什么缺点；
> 你坚守德操，坦荡无私，并立于天地之间。
> 让我们同岁月一起消逝，做永久的亲密伙伴，
> 让我们的友谊，随着日月的脚步一道增添。
>
> 愿你永远地抛弃俗念，不被邪恶毁伤，
> 坚强地，放射出你真理与正义的光芒。
> 你的年纪虽轻，可是堪做人们的师长，

你品行比得上伯夷，是大家学习的榜样。

需要稍加说明的是：郭沫若、陈子展、文怀沙诸位的古今对译，是学术意义上的普及。我的拙译则有时打乱句序，只是述意；我尽量做到每行押韵，希望能读起来多点韵味；我把句子拉得很长，也可能句子虽长，而意思或许还没有说清楚呢。

《橘颂》是一篇咏物诗，但又不是一篇普通的咏物诗，它是一篇"香草美人"式的作品。屈原笔下的橘树，就是这"受命不迁"的"后皇嘉树"，正是屈原心中美好而又高尚的人格的化身。《橘颂》是人品的美文，是人格的赞歌。

读陶渊明《闲情赋》

　　一般读者心目中的陶渊明，是一位"不能为五斗米折腰向乡里小儿"，毅然"解印绶去职"（《宋书·陶潜传》）的狷介之士；也是一位"悟已往之不谏，知来者之可追，实迷途其未远，觉今是而昨非"（《归去来兮辞》）、"结庐在人境，而无车马喧"的归园田居者；是一位"环堵萧然，不蔽风日，短褐穿结，箪瓢屡空"而"晏如也"（《五柳先生传》），如颜回一样居陋巷而不改其乐的寒士；也是一位"既耕亦已种，时还读我书""泛览周王传，流观山海图"（《读山海经》）的"好读书不求甚解，每有会意，便欣然忘食"（《五柳先生传》）的快乐的读书人；是一位懂得"盛年不重来，一日难再晨。及时当勉励，岁月不待人"（《杂诗十二首》其一）的珍惜年华、追求上进者；也是一位"丈夫志四海，我愿不知老。亲戚共一处，子孙还相保"（《杂诗十二首》其四）的厌弃当时政治、鄙弃功名利禄，而懂得明哲保身，且酷爱家庭、欢享天伦的乐生自适之人；是一位身逢乱世却梦想桃花源，"相命肆农耕，日入从所憩，桑竹垂余荫，菽稷随时艺，春蚕收长丝，秋熟靡王税"（《桃花源诗》）的美丽的空想家；也是一位发出"精卫衔微木，将以填沧海。刑天舞干戚，猛志固常在"（《读山海经》）的呐喊，不时流露其"金刚怒目"（鲁迅语）的有志难成者。还有就是，陶渊明是一个嗜酒如命的人。萧统说"有疑陶渊明诗篇篇有酒"（《陶渊明集序》），陶氏也曾自嘲说："性嗜酒，家贫不能常得，亲旧知其如此，或置酒招之，造饮辄尽，期在必醉。"（《五柳先生传》）他的名作《饮酒二十首》，诗前小序说："余闲居寡欢，兼此夜已长，偶有名酒，无夕不饮。顾影独尽，忽然复醉。既

醉之后，辄题数句自娱。纸墨遂多，辞无诠之，聊命故人书之，以为欢笑尔。"诗人、酒徒，大概是陶渊明的两个身份。

如果你读了陶渊明的《闲情赋》，你可能对他又多了一个认知：这位"采菊东篱下，悠然见南山"的超然的乡间隐者，原来还是一个多情的人，而且或许比我们一般人还有过之而无不及呢。

《闲情赋》大体可分三部分。第一部分为开篇：

> 夫何瓌逸之令姿，独旷世以秀群；表倾城之艳色，期有德于传闻。佩鸣玉以比洁，齐幽兰以争芬。淡柔情于俗内，负雅志于高云。悲晨曦之易夕，感人生之长勤。同一尽于百年，何欢寡而愁殷。褰朱帏而正坐，泛清瑟以自欣。送纤指之余好，攘皓袖之缤纷。瞬美目以流眄，含言笑而不分。曲调将半，景落西轩。悲商叩林，白云依山。仰睇天路，俯促鸣弦。神仪妩媚，举止详妍。激清音以感余，愿接膝以交言。欲自往以结誓，惧冒礼之为愆；待凤鸟以致辞，恐他人之我先。意惶惑而靡宁，魂须臾而九迁。❶

开篇就有一位瑰丽飘逸、倾国倾城、秀出群芳的旷世佳人迎面而来。容貌的艳丽，举止的娴雅以及美丽外表和独坐弹琴所体现出来的内里的优美品质，引起作者深深的爱慕。"愿接膝以交言"，他想前去向佳人表明心迹、结下盟誓，但又畏惧冒犯礼教而造成过错；他想等待凤鸟去替他传语说合，又恐怕这样太慢了，会落在别人的后面。他心绪不宁，惶惑不安，神魂颠倒，情思联翩。

于是，催生了赋的第二部分，即中篇，也是全赋最精彩的部分，好比是乐曲的华彩乐章：

> 愿在衣而为领，承华首之余芳；悲罗襟之宵离，怨秋夜之未央。愿在裳而为带，束窈窕之纤身；嗟温凉之异气，或脱故而服新。愿在发而为泽，刷玄鬓于颓肩；悲佳人之屡沐，从白水以枯煎。愿在眉而为黛，随瞻视以闲扬；悲脂粉之尚鲜，或取毁于华妆。愿在莞

---

❶ （东晋）陶渊明撰，袁行霈笺注：《陶渊明集笺注》，2003年，第448页。下录《闲情赋》均出自该书，不另加注。

而为席，安弱体于三秋；悲文茵之代御，方经年而见求。愿在丝而为履，附素足以周旋；悲行止之有节，空委弃于床前。愿在昼而为影，常依形而西东；悲高树之多荫，慨有时而不同。愿在夜以为烛，照玉容于两楹；悲扶桑之舒光，奄灭景而藏明。愿在竹而为扇，含凄飙于柔握；悲白露之晨零，顾襟袖以缅邈。愿在木而为桐，作膝上之鸣琴；悲乐极以哀来，终推我而辍音。考所愿而必违，徒契契以苦心。拥劳情而罔诉，步容与于南林。栖木兰之遗露，翳青松之余阴。傥行行之有觌，交欣惧于中襟。竟寂寞而无见，独悁想以空寻。

中篇的核心是"十愿"。作者驰骋想象，一连设想出能与佳人亲密接触的十种物件（"影"也视作一实有的东西），真诚地表示情愿变成这些物件，而与佳人朝夕相依、永不分离；可又立即想到随着时间、环境的变化，这些东西又会遭到冷落和遗弃的下场，因而不得不在悲感哀叹声中又一一加以否定。这一"愿"一"悲"，更加突出了作者希望与佳人亲近，长相厮守的痴心，给人一种荡气回肠之感。作者第一愿是"愿在衣而为领"，那样可以承袭佳人华首的芬芳；可是罗衣夜里要脱下来呀，秋夜未尽，还是要分离好长时光。作者第二愿是"愿在裳（裙）而为带"，那样可以紧紧地贴在佳人苗条的腰身上；可是暑秋交替，气候变化，还会脱下旧的换上新的呀。就这样，作者以愿作衣领、裙带、发油、眉黛、床席、鞋子、影子、蜡烛、扇子、木琴，等等，极为强烈地表达出要与佳人亲近的愿望和他对佳人的一往情深。

这"十愿"构思奇特，意趣横生。本来情感这东西是虚无缥缈的，可是托之以形象，而且是身边最常见的物件，就变成似乎可触及、可捉摸的了。笔者读着这"十愿"，总是想起王洛宾改编的那首有名的新疆民歌《在那遥望的地方》，那歌词唱道："我愿做一只小羊，跟在她身旁，我愿她拿着细细的皮鞭，不断轻轻打在我身上。"时代不同，地域不同，表达方式不同，可是人们对于爱的痴情和执着，古和今是一样的。作者饱含感情诉说"十愿"和"十悲"（嗟也是悲）之后，也认识到"所愿必违"，只是徒费"苦心"，他在南林里徘徊，在木兰下停留，佳人之不可见，只剩下自己独自的忧思。

于是，进入第三部分，即结篇：

> 敛轻裾以复路，瞻夕阳而流叹。步徙倚以忘趣，色凄惨而矜颜。叶燮燮以去条，气凄凄而就寒。日负影以偕没，月媚景于云端。鸟悽声以孤归，兽索偶而不还。悼当年之晚暮，恨兹岁之欲殚。思宵梦以从之，神飘飘而不安。若凭舟之失棹，譬缘崖而无攀。于时毕昴盈轩，北风凄凄，恫恫不寐，众念徘徊。起摄带以伺晨，繁霜粲于素阶。鸡敛翅而未鸣，笛流远以清哀。始妙密以闲和，终寥亮而藏摧。意夫人之在兹，托行云以送怀。行云逝而无语，时奄冉而就过。徒勤思以自悲，终阻山而滞河。迎清风以祛累，寄弱志于归波。尤《蔓草》之为会，诵《邵南》之余歌。坦万虑以存诚，憩遥情于八遐。

作者整整衣裳往回走，愁思满怀。太阳落山了，月亮还在云里，孤鸟悲鸣，独兽踯躅，秋风凄厉，夜气悲凉。作者神志恍惚，步履蹒跚，仿佛坐在船上却丢失了桨，又像爬山崖却没有可供攀援的东西。作者夜不能寐，披衣起来等待天亮。晨鸡未唱，哀怨的笛声从远方传来。想那佳人或许还在那儿吧，想托飘浮的白云送去我的思念，白云无语，瞬间飘去。时光荏苒，即将过去，劳神苦想，只落得自个儿悲伤而已，我和佳人终究阻山隔河。作者终于清醒了，幻想打消了。早晨的清风啊你吹去我的烦恼，回荡的波纹啊你带走我的思念。不学那《蔓草》诗中的非礼结合，还是信守《召南》那"发乎情，止乎礼义"的遗训吧。文章是由绚烂归于平淡，感情则是由炽热缠绵归之于淡泊与平静。全赋就此结束。

《闲情赋》以对佳人的高度赞美开始，以对佳人的极度爱慕展开，以对佳人的无限感怀作结。尤其是中篇的"十愿"，铺陈排比，正是赋体本色；十愿其实就是十种比拟，把强烈的爱恋之情具体化了，这应当说是陶渊明的创造，这也是《闲情赋》艺术特色之一。《闲情赋》艺术特色之二，是开篇对佳人艳色及其丽质的描写。论者指陶氏有摹拟曹植《洛神赋》的地方，但陶渊明笔下的形象却绝然不同。尤其是"泛清瑟以自欣"一段，艳色与神情、姿态交互描摹，细腻到"纤指""皓袖""美目""言笑"的描写，活脱脱勾画出一位形神并美、品貌兼优的佳人来，真可说是惟妙惟肖。《闲情赋》艺术特色之三，是在尾篇写失望后的心情时，作者采用了寓情于景、借景言情、景情互衬、情景交融的写法。夕阳，月亮，行云，归波，北风，繁霜以及鸡未鸣、笛声哀之类，化情为形、为声。由于景物的渲染与烘托，更加凸显了失望之情和内心之痛。

在作者生活的那个时代，虽说人的意识有所觉醒，但是一般人还是认为正人君子是不宜在其作品中谈情说爱的，否则就要指其轻薄。除非你是有所寄托，心存讽谏。所以（笔者推测）陶渊明特意在《闲情赋》前写了一篇小序：

> 初，张衡作《定情赋》，蔡邕作《静情赋》，检逸辞而宗澹泊，始则荡以思虑，而终归闲正。将以抑流宕之邪心，谅有助于讽谏。缀文之士，奕代继作，并因触类，广其辞义。余园闾多暇，复染翰为之，虽文妙不足，庶不谬作者之意乎！

这篇小序大约有如下三层意思：一、张衡、蔡邕二人大家公认是正人君子，他们也都写了爱情之赋，而且在我之先；二、作爱情赋应该"宗澹泊""归闲正"，"抑邪心""助讽谏"；三、我于今又写《闲情赋》，虽"文妙不足"，但不悖讽谏之意。据此，陶渊明作《闲情赋》似乎真的是借此以讽谏或规劝世人，因为作者自己都这样明白无误地声言"不谬作者之意"。其实，读者大概已经明白，这或许是作者抛出的一个幌子。为《陶渊明集》作序的萧统，即看出了这一点，他说："白璧微瑕者，惟在《闲情》一赋。扬雄所谓劝百而讽一者，卒无讽谏，何必摇其笔端？惜哉！亡是可也。"（《陶渊明集序》）萧统认为无寄托。而为陶渊明《闲情赋》作注的清人刘光蕡则说有寄托："太史公谓《国风》好色而不淫，以曰《离骚》渊明此篇亦其意。身处乱世，甘于贫贱，宗国之覆既不忍见，而又无如之何，故抚为闲情。其所赋之词，以为学人之求道可也，以为忠臣之恋主可也，即以自悲身世，以思圣帝明王也亦无不可。"

见仁见智，可以不论。单凭笔者读后的感觉来看，笔者只觉得作者的"十愿"，写爱情，真正是笔酣墨饱，令人荡气回肠；作者笔下的绝色佳人，真正是品貌兼优、形神俱美，非常之可爱。笔者品读之余，一时都还没有去想什么寄托不寄托，讽谏不讽谏。也许（只能说是也许）陶

渊明写此赋确有寄托（笔者不这么认为），人们大概也只把它作爱情赋来阅读，来欣赏吧。陶渊明单纯地写一篇爱情赋也不是不可能，因为他也是人，有七情六欲，何况写此赋时还只有三十岁（据王瑶编著《陶渊明集》推断）。笔者想起北宋的欧阳修，他是朝廷重臣、文坛领袖，他把治平大志、家国情怀付之于诗，因为诗言志；他把风月之好、儿女情怀付之于词，因为词主情。有论者为其辩诬，说他的词集《醉翁琴趣外编》里的一些所谓艳词不是欧公自作，乃是"轻薄子"所为。这些论者大概忘了，欧阳修也是有血有肉之人，食人间烟火长大的吧。陶渊明写《闲情赋》，亦是一例。当然，话又说回来，"香草美人"式的象征手法，在我国古代文人中早已深入人心，博学的陶渊明自然更是熟谙此道，学者们说《闲情赋》有寄托，也非空言。只是笔者个人总觉得，将《闲情赋》作为一篇纯粹的爱情美文来阅读，来欣赏，似乎更有韵味。

月·酒·香草美人

——读李白三题

唐代诗人李白，是继屈原之后的伟大的浪漫主义诗人。他的伟大诗篇中反复出现的几个意象——月、酒与香草美人——乃是构成李白那雄奇瑰丽的盛唐华章不可或缺的音符。

月

李白爱月，喜欢吟咏月，与月结下不解之缘。甚至李白之死，有传说是醉酒到水中捞月而死的❶，虽然史载李白病死于当涂（属安徽）❷，但人们却愿意相信民间的传说，因为它符合诗仙李白诗中所一再表达的爱月之情，同时也给这位伟大的浪漫主义诗人之告别人间，画上了一个美丽的句号。❸

李白咏月最脍炙人口，可说是妇孺皆知的名篇当属那首只有二十个字的《静夜思》：

　　　　床前明月光，疑是地上霜。

---

❶　这一说法最早出自五代王定保《唐摭言》，见清王琦注《李白全集·附录五·李太白年谱》："《摭言》曰，李白着宫锦袍，游采石江中，傲然自得，旁若无人，因醉入水中，捉月而死。"（《李白全集》，时代文艺出版社，2001年，第1496页。下文所录李白诗均出自该书，不另加注。）

❷　《李太白年谱》："时李阳冰为当涂令，太白往依之，十一月，疾卒。"（《李白全集》，第1495页）

❸　北宋梅尧臣《采石月赠郭功甫》诗云："采石月下闻谪仙，不应暴落饥蛟涎。夜披锦袍坐钓船，便当骑鱼上青天。醉中爱月江底悬，青山有冢人谩传。以手弄月身翻然，却来人间知几年。"

举头望明月，低头思故乡。

明代的胡应麟称誉说，这首《静夜思》"妙绝古今"（《诗薮》）。究其实，妙就妙在"月"这个美丽的意象上。在月色如霜的静夜，诗人"举头""低头"之间，"明月"幻化作"故乡"，鲜明地勾勒出一幅月夜思乡图。试想，如果只说静夜怀乡，那该缺少了多少余韵。有了"明月"这一意象，诗之意境全出，既自然而又形象化，所要表达的对故乡的思念之情，也就更真挚更强烈了。

以月代故乡，借以表达对故乡依恋之情的诗篇，最早的是《峨眉山月歌》：

峨眉山月半轮秋，影入平羌江水流。

夜发清溪向三峡，思君不见下渝州。

这首诗是少年李白初离蜀地时所作。这里所谓"少年"，那是古代的说法，如今应当说是青年。这首只有二十八个字的七绝，连用峨眉、平羌、清溪、三峡、渝州五个地名，然而正如前人所言："四句入地名者五，古今目为绝唱，殊不厌重。"❶ 为什么？作者之情集中在诗题所示的"峨眉山月"上，"峨眉山月"这一具有象征意义的艺术形象，寄托了少年李白初离故乡、依依不舍的恋乡深情。"思君不见下渝州"的"君"即指峨眉山月❷，那么这月，这故乡的月，影子落在平羌江上，月光映着东流的江水，从清溪到三峡，都一路陪着诗人，直到下渝州看不见了，心中升起悠悠的思念。"月"之意象，实则笼罩全篇，为整首诗创造了一种美丽而又空灵的氛围，很自然地抒发了诗人略带淡愁的依恋乡土的情怀。

借月表现乡思之外，李白正面咏月的名篇有《古朗月行》。"朗月行"是乐府古题，李白采用这个题目，赋予了新的意义：

小时不识月，呼作白玉盘。

又疑瑶台镜，飞在青云端。

---

❶ （明）王世懋《艺圃撷余》，载清人何文焕辑《历代诗话》，中华书局，1981 年，第779 页。

❷ （清）沈德潜《唐诗别裁集》："月在清溪、三峡之间，半轮亦不复见矣，'君'字即指月。"（上海古籍出版社，1979 年，第 654 页。下文所引《唐诗别裁集》均出自该版本，不另加注。）

仙人垂两足，桂树何团团。

白兔捣药成，问言与谁餐？

蟾蜍蚀圆影，大明夜已残。

羿昔落九乌，天人清且安。

阴精此沦惑，去去不足观。

忧来其如何？凄怆摧心肝。

诗人运用浪漫的手法，将小时的想象、神话的传说、民间的故事融为一体，构成一种瑰丽神奇的艺术形象，也寄托了诗人的某种情思。读者往往从"蟾蜍蚀圆影，大明夜已残""忧来其如何？凄怆摧心肝"等诗句中，读出了李白对当时朝政黑暗的不满，沈德潜甚至读出了这是"暗指贵妃能惑主听"（《唐诗别裁集·卷二》）。诗尚寄托，这是我国诗之传统。"白也诗无敌"，有寄托也是可能的。但这首诗正面看还是在咏月，主旨如何并没有明说。

李白写月，有着丰富的内容。写边关望月，则豪迈奔放："明月出天山，苍茫云海间。长风几万里，吹度玉门关。"（《关山月》）写秋闺看月，则意绪缠绵："长安一片月，万户捣衣声。秋风吹不尽，总是玉关情。"（《子夜吴歌·秋歌》）有挂记迁客，托月以寄思念："杨花落尽子规啼，闻道龙标过五溪。我寄愁心与明月，随风直到夜郎西。"（《闻王昌龄左迁龙标遥有此寄》）有称誉山僧，借月表其清高："我有万古宅，嵩阳玉女峰。长留一片月，挂在东溪松。"（《送杨山人归嵩山》）也有只是为所写之情事布景："暮从碧山下，山月随人归。却顾所来径，苍苍横翠微。"（《下终南山过斛斯山人宿置酒》）也有写月只写眼前景、胸中情，而无所寄托："楼观岳阳尽，川迥洞庭开。雁引愁心去，山衔好月来。"（《与夏十二登岳阳楼》）当然，还有借月以抒未酬之豪情壮志："蓬莱文章建安骨，中间小谢又清发。俱怀逸兴壮思飞，欲上青天揽明月。"（《宣州谢朓楼饯别校书叔云》）难能可贵的，李白还写到月下采矿冶炼工人的劳作："炉火照天地，红星乱紫烟。赧郎明月夜，歌曲动寒川。"（《秋浦歌其十四》）

李白写月，运用多样的手法。有用比喻："月下飞天镜，云生结海

楼。"（《渡荆门送别》）有用拟人："湖月照我影，送我至剡溪。"（《梦游天姥吟留别》）有用夸张："举手可近月，前行若无山。"（《登太白峰》）有时实写，描摹月明景致："轻舟泛月寻溪转，疑是山阴雪后来。"（《东鲁门泛舟二首》）"客散青天月，山空碧水流。"（《谢公亭》）"跪进雕胡饭，月光明素盘。"（《宿五松山下荀媪家》）有时虚写，由写月而导出一番哲理性思索："今人不见古时月，今月曾经照古人。古人今人若流水，共看明月皆如此。"（《把酒问月》）这又不禁让人想起初唐张若虚的《春江花月夜》了。

　　李白诗中月的意象，又常常与酒这个意象联系在一起。上面摘引的《把酒问月》正是一例，全诗录于下：

> 青天有月来几时？我今停杯一问之。
>
> 人攀明月不可得，月行却与人相随。
>
> 皎如飞镜临丹阙，绿烟灭尽清辉发。
>
> 但见宵从海上来，宁知晓向云间没。
>
> 白兔捣药秋复春，嫦娥孤栖与谁邻？
>
> 今人不见古时月，今月曾经照古人。
>
> 古人今人若流水，共看明月皆如此。
>
> 唯愿当歌对酒时，月光长照金樽里。

把酒问月的当然是诗人自己，这首诗也就是作者的自我造像。诗篇从酒写到月，最后又从月归到酒，中间反复作喻，穿插神话传说，意绪多端，随兴挥洒，把明月长在、人生短暂之意渲染得淋漓尽致，诗情与哲理并茂，明月共金樽回辉。在塑造崇高、永恒、美好而又有些神秘的月的形象的同时，也显露出一个孤寂高傲、出尘脱俗的诗人自我。这首《把酒问月》，当是熔月、酒两个意象于一炉的好例。下面这首七绝《陪族叔刑部侍郎晔及中书贾舍人至游洞庭五首》其二，同样也是月、酒交融的佳构：

> 南湖秋水夜无烟，耐可乘流直上天？
>
> 且就洞庭赊月色，将船买酒白云边。

诗人一行月夜泛舟洞庭，月光如水，水光接天，水天一派空明，让人产生乘流可上天的联想。但是诗人不愿上天，因为洞庭的月色太美了。面对如此月明之夜，不可无酒，诗人打趣地说，请允许"赊"一片洞庭月色吧，我要"将船买酒白云边"哩！湖北名牌白酒"白云边"三字，大概就取自李白这首诗吧。

酒

李白嗜酒是出了名的。杜甫《饮中八仙歌》其中四句就专咏李白：

> 李白斗酒诗百篇，长安市上酒家眠。
> 天子呼来不上船，自称臣是酒中仙。

诗仙也是酒仙。酒助诗兴，诗借酒狂。李白的咏酒诗作，和他的咏月诗作一样，最能见出诗人的个性。笔者最喜欢吟诵的是他的七古《将进酒》：

> 君不见黄河之水天上来，奔流到海不复回。
> 君不见高堂明镜悲白发，朝如青丝暮成雪。
> 人生得意须尽欢，莫使金樽空对月。
> 天生我材必有用，千金散尽还复来。
> 烹羊宰牛且为乐，会须一饮三百杯。
> 岑夫子，丹丘生，将进酒，杯莫停！
> 与君歌一曲，请君为我倾耳听。
> 钟鼓馔玉不足贵，但愿长醉不复醒。
> 古来圣贤皆寂寞，惟有饮者留其名。
> 陈王昔时宴平乐，斗酒十千恣欢谑。
> 主人何为言少钱，径须沽取对君酌。
> 五花马，千金裘，呼儿将出换美酒，
> 与尔同销万古愁。

《将进酒》原为乐府旧题，李白此作乃旧瓶装新酒。"将"读若"羌"，其义为"请"，"将进酒"即请喝酒，此篇实际上是一首劝酒歌。开篇言

"悲"，"黄河"句以空间，"高堂"句以时间，极言光阴易逝，人生易老。承接以"欢"，以"乐"，"会须一饮三百杯"，以至于"狂"。渐至于"愤"，"钟鼓馔玉不足贵，但愿长醉不复醒"，"古来圣贤皆寂寞，惟有饮者留其名"，非愤激为何？结句"与尔同销万古愁"，这"愁"与开篇之"悲"呼应。而这由悲转乐，转狂，转愤，再转愁，这一过程是以酒这个意象贯穿的，酒是情感的"催化剂"。这首诗，开篇即如天风海雨逼人；中间奔涌跌宕，自由起落；结篇一语挽总，余韵深沉。诗情悲而不伤，愁而能壮，诗人之真性情透过酒这一意象，得到了充分的展露。

还有七言古风《行路难三首》其一，亦以"酒"开篇：

金樽清酒斗十千，玉盘珍馐直万钱。

停杯投箸不能食，拔剑四顾心茫然。

欲渡黄河冰塞川，将登太行雪满山。

闲来垂钓碧溪上，忽复乘舟梦日边。

行路难，行路难，多歧路，今安在？

长风破浪会有时，直挂云帆济沧海。

与《将进酒》不同的是，酒在这里只是引起，只是作为一种反衬。李白嗜酒如命，但是当金樽装满一斗价值十千的美酒，玉盘盛满价值万钱的佳肴，摆在面前时，却停下酒杯放下筷子，吃不进去。为什么？行路难啊！"大道如青天，我独不得出"，(《行路难》其二)"欲渡黄河冰塞川，将登太行雪满山"，诗人拔剑四顾，心绪茫然。当然李白毕竟是李白，他也想过闲下来到碧溪边垂钓，像姜子牙那样，或许还能得遇周文王；又做梦乘船直到红日边上，那不就是受商汤王之聘而成就一番事业的伊尹吗？可是现实是残酷的，"行路难，行路难！多歧路，今安在？"诗人矛盾，彷徨，苦闷，但他相信"天生我材必有用"(《将进酒》)"我辈岂是蓬蒿人"(《南陵别儿童入京》)，终于发出"长风破浪会有时，直挂云帆济沧海"的呼喊，这是一声豪壮的誓言，是李白自许、自负、自信的个性的表露，似也可视为诗人对现实、对运命的一种抗争吧。这一切思绪，又都是在诗人面对美酒佳肴而停杯投箸时产生的，对比鲜明地表达了作者强烈的思想感情。酒这个意象在这首诗里也不是可有可无的呢。

　　李白诗中酒的意象随处皆是。在南陵家里，则是："白酒新熟山中归，黄鸡啄黍秋正肥。呼童烹鸡酌白酒，儿女嬉笑牵人衣。"（《南陵别儿童入京》）过故人庄，友人置酒款待，则是："欢言得所憩，美酒聊共挥。""我醉君复乐，陶然共忘机。"（《下终南山过斛斯山人宿置酒》）与亲人游洞庭湖，则是："划却君山好，平铺湘水流。巴陵无限酒，醉杀洞庭秋。"（《陪侍郎叔游洞庭醉后三首》其三）把偌大一个洞庭湖比作大酒缸，恐怕也是酒后之狂想吧。与友人登岳阳楼，则是："云间连下榻，天上接行杯。醉后凉风起，吹人舞袖回。"（《与夏十二登岳阳楼》）客中思念故乡，则借酒排遣乡愁："兰陵美酒郁金香，玉碗盛来琥珀光。但使主人能醉客，不知何处是他乡。"（《客中作》）与幽人山中相会，招之即来，挥之辄去，狂士与幽人，自由随便，不拘礼节，也是以酒为媒介："两人对酌山花开，一杯一杯复一杯。我醉欲眠卿且去，明朝有意抱琴来。"（《山中与幽人对酌》）在宣城，一位姓纪的酿酒老师傅去世了，就写了一首诗悼念他，想象他还在造酒："纪叟黄泉里，还应酿老春。夜台无李白，沽酒与何人？"（《哭宣城善酿纪叟》）即将离开金陵，一群青年朋友在酒店设酒送别，诗人即记之以诗："风吹柳花满店香，吴姬压酒劝客尝。金陵子弟来相送，欲行不行各尽觞。请君试问东流水，别意与之谁短长？"（《金陵酒肆留别》）

　　笔者最喜诵读的李白的"酒"诗，还是有名的《月下独酌》四首中的第一首：

> 花间一壶酒，独酌无相亲。
>
> 举杯邀明月，对影成三人。
>
> 月既不解饮，影徒随我身。
>
> 暂伴月将影，行乐须及春。
>
> 我歌月徘徊，我舞影零乱。
>
> 醒时同交欢，醉后各分散。
>
> 永结无情游，相期邈云汉。

诗人一个人在花间饮酒，感到很孤独，于是"举杯邀明月""对影成三人"。可是"月既不解饮""影徒随我身"，又感叹孤独了。诗人厌倦了

孤独，只好"暂伴月将影"而"行乐须及春"了。于是，花好月圆，诗人酒酣，"我歌月徘徊，我舞影凌乱"。可是诗人想到"醒时同交欢""醉后各分散"，孤独感又袭上心头。最后，诗人真诚地与月与影相约："永结无情游，相期邈云汉。"表面看来，诗人花间饮酒，与月、影为伴，仿佛真得其乐；可是通过作者出出进进的独与不独的描述，读者深感诗人背面却有无限的凄凉。然而，这凄凉是隐没在诗句的背后，诗之表面还是很热闹的。这就是李白，这也才是李白。

李白的这种孤独感，在《春日醉起言志》一诗中表现得更加突出：

> 处世若大梦，胡为劳其生？
>
> 所以终日醉，颓然卧前楹。
>
> 觉来眄前庭，一鸟花间鸣。
>
> 借问此何时，春风语流莺。
>
> 感之欲叹息，对酒还自倾。
>
> 浩歌待明月，曲尽已忘情。

诗人"对酒还自倾"连月与影也邀不来，只有"浩歌待明月"了。

李白的孤独，是诗人与现实的矛盾造成的。读一读他的《梦游天姥吟留别》的"世间行乐亦如此，古来万事东流水"，这中间包含着诗人对人生的几多失意和几多感慨。而结尾突兀而出的两句："安能摧眉折腰事权贵，使我不得开心颜！"又唱出了诗人以及与诗人有相同命运的旧时代怀才不遇的士子多么悲愤的心声！所以，哪怕明知"抽刀断水水更流，举杯销愁愁更愁"（《宣州谢朓楼饯别校书叔云》），诗人也要"黄金白璧买歌笑，一醉累月轻王侯"（《忆旧游谯郡元参军》）了。

香草美人

"香草美人"作为一种有着象征意义的写作手法，是从屈原的《离骚》开始的，"香草美人"的传统，不知沾溉了多少代文人的心灵。李白的浪漫主义诗篇，也从屈赋中学习和借鉴了"香草美人"的写作手法，取得了新的成功。

请看《梦游天姥吟留别》中写梦境的一段吧：

> 脚著谢公屐，身登青云梯。
>
> 半壁见海日，空中闻天鸡。
>
> 千岩万转路不定，迷花倚石忽已暝。
>
> 熊咆龙吟殷岩泉，栗深林兮惊层巅。
>
> 云青青兮欲雨，水澹澹兮生烟。
>
> 列缺霹雳，丘峦崩摧。
>
> 洞天石扉，訇然中开。
>
> 青冥浩荡不见底，日月照耀金银台。
>
> 霓为衣兮风为马，云之若兮纷纷而来下……

读者从这里似乎不难看出，屈原《离骚》里"朝发轫于天津兮，夕余至乎西极"一段或"朝发轫于苍梧兮，夕至于悬圃"一段的影子。李白同屈原一样，对昏暗的现实失望，希冀能找到理想的乐土。诗人梦游天姥中仙境的描绘，那里面的洞天福地，日月照耀，奇花异石，美丽仙人，实际上都是诗人理想的寄托，富有象征的意义。现实中没有的，只能到梦中去寻找。

据说李白初到长安时，老诗人贺知章读了他的几首诗，大为叹赏，称誉李白是"天上谪仙人也"。其中一首诗就是《乌夜啼》。《乌夜啼》为乐府旧题，多写男女离别相思之苦。李白此作，主题相类，但别出新意：

> 黄云城边乌欲栖，归飞哑哑枝上啼。
>
> 机中织锦秦川女，碧纱如烟隔窗语。
>
> 停梭怅然忆远人，独宿孤房泪如雨。

开头两句从外落笔，绘一幅秋林晚鸦图。中间两句由内着墨，写一幅秦女织锦图。结尾两句则是一幅美女垂泪图，具体勾勒佳人的动作神情，深入人物的精神世界，点明"忆远人"之主题。那么，这首诗只是单纯的相思曲么？不是。《唐诗别裁集》编者沈德潜说它"蕴含深远"，贺知章由此而称作者为"谪仙人"，还在于它包含着许多言外之意。不同的读者或许能从中读出不同的借喻或象征的意义。

同时受到贺知章激赏的还有一篇《乌栖曲》。《乌栖曲》亦为乐府旧

题，南朝梁简文帝君臣曾以此作艳歌。李白此作则有寄托，有寓意，如作艳情诗看就大大唐突我们的大诗人了：

> 姑苏台上乌栖时，吴王宫里醉西施。
> 吴歌楚舞欢未毕，青山欲衔半边日。
> 银箭金壶漏水多，起看秋月坠江波。
> 东方渐高奈乐何！

乌栖时，欲衔日，坠江波，是写实景，与吴王宫里醉生梦死、纵情享乐的情景相表里；又似乎是一种象征，所谓乐极生悲，难乎为继。结尾出一单句"东方渐高奈乐何"，是吴王"欢娱嫌夜短"而发出的喟叹？还是诗人对吴王沉溺不醒，将会是乐也难继、好梦不长的预警？抑或二者兼而有之？这以突兀的单独一问作结，实在引人注目，不能不说它意味深长。所以前人一般解此篇为借吴宫比唐宫，借吴王夫差比玄宗皇帝，借西施比杨贵妃，托讽玄宗沉湎女色、迷恋贵妃而荒于国事。贺知章肯定读出了其中的讽谕之意，所以他叹赏说："此诗可以泣鬼神矣！"❶

同是乐府古题的还有《妾薄命》，李白"依题立义"，通过对阿娇由得宠到失宠的描写，揭示了那个时代"以色事人"，色衰而爱弛的悲剧命运。而推广开来，又有许多寓意在：

> 汉帝重阿娇，贮之黄金屋。
> 咳唾落九天，随风生珠玉。
> 宠极爱还歇，妒深情却疏。
> 长门一步地，不肯暂回车。
> 雨落不上天，水覆难再收。
> 君情与妾意，各自东西流。
> 昔日芙蓉花，今成断根草。
> 以色事他人，能得几时好？

卒章显志，"以色事他人，能得几时好"，不仅对以色，而且是对以各种面目、各种手段"事人"的人的指斥和讽刺。其得宠时，"咳唾落九天，

---

❶ （唐）孟棨：《本事诗》，古典文学出版社，1957年，第15页。

随风生珠玉";而失宠时，"昔日芙蓉花，今成断根草"。历史上我们见过的这类人还少吗？下场不也很可悲吗？究其悲剧之源，在于"以色事人"。这"香草美人"之喻，既形象，又含蓄，很能发人深省。

当然，还有《玉阶怨》：

> 玉阶生白露，夜久侵罗袜。
>
> 却下水晶帘，玲珑望秋月。

诗人以精简婉丽之笔，为我们勾画了一位佳人夜深独自望月的形象。题为《玉阶怨》，诗句字面无一怨字，乃是画家所谓"背面敷粉"法。怨谁？怨什么？为何而怨？不得而知。而还是这不得而知，引人思索，逗人遐想：言外之意？弦外之音？读者尽可涵咏再三，品其余味。

脍炙人口的《清平调》三章，似也可作"香草美人"看：

> 云想衣裳花想容，春风拂槛露华浓。
>
> 若非群玉山头见，会向瑶台月下逢。

> 一枝红艳露凝香，云雨巫山枉断肠。
>
> 借问汉宫谁得似？可怜飞燕倚新妆。

> 名花倾国两相欢，长得君王带笑看。
>
> 解释春风无限恨，沈香亭北倚阑干。

沈德潜点评说："三章合花与人言之，风流旖旎，绝世丰神。"❶ 又有传说高力士谓飞燕比拟轻薄，言于贵妃，贵妃又谮于皇上，李白因而被遣云云。有论者力驳此说，说玄宗博学能文大才子，贵妃也不是毫无文化修养之人，他们都未看出讽意，而一太监竟能如此这般，此乃好事之徒，强加曲解。沈德潜点评"解释春风无限恨"句说："本言释天子之愁恨，托以春风，措辞微婉。"实则沈氏还是认为有所寓意。依笔者看来，撇开有无寄托、象征不论，单读这三章诗，咏牡丹与杨妃，只觉春风满纸，语语浓艳，牡丹之美伦美奂，杨妃之倾国倾城，名花美人交相辉映，足

---

❶ 《唐诗别裁集》，第 657 页。

以展示我大唐气象。即就此点而言,《清平调》三章亦有象征之意存焉。笔者以为,"香草美人"的说法,似乎可以放宽一点来看,不必拘于古人只理解为君臣或君子小人之喻。只要是有所寄托,有所讽谕,有象征意味的花草之什、佳人之章,都是在或多或少学习和承继从屈赋以来的"香草美人"的传统吧。有人说李白诗篇篇不离醇酒美人,而加以贬抑。不错,李白诗说到酒说到佳人的是多了点,但这酒许多时候表现的是他那狂放不羁、笑傲王侯的禀赋和气概,而美人呢,也有不少寄托着诗人的理想或某种讽谕,与纵情声色享乐不可一概而论。

李白是和杜甫齐名的伟大诗人,韩愈所谓"李杜文章在,光焰万丈长"。李白的诗篇瑰伟奇华,丰富多彩,月、酒、香草美人,只是他诗歌中经常出现的三个意象。但这月、这酒,连同这香草美人,正好契合了李白飘逸的个性和李白诗浪漫的风格,所以月在李白诗中更加美丽,酒在李白诗中更加香醇,而香草美人在李白诗中也更加蕴藉含蓄、流韵悠长。李白诗中的月、酒、香草美人,是诗人李白个人的,也是盛唐的:因为李白的诗,从文化层面上,显示了盛唐之所以为盛。

"吾读杜甫诗，喜其体裁备"

——读杜诗随谈之一

陈毅元帅《冬夜杂咏》组诗中，有一篇《吾读》，其中四句："吾读杜甫诗，喜其体裁备。干戈离乱时，忧国忧民泪。"笔者以为，这是对杜诗很好的概括：一是艺术形式上，杜诗集诗之大成，诸体皆工，垂范后世；二是思想内容上，杜诗纪时纪事，忧国忧民，堪称诗史。杜诗"不仅具有极为丰富的社会内容、鲜明的时代色彩和强烈的政治倾向，而且充溢着热爱祖国、热爱人民的崇高精神。"[1] 范文澜评述百花盛放的唐文苑，以王维、李白、杜甫作为盛唐诗坛的三个代表人物，说他们的诗，是佛（释）、道、儒三种思想的结晶。而"儒家的思想感情，是非喜怒，最合乎中国封建社会的道德标准。历代诗评家对王维、李白或有异辞，而杜甫的'诗圣'地位从未动摇过"[2]。是的，杜甫那"致君尧舜上，再使风俗淳"（《奉赠韦左丞丈二十二韵》）的政治抱负，"穷年忧黎元，叹息肠内热"（《自京赴奉先县咏怀五百字》）的忧民意识，"济时敢惜死？寂寞壮心惊"（《岁暮》）的爱国情怀，"必若救疮痍，先应去蟊贼"（《送韦讽上阆州录事参军》）的对祸国殃民者的强烈憎恨，都一一表现在他的诗篇里。这一点本文将不展开论述。

杜诗的"体裁备"，确实给笔者留下极为深刻的印象，这印象是和盛唐诸大家相比较得出的。如孟浩然只长于五言，且只多短歌，七言则逊

---

[1] 萧涤非：《杜甫诗选注》，人民文学出版社，1985 年，第 10 页。

[2] 范文澜：《中国通史》，人民出版社，2015 年，第四册，第 454 页。

色得多。高适、岑参长于七言歌行，五古则又稍逊。王昌龄工于七绝，其他则少有名篇。李白各体皆有佳作，但七律一体写得很少，选家选来选去，往往只选取《登金陵凤凰台》一篇，论者指李白天才恣纵，不愿受格律拘束，这种解释是对的，但李白于七律一体殊少贡献，也是事实。只有王维，各体皆工，多有佳作名于世，但与杜甫比较，像五古尤其是长篇还是逊色得多。

我们不妨依照《唐诗别裁集》和《唐诗三百首》的体例次序，来看一看杜诗各体的情况吧。

先看五古。杜诗五古，率多名篇。旧时代十分推重的《北征》不论，《自京赴奉先县咏怀五百字》就是历代公认的名篇，脍炙人口的名句"朱门酒肉臭，路有冻死骨"就出自这一首。《赠卫八处士》亦是公认的名篇，"夜雨剪春韭，新炊间黄粱"，清新自然，向来为人们所爱读。青少年时代的《望岳》就表现出器宇不凡，"会当凌绝顶，一览众山小"，成为今天人们都爱引用的名句。更有《前出塞》《后出塞》《羌村三首》，尤其是"三吏"（《新安吏》《潼关吏》《石壕吏》）"三别"（《新婚别》《垂老别》《无家别》），等等，无论思想性、艺术性，古今无人能出其右。笔者以为，仅就杜甫的五古名篇，即能奠定杜诗"诗史"的地位。

再看七古。《兵车行》开篇："车辚辚，马萧萧，行人弓箭各在腰。爷娘妻子走相送，尘埃不见咸阳桥。牵衣顿足拦道哭，哭声直上干云霄。"结尾："君不见，青海头，古来白骨无人收。新鬼烦冤旧鬼哭，天阴雨湿声啾啾。"这是安史之乱前，对唐玄宗不断发动不义战争的政治讽刺。纪事纪言，客观描写，极富感染力。《洗兵马》前面写："已喜皇威清海岱，常思仙仗过崆峒。三年笛里关山月，万国兵前草木风。"结尾说："安得壮士挽天河，净洗甲兵长不用！"这是安史之乱中，官军收京后作，对战事的顺利走向和国家复兴有望，表示了极大的喜悦，声调洪亮，词句壮丽，的是佳构。《丽人行》前篇写杨贵妃的游冶淫逸，后篇写杨国忠的气焰逼人。清浦起龙《读杜心解》评论说："无一刺讥语，描摹处，语语刺讥；无一慨叹声，点逗处，声声慨叹。"❶ 清施补华《岘傭说

---

❶ （清）浦起龙：《读杜心解》，中华书局，1977 年，第 229 页。

诗》称誉《丽人行》："此诗之善讽也。"❶ 还有《茅屋为秋风所破歌》，结尾高吟："安得广厦千万间，大庇天下寒士俱欢颜，风而不动安如山。呜呼！何时眼前突兀见此屋，吾庐独破受冻死亦足！"充分表现了诗人对人民的同情和热爱。王安石题杜甫画像诗："宁令吾庐独破受冻死，不忍四海赤子寒飕飕。"不正是以这首诗，做了杜甫的代表作了吗？《观公孙大娘弟子舞剑器行》开篇："昔有佳人公孙氏，一舞剑器动四方。观者如山色沮丧，天地为之久低昂。霍如羿射九日落，矫如群帝骖龙翔。来如雷霆收震怒，罢如江海凝清光。"当时观者看得眼花缭乱，今日读者读来也仍心动神摇。《丹青引·赠曹将军霸》写画家曹霸高超入神的技艺："凌烟功臣少颜色，将军笔下开生面。良相头上进贤冠，猛将腰间大羽箭。褒公鄂公毛发动，英姿飒爽来酣战。"真正是写得栩栩如生。《八仙歌》写饮中八人，各具面目，尤其写诗仙李白，草圣张旭，更是神情逼真。还有《阆山歌》《阆水歌》之类勾画蜀中山水的篇什，表现了诗人对祖国山河胜景的热爱之情。杜甫的七古诗，题材广泛，风格多样，数其名篇佳作，应是指不胜屈。

近体律诗，无论五律还是七律，杜甫皆擅胜场。先说五律。青年之作《登兖州城楼》即格律工稳，结构谨严，前人多取以为式。早期还有《房兵曹胡马》《画鹰》《春日忆李白》，俱是名作。尤其《春日忆李白》，称"白也诗无敌"，发出"何时一樽酒，重与细论文"的感叹，表现了两位大诗人之间纯真而又深厚的友谊，一向为人们所爱诵。安史乱中厄于长安时的《月夜》《对雪》《春望》《月夜忆舍弟》，都是广播人口的佳作，特别是《春望》的"感时花溅泪，恨别鸟惊心"一联，前人解之不同，但公认是名句。居成都时的《春夜喜雨》，写春雨"随风潜入夜，润物细无声"，可谓体物入微。漂泊西南时的《去蜀》《旅夜书怀》《登岳阳楼》，忧国伤时亦自伤，都是感情沉痛的名篇。

再看七律。有人说，七律到了老杜，才是真正的成熟。杜诗"沉郁顿挫"的风格特征，也主要体现在他的七律上。他自言"晚节渐于诗律

❶ （清）施补华：《岘傭说诗》，载王夫之等撰，丁福保编《清诗话》，上海古籍出版社，1978 年，下册第 985 页。

细"（《遣闷戏呈路十九曹长》），漂泊西南期间写下了许多七律，像《蜀相》《堂成》《江村》《狂夫》《野老》《客至》《登楼》《登高》，等等。尤其是《登高》：

> 风急天高猿啸哀，渚清沙白鸟飞回。
>
> 无边落木萧萧下，不尽长江滚滚来。
>
> 万里悲秋常作客，百年多病独登台。
>
> 艰难苦恨繁霜鬓，潦倒新停浊酒杯。

萧涤非说：虽是一首悲歌，却是"拔山扛鼎"式的悲歌，它给予我们的感受，不是悲哀，而是悲壮；不是消沉，而是激动；不是眼光狭小，而是心胸阔大。语言的精练，对仗的自然（八句皆对），也都达到登峰造极的地步。❶ 明代的胡应麟在他的《诗薮》中，推老杜这首《登高》为古今七言律第一。当我们读着"无边落木萧萧下，不尽长江滚滚来""万里悲秋常作客，百年多病独登台"这样的诗句时，不能不感到前人给老杜七律的"沉郁顿挫"四字评语，实在精确难移。

最后来看看绝句。前人对杜甫的绝句，看法则多有异同。明胡应麟说："盛唐长五言绝、不长七言绝者，孟浩然也；长七言绝、不长五言绝者，高达夫也；五、七言各极其工者，太白；五、七言俱无所解者，少陵。"又说"少陵不甚工绝句"，还说遍检其集，只得二首。❷ 杨慎说："唐人之诗，乐府本效古体，而意反近；绝句本自近体，而意实远。故求风雅之仿佛者，莫如绝句，唐人之所偏长独至，而后人力追莫嗣者也。""少陵虽号大家，不能兼善，以拘于对偶，且汩于典故，乏性情尔。"❸

清人叶燮则持不同看法，他认为："杜七绝轮囷奇矫，不可名状，在杜集中另是一格，宋人大概学之。"❹ 李重华说："杜老七绝，欲与诸家分道扬镳，故尔别开异境，独其情怀，最得诗人雅趣。"❺ 潘德舆在其《养

❶ 《杜甫诗选注》，第 162 页。

❷ （明）胡应麟：《诗薮》，上海古籍出版社，1979 年，第 116 页。

❸ （明）胡震亨：《唐音癸签》，上海古籍出版社，1981 年，第 100 页。

❹ （清）叶燮：《原诗》，《清诗话》下册，第 610 页。

❺ （清）李重华：《贞一斋诗说》，《清诗话》下册，第 925 页。

一斋李杜诗话》里，引人之议论并自作评点说："敖氏英曰：少陵绝句，古意黯然，风格矫然，用事奇崛朴健，与盛唐诸家不同。钟氏惺曰：少陵七绝，长处在用生，往往有别趣，有似民谣者，有似填词者。但笔力自高，寄托有在，运用不同。看诗取其音响稍谐者数首，则不如勿看。观此二说，则知杜公绝句，在盛唐中自创一格，乃由其才大力劲，不拘声律所至。而无意求工，转多古调，与太白、龙标正可各各单行。"❶

笔者的看法，若以龙标（王昌龄）、供奉（李白）七绝作为标准，来衡量评价杜甫的七绝，则杜之七绝当逊于王，也逊于李。若能承认工部的七绝风格也是七绝风格的一种，而且是别出蹊径，则杜之七绝当与龙标、供奉并驾齐驱。然而一般说来，人们比较推重李、王那种比较空灵、流转，或俊爽，或含蓄，但都是自然成趣的七绝风格；而对杜甫那种以律写绝，讲铺陈，讲对偶，比较典重风格的七绝，似乎兴趣稍逊。但如果从杜甫敢于另辟蹊径、自创一格这个角度来看，杜甫七绝也给读者提供了另一种选择，使七绝一体，风格更为丰富多采，杜诗的绝句仍然有它的贡献。

我们不妨来读读杜甫的绝句。先读五绝：

六绝句·之一

急雨捎溪足，斜晖转树腰。

隔巢黄鸟并，翻藻白鱼跳。

六绝句·之二

江动月移石，溪虚云傍花。

鸟栖知故道，帆过宿谁家？

绝句二首·其一

迟日江山丽，春风花草香。

泥融飞燕子，沙暖睡鸳鸯。

---

❶ （清）潘德舆：《养一斋李杜诗话》，载郭绍虞编选，富寿荪校点《清诗话续编》，上海古籍出版社，1983年，第四册，第2202页。

绝句二首·其二

江碧鸟逾白，山青花欲然。
今春看又过，何日是归年？

八阵图

功盖三分国，名成八阵图。
江流石不转，遗恨失吞吴。

复愁十二首·之一

万国尚防寇，故园今若何？
昔归相识少，早已战场多。

复愁十二首·之二

胡虏何曾盛？干戈不肯休！
闾阎听小子，谈话觅封侯。

再看七绝：

赠李白

秋来相顾尚飘蓬，未就丹砂愧葛洪。
痛饮狂歌空度日，飞扬跋扈为谁雄？

绝句漫兴九首·之一

眼见客愁愁不醒，无赖春色到江亭。
即遣花开深造次，便教莺语太丁宁。

绝句漫兴九首·之二

肠断春江欲尽头，杖藜徐步立芳洲。
颠狂柳絮随风舞，轻薄桃花逐水流。

江畔独步寻花七绝句·之一

黄师塔前江水东，春光懒困倚微风。
桃花一簇开无主，可爱深红爱浅红。

江畔独步寻花七绝句·之二

黄四娘家花满蹊，千朵万朵压枝低。

留连戏蝶时时舞，自在娇莺恰恰啼。

赠花卿

锦城丝管日纷纷，半入江风半入云。

此曲只应天上有，人间能得几回闻？

戏为六绝句·之一

王杨卢骆当时体，轻薄为文哂未休。

尔曹身与名俱灭，不废江河万古流。

绝句四首·之一

两个黄鹂鸣翠柳，一行白鹭上青天。

窗含西岭千秋雪，门泊东吴万里船。

夔州歌十绝句·之一

中巴之东巴东山，江水开辟流其间。

白帝高为三峡镇，瞿塘险过百牢关。

解闷十二首·之一

草阁柴扉星散居，浪翻江黑雨飞初。

山禽引子哺红果，溪女得钱留白鱼。

江南逢李龟年

岐王宅里寻常见，崔九堂前几度闻。

正是江南好风景，落花时节又逢君。

笔者抄录如许之多的杜诗的绝句，一是为了证明杜甫绝句也有许多佳作；二是为了让读者在阅读本文时，也能具体领略杜甫绝句的艺术美。元帅诗人陈毅的"吾读杜甫诗，喜其体裁备"的诗句，言之不虚。即使对杜甫的绝句，前人或有微词，却也是佳构多多，而且具有别样的风采，如多用对仗，而且对得很工整，显得十分典丽。

集大成与创新格
——读杜诗随谈之二

　　杜甫诗向来被称为集诗之大成。唐代元稹在《唐故检校工部员外郎杜君墓系铭》里说："至于子美，盖所谓上薄风骚，下该沈、宋，言夺苏、李，气吞曹、刘，掩颜、谢之孤高，杂徐、庾之流丽，尽得古今之体势，而兼文人之所独专矣。"❶ 宋代苏门四学士之一的秦观，在《韩愈论》里说："杜子美者，穷高妙之格，极豪逸之气，包冲淡之趣，兼峻洁之姿，备藻丽之态，而诸家之作所不及焉。然不集诸家之长，杜氏亦不能独至于斯也，岂非适当其时故耶？孟子曰：伯夷，圣之清者也；伊尹，圣之任者也；柳下惠，圣之和者也；孔子，圣之时者也。孔子之谓集大成。呜呼！杜氏、韩氏亦集诗文之大成者欤！"❷ 苏门另一弟子陈师道也转述其师的话说："子瞻谓杜诗、韩文、颜书、左史，皆集大成者也。"❸ 元稹话里没有"集大成"几个字，但无不是在说杜诗的集大成；秦观和陈师道转述苏轼的话，都明白无误地一致称许杜诗的集大成。

　　杜甫"不薄今人爱古人"，他说："未及前贤更勿疑，递相祖述复先谁？别裁伪体亲风雅，转益多师是汝师。"（《戏为六绝句》）意思是说，既然不及前贤，那么前贤对我们就都有值得学习的地方。"别裁伪体亲风

---

❶ （唐）元稹：《唐故检校工部员外郎杜君墓系铭》，载《全唐文》卷六五四，上海古籍出版社，1990 年。

❷ （宋）秦观撰，徐培均笺注：《淮海集笺注》卷二二，上海古籍出版社，1994 年。

❸ （宋）陈师道：《后山诗话》，载何文焕《历代诗话》，中华书局，1981 年，第 304－309 页。

雅"，主要表明杜甫在诗的思想内容上的主张；"转益多师是汝师"，则主要表明他对于诗的艺术形式的看法。杜诗在思想内容方面被称为"诗史"，在艺术风格方面则被称为"集大成"。

宋人胡仔《苕溪渔隐丛话》引秦观《进论》评杜诗之语："杜子美之于诗，实积众家之长，适当其时而已。昔苏武、李陵之诗，长于高妙。曹植、刘公干之诗，长于豪逸。陶潜、阮籍之诗，长于冲澹。谢灵运、鲍照之诗，长于峻洁。徐陵、庾信之诗，长于藻丽。于是杜子美者，穷高妙之格，极豪逸之气，包冲澹之趣，兼峻洁之姿，备藻丽之态，而诸家之作，所不及焉。然不集诸家之长，杜氏亦不能独至于斯也；岂非适当其时故邪？"❶ 宋人吴沆《环溪诗话》称述杜甫诗"兼古今"："大抵他人之诗，工拙以篇论，杜甫之诗，工拙以字论。他人之诗，有篇则无对，有对则无句，有句则无字；杜甫之诗，篇中则有对，对中则有句，句中则有字。他人之诗，至十韵二十韵则萎靡叛散而不能收拾；杜甫之诗，至二十韵三十韵则气象愈高，波澜愈阔，步骤驰骋，愈严愈紧，非有本者，能如是乎？唐史有言：诗人以来，未有如子美浑涵汪洋，千汇万状，兼古今而有之也。"❷ 叶燮《原诗》也说："杜甫之诗，包源流，综正变，自甫以前，如汉魏之浑朴古雅，六朝之藻丽秾纤、澹远韶秀，甫诗无一不备。然出于甫，皆甫之诗，无一字句为前人之诗也。自甫以后，在唐如韩愈、李贺之奇秃，刘禹锡、杜牧之雄杰，刘长卿之流利，温庭筠、李商隐之轻艳，以至宋、金、元、明之诗家，称巨擘者，无虑数十百人，各自炫奇翻异，而甫无一不为之开先。此其巧无不到，力无不举，长盛于千古，不能衰，不可衰者也。今之人固群然宗社矣，亦知杜之为杜，乃合汉魏六朝并后代千百年之诗人而陶铸之者乎！"❸ 清人刘熙载说："杜诗高、大、深俱不可及。吐弃到人所不能吐弃，为高；涵茹到人所不能涵茹，为大；曲折到人所不能曲折，为深。"❹ 方东树说："丘壑万状，唯

❶ （宋）胡仔：《苕溪渔隐丛话》，人民文学出版社，1962 年，第 56 – 58 页。

❷ （宋）惠洪、朱弁、吴沆撰：《冷斋夜话·风月堂诗话·环溪诗话》，中华书局，1988年，第 127 页。

❸ （清）叶燮撰，霍松林校注：《原诗》，人民文学出版社，1979 年，第 8 页。

❹ （清）刘熙载：《艺概》，上海古籍出版社，1978 年，第 59 页。

有杜公，古今一人而已。"（《昭昧詹言》）❶

读着这些前人有关杜诗集大成的评论及称许杜诗之辞，美言妙赏，无以复加，笔者真是为我们拥有这样伟大的诗人而感到自豪。"集大成"是历代的人们对杜诗艺术的极高评价。但是，笔者以为，杜诗艺术"集大成"这一面以外，更有"创新格"的一面。诗人杜甫的艺术创造力也是惊人的。笔者愿举其大端，略述于次。

一是杜诗扩大了诗的作用范围，杜甫可以尽情且随意地用诗写传记，写游记，写奏议，写书札，凡是他人用散文来写的，他都可以用诗的形式来写。比如，经营草堂时，就写有《萧八明府实处觅桃栽》："奉乞桃栽一百根，春前为送浣花村。河阳县里虽无数，濯锦江边未满园。"恳请之外有几分矜持，又带有几分幽默。

二是杜甫写了大量的叙事诗。杜甫以前，文人写的叙事诗是很少的，叙人民之事的就更少。杜甫的叙事诗不仅数量多，而且质量高，表现他的现实主义特色也最突出，最充分。《北征》《自京赴奉先咏怀五百字》《羌村三首》，有名的"三吏""三别"，都是优秀的叙事诗。也正是这些叙事诗，奠定了杜诗"诗史"的地位。

三是杜甫大量使用"即事名篇"（元稹语）的写作方法，许多诗不再沿用乐府旧题。这样的写作方法，直接开导了中唐元（稹）、白（居易）的新乐府运动。杜甫的《丽人行》《兵车行》《哀江头》《哀王孙》《新安吏》《潼关吏》《石壕吏》和《新婚别》《垂老别》《无家别》，实际上就是新题乐府。可以说，新题乐府是杜甫最先开创的。

四是在七言律诗方面，杜甫有他的创造。内容上，杜甫之前，七律照例是用来歌功颂德或应酬的，而杜甫则用七律这种形式来反映现实。艺术上，有人说七律是到了杜甫手上才最后完全成熟的，说杜之七律"曲尽其妙"。的确，杜甫七律，立意之高远，布局之谨严，格律之整饬，属对之精工，造句之新颖，辞藻之典丽，用典之切当，气韵之沉郁，音节之顿挫，应当说是前无古人，后乏来者。像《卜居》《蜀相》《江村》《堂成》《狂夫》《野老》《客至》《闻官军收河南河北》《九日》《又呈吴

---

❶　（清）方东树：《昭昧詹言》，人民文学出版社，1961年，第40页。

郎》《宿府》《登楼》《登高》，杜甫七律可谓登峰造极。

五是杜甫大量运用组诗的形式，扩大诗的叙写范围，更广泛地反映社会现实，更充分地表达诗人的思想感情。比如，七律组诗《曲江二首》《咏怀古迹五首》《诸将五首》《秋兴八首》等最为著名。在《秋兴八首》中，诗人充分发挥了他的艺术才能，把整个的时代气氛，"安史之乱"前后数十年的历史变迁以及个人心灵上的感受，用完美的艺术形式表现出来，结构上又那么完整、统一、和谐，风格上又那么雄浑、悲壮、绮丽，八首七律，浑然一体，在艺术技巧上达到了惊人的美学高度。胡适在他的《白话文学史》中，说《秋兴》八首"全无文学价值"，"只是一些失败的诗顽艺儿"，只是他一人的偏执之论。

六是杜甫提高了俗语的地位，丰富了诗的语言，使诗更接近生活，接近民众。采用俗语，是杜诗一大特色。像《兵车行》的"爷娘妻子走相送""牵衣顿足拦道哭"即是口头语；《前出塞》的"挽弓当挽强，用箭当用长。射人先射马，擒贼先擒王"更是有同谣谚了。在诗中，尤其是叙事诗中采用一些俗语，能够增加作品的真实性和亲切感，还有助于人物语言的个性化。前人或有指杜诗有粗、俗之瑕，个别还讥讽杜甫为"村夫子"，实在是不识玉璞，鄙陋可笑。

七是杜甫注重语言的锤炼，千方百计创造出"字字不闲"的诗句。杜甫自称："为人性僻耽佳句，语不惊人死不休"（《江上值水如海势短述》）。前人评杜诗"万姓疮痍合，群凶嗜欲肥"句（《送卢十四弟》）说："合"字"肥"字，惨不可读。诗有一字而峻夺人魄者，此也。（卢世㴶《杜诗胥抄》）这种例子很多，单说这"肥"字，杜诗中即有"绿垂风折笋，红绽雨肥梅"（《陪郑广文游何将军山林》）的句子，"肥"字状红梅得雨而盛开的景象，也很新鲜。

八是杜诗艺术风格的多样性。沉郁顿挫是其主要风格，感情基调是悲慨。杜甫忧国忧民，动乱的时代、个人的坎坷遭遇与国家的危亡倾覆、人民的流离疾苦融合在一起，见之于诗，则是沉郁顿挫。沉郁，是情感的悲慨壮大深厚；顿挫，是感情表达的波浪起伏、反复低回。主调之外，杜诗还有其他风格。比如，萧散自然，是又一风格特色。这类优秀诗作也很多，像七律《客至》"舍南舍北皆春水"，绝句"两个黄鹂鸣翠柳"

“黄四娘家花满蹊”之类。草堂时期稍微安定，诗人心境大约也平和许多，这类萧散自然的诗作不少。当然风格的多样性不是杜甫诗所独有，但杜诗显得很突出，这应当也是杜甫艺术创造力的表现。

杜甫诗的“集大成”和“创新格”，二者之间实有割不断的关联。没有集大成，很难创新格，集大成可说是创新格的必要前提，而创新格则是集大成的必然结果。集大成与创新格，在诗人杜甫身上得到完美的统一。

读萧涤非《杜甫诗选注》

　　杜甫被称作"诗圣"，杜诗被誉为"诗史"，杜甫诗在国人中影响巨大，流播很广。历代文人为之作笺作注，有所谓"千家注杜"之说。笔者架上就有清人仇兆鳌的《杜诗详注》、浦起龙的《读杜心解》、杨伦的《杜诗镜诠》，还有今人王士菁的《杜诗今注》。杜诗的选本也很多，有李杜合选本，有杜甫单选本。笔者最喜欢阅读的则是萧涤非先生编著的《杜甫诗选注》，置之案头，随时翻翻，到现在几乎快翻烂了。

　　这部《杜甫诗选注》，原来是山东大学教授萧涤非先生的代表作之一《杜甫研究》（上下册）的下册，上册系杜甫杜诗研究论著，下册则是杜甫诗作的笺注阐释，上下册配合，构成一部极有分量的杜甫研究学术著作，倾注了萧先生几十年学杜、研杜的心血。1962 年，是诗人杜甫诞生1250 周年，同时也是杜甫作为世界文化名人之一来纪念的一年。那时萧先生正在北京，参加《中国文学史》教科书的编写工作（就是高校通用的署名游国恩、萧涤非、王起、季镇淮、费正纲主编的四卷本《中国文学史》）。人民文学出版社为配合纪念杜甫的活动，请萧先生将《杜甫研究》下册作品注释部分改编为《杜甫诗选注》，并以作者为《诗刊》写的《人民诗人杜甫》的纪念文字用作"代前言"。萧先生恭谨从事，将原选 266 首删去 8 首，增选 27 首，共得 285 首，注释亦做了小小的修订，出版社也出了这个修订本的清样。可是不久，"文革"起来，当然这部书还未出版即被束之高阁了。一直到 1978 年，出版社决定将该修订本修改付印。作者此时"已觉年力就衰"，仍然"乐于从命"，删去 4 首，全书选诗为 281 首，对注释也做了比较全面、细致的修订。1979 年正式出版，

以后又重印多次。笔者手边的是1985年3月湖北第二次印刷本。

读萧先生的《杜甫诗选注》，从字里行间，我们可以感受到作者对诗人杜甫，怀有极深的感情和崇高的敬意。他是真热爱杜甫，也真懂得杜甫。在用以代前言的《诗人杜甫》一文中，作者以抒情的笔调介绍了诗人杜甫和杜甫的诗篇：

杜甫是我国历史上最伟大的现实主义诗人，同时也是我国历史上最同情人民的诗人之一。他的诗，不仅具有极为丰富的社会内容、鲜明的时代色彩和强烈的政治倾向，而且充溢着热爱祖国、热爱人民的崇高精神。自唐以来，他的诗即被公认为"诗史"。

"穷年忧黎元，叹息肠内热。"——对人民的无限同情，是杜甫诗歌深刻的思想性的第一个特征。

"济时敢爱死？寂寞壮心惊。"——对祖国的无比热爱，是杜甫诗歌深刻的思想性的第二个特征。

"必若救疮痍，先应去蟊贼！"——一个爱国爱民的诗人，对统治阶级的各种祸国殃民的罪行，必然会怀着强烈的憎恨，而这也就是杜诗深刻的思想性的第三个特征。

杜甫异常重视诗的艺术功夫。除《戏为六绝句》外，和李白、高适、岑参、孟云卿等也常常提到"论文"的事。他对于一篇诗的要求非常严格，即所谓"毫发无遗憾"。为了达到这种完美无缺的艺术境界，他的创作态度也是非常严肃认真的。他不只是"颇学阴何苦用心""新诗改罢自长吟"，而是"语不惊人死不休"！因此，杜甫的诗不仅具有高度的思想性，而且具有高度的艺术性，内容和形式是统一的。

伟大的诗人杜甫，他的成就是难以尽书的，他对后代的影响也不只是在文学方面。大政治家王安石、民族英雄文天祥、爱国诗人陆游和顾炎武等，都无不受到这位诗人的教益。

一千二百五十年过去了，但当我们读到这位诗人的作品时，还宛如对面。

人民是不朽的，深切关怀人民的杜甫的诗篇，在人民心目中，

也必愈益光辉灿烂，万古长存！❶

　　萧先生援引浦起龙说："古人遗集，不得以年月限者，其故有三：生逢治朝，无变故可稽，一也；居有定处，无征途显迹，二也；语在当身，与庶务罕涉，三也。杜皆反是，变故、征途、庶务，交关而可勘，而年月昭昭矣。"一部杜诗，不只是他那个时代的"诗史"，同时也是诗人自己的"年谱"。所以《杜甫诗选注》依年编次。为了显示创作与生活的关系，他把杜诗分为四个时期：第一期，读书游历时期（712—745）；第二期，困守长安时期（746—755）；第三期，陷安史叛军中、（肃宗朝）为官时期（756—759）；第四期，漂泊西南时期（760—770）。而第三期又分作陷安史叛军中、为肃宗朝左拾遗时、为华州掾时和弃官客秦州同谷时四段；第四期又分作漂泊成都时、漂泊梓州阆州时、重归成都草堂及漂泊云安时、漂泊夔州时和最后漂泊湖北湖南时五段。按期分段，各系之以诗，还在每期诗作之前，做了简要说明。这样杜甫一生行迹，和他诗作发展变化情况，就有径可循，一目了然了。

　　前人公认的杜诗的"集大成"，也表现在诗人对各种诗体的擅长方面，所谓"体裁备"。为了明白显示杜诗各体之成就，也为了使一般读者易于辨别各种不同诗体，萧先生特地在目录上标明每首诗所属的诗体，而在书前《例言》中做了详细说明：计选五古 70 首，七古 53 首，五律 48 首，七律 54 首（内拗格 7 首），五绝 12 首，七绝 38 首，五言排律 4 首，七言排律 2 首。可以说杜诗各体的优秀之作，历代人们公认的名作，我们现时代尤其看重的作品，该书应该是搜罗完备、应有尽有。

　　萧先生选诗，还常常在题解中说明其理由。比如《秋兴八首》一首不落全部选入，理由有二：一是首首都好，二是八首只如一首，各首之间，首尾相衔，有一定次第，不能移易。而《咏怀古迹五首》只选前三首，理由是：一是五首并无一定的内在联系，二是后二首思想并不高，不如前三首还有较多的作者自己的身世感情。

　　笔者最欣赏的是《杜甫诗选注》的注。萧先生说："为了使读者在阅

❶　萧涤非：《杜甫诗选注》，人民文学出版社，1985 年，第 10 – 15 页。下文所录《杜甫诗选注》原文均出自该书，不另加注。

读注解时不太感到枯燥，除一般必要的字注句解之外，个人也往往发挥些议论，作些考证，使注文具有一定的独立性。"如注《春夜喜雨》尾联"晓看红湿处，花重锦官城"，先作解：花着雨而湿，故加重。若暴雨，则花且受摧残矣。接着引黄生《杜诗说》的话予以补足："结语更有风味，春雨万物无所不润，花其一耳。三四是诗人胸襟，七八是诗人兴趣。"其后又引李文炜《杜律通解》对全篇作一赏析："小雨应期而发生，则知时节之当然矣，宁不谓之好雨乎？其随风也，知当昼则妨夫耕作，而潜入夜焉；其润物也，知过暴则伤其性情，而细无声焉：是其能因风以泽物，而不爽乎时，不违乎节矣，何喜如之？然而无声之雨，何以知其细能润物也？待晓看锦官城之花，垂垂而湿，较不雨尤加重焉，而不见其飘残，此雨之所以好，此雨之所以可喜也。"引语讫，只加一按：此说亦能发明诗意。最后又引张谓诗"柳枝经雨重，松色带烟深"，两相发明，以解"花重锦官城"，重申花重实指雨湿而言。像这样笺注阐释，显得理据充分，有前人的理解，有自己的判断，扩开了读者阅读的范围，也平添了读者阅读的兴味。

再比如，《洗兵马》也是杜甫最有名的七古之一。萧先生为之做了长篇的解题：

> 这大概是乾元（759）春二月杜甫在洛阳时所作的。表现了杜甫高度的爱国主义和清醒的现实主义精神。由于这时国家大势有它好的一面，也有它坏的一面，所以杜甫这时的心情也是矛盾的，有点"一则以喜，一则以惧"。因而这首诗一方面对祖国的走向复兴，用他洪亮的声调，壮丽的词句，表示了极大的喜悦和歌颂；另一方面为了取得更大的彻底的胜利并早日结束战争，对当时朝廷存在的弊政，也以寓讽刺于颂祷之中的手法，提出了严厉的指斥和"意味深长"的警告。所以这首诗，在当时是具有鼓舞和警惕的双重作用的。全诗共四段，每段一韵，每韵十二句，且平韵和仄韵轮用，诗句也非常整丽，和一般七古不同，是杜甫一篇精心的作品。王安石选杜诗，以此诗为"压卷"。

这段题解，从写作时间地点、时代背景、思想内容到艺术手法、语言表达特色做了全面的解说。由于该篇思想内容较为复杂，又不吝笔墨给予了适当的分析。最后还以王安石选杜诗以此篇压卷之事作结，进一步说明此篇的分量。而在该诗注释的末尾，还来了一段关于此诗题旨的辩驳评论：

> 关于这首诗的题旨，前人说法颇纷歧，且展开了争论。钱谦益以为"刺肃宗不能尽子道，且不能信任父之贤臣以致太平"，是有见地的，但句句都解作刺肃宗，却未免"深文"，且不近人情，违反诗的基本情调。不过，像浦起龙所说"钱笺此等，坏心术，堕诗教"，也是唯心的论调。因为问题是在于能不能恰如其分地说明作者写此诗时的真实情况。如果杜甫意实在刺，我们便应当指出这是刺，不能因为"坏心术"而加以歪曲。

这段议论，有钱、浦二氏的观点，有作者的辨析和评论，对于正确理解这首诗有进一步的帮助。读者可以从辨析评论中有所依从，或可进而得出自己独立的判断。

李杜优劣是历代争论不休的话题。萧先生是尊杜的，这有他的《杜甫研究》《杜甫诗选注》以及发表在《诗刊》上的《人民诗人杜甫》为证。"文革"中，原先同是尊杜的郭沫若先生，却在其新著《李白和杜甫》中对杜甫大加挞伐，同时对萧涤非先生提出尖锐的指斥和批评。"文革"后出版《杜甫诗选注》，萧先生特地在《后记》中写了较长的一段话，对自己过去的研究中扬杜抑李的倾向，做了严肃的自我批评，对李、杜二人的定位和贡献做了恰如其分的分析评价：

> "李杜优劣"，是又一聚讼纷纭的老公案。有的扬李抑杜，有的扬杜抑李；有的是就诗论诗，有的则兼及思想作风、生活细节方面。过去，我自己也未能摒除这一积习，存在着抑李扬杜的偏向。这种偏向，有时也流露在杜诗的注释中，我都做了必要的修订。在对杜诗的评价上，苏轼的眼光是并不高明的，只看到杜甫"忠君"这一消极面，远远落后于他的前辈白居易。但在总的对待李杜二人的看法和态度上，却比白居易更为客观、持平。他说："谁知杜陵杰，名与谪仙高。扫地收千轨，争标看两艘！"（《次韵张安道读杜诗》）这

最后一句，把李杜二人比作端午竞渡中的两只龙舟，很新鲜，很生动，也很恰切。我们现在自然看得更清楚。在创作上，李杜二人原不是走的一条路、乘的一条船。他们打的旗号，一边是浪漫主义，一边是现实主义，分道扬镳，各奔前程，而又各有千秋。正是"离之则双美，合之则两伤"。因此，我现在认为，在谈论这两位大诗人时，最好不要把他们扭作一团，分什么你高我低。而且这样做，首先就不符合他们二人之间相互尊重的精神。杜甫说："白也诗无敌"，态度固然十分明朗；李白说："飞蓬各自远"，寓意也是可想而知的。

笔者不厌其烦地抄录这段话，希望对读者中有扬李抑杜或扬杜抑李倾向的，或对"李杜优劣"论有兴趣的读者，提供一份过来者的"忠告"。

词境之开拓

——读苏、辛农村词

　　小时候在山区乡村，看惯了林中山花的红紫、田间水稻的青黄，听惯了村里孩童的嬉笑、枝头鸟雀的歌唱。长大了到大城市，还是忘不了村边溪上的小桥和桥下嘎嘎而过的鸭群以及那家家农舍上升起的袅袅炊烟。于是，我想起熟悉的农村诗词，想起诗词中所传达出来的农村的况味，有时竟情不自禁地吟诵起来。像陶渊明的《归园田居》："种豆南山下，草盛豆苗稀。晨兴理荒秽，带月荷锄归。"范成大的《四时田园杂兴》："昼出耘田夜绩麻，村庄儿女各当家。童孙未解供耕织，也傍桑阴学种瓜。"翁卷的《乡村四月》："绿遍山原白满川，子规声里雨如烟。乡村四月闲人少，才了蚕桑又插田。"王驾的《社日》："鹅湖山下稻粱肥，豚栅鸡栖半掩扉。桑柘影斜春社散，家家扶得醉人归。"还有孟浩然的《过故人庄》："故人具鸡黍，邀我至田家。绿树村边合，青山郭外斜。开轩面场圃，把酒话桑麻。待到重阳日，还来就菊花。"陆游的《游山西村》："莫笑农家腊酒浑，丰年留客足鸡豚。山重水复疑无路，柳暗花明又一村。箫鼓追随春社近，衣冠简朴古风存。从今若许闲趁月，拄杖无时夜叩门。"当然也还有郑板桥的《喜雨》："宵来风雨撼柴扉，早起巡檐点滴稀。一径烟云蒸日出，满船新绿买秧归。田中水浅天光净，陌上泥融燕子飞。共说今年秋稼好，碧湖红稻鲤鱼肥。"这是农村诗，有古体，有近体律绝。

　　农村词呢，记得熟一点的，就是苏轼和辛弃疾二位的词作了。东坡的农村词，最为脍炙人口的，就是他知徐州任上写的五首《浣溪沙》。元

丰元年（1078）春大旱，一州的地方官照例要带人向天求雨，下雨之后还要谢雨。苏轼求雨谢雨的地方，是徐州城东二十里的石潭。这五首词即作于此时此地。作者词前有一小序，做了简要的说明："徐门石潭谢雨，道上作五首。潭在城东二十里，常与泗水增减，清浊相应。"我们先读第一首：

> 照日深红暖见鱼，连溪绿暗晚藏乌。黄童白叟聚睢盱。　　麋鹿
> 逢人虽未惯，猿猱闻鼓不须呼。归来说与采桑姑。

这一首写石潭一带农村风光和人们争看谢雨敬神的情景。阳光照彻潭水，潭水也似乎泛着金光，温暖的潭水里，可以看到游鱼的活泼身影。村边的树林，绿阴匝地，夕阳西下时，乌鸦纷纷飞回到巢边。黄发的儿童，白须的老者，簇拥着高兴地观看谢神的仪式。连麋鹿也拢来凑热闹，见到那么多的人，还有点儿不习惯；猿猱听到鼓乐之声也跑了过来，根本用不着人们的呼唤呢。只有那些采桑养蚕的姑嫂们还在那里辛勤劳作，等那些观看了谢神的人们，回去说给她们听吧。在这里，石潭风光，小村风景，祭神活动，融为一体。虽然祀神的仪式一句也没有说，但谢雨热闹的场景和气氛如在目前。读者看到了农村的人们在农田得雨后、收成有了保障的喜悦心情以及承平时期农村的较为安宁祥和的生活情景，也似乎能感受到作者作为地方长官，即所谓"民父母"，对农村对农人的一种亲切的感情。

再读第二首：

> 旋抹红妆看使君，三三五五棘篱门。相排踏破茜罗裙。　　老幼
> 扶携收麦社，乌鸢翔舞赛神村。道逢醉叟卧黄昏。

谢雨敬神仪式结束，作者走进附近农民村子。这一首即写所看到的生活情景。上片写村民欢迎他们的"使君"（太守的别称）到来的热烈场面。姑娘们临时匆忙地梳妆打扮一下，去看州里来的长官。"红妆"一词既点明少女身份，亦表现高兴之情。她们三个一团、五个一伙地挤在篱笆门外，新换上的用茜草染红的罗裙，还被拥挤的人群踩破了呢。欢迎"使君"的热烈场面，一方面表现了农村乡风的淳朴和乡民的热情；而另一

方面也表现了作为一州之长的苏轼和农民关系的融洽。词的下片写乡村的迎神赛会，即"收麦社"。"社"是土地神，麦收时节，乡民举行祭祀社神的活动，用仪仗、鼓乐、杂戏来欢迎社神出场周游各村。敬神心诚，全村扶老携幼；祭品物美，引来鸦飞鹰舞。场面热闹，气氛浓烈。看见一位老者，可能是多喝了几杯酒吧，黄昏时分，还竟然醉卧在路旁呢。作者一路写来，向我们展示出一幅充满浓郁生活气息和丰收喜悦的农村风俗画，表现了作者对乡民以及朴素的乡俗的喜爱之情。

第三首写作者所见乡村夏日风光，乡民生活，反映出旱后得雨人们的喜悦心情：

> 麻叶层层苘叶光，谁家煮茧一村香。隔篱娇语络丝娘。　垂白杖藜抬醉眼，捋青捣䴬软饥肠。问言豆叶几时黄？

作者在村前村后行走，苎麻叶子层层叠叠，苘（读如"顷"）麻叶子闪着亮光。一阵香气传遍全村，那是谁家在煮茧缫丝呀？隔着篱笆听到呢喃软语，那可是正在缫丝的姑娘？村头上，白发老翁扶着拐杖，抬起蒙眬的醉眼四处张望；村子里，妇女们捋下新麦，捣成粉，再做成饼之类的干粮。作者不禁停下脚步，问一声：那满田的豆子几时能成熟，豆叶几时能变黄呢？这一句平常的问话，生动地表现了作者对农村农事的关心，和对乡民生产生活情况的关怀。

第四首同样写作者在村野的见闻和感受：

> 簌簌衣巾落枣花，村南村北响缫车。牛衣古柳卖黄瓜。　酒困路长惟欲睡，日高人渴漫思茶。敲门试问野人家。

淡黄色的枣花簌簌地落在衣巾上，村子里到处响起缫丝车的机声。作者徜徉在枣树下，抬眼望去，一个穿着粗麻衣服的人，就在路边一株古老的柳树下，叫卖刚上市的黄瓜哩。这是词的上片。下片呢，写作者走得有点累了，又喝了几杯酒，暖烘烘的太阳当头照着，有点昏昏欲睡；口也渴了，于是敲门向村野人家讨碗水喝。这"敲门""试问"，说明作者只是以一个普通的过路人的身份出现在乡民面前，这对于那个时代一州最高的行政长官来说确实是难能可贵的了。

最后一首，作者写此行乡村见闻的总的感受：

> 软草平莎过雨新，轻沙走马路无尘。何时收拾耦耕身？ 日暖桑麻光似泼，风来蒿艾气如薰。使君元是此中人。

走在乡野的途中，雨后土路，草软沙轻，洁净无尘。作者不禁想起《论语》里提到的"长沮、桀溺耦而耕"的故典，说：我什么时候也能脱离官场，回归乡野呢？太阳温暖地照着，桑麻的叶片经雨洗过绿得发亮；一阵风吹过，蒿艾的浓郁香气扑鼻而来。真是惬意啊，作者不禁感慨起来：使君我，也是农民，本来就是这乡野之人呢。确实，苏轼在他的诗文中多次说过类似的话"我昔在田间""我是田中识字夫"。正因为作者把自己摆进了农村、农民的位置，所以他才能一往而情深地写农村，写村民，写农村和村民的美丽和淳朴。

苏轼这五首写农村的《浣溪沙》词，是一幅幅当时农村的风情画，同时也是一首首作者对农村农民的赞美诗。作品的艺术风格正好也与词的内容相匹配，除"耦耕身"外几乎不用典，全用白描，写景叙事到人物描写，清新，自然，美丽。像"谁家煮茧一村香""牛衣古柳卖黄瓜""道逢醉叟卧黄昏"，诗句如同脱口而出，真是"清水出芙蓉，天然去雕饰"，土而不俗，带有浓郁的乡土气息。

词从它诞生之日起，似乎就与酒楼歌馆、刻红剪翠脱不了干系，最初的词集《花间集》《尊前集》就是明证。从《花间集》到柳永，词始终属于"艳科"的范围。苏轼出现，"一洗绮罗香泽之态，摆脱绸缪宛转之度，使人登高望远，举首高歌"。（胡寅《题酒边词》）苏轼填词，似乎"无意不可入，无事不可言"（刘熙载《艺概》）苏轼的农村词也正是他革新词体的一部分。陈迩冬在他的《苏轼词选》之《前言》中说苏轼的农村词，"这样广泛地把笔伸到广大的农村，写得如火如荼，虎虎有生气，充满了乐观精神，是从来文人词里所不曾出现过的"。社科院文研所编的《唐宋词选》评述苏轼的农村词说："把词的题材领域扩大到农村，写农民的生活和劳动，在作者之前，词坛上还很少出现过。从这也可看出，作者用自己的创作实践，对词的发展做出了重要的贡献。"吴熊和《唐宋词通论》也说"农村词也是苏轼新开辟的词的新区"，是他"第一次把淳朴的农民和桑麻等农事写进了词里"。

在苏轼之后，同样把淳朴的农民和桑麻等农事写进词里，而且写得又多又好的，是和苏轼并称"苏辛"的南宋大词人辛弃疾。

辛弃疾本来是"壮岁旌旗拥万夫"的奋发有为的青年将领，曾率五十轻骑袭入五万人马的金营，擒缚叛徒张安国，渡江南来，驰送建康斩首。可是昏聩的南宋小朝廷，一味屈辱苟安，不思进取，致使文韬武略备于一身的辛弃疾，投闲置散二十年之久。真是赵翼《题元遗山集》所言"国家不幸诗家幸"，在这二十年的带湖、瓢泉乡居的岁月里，那江南农村的秀丽风光，宁静朴素的农村生活，也给了词人极大的安慰，在他的笔下出现了一幅幅动人的农村画面。他的《西江月》（夜行黄沙道中），就常为人所称道：

> 明月别枝惊鹊，清风半夜鸣蝉。稻花香里说丰年，听取蛙声一片。　七八个星天外，两三点雨山前。旧时茅店社林边，路转溪桥忽见。

明月，清风，蝉鸣，蛙声，人在稻花香里，畅说今年该是好年成。这还是稻穗扬花时的景象，待到丰收之后，你再看吧：

> 东家娶妇，西家归女。灯火门前笑语。酿成千顷稻花香，夜夜费，一天风露。
>
> ——《鹊桥仙·己酉山行书所见》

东家，西家，家家喜事，闪烁的灯火，欢腾的笑语，洋溢着一片丰收的喜悦。

辛弃疾农村词另一代表作《鹧鸪天·陌上柔桑破嫩芽》，描绘了一幅春意盎然的江南乡村风景：

> 陌上柔桑破嫩芽，东邻蚕种已生些。平冈细草鸣黄犊，斜日寒林点暮鸦。　山远近，路横斜。青旗沽酒有人家。城中桃李愁风雨，春在溪头荠菜花。

路边柔桑抽出绿色的新芽，东邻的蚕房新的蚕儿已生长出来了。平冈上，黄牛犊儿一边嚼着细草一边鸣叫；夕阳下，还带轻寒的树林又飞回了点

点昏鸦。山呢或远或近，路呢有横有斜。要沽酒么，那挑出青色布幌子的就是村头小酒店。这江南乡村的风景画，浮荡着浓郁的春之气息。结尾两句"城中桃李愁风雨，春在溪头荠菜花"，字里行间，是否还曲折地流露出作者厌恶什么，喜爱什么的思想感情，或者是否还隐约含有自然朴素之为美的深层思考呢？

辛弃疾的《清平乐·村居》，描绘了乡下一家人勤劳、自足的农家生活，写得很有趣味：

> 茅檐低小，溪上青青草。醉里吴音相媚好，白发谁家翁媪？
> 大儿锄豆溪东，二儿正织鸡笼，最喜小儿无赖，溪头卧剥莲蓬。

作者对劳苦却也安乐的农家生活，对农民淳朴而又自足的品格，表示了由衷的赞美。和上引《鹧鸪天》一样，在这显然有着主观美化的描绘中，是否也反映了作者心灵深处对城中官场和对乡下民间两种不同的厌恶和喜爱呢？回答应该是肯定的。

"中国文学通史系列"之一的《宋代文学史》，在评述辛氏的农村词时，有长长的一段话，分析得很细致，很有深度：

> 辛弃疾在长期的农村生活中，对农民产生了一定的友谊："殷勤野老苦相邀，杖藜忽避行人去，认是翁来却过桥"（《鹧鸪天》），"竹树前溪风月，鸡酒东家父老，一笑偶相逢。此乐竟谁觉？天外有冥鸿"（《水调歌头》），就表现了在这种真诚交往之中，所感受到的发自内心的愉悦。他接近了农民，也就逐渐了解了农民："谁家寒食归宁女，笑语柔桑陌上来"（《鹧鸪天·鹅湖归病起作》），词中的农家女子形象，虽只寥寥几笔，却也栩栩如生。"西风梨枣山园，儿童偷把长竿。莫遣旁人惊去，老夫静处闲看"（《清平乐》检校山园书所见），对农家儿童表现了深沉的怜爱之情。"父老争言雨水匀，眉头不似去年颦"（《浣溪沙》），他从农民的言语表情上，体会到农民的忧喜变化，反映了作者对农民生活和思想感情有较深的了解。

袁行霈主编的《中国文学史》对辛弃疾的农村词给予很高的评价：

> 农村乡土，自苏轼在词世界里初度开垦过后，久已荒芜……辛

弃疾在江西上饶、铅山的农村先后住过二十多年，他熟悉也热爱这片土地，并对当地的村民和山水景致，做了多角度的素描，给词世界增添了极富生活气息的一道清新自然的乡村风景线……词人用剪影式的手法、平常清新的语言，素描出一幅幅平凡而又新鲜的乡村风景画和人物速写图。傲然独立的英雄，竟如此亲切地关注那些乡村的父老儿童，体现出辛弃疾平等博大的胸怀和多元的艺术视野。在唐宋词史上，也唯有辛弃疾展现过如此丰富多彩的乡村图画和平凡质朴的乡村人物。

笔者以为，这个评价是恰当的。辛弃疾，号稼轩，原就可看出辛氏对农村、对稼穑的感情。他的农村词的成就，超过了同时和以后的任何词家，也超过了农村词的开拓者苏轼。有论者指苏轼农村词也有缺憾，就是描写民间疾苦这一方面在比例上太少了些（见《苏轼词选》前言），辛弃疾也是如此。笔者的看法，这缺憾当然有，但不必求全责备。而且，笔者还以为，在我们灿烂的历史文化中，一定有民间社会美好幸福的一面，安宁祥和的一面，勤劳富足的一面。这对于今天的我们，同样有着认识的价值，对于增进民族自豪感和提高民族自信心，仍然是有意义的。王国维在他的《人间词话》里说："诗之境阔，词之言长。"苏轼、辛弃疾的农村词，拓展了词的领域，使得只是"言长"之词，也有了开阔之境，这应当也是苏、辛对我国古代词坛的贡献之一。

第二辑　烟雨江南

烟雨江南韵最长

苏东坡诗云："水光潋滟晴方好，山色空濛雨亦奇。"这是咏西湖的名句，即是晴也好，雨也好，所谓"水水山山，处处明明秀秀；晴晴雨雨，时时好好奇奇"。而出生在江南、成长在江南的我则以为，若要论到与北国迥然不同的江南的绝美处，当还是春日杏花开处，烟雨迷濛的时候，教人心醉的"杏花春雨江南"。烟雨江南韵最长，最宜入画，也最宜入诗。

诗人李商隐以一首《江南春》绝句，描绘了烟雨江南的迷人景色，从大处着笔，仿佛一巨幅青绿山水：

> 千里莺啼绿映红，水村山郭酒旗风。
>
> 南朝四百八十寺，多少楼台烟雨中。

千里江南，春意正浓。莺飞草长，杂花生树。水边村庄，山外城郭，酒旗在春风中飘荡。亭台楼阁，参差掩映，古寺钟声，隐约相闻……这一切，又都笼罩在一片朦胧的烟雨之中，如梦如幻，如诗如画。"南朝"一语，似乎又带有几分沧桑，让人们对景生情，引发无限感慨。

词人皇甫松一阕《梦江南》，以梦中所见所闻，描绘了江南水乡雨夜的景与情，吟咏之余，真有一种悠长的韵味：

> 兰烬落，屏上暗红蕉。闲梦江南梅熟日，夜船吹笛雨潇潇。人语驿边桥。

这当是春去也，初夏所谓梅雨时节，江南梅熟，夜雨潇潇。船边吹笛，桥头人语，雨雾烟霭，迷濛一片，构成一幅淡淡的水墨画。这阕词中的

桥呀，船呀，都是典型的江南风物；梅熟日，雨潇潇，也正是典型的江南节候；作者又巧作安排，设置夜船吹笛、驿桥人语之境，绘声绘色，而又出于平淡，似更见雅韵。难怪王国维在《人间词话》里高度称赞其"情味深长"。有人将这阕《梦江南》解作送别词，说是梦里送别，在一个夏雨潇潇的夜晚，有人在船上吹笛，大概是为词人饯别的歌伎，饯别晚宴散后，两人于驿站码头说话，至于说些什么，任由读者去遐想云云。（见思履主编《宋词三百首》）笺注者当然有解说的自由，但愚以为，皇甫松是浙江新安人，烟雨江南的美景和韵味，常常会进到他的梦境，从这首词的字里行间，我读不出送别，但似乎能读出几缕淡淡的乡愁。所以，我倒倾向于俞陛云在《唐五代两宋词选释》中的评述："调寄《梦江南》，皆其本体。江头暮雨，画船闻歌，语语带六朝烟水气也。"所谓"皆其本体"，就是说这阕《梦江南》词写的就是"梦江南"，描绘的就是烟雨江南的诗情画意和韵味情思。

韦庄的《菩萨蛮》，则是又一幅烟雨江南的风情画，抒写的则是作者客游江南的所见所思，表现出对烟雨江南的一种深深的眷恋：

> 人人尽说江南好，游人只合江南老。春水碧于天，画船听雨眠。
> 垆边人似月，皓腕凝霜雪。未老莫还乡，还乡须断肠。

清人张惠言以为此词系韦庄留蜀后作，江南即指蜀；《中国历代文学作品选》编者又谓"此词为韦庄避乱南方时所作"。皆不确。据载，韦庄六十六岁始仕前蜀，七十二岁助王建称帝，七十五岁即辞世了，而这首词却自言其"未老"。唐末大乱，黄巢攻破长安，韦庄流落各地时，已年过半百，有论者指无论从时间或情调上看，都与词所写不合。可信的说法是，这阕《菩萨蛮》系韦庄早年浪游江南时的作品，词的主题是赞美江南。词的上片，尤其是"春水碧于天，画船听雨眠"，抓住江南水乡的特点，写得极富诗意。春天水涨，盈盈一碧，画船随荡，桂桨轻摇，闲眠听雨，乌篷有声。烟雨迷漓一画船，说是欲眠吧，又还在听雨；说是听雨吧，又似乎入眠。人闲心静，怎一个"雅"字了得！而下片，尤其是"垆边人似月，皓腕凝霜雪"，烟雨江南，景美再加上人美，词人当然要发出"未老莫还乡，还乡须断肠"的感慨。

烟雨江南韵最长。我又想起"客子光阴诗卷里，杏花消息雨声中"的诗句，这是宋代诗人陈简斋（与义）《怀天经智老因访之》诗里的名句。好一个"杏花消息雨声中"，我以为诗人真正捕捉到了江南令人心醉的美之所在。我还想起"小楼一夜听春雨，深巷明朝卖杏花"的诗句，这是陆放翁《临安春雨初霁》诗中的名句。"小楼""深巷"一联，当为流水对，写得清新隽永。诗人身居小楼，彻夜听着春雨的淅沥；清晨深巷之中，就传来叫卖杏花的声音。绵绵的春雨，由诗人的听觉写出；而明媚的春光，则在卖花声里透露出来。春雨和杏花共同装扮着美丽的江南。

　　为什么烟雨江南最美？而烟雨江南入画入诗也最美？因为我们观景，都希望景深且幽，而烟雨迷漓，尽管朦胧，这景会让人觉得更深些、更幽些。所以画家有所谓"早晚好看山"的说法，朝烟暮霭笼罩之下，丘壑深浅处，山色有无中。如果云开烟散，朗照之下，倒是看得穷尽，但也许会减了兴味吧。而诗呀，词呀，是语言艺术，是艺术就最讲究含蓄，更是看重弦外之音、言外之意。唐司空图《二十四诗品》中有"含蓄"一品，所谓"不着一字，尽得风流"。美丽的江南，又笼罩在烟雨之中，不是最得含蓄之美吗？

　　烟雨江南韵最长。写到这里，我也不禁思念起我江南的故乡来了。

当时明月在

——咏月诗文总是情

我国人民似乎对月有特殊的感情，历代民间流传不少关于月的神话和故事。反映在文人作品里，诗词歌赋的咏月篇什，层出不穷，美伦美奂，而且总是寄托着无限的深情，或思乡，或怀人，或抒发宇宙之感慨，或寄托人生之哲理。于是我想起晏几道《临江仙》里的句子："当时明月在，曾照彩云归。"撇开晏词本意不论，读着古人咏月的诗句，总似乎觉得真是"当时明月在"，足以引发我们思古之幽情和美丽的联想。

早在孔子所再三咏叹的"诗三百"里，即有《月出》三章：

> 月出皎兮，佼人僚兮，舒窈纠兮，劳心悄兮。
>
> 月出皓兮，佼人浏兮，舒忧受兮，劳心慅兮。
>
> 月出照兮，佼人燎兮，舒夭绍兮，劳心惨兮。

月亮升起来呀多么明亮，照得那姑娘哟多么漂亮，举止温文而又体态婀娜，月光下的姑娘呀，你是那样地使我心驰神往！同义词反复吟咏，一唱而三叹之。描写、抒情，合于一炉；咏月、咏人，融为一体。这《月出》三章，也正是后来苏轼在他的名作《前赤壁赋》中所写到的"诵明月之诗，歌窈窕之章"的诗章。

《昭明文选》载有南朝宋谢庄的名作《月赋》。作者仅用"玉兔""素娥"两句对月做正面描绘，其余则用侧面描写，来烘托月色之美：

> 若夫气霁地表，云敛天末，洞庭始波，木叶微脱。菊散芳于山椒，雁流哀于江濑；升清质之悠悠，降澄辉之蔼蔼。列宿掩缛，长

河韬映；柔祇雪凝，圆灵水镜；连观霜缟，周除冰净……

月色"霜缟""冰净"，夜境略感凄凉。《月赋》写月，正面描写也好，侧面烘托也罢，目的在于抒情。月下怀人，作者禁不住歌曰："美人迈兮音尘阙，隔千里兮共明月"，"月既没兮露欲晞，岁方晏兮无与归！"清人孙月峰评点《月赋》道：只写月夜之情，非为赋月，"赋至此，自居逸品"。

《古诗十九首》中有一首《明月皎夜光》，以"明月皎夜光"开篇，上半首八句写诗人在月光下徘徊的所见与所闻：

> 明月皎夜光，促织鸣东壁。
>
> 玉衡指孟冬，众星何历历。
>
> 白露沾野草，时节忽复易。
>
> 秋蝉鸣树间，玄鸟逝安适？

月光清冷，蟋蟀低鸣，草沾白露，树响鸣蝉……构成深秋月夜凄清之景，也引动诗人心中怅惘、失意之情。严格说来，作者目的不在写月。他写月，写月下徐行所见之景、所闻之声，只是为全诗布景而已。诗的后半首写诗人的感叹、愤激、伤痛和悲哀，才是重点，情借景来抒发，让情与景交织在月色、星光、秋虫鸣唱的氛围之中而已。

唐人咏月的名篇，如张九龄《望月怀远》这首五律，唐诗选本无例外地都予以选录：

> 海上生明月，天涯共此时。
>
> 情人怨遥夜，竟夕起相思。
>
> 灭烛怜光满，披衣觉露滋。
>
> 不堪盈手赠，还寝梦佳期。

"海上生明月，天涯共此时"是千古传诵的名句，和谢灵运的"池塘生春草"、谢朓的"大江流日夜"一样，不见一点刻意的锤炼，没有一分色彩的点染，正如司空图《诗品》所说的"不著一字，尽得风流"。首句"海上生明月"是切诗题之"望月"，次句"天涯共此时"即开启诗题之"怀人"。尾联上句"不堪盈手赠"，真是着想奇妙：相思不眠之夜，有什么可以为赠呢？只有这寄托着我的心意的满把的月光，可是这握不住的月光又怎么能寄给你呢？还是睡罢，也许能在梦中相逢呢！于是逼出尾联下句"还寝梦佳期"。虽说晋人陆机《拟明月何皎皎诗》有"照之有余辉，揽之不盈手"的诗句在先，但作者翻旧为新，而且全诗浑然天成，于结尾处再扣诗题的"望月"与"怀远"，悠悠情思，戛然而止，余韵袅袅，令人回味不已。

唐人最爱咏月。山水田园诗派的王维、孟浩然，有不少写月的诗句。像王维的《鸟鸣涧》："人闲桂花落，夜静春山空。月出惊山鸟，时鸣春涧中。""月出惊山鸟"，以动写静，创造出一种静谧的意境。《竹里馆》："独坐幽篁里，弹琴复长啸。深林人不知，明月来相照。"独坐，弹琴，长啸，以明月为伴，好一幅月夜竹林抚琴图。还有《酬张少府》诗中的"松风吹解带，山月照弹琴"，《山居秋暝》诗中的"明月松间照，清泉石上流"，《白石滩》诗中的"家住水东西，浣纱明月下"，都借月写出一种清幽之境，传达一种"晚年惟好静"的"好静"之情。孟浩然亦如是。五绝《宿建德江》："移舟泊烟渚，日暮客愁新。野旷天低树，江清月近人。"江清月近人，既是自然现象，又隐隐回应了"日暮客愁新"，游子孤身在外，只有"月近人"，与月为伴了。还有像《宿桐庐江寄广陵旧游》诗中的"风鸣两岸叶，月照一孤舟"，《岁暮归南山》诗中的"永怀愁不寐，松月夜窗虚"，《夜归鹿门歌》诗中的"鹿门月照开烟树，忽到庞公栖隐处"，其实都是借月言情，以契合诗人幽独、孤寂的精神世界。

唐代边塞诗人高适、岑参和王昌龄，也有许多传诵人口的咏月名句，同样是对月抒怀，以月为寄情之物。高适《塞上听吹笛》："雪净胡天牧马还，月明羌笛戍楼间。借问梅花何处落，风吹一夜满关山。"诗人把塞上听吹笛置于"月明"的背景之中，战士牧马归来，天空洒下明月的清辉。诗人描绘出一个开朗壮阔的意境，表达的是豪放之意。而《听张立本女吟》："危冠广袖楚宫妆，独步闲庭逐夜凉。自把玉钗敲砌竹，清歌一曲月如霜。"凝妆少女，独步闲庭，玉钗敲竹，对月清歌，抒发的是婉曲之情。岑参的七古《凉州馆中与诸判官夜集》开篇："弯弯月出挂城头，城头月出照凉州。凉州七里十万家，胡人半解弹琵琶。"以民歌风咏月开头，为边将夜集宴饮铺设大场面，展示出边地阔大的格局，渲染边民和平安定的生活和边关夜宴的畅快淋漓，豪气纵横，显示出盛唐之所以为盛。《送李副使赴碛西官军》前四句："火山六月应更热，赤亭道口行人绝。知君惯度祁连城，岂能愁见轮台月？"好一个"岂能愁见轮台月"！这正是盛唐时代人们积极进取精神的反映，是盛唐之音中一个昂扬的音节。托月寄情，抒发的是豪迈之气概。被唐人戏称为"诗家天子"的王昌龄，其边塞诗多有佳作。《出塞》其一："秦时明月汉时关，万里长征人未还。但使龙城飞将在，不教胡马度阴山。"首句互文见义：秦汉大帝国时代，明月映照着坚固的关隘，体现出一种阔大的气象，豪迈的气概。《从军行》其二："琵琶起舞换新声，总是关山旧别情。撩乱边愁听不尽，高高秋月照长城。"这大约是边塞军旅生活的一个片断，即军营宴乐。由"换新声"而"旧别情"，而"听不尽"，结以"高高秋月照长城"这一景语，前人所谓"思入微茫，似脱实粘"，情不可尽，遂以不尽尽之，凸显的仍然是盛唐的豪迈之概！王昌龄宫怨诗亦多名作，像《春宫曲》："昨夜风开露井桃，未央前殿月轮高。平阳歌舞新承宠，帘外春寒赐锦袍。"用"未央前殿月轮高"来写失宠者心向往之而不得近之，乃至于觉得连月也是彼处高，论者谓尽管无理，但却有情。王昌龄的送别留别、念友怀人的诗作很多，诗中也不乏月的意象，如《送柴侍御》："流水通波接武冈，送君不觉有离伤。青山一道同云雨，明月何曾是两乡！"这后两句，并非故作旷达之辞，而是诗人真挚友情的表现，同王勃的"海内存知己，天涯若比邻"诗句所表达的感情是一样的，也是盛唐才有的气象。

如果说上述王、孟与高、岑诸人咏月，还只是些与月有关的零章散句，那么，对月怀有深挚感情，而且写出许多咏月的美妙诗篇的，当首推大诗人李白。他的《峨眉山月歌》，是年轻时初离故乡（蜀地）的作品："峨眉山月半轮秋，影入平羌江水流。夜发清溪向三峡，思君不见下渝州。"诗人"仗剑去国，辞亲远游"，江行见月，如伴故乡。沈德潜《唐诗别裁集》谓此诗之尾句"思君"的"君"字即指月，"月在清溪、三峡之间，半轮亦不复见矣"。留恋故乡，依依惜别的无限情思，透过那"半轮"峨眉山月，款款地表达出来，语短而情长。他的《静夜思》，语

句更简短，意思更浅近，而传播也更深远："床前明月光，疑是地上霜。举头望明月，低头思故乡。"望月思乡，他那种强烈的感情，透过平常的字句，"举头""低头"，一"望"一"思"，自自然然而又真真切切地传达了出来。沈德潜点评，说是"旅中情思，虽说明，却不说尽"。胡应麟赞为"妙绝古今"（《诗薮》）。还有，他的"明月出天山，苍茫云海间。长风几万里，吹度玉门关"（《关山月》），写出了征人眼中苍茫的边塞景色，为后文的"戍客望边色，思妇多苦颜。高楼当此夜，叹息未应闲"的抒情安置背景，创设氛围，写月还是为了寄情。他的"玉阶生白露，夜久侵罗袜。却下水晶帘，玲珑望秋月"（《玉阶怨》），不著"怨"字，怨在其中。以"玲珑望秋月"作结，真古代诗艺中所谓"空谷传音"之法，以月之玲珑，衬人之幽怨，一个"望"字，似乎也透露出人物的姿容，透露出人物的心理状态，含思婉转，余韵悠长。他的"长安一片月，万户捣衣声。秋风吹不尽，总是玉关情。何日平胡虏，良人罢远征"。（《子夜吴歌·秋歌》）"长安一片月"与"万户捣衣声"对举，构成长安月夜万户缝制征衣的广阔意境，借此抒发了人们"平胡虏"和"罢远征"的善良而深切的愿望。他的"杨花落尽子规啼，闻道龙标过五溪。我寄愁心与明月，随君直到夜郎西"（《闻王昌龄左迁龙标遥有此寄》），借寄心与明月，表达了诗人对遭贬的故人同情和关切的感情。诗人丰富的想象，使本来无情的明月，变成了有情的知己，能够而且愿意替诗人送去对友人的深深的怀念。

历来最为人所称道的李白的咏月诗，当是七言古诗《把酒问月》：

青天有月来几时？我今停杯一问之。

人攀明月不可得，月行却与人相随。

皎如飞镜临丹阙，绿烟灭尽清晖发。

但见宵从海上来，宁知晓向云间没？

白兔捣药秋复春，嫦娥孤栖与谁邻？

今人不见古时月，今月曾经照古人。

古人今人若流水，共看明月皆如此。

唯愿当歌对酒时，月光长照金樽里。

一轮明月高高地挂在天上，引动诗人无边的遐想，以至禁不住要对月发问。诗中将人与月，古人今人，古月今月，反反复复加以对照，又穿插月下景物的描写，加以神话传说的渲染，塑造出一个既亲切又神秘的月的形象。有论者说这即是作者绝妙的自我造像：一轮孤高在天的明月，一个孤高出世的诗人，飘逸浪漫的风神，二者原是合二而一的吧。而"今人不见古时月，今月曾经照古人""古人今人若流水，共看明月皆如此"这些名句，又包含多少耐人寻味的宇宙人生的哲理。题作《把酒问月》，诗从酒（"停杯"）起，又不忘以酒（"金樽"）结，问月则贯串全篇。既有理趣之玄虚，又有音韵之抑扬。咏月即写怀，王夫之《唐诗评选》评此诗："于古今为创调。"

《古朗月行》也是李白咏月的名作：

> 小时不识月，呼作白玉盘。
>
> 又疑瑶台镜，飞在青云端。
>
> 仙人垂两足，桂树何团团。
>
> 白兔捣药成，问言与谁餐。
>
> 蟾蜍蚀圆影，大明夜已残。
>
> 羿昔落九乌，天人清且安。
>
> 阴精此沦惑，去去不足观。
>
> 忧来其如何？凄怆摧心肝。

"朗月行"是乐府古题，李白这首《古朗月行》是旧瓶装新酒。诗人先是以浪漫主义的手法，通过丰富的想象，写月出：以"白玉盘""瑶台镜"为喻，进而加入古代神话传说来加以描绘，月中仙人、桂树、白兔，好一个神奇而美丽的仙境。而从"蟾蜍蚀圆影，大明夜已残"起，写月落：景也凄凄，情也凄凄，乃至于"忧来其如何？凄怆摧心肝"。诗境一明一晦，诗情也一喜一悲。沈德潜以为"全篇皆隐语"，蟾蜍蚀月，明夜已残，影射之意，深婉曲折。

李白咏月诗，笔者最爱读的，还是《月下独酌四首》其一：

> 花间一壶酒，独酌无相亲。
>
> 举杯邀明月，对影成三人。

月既不解饮，影徒随我身。

暂伴月将影，行乐须及春。

我歌月徘徊，我舞影零乱。

醒时同交欢，醉后各分散。

永结无情游，相期邈云汉。

沈德潜《唐诗别裁集》评点曰："脱口而出，纯乎天籁。"章燮《唐诗三百首注疏》评点曰："天上之月，杯中之影，独酌之人，映成三人也，从寂静中做得如此闹热，真仙笔也。"（按：说"杯中之影"，不如"地上之影"确切）还是《唐诗三百首》编者蘅塘退士，探得其中底蕴："月下独酌，诗偏幻出三人，月、影伴说，反复推勘，愈形其独！"是的，诗人运用丰富的想象，由独酌而邀月，对影而成三，独而又不独。可是，月不解饮，影徒随身，不独又独。我歌月行，我舞影乱，独又不独。醒时同欢，醉后各散，不独又独。反反复复，肯定否定。但李白到底是李白，正如纪昀等《唐宋诗醇》所云："尔时情景虽复潦倒，终不胜其旷达。"咏月即抒怀，此亦一例。

以李白"谪仙人"的气质，月正足以寄情。"孤灯不明思欲绝，卷帷望月空长叹"（《长相思》），"三杯拂剑舞秋月，忽然高咏涕泗涟"（《玉壶吟》），"俱怀逸兴壮思飞，欲上青天揽明月"（《宣州谢朓楼饯别校书叔云》），"万里浮云卷碧山，青天中道流孤月"（《答王十二寒夜独酌有怀》），皆是有景有情之辞；更不必说"暮从碧山下，山月随人归"（《下终南山过斛斯山人宿置酒》），"雁引愁心去，山衔好月来"（《与夏十二登岳阳楼》），"月下飞天镜，云生结海楼"（《渡荆门送别》）以及"且就洞庭赊月色，将船买酒白云边"（《游洞庭》）之类的大众皆知的好句了。李白的咏月诗的妙处，是怎么也说不尽道不完的。

大诗人杜甫也是咏月高手。且不说他的"薄云岩际宿，孤月浪中翻"（《宿江边阁》），"片云天共远，永夜月同孤"（《江汉》），借月写出了诗人晚年漂泊的孤独和无奈；不说他的"竹凉侵卧内，野月满庭隅"（《倦夜》），"无风云出塞，不夜月临关"（《秦中杂诗》），前者借月写出了诗人流寓生活的潦倒，后者则借月写出了诗人忧伤国事的边愁；也不说他的"落月满屋梁，犹疑照颜色"（《梦李白二首》），"几时杯重把？昨夜月同行"（《奉济驿重送严公四韵》），诗人借月表达了怀念和送别故人的一片深情。就说他的《初月》这首诗吧：

> 光细弦初上，影斜轮未安。
>
> 微升古塞外，已隐暮云端。
>
> 河汉不改色，关山空自寒。
>
> 庭前有白露，暗满菊花团。

句句咏月，而且句句咏的是初月。字里行间透露出一种凄清之境，也透露出诗人一种凄清之情。下面这一首《月夜忆舍弟》，则更是写得情景相生，真切感人了：

> 戍鼓断人行，边秋一雁声。
>
> 露从今夜白，月是故乡明。
>
> 有弟皆分散，无家问死生。
>
> 寄书长不达，况乃未休兵。

这是一首以常见的怀乡思亲为题材的诗作，因为有了"露从今夜白，月是故乡明"一联，而成为千古抒情名作。这一联既紧扣题面写出"月夜"之景，又开启以下"忆舍弟"之情。尤其是"月是故乡明"一句，作者不完全是客观描绘，而是融入了诗人自己的主观感情：一轮明月，本无差别，却偏要说成是故乡的最明最亮，而且那么肯定，那么不由分说，不容置疑。看似无理却有情，"月是故乡明"，深刻地表现了诗人对故乡的深厚感情，对故乡的爱，因此而成为广播人口的咏月名句。

杜甫真正意义上的咏月名作当数五律《月夜》。安史之乱中，诗人带着妻小逃到鄜州（今陕西富县），自己则北上延州（今延安），欲赴灵武（当时肃宗于灵武即位），为平叛效力，不幸落入叛军之手，遂陷于长安。诗人望月思家，写下了这首名作：

> 今夜鄜州月，闺中只独看。
>
> 遥怜小儿女，未解忆长安。
>
> 香雾云鬟湿，清辉玉臂寒。

何时倚虚幌，双照泪痕干？

这首诗借看月而抒离情，字字都从月色中照出。"心已驰神到彼，诗从对面飞来。"（浦起龙《读杜心解》）不言己之看月忆妻，而言妻之看月忆己，以首联之"独看"、尾联之"双照"为一诗之眼。独看是"今夜"，双照在"何时"？独看为现实之笔，双照乃希望之辞。首尾呼应，以月贯之。乱离的悲哀，思亲的深情，通过想象两地看月，婉切而又真挚地表达出来。诗情显豁而又深婉，章法跳荡而又紧密，难怪《杜工部诗说》撰者黄生，禁不住赞叹说："五律至此，无忝诗圣矣！"

杜甫七律也不乏与月有关联的名句。像《咏怀古迹五首》之"画图省识春风面，环珮空归月夜魂"，《秋兴八首》之"请看石上藤萝月，已映洲前芦荻花"，《恨别》之"思家步月清宵立，忆弟看云白日眠"，《宿府》之"永夜角声悲自语，中天月色好谁看"，《秋风二首》之"不知明月为谁好，早晚孤帆他夜归"，或怀古，或伤时，借月设境，对月抒情，各有韵味。

说到"当时明月在"，还不能不想起初唐诗人张若虚的《春江花月夜》，闻一多称赞说是"诗中的诗，顶峰上的顶峰"，"孤篇压全唐"。这首诗将春、江、花、月、夜五个美好的意象，统一在一片空灵而又朦胧的月色里，融诗情、画意和哲理于一炉。诗人凭借对春江花月夜的描绘，赞叹自然的美景，讴歌人间的真情，寄托宇宙的情思，启发人生的哲理。月是诗中情景交融之物，在全诗中犹如一条生命的纽带，通贯上下，触处生神。以"春江潮水连海平，海上明月共潮生"开篇，以"不知乘月几人归，落月摇情满江树"结尾，尤其中间"江天一色无纤尘"一段，写景、抒情、说理，水乳交融，最是耐人寻味：

> 江天一色无纤尘，皎皎空中孤月轮。
> 江畔何人初见月？江月何年初照人？
> 人生代代无穷已，江月年年只相似。
> 不知江月待何人，但见长江送流水。

宋代的苏轼，大概是继李白之后最喜爱咏月，也最善于咏月的诗文大家。他的《前赤壁赋》，写他贬谪黄州时，夜游赤壁的感怀，开篇即是

一幅月下泛舟图：

> 壬戌之秋，七月既望，苏子与客泛舟游于赤壁之下。清风徐来，水波不兴。举酒属客，诵明月之诗，可窈窕之章。少焉，月出于东山之上，徘徊于斗牛之间。白露横江，水光接天。纵一苇之所如，凌万顷之茫然。浩浩乎，如冯虚御风，而不知其所止；飘飘乎，如遗世独立，羽化而登仙。

借月夜江上的美景，写一时超然的心境，情景相生，偷得片刻之乐。无独有偶，他的《后赤壁赋》写是岁十月之望，再游赤壁，"霜露既降，木叶尽脱，人影在地，仰见明月"。又是一次月下泛舟：

> 于是携酒与鱼，复游于赤壁之下。江流有声，断岸千尺。山高月小，水落石出。曾日月之几何，而江山不可复识矣！

月下之游同，而江边之景异，难怪多情的苏东坡，感慨系之矣。

如果说《赤壁》二赋咏月还只是作为一种布景，一种陪衬，那么他的《记承天寺夜游》这篇随笔，整篇就是咏月抒怀的写月之小品了：

> 元丰六年十月十二日，夜，解衣欲睡，月色入户，欣然起行。念无与为乐者，遂至承天寺寻张怀民。怀民亦未寝，相与步于中庭。庭下如积水空明，水中藻、荇交横，盖竹、柏影也。何夜无月？何处无竹柏？但少闲人如吾两人者耳。

八十三字，文短意长，可作三层品读。第一层写月色入户，至承天寺，寻张怀民，中庭步月；第二层写月下庭中，月光如水，竹影婆娑，刻画如绘；第三层写无人赏月，暗讽世情，我辈随缘，聊以自适。这也是苏轼贬谪黄州时的作品，含蓄地表达了虽遭贬谪而仍然旷达的心情，当然也许是强作轻松愉快吧。

苏轼咏月最有名的篇什，当是《水调歌头》（明月几时有），这是一首家弦户诵的咏月的千古绝唱：

> 明月几时有？把酒问青天。不知天上宫阙，今夕是何年。我欲乘风归去，又恐琼楼玉宇，高处不胜寒。起舞弄清影，何似在人间！
> 转朱阁，低绮户，照无眠。不应有恨，何事长向别时圆？人有悲

欢离合，月有阴晴圆缺，此事古难全。但愿人长久，千里共婵娟。

词前有一小序："丙辰中秋，欢饮达旦。大醉，作此篇，兼怀子由。"子由是他的弟弟苏辙，此时皆都宦游在外，天各一方。此词通篇咏月，亦处处关合人事。上片，借明月自喻孤高；下片，用圆月衬托离情。作者运用形象描绘的手法，勾勒出一幅皓月当空、美人千里的美丽而旷远的画面。俯仰古今变迁，感慨宇宙流转，揭示人生理念，寄托思亲情怀，表达出一种热爱生活而又有几分无奈，顺应自然而又不无强作旷达，但到底还是乐观向上的思想感情。而艺术上，此词极富浪漫主义色彩，格调豪放而又不乏婉约，音韵铿锵而又复沓缠绵。宜乎与李白的《把酒问天》《月下独酌》等名篇，光彩同在，后先辉映。

古人今已矣，而"当时明月在"。诗文咏月总是情。让我们吟诵着古人咏月的名篇佳作，去领略其中的韵味和深情吧。

才有梅花便不同

——咏梅诗词随读

　　少时读《千家诗》，宋人杜耒的一首题为《寒夜》的七言绝句，读来倒觉得挺温暖。其诗云："寒夜客来茶当酒，竹炉汤沸火初红。寻常一样窗前月，才有梅花便不同。"当时就有个疑问：为什么跟平常一样的窗前月，有了梅花就不同了？后来才知道，这里有一实一虚两个解释。一是写实：月光如水，泻在梅花树上，给窗纱画出美丽的投影，这是不同；一是比拟：友人过访，喜不自禁，这里是以梅喻友，好友相聚，寒夜不寒，月色也似乎更皎洁，这也是不同。"才有梅花便不同"，实际上写出了人们对梅花的异乎寻常的喜爱。

　　我国人民对梅花有一种特殊的感情，尤其是文人，反映在文学作品中，咏梅的诗词名作，也许是百花之冠。其中最脍炙人口的当推宋人林逋的这一首七言律：

> 众芳摇落独暄妍，占尽风情向小园。
>
> 疏影横斜水清浅，暗香浮动月黄昏。
>
> 霜禽欲下先偷眼，粉蝶如知合断魂。
>
> 幸有微吟可相狎，不须檀板共金樽。

这首诗，《林和靖诗集》题为《山园小梅》，而《宋诗纪事》则只题作《梅花》。有"梅妻鹤子"之称的这位西湖林处士，对梅怀有深深的感情。他的这首梅花诗，论者指是吟咏梅花的绝唱。说"绝唱"，实际上绝也就绝在"疏影横斜水清浅，暗香浮动月黄昏"一联。"疏影横斜""暗香浮

动"，抓住梅花区别于其他的最显著的特点，既捕捉到梅的影疏香暗之形，又透露出梅的清秀高洁之神，以"水清浅"来陪衬，以"月黄昏"来渲染，不仅写入画境，而且饱蘸诗情。欧阳修赞叹说："前世咏梅者多矣，未有此句也。"王十朋评点说："暗香和月入佳句，压尽千古无诗才。"辛弃疾则将其评价写入《念奴娇》词中："未须草草赋梅花，多少骚人词客，总被西湖林处士，不肯分留风月。"姜夔乃至于以"疏影""暗香"作调名自度填词，成就了两首有名的咏梅词牌与词作。陈与义还特别赋诗赞美道："自读西湖处士诗，年年临水看幽姿。晴窗画出横斜影，绝胜前村夜雪时。"（《和张矩臣水墨梅》）

陈与义诗中的"前村夜雪"，是唐代诗僧齐己《早梅》诗中的词句，陈与义的意思是说西湖处士《山园小梅》，胜过唐僧齐己的《早梅》诗。笔者以为，齐己诗亦有其特点，其中"前村"一联，也臻妙境。齐己《早梅》乃是一首五言律：

> 万木冻欲折，孤根暖独回。
>
> 前村深雪里，昨夜一枝开。
>
> 风递幽香出，禽窥素艳来。
>
> 明年如应律，先发望春台。

这首诗首联对仗，次联不对，即所谓"偷春格"，因而颔联可不为对偶所拘，写得自然潇洒。据说齐己原诗是"前村深雪里，昨夜数枝开"，拿去请教诗人郑谷，郑谷批评说："数枝"非"早"也，未若"一枝"佳。这就是所谓"一字师"的故事，见《唐才子传》。"前村深雪里，昨夜一枝开"，描绘了一幅深雪寒梅图，而且突出了一个"早"字，给人以强烈的视觉冲击力。颈联"禽窥素艳来"，似乎也与林处士诗中"霜禽欲下先偷眼"句有着某种后先之联系。

《梁书》本传载：南朝梁何逊喜梅，扬州衙内有梅一株，逊常赋诗其下，后居洛，思梅花不得，请再任扬州，至日，花盛开。这故事历来传为美谈。试读他的《咏早梅》诗：

> 兔园标物序，惊时最是梅。
>
> 衔霜当路发，映雪拟寒开。

> 枝横却月观，花绕凌风台。
>
> 朝洒长门泣，夕驻临邛杯。
>
> 应知早飘落，故逐上春来。

诗中"却月观（读去声）""凌风台"乃楼台名，"长门泣""临邛杯"用司马相如事。"惊时最是梅"，感叹梅之开在百花先，"衔霜""映雪"直写，"却月""凌风"借题，描绘了梅花的高标逸韵。由"兔园"亦即梁园，引出赋家司马相如，诗人以相如自喻，借咏梅来表现自己坚定的情操和高远的志向，所谓"故逐上春来"，当指此也。

北魏的陆凯，有一首题为《赠范晔》的诗，大约也可以视为一首流传很广的咏梅诗：

> 折花逢驿使，寄与陇头人。
>
> 江南无所有，聊寄一枝春。

《荆州记》载：陆凯与范晔相善，自江南寄梅花一枝，诣长安与范，并赠诗云云。诗人路逢驿使，折梅嘱托，寄上心中一片深情。"聊寄一枝春"，语淡情浓，尤其一个"春"字，多少温馨蕴含其中，是形容也是比拟，是借代也是象征。一枝梅花，寄托多少人间真情啊。

唐代诗人王维有一首《杂诗》，也可以看作一首咏梅诗。陆凯是借"寄梅"怀念友人，王维则是借"问梅"怀念故乡：

> 君自故乡来，应知故乡事。
>
> 来日绮窗前，寒梅著花未？

这是一首古绝。通首都是问询的口吻，而且不问别事，只此一句"寒梅著花未"，很是耐人寻味。有人将其与初唐王绩《在京思故园见乡人问》诗相比较：王绩从朋旧童孩、宗族弟侄、旧园新树、茅斋宽窄、柳行疏密一直问到院果林花，连问十二句而不作答，很是耐人寻味，不失为好诗；而王维仅此一句："来日绮窗前，寒梅著花未？"即戛然而止，却含情无限，其艺术奥秘在于那一问足以激发读者的无穷想象。（见霍松林《唐诗精选》）事实上，人们对故乡的怀念，往往和那些与自己过去生活有密切联系的人、事或物联结在一起。王绩是直写人，用的是繁缛的写

法；王维则托之以物，用的是简练的写法，而所托之物，则是窗前那一株寒梅。由此亦可见梅在诗人心目中的地位，那么亲切，那么不能忘怀。

宋人咏梅，林逋可称名家，而陆游则堪称大家，与咏梅有关联的诗篇竟多达一千余首。他的《梅花绝句》最为人所称道，下面这一首最负盛名：

> 闻道梅花坼晓风，雪堆遍满四山中。
>
> 何方可化身千亿？一树梅前一放翁。

诗人爱梅到了如醉如痴的地步，诗中运用奇特的设想：有什么方法能化身千万亿，让每一株梅花前都有一个爱梅如命的陆放翁呢？诗人那爱梅的狂态，赏梅的痴情，得到了淋漓尽致的表现。陆游的《咏梅绝句》，首首有梅，首首有人，这就是诗人自己。他把梅的品格与自己的志趣统一起来，托梅述志，借梅抒怀。再看下列几首：

> 幽谷那堪更北枝，年年自分著花迟。
>
> 高标逸韵君知否？正在层冰积雪时。

> 雪虐风号愈凛然，花中气节最高坚。
>
> 过时自会飘零去，耻向东君更乞怜。

> 月中疏影雪中香，只为无言更断肠。
>
> 曾与诗翁定花品，一丘一壑过姚黄。

> 小亭终日倚阑干，树树梅花看到残。
>
> 只怪此翁常谢客，元来不是怕春寒。

> 山村梅开处处香，醉插乌巾舞道傍，
>
> 饮酒得仙陶令达，爱花欲死杜陵狂。

这第一首写梅花"层冰积雪"时的"高标逸韵"，第二首写梅花不作"乞怜"态的高尚气节，第三首写梅花论品格要超过牡丹，第四首、第五首则写诗人赏梅的痴态，或闭门谢客，独对梅花，或梅插乌巾，醉舞道旁，还拉陶令爱酒和杜工部爱花来作陪，表达诗人对梅的万千宠爱和一往情深。他的《饮张功父园戏题扇上》诗，寓意深刻，有点刘禹锡《游玄都观》诗的味道：

> 寒食清明数日中，西园春事又匆匆。
>
> 梅花自避新桃李，不为高楼一笛风。

诗人以梅自况，说高洁的梅花是自觉地为新桃李让路的，这跟"一笛风"，即楼头吹起的笛曲《梅花落》无关。诗人的清高洒脱，赖梅以传神，对新贵们的不满与讥讽，也几乎明于纸上。

陆游词《卜算子》（驿外断桥边）素称咏梅名作。由于毛主席"反其意而用之"，也填了一首《卜算子·咏梅》，使得陆游这首咏梅词在当代几乎家喻户晓了：

> 驿外断桥边，寂寞开无主。已是黄昏独自愁，更著风和雨。
>
> 无意苦争春，一任群芳妒。零落成泥碾作尘，只有香如故。

这首词，可谓词中有物（梅），词中有人（诗人自己）。情寄于物，物因情见，物我融洽，主客统一。通首不出现梅花字面，却"不脱不粘"地传达出梅花的精神，亦即是传达出诗人的志趣。论者评为历代咏物词的上品。

南宋词人姜夔的自度曲《暗香》和《疏影》，是历史上有名的两首咏梅词：

> 旧时月色，算几番照我，梅边吹笛？唤起玉人，不管清寒与攀摘。何逊而今渐老，都忘却、春风词笔。但怪得、竹外疏花，香冷入瑶席。　　江国，正寂寂。叹寄与路遥，夜雪初积。翠尊易泣，红萼无言耿相忆。长记曾携手处，千树压、西湖寒碧。又片片、吹尽也，几时见得？
>
> ——《暗香》
>
> 苔枝缀玉，有翠禽小小，枝上同宿。客里相逢，篱角黄昏，无言自倚修竹。昭君不惯胡沙远，但暗忆、江南江北。想佩环、月夜

归来，化作此花幽独。　犹记深宫旧事，那人正睡里，飞近蛾绿。莫似春风，不管盈盈，早与安排金屋。还教一片随波去，又却怨、玉龙哀曲。等恁时、重觅幽香，已入小窗横幅。

——《疏影》

《暗香》和《疏影》这两首词，互相配合，赞赏梅花的幽静、孤独、美丽的品格和气质。刘熙载以"幽韵冷香"评价姜白石之词，姜白石在这两首词中更赋予梅花"冷香幽韵"的品性：《暗香》着重写其"清冷"，《疏影》着重写其"幽静"。论者大多认为这是词人怀念情人之作，词中巧妙运用一些和梅花有关的典故，化用一些有关的名句，从不同角度描写梅花的形态和神韵，借此寄托对情人的怀念。句句写的是梅花，句句也透露出词人对所怀之人的一片深情。

明代的高启，有大型咏梅七律组诗，就是有名的《梅花九首》。高启不写梅花的具体形象，而只写梅花的神态，梅花的品格，结合梅花来写感怀。试看其首、尾二章：

> 琼姿只合在瑶台，谁向江南处处栽。
> 雪满山中高士卧，月明林下美人来。
> 寒依疏影萧萧竹，春掩残香漠漠苔。
> 自去何郎无好咏，东风愁寂几回开。

> 断魂只有月明知，无限春愁在一枝。
> 不共人言惟独笑，忽疑君到正相思。
> 歌残别院烧灯夜，妆罢深宫览镜时。
> 旧梦已随流水远，山窗聊复伴题诗。

头一首写梅花开放：先写梅花只合在瑶台开放，再用高士、美人作比，又以雪中、月下为背景，还以竹、苔作陪衬，极写梅花品格之高。最后说到何逊去后，没有好诗来咏叹，使梅花感到寂寞，"东风愁寂"，只好独自开放。最后一首写梅花凋谢："别院歌残""深宫妆罢"，比喻梅花寒落，断魂冉冉，无限春愁，旧梦已远，流水无情。"何郎去后无好咏"，姑且让我来写这一组咏梅诗吧，与第一首呼应。胡应麟《诗数》称高启

"风华颖迈，特过诸人"，他的《梅花九首》，典丽华赡，触处生情，淡妆浓抹，满纸生辉，足以见证他的过人才华。

清人张问陶也许是想与高启一决高下，写了《梅花八首》一组诗，计八首咏梅七律。试看其中两首：

> 回首山林感旧踪，雪花吹影一重重。
> 记从驿使春前折，又向瑶台月下逢。
> 对客岂无能舞鹤，赏心还是后凋松。
> 天人装束天然好，便买胭脂画不浓。

> 香雪濛濛月影团，抱琴深夜向谁弹？
> 闲中立品无人觉，淡处逢时自古难。
> 到死还能留气韵，有情何忍笑酸寒。
> 天生不合寻常格，莫与春花一例看。

张氏的咏梅诗，全用拟人法，抓住梅的品格、气韵，反复咏叹。或以雪、月、鹤、松作陪，赞叹梅的天然丽质；或以抱琴夜弹为喻，描写梅的天生韵致。"天生不合寻常格"，突出了梅花与众不同、卓然自立的高标逸韵。组诗议论纵横，同时又不乏形象描绘。

和张问陶差不多同时的赵翼，乃所谓"乾隆三大家"之一（另二位是著名的《随园诗话》的作者袁枚和《藏园九种曲》的作者蒋士铨）。他的《瓯北诗钞》有一千余首七言律诗，第一篇就是《梅花四首》（见《瓯北七律浅注》）。也看其中二首：

> 残腊春心世未知，忽传芳信到南枝。
> 单身立雪程门弟，素面朝天虢国姨。
> 纸帐有香吟倦后，缟衣无影梦回时。
> 清晨动我巡檐兴，准备东风第一诗。

> 陇头流水岭头云，消息相关结想殷。
> 一到岁寒谁伴我？每逢月落便思君。
> 写真不藉丹青笔，作赋何妨铁石文？

剩欲订为交耐久，江城笛好数相闻。

赵翼七律，惯于使事用典，引用古语、故事，如从己出，半作议论，半作抒情。这是咏白梅的诗，前一首写早梅初放，以诗相迎；后一首写欲与梅订交，共度岁寒。同样写出了梅花的高贵品格，表达了诗人对梅花挚爱的感情。

也是清代中叶的曹雪芹，在他的《红楼梦》里，代他书中的人物写了几首梅花诗，咏的是红梅（见《红楼梦》第五十回）：

桃未芳菲杏未红，冲寒先已笑东风。

魂飞庾岭春难辨，霞隔罗浮梦未通。

绿萼添妆融宝炬，缟仙扶醉跨残虹。

看来岂是寻常色，浓淡由他冰雪中。

邢岫烟

白梅懒赋赋红梅，逞艳先迎醉眼开。

冻脸有痕皆是血，酸心无恨亦成灰。

误吞丹药移真骨，偷下瑶池脱旧胎。

江北江南春灿烂，寄言蜂蝶漫疑猜。

李纹

疏是枝条艳是花，春妆儿女竞奢华。

闲庭曲槛无余雪，流水空山有落霞。

幽梦冷随红袖笛，游仙香泛绛河槎。

前身定是瑶台种，无复相疑色相差。

薛宝琴

《红楼梦》书中说，众人评论指薛宝琴的最好。其实，这都是曹雪芹揣摩书中人物的性情和口吻的拟作，不应视作曹氏的真实水平。这几首诗和前引高启、张问陶、赵翼的相较，一个最显著特点就是晓畅易懂，有的诗句还似可为前引高、张、赵诗作注；而碍于人物的性情志趣，对梅花的高标逸韵的描绘及赞美，也较之前引诸诗有所减弱。

历来的咏梅诗，包括诗人的创作，画家的题画，是品读不尽，赏鉴不完的。往时家藏一本的《千家诗》，选了多首咏梅诗。除本文开头所引杜耒的《寒夜》外，还有下列几首，由于妇孺习诵，因而广播人口：

梅

不受尘埃半点侵，竹篱茅舍自甘心。
只因误识林和靖，惹得诗人说到今。

（宋）王淇

早春

南枝才放两三花，雪里吟香弄粉些。
淡淡著烟浓著月，深深笼水浅笼沙。

（宋）白玉蟾

雪梅·其一

梅雪争春未肯降，骚人搁笔费评章。
梅须逊雪三分白，雪却输梅一段香。

（宋）卢梅坡

雪梅·其二

有梅无雪不精神，有雪无诗俗了人。
日暮诗成天又雪，与梅并作十分春。

（宋）卢梅坡

王淇的《梅》赞颂了梅花甘处僻陋，不染尘埃，不求人赏、不要人夸的高洁品格，引林逋为衬。白玉蟾的《早春》，描写了梅花在早春开放的美丽姿态和神韵，以水、月作陪。卢梅坡的《雪梅》二首，前一首借评论梅、雪各自的长处与不足，实际是赞美梅花的美好；后一首则以雪衬梅，以诗脱俗，进一步概括地写出了梅、雪、诗共同点染春色，借梅与雪，表达了诗人高雅的情韵和志趣。

咏梅，在我国传统诗词中属于咏物。咏物诗词，描绘所咏之物，不求描绘得逼真，而贵在写出物的精神。司空图《诗品》所谓"离形得似"，刘熙载《艺概》所谓"不离不即"，都是说，太注意物的形象，会把物的精神忽略了，应该把注意力放在描绘物的精神上，不光去描物象。正如齐白石说写意画："在似与不似之间。"咏梅，当然要写梅的形象，色、香、姿态，但更重要的，是写出梅的精神，梅的品格，梅的神韵，

从而传达出作者的志向、作者的人格和作者的情趣。上面引述的梅花诗，大概大都具备"不即不离"的特点，大都做到了"离形得似"，少数代书中人物拟作弱了一些，恐怕也是著者有意为之吧。上引诸诗中，也有一些不是纯粹的咏物诗，而是写景抒情、赠答怀人之作，写到梅花，抒发诗人的感情，当然也是借梅言志、托梅传情了。

"才有梅花便不同"。品读历代咏梅诗词，咀嚼其中不同的风味，从中体会诗人的情韵和志趣，对于培养人们的精神品格，有着潜移默化的作用，也是芸窗读书的一件趣事呢。

不离不即

北宋的林和靖，隐居西湖孤山，人称"梅妻鹤子"。他的诗，以几首咏梅的篇什最为知名，人们谈论得也最多：

梅花

吟怀长恨负芳时，为见梅花辄入诗。

雪后园林才半树，水边篱落忽横枝。

人怜红艳多应俗，天与清香似有私。

堪笑胡雏亦风味，解将声调角中吹。

梅花

小园烟景正凄迷，阵阵寒香压麝脐。

池水倒窥疏影动，屋檐斜入一枝低。

画工空向闲时看，诗客休征故事题。

惭愧黄鹂与蝴蝶，只知春色在桃溪。

山园小梅

众芳摇落独暄妍，占尽风情向小园。

疏影横斜水清浅，暗香浮动月黄昏。

霜禽欲下先偷眼，粉蝶如知合断魂。

幸有微吟可相狎，不须檀板共金樽。

　　时人怎样看待这三首咏梅诗呢？据周振甫先生《诗文浅释》书中《"离形得似"的咏物诗》一文，引《诗话总龟》后集所载资料得知：黄庭坚特别赞赏第一首的"雪后园林才半树，水边篱落忽横枝"，王直方又爱第二首的"池水倒窥疏影动，屋檐斜入一枝低"，欧阳修则极赏第三首《山园小梅》的"疏影横斜水清浅，暗香浮动月黄昏"。

　　后人又是怎样议论以上三位的不同呢？元代的方回在他编选的《瀛奎律髓》中评说，黄庭坚是"专论格"，欧阳修是"专取意味精神"，表示各有所尚，赞赏的天平不偏不倚。这里所谓"格"，即是品格，风格。黄山谷认为"雪后园林""水边篱落"一联最好，正是从梅花的风格着眼，雪后园林，水边篱落，用雪来衬托梅花的凌寒品质，用水来显现梅枝的倒影横斜，这些都与别花不同，都是从风格方面描写梅花，赞赏梅花。王直方喜爱"池水倒窥""屋檐斜入"一联，写"疏影动"，写"一枝低"，也是写梅花的风格，王直方也是从梅花的风格着眼的。清代的纪昀在评论这些看法时，一则批曰"终当以山谷为然"，肯定黄庭坚；一则批曰"王说是"，也肯定王直方。可见，纪昀也是着重在风格上。

　　欧阳修"极赏"的"暗香""疏影"一联，则重在写梅花的神态，透过神态来体现风格。"疏影横斜"写花之形之神，"暗香浮动"写花之香之韵，而花的神韵，又隐含花的品格。同时，还用"水"的"清浅"来衬托，用"月"的"黄昏"来渲染，更能突出梅花的神态，也更能体现梅花的品格。所以自宋代以来，人们更爱读《山园小梅》一诗，更欣赏"暗香""疏影"一联。

　　咏梅诗是咏物诗。我国古代的咏物诗，大概都有这样一种传统，就是不单为咏物而咏物，而是要有比兴，有寄托，有弦外之音。对于好的咏物诗，清人刘熙载有一四字评语，曰"不离不即"：

　　　　东坡《水龙吟》起句云："似花还似非花"，此句可作全词评语，盖不离不即也。

咏物诗，既言咏物，当然要写所咏之物，这就要求"不离"，不离开物。但又不能把物精细地描摹得太像，因为太注重物的外在形象了，就会忽略或减弱物的内在精神，而诗人描写物的形象，是为了表现物的精神，赋予物的某种品格，从而寄托人们的志趣和情感，这就要求"不即"，就是不要求把物描摹得太像，太逼真，或者一心只去描写物的表相。

拿"不离不即"做标准，我们来看看这三首诗。

先看第一首。首联写诗人酷爱梅花，说一见梅花就想将它写入诗篇。颔联很是精警："雪后园林"言其品性之坚，"才半树"言其开放之早；"水边篱落"言其出处之低，"忽横枝"言其姿态之俏。颈联一反一正，"红艳"惹人怜，似俗而不俗，"清香"天赐与，无私而有私。尾联写胡人吹角，而唐代大角曲，有《大梅花》《小梅花》等名目，诗笔依然落在梅花上。句句说的是梅花，或与梅花有关，这就是"不离"，不离开所咏的对象。然而，诗人没有着意描写梅花的外形，梅花的色香，虽然提到"红艳""清香"，也只是从"天与""人怜"的角度一笔带过，更多的是以"雪后""水边"来衬托梅花的品格，以诗人写诗、胡人吹角来渲染对梅花的喜爱，这就是"不即"，不着意描写梅的形象，而注重其精神品格。"不离不即"，因此，这首诗是首好诗，其颔联得到黄庭坚的称赞，也不是没有来由的。

再看第二首。首联写小园百花纷谢，烟景凄迷，只有寒梅散发出阵阵香气。颔联写水边梅影稀疏，檐下梅枝斜入，用一"低"字暗示梅花谦下的品质。颈联写画工空看，是因为画工只看形象，看不到神韵乃至品格；写诗客不必多讲梅花的故事，只要抓住梅花高洁的品格也就够了。尾联则联想到黄鹂和蝴蝶，说它们只知道从路旁桃李中去寻找春色，而不知道最早最美的春色就在梅花这里呢。这首诗写梅花，也做到了"不离不即"。没有着意细致地去描摹梅花的形象，更多的是借画工、诗客，黄鹂、蝴蝶等，从侧面来陪衬；但也抓住了梅花的特点，不同于桃李花。同上面一首一样，也写出了梅花的品格，也不失为较好的诗作。

最后来看第三首《山园小梅》。苏轼曾在《书林逋诗后》说："先生可是绝俗人，神清骨冷无由俗。"论者指这首咏梅诗正是诗人人格的写照。诗的首联写"众芳摇落"之后，梅花在小园里独自开放，孤高出世而又风采绝伦。颔联向来被论者誉为"警绝"，而且也最得读者的喜爱。"疏影"用"横斜"来形容，"暗香"以"浮动"来描绘。又以"清浅"之水，"黄昏"之月做背景，来加以衬托，加以渲染。这都是抓住了梅花

的特点，只能属于梅花，不可移易。（顺便说一句，中国历代名著全译丛书之一的《宋诗精华录全译》将"月黄昏"译作黄昏时的月亮，是不正确的：诗中"月黄昏"与"水清浅"对举，都是形容，指清浅的水面，昏黄的月色。"清"与"青"谐音，与"黄"构成色彩工对。这里"黄昏"不是表时间。）颈联用拟人的手法，说"霜禽"欲下而先偷觑，"粉蝶"如知则应销魂，从侧面写梅花的神韵，梅花的魅力。尾联归结到诗人自身清高的生活情趣，面对高洁的梅花，不用美人的檀板歌喉，也不用贵人的金樽美酒，而只用诗来与梅对话，实际上是在赞美梅花的孤傲、清贫、高雅的品格。全诗句句写梅花，也处处透出诗人自己的影子，梅花和诗人合而为一了。尤其"疏影""暗香"一联，一写枝形，一写花香，重在神韵，也透出品格，而且营造出一种朦胧的诗的意境。这首诗之成为传世名篇，"疏影""暗香"一联，可以说功莫大焉。

我们不妨再将"疏影"一联，与"雪后""池水"两联作一比较："疏影"一联，写了花形与花香，而"雪后""池水"二联都只写了花形，"疏影"一联内容更丰富。"疏影"一联用"横斜"来描绘疏影，用"浮动"来描绘暗香，又以"清浅"来形容水，以"黄昏"来形容月，也比"雪后""池水"那两联显得更形象，也更生动地传达出了梅花的神韵。"雪后"一联用"雪后园林"来陪衬，更显梅花凌寒耐冷的品质；"池水"一联用"倒窥"和"斜入"写梅花之形，也很生动：这是"雪后""池水"两联过人的地方。

就全诗看，第一首（吟怀长恨负芳时），开头说"为见梅花辄入诗"，而结尾却转到"胡雏吹角"，虽说这典故也还落在梅花上，但到底有点儿突兀和不合调。周振甫先生释"解将声调角中吹"之声调为《梅花落》，认为通篇写梅之早开，而结尾用梅花落的故典，是"不合适"的。（见《诗文浅释》）第二首（小园烟景正凄迷），说"阵阵寒香压麝脐"，麝香芬芳浓郁，就是从麝脐中取出的，说寒梅的冷香压倒麝香，也是形容太过，远不如"暗香"贴切。所以总的说来，前引三首中，还是第三首即《山园小梅》为最好。

《山园小梅》是否也有不尽如人意的地方呢？笔者以为，首联中"占尽风情向小园"的"风情"二字，尾联中"幸有微吟可相狎"的"相狎"二字,下得有些轻率,似乎与梅花的高标逸韵有些不侔。笔者的这种看法,或许正当得起"吹毛"之讥吧。

　　刘熙载在他的《艺概》里评论东坡词,拈出《水龙吟》中"似花还似非花"一句,作为全词评语,并得出"不离不即"四字,用来概括咏物诗的特色。其实,由"似花还似非花"还可以得出另外四字:若即若离。不即不离,若即若离,这大概就是好的咏物诗所要达到的境界。

不是花中偏爱菊

——咏菊诗词随读

　　唐代诗人元稹有一首咏菊小诗很有名，尤其是后两句：

　　　　秋丛绕舍似陶家，遍绕篱边日渐斜。

　　　　不是花中偏爱菊，此花开尽更无花。

这首七绝前两句有些与众不同：不避重字，各用了一个"绕"字。"秋丛绕舍"句是写菊花，黄花绕舍，秋光正好，引陶渊明作陪，因为晋代的陶渊明最爱菊。"遍绕篱边"句是写赏菊，诗人遍绕篱边，徜徉其间，直到日斜之时仍舍不得离开。后两句最是警策"不是花中偏爱菊"，实际的意思就是所有花中偏爱菊花，为什么？就是因为"此花开尽更无花"。菊花在百花中是最后凋谢的，正如苏轼诗里所言"荷尽已无擎雨盖，菊残犹有傲霜枝"（《赠刘景文》），等到秋菊的傲霜枝也凋败之时，将无花可赏。因此，人们把爱花之心，赏花之情，都集中到一年之中花的殿军菊花身上。同梅之冲寒冒雪，开在百花先一样，菊之历尽风霜，谢在百花后，也一样地得天独厚，一样地具有坚贞高洁的品格，因之也一样地受到人们普遍的喜爱和赞赏。历代的诗人们，或把他们的爱菊之心，赏菊之情，注之于笔下，或以菊寄意，托菊明志，写出了许多咏菊的美丽诗篇。

　　与元稹同时且为挚友的白居易，也有咏菊诗，如下面这一首：

　　　　一夜新霜著瓦轻，芭蕉新折败荷倾。

　　　　耐寒唯有东篱菊，金粟初开晓更清。

一夜严霜，芭蕉折了，荷叶败了，独有耐寒的菊花迎霜怒放，寓意大约与元稹的差不多，只是"耐寒唯有东篱菊"议论过于平直，不如同是议论的"此花开尽更无花"，更耐人寻味。

唐、宋大诗人中咏菊的名作俯拾即是，像李白的《九月九日龙山饮》：

> 九日龙山饮，黄花笑逐臣。
>
> 醉看风落帽，舞爱月留人。

李供奉是酒仙，咏黄花不离酒。像杜甫的《题菊》：

> 每恨陶彭泽，无钱对菊花。
>
> 如今九日至，自觉酒须赊。

世人嗟叹"杜甫一生贫"，杜工部咏菊，亦引陶潜"无钱对菊花"以自喻。像岑参的《行军九日思长安故园》：

> 强欲登高去，无人送酒来。
>
> 遥怜故园菊，应傍战场开。

岑嘉州乃边关将帅，咏菊也不忘战场。像皎然的《九日与陆羽饮茶》：

> 九日山僧院，东篱菊也黄。
>
> 俗人多泛酒，谁解助茶香。

皎然和尚对菊，以茶代酒，说"谁解助茶香"，意思是，论高雅，实在是舍我其谁。像黄庭坚的《题菊》：

> 秋风两度身为客，已见重阳未到家。
>
> 村酒不堪供节事，只将青眼看黄花。

山谷道人则似乎比皎然和尚更高雅，借用阮籍青白眼的典故，来礼赞菊花。像陆游的《残菊》：

> 残菊一枝香未残，夜窗拈起百回看。
>
> 过时只恐难相笑，我是三朝旧史官。

陆放翁一肚皮牢骚，借残菊以自嘲。像杨万里的《戏笔》：

> 野菊荒苔各铸钱，金黄铜绿两争妍。

　　　　　天公支与穷诗客，只买清愁不买田。

杨诚斋总是不离他那带有几分诙谐的"诚斋体"。像范成大的《重阳后菊花》：

　　　　　寂寞东篱湿露华，依前金靥照泥沙。
　　　　　世情儿女无高韵，只看重阳一日花。

石湖居士对世俗儿女也讽刺得可以。还有像郑思肖的《题画菊》：

　　　　　花开不并百花丛，独立疏篱趣未穷。
　　　　　宁可枝头抱香死，何曾吹落北风中？

这位画家诗人的题画诗，抓住菊的"秋花不比春花落"的特点，"宁可枝头抱香死"，以拟人的手法，赞美了菊花高贵的气节。

　　当然，历代诗人中爱菊赏菊，流露真性情的还得数晋代的陶渊明。他一生爱菊，是菊花真正的最知心的朋友。他最爱菊花的"高洁"，这与他不愿为五斗米向乡里小儿折腰，而挂绶辞官，归耕田园的高洁志趣有关。昭明太子萧统作的《陶渊明传》中说：陶渊明曾于九月九日出宅边菊丛中坐，满手把菊，醉饮忘归。陶的诗文中，有不少咏菊的名句。像《归去来辞》中的"三径就荒，松菊犹存"，《和郭主簿二首》中的"芳菊开林耀，青松冠岩列"，《九日闲居》中的"酒能祛百虑，菊解制颓龄"，等等。尤其是《饮酒二十首》其五中的"采菊东篱下，悠然见南山"，历来被评为有"静穆""淡远"之风致，得到苏东坡的赞赏，得到王国维的推崇，更是为人所乐道。《饮酒二十首》其七"秋菊有佳色"，则是陶渊明比较完整的一首咏菊诗：

　　　　　秋菊有佳色，裛露掇其英。
　　　　　泛此忘忧物，远我遗世情。
　　　　　一觞虽独尽，杯尽壶自倾
　　　　　日入群动息，归鸟趋林鸣。
　　　　　啸傲东轩下，聊复得此生。

首句"秋菊有佳色"，没有一个秾丽的字眼，极其朴素。只一个"佳"字，突出了众芳凋零，唯有菊花呈傲霜之色。难怪前人称此句"洗尽古今尘俗气"（宋李公焕《笺注陶渊明集》引艮斋语）。次句"裛露掇其英"，令人不禁想起屈原《离骚》的名句"朝饮木兰之坠露兮，夕餐秋菊之落英"，引读者领略志趣高洁的喻意。对菊饮酒，啸傲东轩，通篇之高远寄意，都由菊而引发。全诗情感旷达而又有些许伤感，若有所失而又颇为自得，但志趣高洁则是其主基调。

菊花的高洁品性，足以兴起诗人"旷达"之怀。晚唐的杜牧有一首题为《九日齐山登高》的诗，也咏到菊，他是借菊花表达其旷达之情怀：

> 江涵秋影雁初飞，与客携壶上翠微。
>
> 尘世难逢开口笑，菊花须插满头归。
>
> 但将酩酊酬佳节，不用登临恨落晖。
>
> 古往今来只如此，牛山何必独沾衣！

史载：齐景公游牛山，有感于终有一死而流涕。李白《古风》有"景公一何愚，牛山泪相续。物苦不自足，得陇又望蜀"的名句。杜牧此诗除用此故典，嘲笑某些人之不知厌足、自寻烦恼外，还以"尘世难逢开口笑，菊花须插满头归"一联，形象地借菊抒怀，展现诗人放旷而又豁达的心胸。

北宋的韩琦，是和范仲淹齐名的朝廷重臣，他的咏菊诗《九日水阁》，以菊花相标榜，推崇的是菊花的"晚节"：

> 池馆隳摧古榭荒，此延嘉客会重阳。
>
> 虽惭老圃秋容淡，且看黄花晚节香。
>
> 酒味已醇新过熟，蟹螯先实不须霜。
>
> 年来饮兴衰难强，漫有高吟力尚狂。

颔联"虽惭老圃秋容淡，且看黄花晚节香"，是其警句。作为德高望重、权倾一时的老臣，能借菊花以自警，表示要学习菊花的品格，保持晚节，当然是值得称许的。这一联语，也就成了人们爱读的咏菊名联。

晚唐诗人郑谷咏菊，也是以菊花自比，但又别开生面：

> 王孙莫把比蓬蒿，九日枝枝近鬓毛。
>
> 露湿秋香满池岸，由来不羡瓦松高。

菊花未开时，枝叶也许与蓬蒿有某些类似之处，平常得很，可是到了重

阳时节，菊花怒放，人们总喜欢把它插在鬓角上，谓之重九簪花。它生长在池岸低洼之地，却从来不羡慕那虽在高处而百无一用的瓦松。据说，瓦松乃是一种"其形似松、生必依瓦"，寄生在高楼屋脊上的植物，"高不及尺""下才如寸""在人无用""在物无成"（见崔融《瓦松赋》）。诗人以"不羡"二字，将菊花人格化了，再加上"由来"予以强调，赋予它不求高位、不慕荣利的高贵品质，实际上也是托物明志呢。

由金入元的诗人元好问有一首《野菊座主闲闲公命作》的咏菊诗，咏的是"野菊"：

野菊座主闲闲公命作

柴桑人去已千年，细菊斑斑也自圆。

共爱鲜明照秋色，争教狼藉卧疏烟。

荒畦断垄新霜后，瘦蝶寒螀晚景前。

只恐春丛笑迟暮，题诗端为发幽妍。

诗的开头"柴桑人去"，乃是用晋代陶渊明爱菊之典，陶渊明为庐山脚下柴桑人。明代诗人高启也有一首咏菊诗《王公子宅五月菊》，咏的则是"夏菊"：

秋英忽夏发，宛在阿戎家。

细认惊初见，高吟喜共夸。

不依寒竹雨，欲映午榴霞。

我意甘迟暮，樽前有此花。

前一首说"只恐春丛笑迟暮"，后一首说"我意甘迟暮"，实际也都是借菊的"晚节"之品格，表达诗人自己的志趣。

唐末农民起义军领袖黄巢的两首菊花诗，也是托物明志，但和上述封建时代文人的志趣完全不同。这两首咏菊诗，出自义军领袖之口，展现的是作为农民阶级代言人的政治抱负，教人耳目一新：

题菊花

飒飒西风满院栽，蕊寒香冷蝶难来。

他年我若为青帝，报与桃花一处开。

不第后赋菊

待到秋来九月八，我花开后百花杀。

冲天香阵透长安，满城尽带黄金甲。

前一首《题菊花》，替菊花抱不平。这是在用"比"，以菊花比附广大劳苦民众，菊花就是底层民众的化身，诗人以菊花为喻，表达了深深的同情和愤慨。诗人驰骋想象，说自己有朝一日当了"青帝"，即所谓"司春之神"，就要让菊花和桃花一起在春天里开放。在作者看来，菊花和桃花同为百花之一，理应享受同样的待遇。不妨认为，这是诗化了的农民平等思想。还有一个靠谁来改变命运的问题，"他年我若为青帝"，是否可以理解为，这正体现了封建时代农民阶级领袖人物推翻旧政权的决心和信心。后一首《不第后赋菊》，则正是这位义军领袖决心推翻旧政权、建立新世界的战斗檄文。它不是一组粗豪的战斗口号，而是一首形象鲜明、情感豪迈的咏菊诗。它句句不离菊：重九赏菊，原为美谈，此言"九月八"，当是押韵之需。"我花开后"的我花，当然是菊花。菊花香气浓郁，说"冲天香阵"，也有依据。"黄金甲"写菊也生动，以喻义军将士则更形象。诗人用"待到"二字领起，四句一气呵成，表达了作为义军领袖的诗人豪迈的战斗精神和对胜利的坚定信心。

历代词、曲中也有不少咏菊的作品。像南唐后主李煜的《长相思》（"一重山"）：

一重山，两重山。山远天高烟水寒，相思枫叶丹。

菊花开，菊花残。塞雁高飞人未还，一帘风月闲。

这里词牌即词题，多情的李煜，只是借菊花开、菊花残，表示相思之长，大概没有多少弦外之音。另外，两朝事主、三度入相的西蜀词人冯延巳的《抛球乐》也咏到菊花：

莫怨登高白玉杯，茱萸微绽菊花开。池塘水冷鸳鸯起，帘幕烟寒翡翠来。重待烧红烛，留取笙歌莫放回。

这阕词，"玉杯""翡翠""红烛""笙歌"，大约也只是写优游醉赏的闲情逸致。倒是女词人李清照的《醉花阴》（"薄雾浓云愁永昼"），写重阳

佳节，词人对菊把酒、思绪缠绵，生动地写出了青春少妇的离别之苦与相思之情：

> 薄雾浓云愁永昼，瑞脑销金兽。佳节又重阳，玉枕纱厨，半夜凉初透。　东篱把酒黄昏后，有暗香盈袖。莫道不销魂，帘卷西风，人比黄花瘦。

"东篱把酒""暗香盈袖"，都是咏菊名句。尤其是"莫道不消魂，帘卷西风，人比黄花瘦"，以人比菊，以瘦状花，不仅造语新奇，而且很好地突出了一个"愁"字，正唐司空图《诗品·含蓄》所谓"不著一字，尽得风流"。

若论咏菊的大型组诗，像高启《梅花九首》，张问陶《梅花八首》那样，以七律连章的形式来咏菊的，笔者在一些集子中还未看到。曹雪芹《红楼梦》第三十八回"林潇湘魁夺菊花诗"中，雪芹为书中人物代拟了十二首菊花诗，实为历代咏菊组诗的巨制。组诗以时空转换为序，以爱菊赏菊相始终。历来有关菊的典故，前人咏菊名句，浑化其间。从"忆菊""访菊""种菊"，到"对菊""供菊""咏菊"，从"画菊""问菊""簪菊"，到"菊影""菊梦""残菊"，可谓历代咏菊之集大成者。反复诵读，真乃高情盈怀，余香满口：

忆菊

怅望西风抱闷思，蓼红苇白断肠时。

空篱旧圃秋无迹，瘦月清霜梦有知。

念念心随归雁远，寥寥坐听晚砧迟。

谁怜我为黄花瘦，慰语重阳会有期。

蘅芜君

访菊

闲趁霜晴试一游，酒杯药盏莫淹留。

霜前月下谁家种？槛外篱边何处秋？

蜡屐远来情得得，冷吟不尽兴悠悠。

黄花若解怜诗客，休负今朝挂杖头。

怡红公子

种菊

携锄秋圃自移来，篱畔庭前处处栽。

昨夜不期经雨活，今朝犹喜带霜开。

冷吟秋色诗千首，醉酹寒香酒一杯。

泉溉泥封勤护惜，好知井径绝尘埃。

怡红公子

对菊

别圃移来贵比金，一丛浅淡一丛深。

萧疏篱畔科头坐，清冷香中抱膝吟。

数去更无君傲世，看来惟有我知音。

秋光荏苒休辜负，相对原宜惜寸阴。

枕霞旧友

供菊

弹琴酌酒喜堪俦，几案婷婷点缀幽。

隔坐香分三径露，抛书人对一枝秋。

霜清纸帐来新梦，圃冷斜阳忆旧游。

傲世也因同气味，春风桃李未淹留。

枕霞旧友

咏菊

无赖诗魔昏晓侵，绕篱欹石自沉音。

毫端蕴秀临霜写，口角噙香对月吟。

满纸自怜题素怨，片言谁解诉秋心？

一从陶令平章后，千古高风说到今。

潇湘妃子

画菊

诗余戏笔不知狂，岂是丹青费较量？

聚叶泼成千点墨，攒花染出几痕霜。

淡淡神会风前影，跳脱秋生腕底香。

莫认东篱闲采掇，粘屏聊以慰重阳。

蘅芜君

问菊

欲讯秋情众莫知，喃喃负手扣东篱。
孤标傲世偕谁隐？一样开花为底迟？
圃露庭霜何寂寞？雁归蛩病可相思？
莫言举世无谈者，解语何妨话片时。

潇湘妃子

簪菊

瓶供篱栽日日忙，折来休认镜中妆。
长安公子因花癖，彭泽先生是酒狂。
短鬓冷沾三径露，葛巾香染九秋霜。
高情不入时人眼，拍手凭他笑路旁。

蕉下客

菊影

秋光叠叠复重重，潜度偷移三径中。
窗隔疏灯描远近，篱筛破月锁玲珑。
寒芳留照魂应驻，霜印传神梦也空。
珍重暗香休踏碎，凭谁醉眼认朦胧。

枕霞旧友

菊梦

篱畔秋酣一觉清，和云伴月不分明。
登仙非慕庄生蝶，忆旧还寻陶令盟。
睡去依依随雁断，惊回故故恼蛩鸣。
醒时幽怨同谁诉，衰草寒烟无限情。

潇湘妃子

残菊

露凝霜重渐倾欹，宴赏才过小雪时。
蒂有余香金淡泊，枝无全叶翠离披。
半床落月蛩声病，万里寒云雁阵迟。
明岁秋风知再会，暂时分手莫相思。

蕉下客

曹雪芹这十二首咏菊诗，不是简单地描摹菊的形貌，单纯地赋菊，而是从诗人的角度，着力写人与菊有关的情事，这从"访菊""种菊""对菊"等诗题就可以看出来。古人说咏物，讲究"离形得似"（司空图《诗品》）。所谓"离形"，当然不是说要完全脱离物相，而是强调不要拘泥于物的外在形象，求其逼真，求其惟妙惟肖，要保持一点距离。过分地专注于描摹外在的物相，会把物的精神忽略了。咏物，不仅描绘出物外在的形貌，而且描绘出物内在的精神，这才是有所得，也就是所谓"得似"，即"得其神似"。中国传统山水画、花鸟画乃至人物画都讲究"写意"，讲究"在似与不似之间"，画葫芦有时用方笔，画竹子有时用朱砂之类，意在引导读者重其精神内核，而遗其外在形貌。传统诗词也是如此。另外，这十二首菊花诗从以我观物的角度写，更能倾注作者的思想感情，也更能传达出作者借菊抒怀、托菊言志的高雅旨趣。

　　周振甫先生在他的《诗文浅释》一书中说："古代的咏物诗，不在描绘物的形象，是在写物的神态，结合作者的怀抱，把他的志趣通过咏物表达出来，写出物的品格，也就写出诗人的志趣来。"品读历代咏菊诗词，应该能得到与周先生同样的体会。

何可一日无此君

——从一句咏竹名言谈起

晋代名士王子猷有一句"何可一日无此君"的名言，"此君"即指竹，见南朝梁刘义庆的《世说新语·任诞》：

> 王子猷尝暂寄人空宅住，便令种竹。或问："暂住何烦尔？"王啸咏良久，直指竹曰："何可一日无此君！"

> 王子猷是王羲之的第五个儿子王徽之。他把竹视为高人雅士，以竹为伴，不可一日无之。

这不是魏晋名士的故作放旷，而是人们喜竹爱竹乃至敬竹之思想感情的真实流露。为什么会有这样特殊的情感？笔者于是想起了一幅对联："未出土时先有节，到凌云处总虚心。"这是一副咏竹的名联，论出处，大概是宋代诗人徐庭筠的《咏竹》诗：

> 不论台阁与山林，爱尔岂惟千亩阴？
>
> 未出土时先有节，便凌云去也无心。
>
> 葛陂始与龙俱化，嶰谷聊同凤一吟。
>
> 月朗风清良夜永，可怜王子独知音。

这副名联显然是从徐氏《咏竹》诗的颔联化出，只改动几个字，尤其是"也无心"改成"总虚心"，更切合竹的特点，所寄托的意思也更明确、更准确。"先有节"的"节"，当然是指竹节，但这个"节"人们又爱与节操、气节的"节"等同起来，于是赋予竹以"高节""劲节"的品格，而且这"节"是"未出土时"先就有的，说明一个人的节操、气节是做人的基础，从小养成，至死不渝，丧失节操、气节，其他一切都免谈。竹是空心的，"虚空能容物"，所以做人也应向竹看齐，即使达到极高的地位，做出极高的成就，所谓"到凌云处"，也还是要"虚心"。这副名联生动地描写了竹的外在形象，也透露出竹的内里气质，更重要的是借竹寓意，将竹人格化，赋予竹"劲节"和"虚心"的品格，从而很好地说明了东晋名士王子猷为什么"不可一日无此君"，为什么那样爱竹。

竹，可以说是我国传统文化中一个颇为显著的符号。人们把竹与松、梅并列，称为"岁寒三友"，充分地表达了人们对它岁寒不凋品质的赞美。人们又把竹与梅、兰、菊并列，誉作"四君子"，突出地礼赞它那"劲节"而又"虚心"的君子之风。画家把竹作为水墨丹青常画不厌的题材，诗人则把他们的风情雅韵，献给竹，写下了许多咏竹的名篇。

竹的品格，如果用两个字来概括，那就是"不俗"。苏轼有两句类似于散文的咏竹诗："可使食无肉，不可使居无竹。"历代口诵之余，几乎成为人们崇尚高雅，鄙视低俗的警句格言。全诗如下：

> 可使食无肉，不可使居无竹。
>
> 无肉令人瘦，无竹令人俗。
>
> 人瘦尚可肥，俗士不可医。
>
> 旁人笑此言：似高还似痴？
>
> 若对此君仍大嚼，世间那有扬州鹤！

这首诗正体现了苏轼"以议论为诗"的特点，出语平常而又精警，议论精辟而又形象，借题发挥，歌颂风雅清新的高士，批评只知物欲的俗人，写得极有风采。后半首"旁人笑此言"的"旁人"就是那种低俗之人，说你上面所说的"可使食无肉，不可使居无竹"云云，是唱"高"调呢，还是说"痴"话？对此，诗人诙谐地嘲弄说："若对此君仍大嚼，世间那有扬州鹤！""此君"即指竹；"大嚼"语出曹植《与吴质书》："过屠门而大嚼，虽不得肉，贵且快意。""扬州鹤"是这样一个典故：有客相从，各言其志。或愿当扬州刺史，或愿多资财，或愿骑鹤上升。其中一人曰："腰缠十万贯，骑鹤下扬州。"此人欲兼得升官、发财、成仙之利。（见宋人《殷芸小说》）诗人借此说明：既欲肥鲜，又思脱俗，既欲仕宦，又想

成仙，人间世上，安有此理！苏轼爱竹，写竹，画竹，有流传至今的手迹、石刻为证。像"门前万竿竹，堂上四库书"（《答任师中》），"披衣坐小阁，散发临修竹"（《安国寺浴》），"累尽吾何言，风来竹自啸"（《定惠颙师为余竹下开啸轩》），不可尽举。从少至老，诗人爱竹，真到了"不可使居无竹"的地步。

当然，爱竹的诗家不止是苏轼，南朝·齐之谢朓就有《咏竹诗》：

> 窗前一丛竹，青翠独言奇。
> 南条交北叶，新笋杂故枝。
> 月光疏已密，风来起复垂。
> 青扈飞不碍，黄口得相窥。
> 但恨从风箨，根株长别离。

谢朓也就是谢玄晖，与谢灵运同一族人，世称"小谢"，曾任宣城太守，终尚书吏部郎，故又称谢宣城或谢吏部。谢朓与沈约齐名，曾与其共创所谓"永明体"。这首咏竹诗，也正好体现了永明体的特色，圆美流转，和谐畅达，平仄协调，对仗工整。论者指其开唐代近体律绝诗的先河。这首《咏竹诗》，只是得其形似，未为特出；他的名句"落霞散成绮，澄江静如练"（《晚登三山还望今邑》）之类，那才是得其神韵而更为人所称道呢。

唐代大诗人杜甫也写有许多咏竹诗，表达他的爱竹之情。像"风含翠筱娟娟净，雨裹红蕖冉冉香"（《狂夫》），"桤林碍日吟风叶，笼竹和烟滴露梢"（《堂成》），"江上舍前无此物，幸分苍翠拂波涛"（《从韦续处觅绵竹》），都是咏竹的名句。他的五律《竹》，正是一首竹的赞美诗：

> 绿竹半含箨，新梢才出墙。
> 色侵书帙晚，阴过酒罇凉。
> 雨洗娟娟净，风吹细细香。
> 但令无翦伐，会见拂云长。

这吟的是新竹，从尾联"但令无翦伐，会见拂云长"，可以想见他对新竹的爱怜和期许。他的五律《题刘秀才新竹》，亦是由衷地赞美新竹，只是换了个说法：

> 数径幽玉色，晓夕翠烟分。
>
> 声破寒窗梦，根穿绿藓纹。
>
> 渐笼当槛日，欲碍入帘云。
>
> 不是山阴客，何人爱此君？

尾联"山阴客"当然是指王子猷，诗人实际是以王子猷自况，表达诗人自己"不可一日无此君"的爱竹之情，同时也对世上高雅难知、世俗盛行的现实，发出深深的感叹。

中唐诗人李贺家乡多竹，也十分爱竹。他写有一组四首咏竹绝句，题为《昌谷北园新笋》。试看其中两首：

> 箨落长竿削玉开，君看母笋是龙材。
>
> 更容一夜抽千尺，别却池园数寸泥。

> 斫取青光写楚辞，腻香春粉黑离离。
>
> 无情有恨何人见？露压烟啼千万枝。

这第一首"一夜抽千尺""别却数寸泥"，以夸张的手法，写出了竹的卓尔不群、高标拔俗的品格。第二首"斫取青光写楚辞"，写在竹上题写楚辞字句，联想到屈原，表达"良材未逢，将杀青以写怨"（姚文燮《昌谷集注》）的怨愤之情。这一组诗，有比有兴，移情于竹，借竹抒情，写竹又似写人，其旨趣在有意无意之间，称得上"风神高雅、兴寄深微"。

晚唐诗人郑谷，善于咏物，以一首咏鹧鸪诗得了一个"郑鹧鸪"的外号。他也有咏竹诗，如下面这一首《竹》，笔者就很爱读：

> 宜烟宜雨又宜风，拂水藏村复间松。
>
> 移得萧骚从远寺，洗来疏净见前峰。
>
> 侵阶藓拆春芽迸，绕径莎微夏荫浓。
>
> 无赖杏花多意绪，数枝穿翠好相容。

这首诗以竹之"三宜"开篇，以水与松作陪。继写远寺竹影，写前峰竹林，突出其清幽与明净。又写春日竹笋，夏日竹荫。结尾再以杏花来衬

托，勾勒出一幅如同苏轼的"竹外桃花三两枝"的美丽画面。对于竹之品格不做直白的说明，只是通过一些具体的描绘，从中传达出竹的神韵。这当然也是咏物诗惯见的一种写法。

北宋欧阳修有不少咏竹之作，七律《张仲通示墨竹嗣以嘉篇岂胜钦玩聊以回韵仰酬厚贶》是其中之一：

> 数竿苍翠写生绡，寄我公斋伴寂寥。
>
> 不待雪霜常凛凛，虽无风雨自萧萧。
>
> 嗟予心志俱憔悴，羡子文章骋富饶。
>
> 嗣以嘉篇诚厚贶，远惭为报乏琼瑶。

"贶"读若"况"，赐或赠的意思。这是一首答谢友人赠墨竹的诗，实际也是一首咏竹诗，尤其是颔联，"不待雪霜常凛凛，虽无风雨自萧萧"，写出了竹的神韵，也就透露出竹的品格。

苏门四学士之一的黄庭坚，作诗讲究生拗瘦劲，他的咏竹诗也颇具此种特色。如下面这两首七绝和七古：

题子瞻墨竹

> 眼入毫端写竹真，枝掀叶举是精神。
>
> 因知幻化出无象，问取人间老斫轮。

次韵黄斌老所画横竹

> 酒浇胸次不能平，吐出苍竹岁峥嵘。
>
> 卧龙偃蹇雷不惊，公与此君俱忘形。
>
> 晴窗影落石泓外，松煤浅染饱霜兔。
>
> 中安三石使屈蟠，亦恐形全便飞去。

这两首都是题画诗。《题子瞻墨竹》抓住苏轼写竹不求形似，只求其精神的特点来立意。"老斫轮"典出《庄子·天道》：轮扁斫轮，得之于手，应之于心，后遂以"老斫轮"或"斫轮手"指长期实践而技艺精微的老手，及其运用自如、心手相应的技艺，这里即指苏东坡。《次韵黄斌老所画横竹》抓住"横竹"的"横"字，写其"得意"而"忘形"的妙想与神思，驰骋想象，横竹矫若游龙，若"形全"便恐"飞去"，称赞画竹之奇特与生动。把竹比作龙，是这位山谷道人咏竹诗惯用的手法，像《和师厚栽竹》诗中的"龙化葛陂去"，《觉范师种竹颂》诗中的"听风听雨看成龙"，不一而足。

南宋大诗人陆游的七律《新竹》，因旧时蒙学读物《千家诗》的选入，而较之上引诸作更为人所熟知：

> 插棘编篱谨护持，养成寒碧映涟漪。
> 清风掠地秋先到，赤日行天午不知。
> 解箨时闻声簌簌，放梢初见叶离离。
> 归闲我欲频来此，枕簟仍教到处随。

与别的咏竹诗有些不同，这首诗只用"赋"的手法，从不同的角度去描写：竹引清风，夏日置身竹丛，只觉秋凉已到；竹荫匝地，遮蔽炎炎赤日，即使正午时分，竹林中还感觉不到呢。嫩竹拔节，解箨之声似乎可以听得见；新竹放梢，修篁之影也看得分明。真可谓细致入微，新颖别致。诗人从栽种新竹、谨细呵护写到展望归闲，携枕簟对竹而眠，表达了对竹的深爱之情。另外值得一提的是，陆游的七律，以对句之工而闻名。像这首诗之颔联，"清风"的"清"与颜色的"青"同音，借与"赤日"成工对，"掠地"对"行天"自不必说。颈联"解箨"对"放梢"，"声"对"影"，叠字"簌簌"对"离离"，更无一字对得不工。

以爱竹、画竹、咏竹闻名的，苏东坡外，还有清代扬州八怪之一的郑板桥。他的题画竹诗，不仅揭示画的意旨，而且更多的是借此表达心声。像下面这几首《题画》诗：

> 我有胸中十万竿，一时飞作淋漓墨。
> 为凤为龙上九天，染遍云霞看新绿。

> 新竹高于旧竹枝，全凭老干为扶持。
> 明年再有新生者，十丈龙孙绕凤池。

> 江南鲜笋趁鲥鱼，烂煮春风三月初。

吩咐厨人休斫尽，清光留此照摊书。

秋风昨夜渡潇湘，触石穿林惯作狂。
唯有竹枝浑不怕，挺然相斗一千场。

一阵狂风倒卷来，竹枝翻回向天开。
扫云扫雾真吾事，岂屑区区扫地埃！

这第一首"我有胸中十万竿""为凤为龙上九天"，一吐诗人胸中豪气。第二首"新竹高于旧竹枝，全凭老竿相扶持"，说出了以老带新的哲理。第三首是咏所画春笋，"吩咐厨人休斫尽，清光留此照摊书"，此语可谓别出心裁。第四首咏所画风竹，"唯有竹枝浑不怕，挺然相斗一千场"，突出了竹坚强挺拔的品格。第五首也是咏风竹，"扫云扫雾真吾事，岂屑区区扫地埃"，借风竹之姿，抒诗人自己的怀抱。

郑板桥有几首以竹为题作画赠人的咏竹诗，最为人所乐诵：

潍县署中画竹呈年伯包大中丞括

衙斋卧听萧萧竹，疑是民间疾苦声。
些小吾曹州县吏，一枝一叶总关情。

予告归里画竹别潍县绅士民

乌纱掷去不为官，囊橐萧萧两袖寒。
写取一枝清瘦竹，秋风江上作钓竿。

和学使者于殿元枉赠之作

十载扬州作画师，长将楮墨代胭脂。
写来竹柏无颜色，卖与东风不合时。

前一首是板桥任潍县县令时所作。诗人夜卧衙中，听竹响萧萧，联想到民间疾苦，表达了作者作为一位正直善良的州县小吏，同情底层民众的思想感情。"一枝一叶总关情"，读来总觉得有一种十分感人的力量。中间一首是去官归里时所作。"写取一枝清瘦竹，秋风江上作钓竿"，作者以竹的"清瘦"喻己的清廉，以"作渔竿"表达厌恶官场，愿与民间渔樵为伍的心声。后一首是去官后扬州城卖画为生时所作，一句"卖与东风不合时"，道出了画家诗人愤世疾俗和我行我素傲岸不驯的性格。

　　笔者行文至此，忽然想起习近平总书记喜欢引用的一首诗，也是郑板桥的咏竹之作，题为《竹石》：

　　　　咬定青山不放松，立根原在破岩中。

　　　　千磨万击还坚劲，任尔东西南北风！

这首诗把竹人格化，赞颂了不向困难低头、不向恶势力让步的顽强而又执着的斗争精神和英雄气概。竹之咬定青山、狂风难折的坚韧品格，也当是人们爱竹爱到"何可一日无此君"的原因之一吧。

桃之夭夭
——咏桃诗文面面观

　　"桃之夭夭，灼灼其华。之子于归，宜其室家。"这是《诗经·国风》里《桃夭》诗三章的第一章。《国风》的诗章，多用赋、比、兴的手法。《桃夭》三章连排，可说是"赋"；"桃之夭夭"的桃，既是"比"，即喻诗中的"之子"，用在开篇，亦是起"兴"，引出"宜其室家"：多么茂盛的桃树呀，你开满了艳丽的花。这位姑娘出嫁哟，会使她的家庭融洽。这是一首歌唱新嫁娘的民歌，"桃之夭夭，灼灼其华"，也许是我国最早的咏桃名句。

　　东晋陶渊明的名文《桃花源记》，原是其《桃花源诗》前的一篇"序"（称作"记"），这篇记似乎比诗更有名气。开头便说：

　　　　晋太元中，武陵人捕鱼为业。缘溪行，忘路之远近。忽逢桃花林，夹岸数百步，中无杂树，芳草鲜美，落英缤纷。

写得很美，这写的是桃林。着墨虽然不多，留给读者想象或联想的空间却很大。《桃花源记》给后人提供了很好的写作素材，于是产生了不少与咏桃源有关的诗篇。像王维的《桃源行》，开头说：

　　　　渔舟逐水爱山春，两岸桃花夹去津。
　　　　坐看红树不知远，行尽青溪不见人。

多么美丽的一幅山水画！这"坐看红树"的红树，当然是指花开如锦的桃树。诗的结尾说：

　　　　当时只记入山深，青溪几度到云林。

> 春来遍是桃花水，不辨仙源何处寻。

诗笔飘忽，诗境迷茫，"春来遍是桃花水"，与开头呼应，教人想象，也引人回味。还有张旭的《桃花溪》：

> 隐隐飞桥隔野烟，石矶西畔问渔船。
>
> 桃花尽日随流水，洞在清溪何处边？

这首诗，实际上也是暗用陶渊明《桃花源记》所创设的意境，情趣盎然，诗中有画。当然也还有宋人谢枋得的《庆全庵桃花》：

> 寻得桃源好避秦，桃红又是一年春。
>
> 飞花莫遣随流水，怕有渔郎来问津。

意境也是全从《桃花源记》脱胎，写庆全庵桃花，而念及世外桃源，乃是为了表达"避秦"，即避世远祸、遁迹山林的隐逸思想。

这些都是写所谓"世外桃源"，有人指带有几许"仙气"，用的是浪漫主义的手法，写的是所谓"乌托邦"。下面这首张志和的《渔歌子》，也写到桃花，写的是眼前景，自个儿事，则是现实主义的描写了：

> 西塞山前白鹭飞，桃花流水鳜鱼肥。青箬笠，绿蓑衣，斜风细雨不须归。

西塞山在笔者家乡湖北省大冶县（今属黄石市）长江边上，又名道士矶。一山突兀临江，江水为之折流。临江绝壁处有玄真子（即张志和）钓台，旁边有桃花洞。山前遍植桃树，每到阳春三月，桃花盛开。这里是三国古战场，对岸的散花洲，就是周瑜在赤壁大战后"散花"赏赐将士的地方。吴主孙皓也曾在此江面上锁以横江铁链，欲阻晋之大将王濬东下的楼船，刘禹锡曾在这里写下他的名篇《西塞山怀古》。（笔者按：一说西塞山在浙江吴兴。但吴熊和《唐宋词精选》注释："西塞山，即道士矶，在大冶县长江边。"认定在湖北大冶。）

咏桃的诗篇，不少与爱情连在一起。有的感情写得很热烈，一泻千里，像下面这首刘禹锡的仿民歌《竹枝词》：

> 山桃红花满上头，蜀江春水拍山流。

花红易衰似郎意，水流无限似侬愁。

这里桃花、流水既是比，也是兴，兴中有比，比中有兴，把一个热恋中的农家少女形象，刻画得活泼泼的，生动感人。而有的则写得很含蓄，只是隐约与情爱有关，也许是写一种人生体验，生发一些感慨，像崔护的《题都城南庄》：

去年今日此门中，人面桃花相映红。

人面不知何处去，桃花依旧笑春风。

前两句写去年，在桃花盛开的时节，诗人与姑娘偶然相遇，脉脉含情，而未通言语。桃花为"人面"设置了美好的背景，"人面"又为桃花增添了动人的形象。后两句写今日，又是一个阳春三月，诗人再过此门，不睹姑娘美丽的面容，只有桃花在春风中含笑怒放，给诗人，也给读者留下一缕淡淡的惆怅。唐人陆棨《本事诗》有这首诗的所谓"本事"的记载，有论者指或是据此诗敷衍而成的故事。至于后来的《人面桃花》，当然就是推演、发挥此诗情节而成的全本戏曲了。

有的写桃花，只是"借花献佛"，桃花有所指，诗意有所托。最有名的数刘禹锡的两首写桃花的七绝：

玄都观桃花

紫陌红尘拂面来，无人不道看花回。

玄都观里桃千树，尽是刘郎去后栽。

再游玄都观

百亩庭中半是苔，桃花净尽菜花开。

种桃道士归何处？前度刘郎今又来！

史载，刘禹锡参与所谓"永贞革新"，触犯当朝权贵，被贬为郎州司马，十年后召回京城，见玄都观桃花，感从中来，赋《玄都观桃花》一首。"桃千树"讽指在朝新贵，尾句暗喻这些满朝新贵都是在自己被排挤走后而得宠的。这当然又激怒了这批新贵，诗人再度遭贬连州。十四年后诗人又应召回京，朝中人士又经历了一番大变迁。旧地重游，感慨万端，赋《再游玄都观》诗一首，以表达对权贵的无比蔑视：那些种桃的道士们如今归到哪里去了呢？被你们排挤出京的我，今天又回来了！诗人那种百折不挠的斗争豪情也溢于言表。

诗人有时讴歌桃花，有时又贬损桃花，当看作者立意的需要。再读读杜甫七绝《漫兴》：

> 肠断春江欲尽头，杖藜徐步立芳洲。
>
> 颠狂柳絮随风舞，轻薄桃花逐水流。

以"颠狂"状柳絮，以"轻薄"写桃花，从"形"看，不可谓不形象，而从"神"看，当是贬损之辞。诗人感叹春光易逝，大约将一腔怨悱之情，迁怒于柳絮与桃花吧。

当然，诗人写桃花，大都还是着眼于它的美丽，而且有时还拉李花作伴，与春风联姻，构成一种完整的意象。像白居易《长恨歌》里的"春风桃李花开日"，多么美好的日子，与"秋雨梧桐叶落时"对比，更显后者的凄凉。像黄庭坚《寄黄几复》诗中的"桃李春风一杯酒"，多么惬意的相聚，与"江湖夜雨十年灯"对比，更显后者的寂寞。这实际上是借助桃花创设一种意境，再通过对比，形象地去表达某种感情。

有的写桃花，还融入某种哲理，使得一首平淡自然的小诗，显得富于情趣，耐人咀嚼。像白居易的《大林寺桃花》：

> 人间四月芳菲尽，山寺桃花始盛开。
>
> 长恨春归无觅处，不知转入此中来。

大林寺在庐山香炉峰顶。诗人在山下"芳菲尽"的四月（当指阴历），看到"山寺桃花始盛开"，仿佛一下子从"人间"步入到一个什么仙境，逗引出诗人的情思：长恨春去难留，无迹可寻，却原来并未归去，只是转入此中罢了。诗人用具象的桃花代替抽象的春光，而且将春光拟人化，从而表达了对春的喜爱和留恋之情。不止此也，人们还从另一个方面，读出了时空的转换、事物的盛衰，皆依一定条件而变化的道理来。

清人孔尚任的《桃花扇》，写明末复社名士侯方域和秦淮名妓李香君爱情的悲欢离合，是一部"借离合之情，写兴亡之感"，把爱情故事与重大史实相结合的共有四十出的大型戏曲作品（所谓"传奇"），"桃花扇"只是贯穿全剧的一个线索道具。其中《题画》一出"下场诗"云：

> 重到红楼意惘然，闲评诗画晚春天。
> 美人公子飘零尽，一树桃花似往年。

这当然不是着意咏桃花，而是剧中人历尽沧桑后的一种怅惘之情，一种深深的叹息。

着意写桃花，独具匠心地描绘桃花在各种时空环境中的情态神韵，并且借咏桃以寄意的写桃名作，当属晚唐诗人皮日休的《桃花赋》。开篇即赞桃花为"艳外之艳，华中之华"，并称桃花"其美实多"。接下来这段描写：

> 僮隶众芳，缘饰阳和。开破绿萼，压低柔柯。其色则不淡不深，若素练轻茜，玉颜半酡。若夫美景艳时，春含晓滋，密如不干，繁若无枝。娉娉婉婉，天天怡怡。或俯者若想，或闲者如痴。或向者若步，或倚者如疲。或温麟而可薰，或矮婧而莫持。或幽柔而旁午，或撍冶而倒披。或翘矣如望，或凝然若思。或奕傑而作态，或窈窕而骋姿。日将明兮似喜，天将惨兮若悲。近榆钱兮妆翠靥，映杨柳兮颦愁眉。

"僮隶"即奴隶，"僮隶众芳"意为奴隶众芳，也即是以百花为奴，可见其将桃花抬举之高。作者不厌其烦地把许多美词献给桃花，从不同时段、不同角度写其形、勾其神，十二个"或"字句，真可谓"观止此矣"。然而作者仍嫌不足，又以历史上的名媛丽姬的行为作比拟，从花开到花落，各种时空环境，肆意铺陈，渲染殆尽：

> 轻红拖裳，动则裛香，宛若郑姬，初见吴王。夜景皎洁，哄然秀发，又若嫦娥，欲奔明月。蝶散蜂寂，当闺脉脉，又若妲己，未闻裂帛。或开故楚，艳艳春曙，又若息妫，含情不语。或临金塘，或交绮井，又若西子，浣丝见影。玉露厌浥，妖红坠湿，又若骊姬，

将僭而泣。或在水滨，或临江浦，又若神女，见郑交甫。或临广筵，或当高会，又若韩娥，将歌敛态。微动轻风，婆娑暖红，又若飞燕，舞于掌中。半沾斜吹，或动或止，又若文姬，将赋而思。丰茸旖旎，互交递倚，又若丽华，侍宴初醉。狂风猛雨，一阵红去，又若褒姒，初随戎虏。满地春色，阶前砌侧，又若戚姬，死于鞠域。

就这样，作者对桃花尽情地做了生动传神的描绘之后，又以"花品之中，此花最异"八字领起，展开抒情议论。指出世人对桃花的认识，"以众为繁，以多见鄙"，实为谬见。就像"氏族之斥素流，品秩之卑寒士"一样，可恨而又可笑。"氏族"即世族，指高姓大族，"素流"即指平民百姓；"品秩"即官阶，指高官显爵，"寒士"即指底层士子。作者甚至这样表示："我将修花品，以此花为第一。"本人并非寒士的皮日休，借为桃花作赋，充分表达了他对当时门阀专宠、埋没人才的社会不公现实的强烈愤慨。据说黄巢起义，皮日休即入其军，黄巢入长安，任他为翰林学士，后兵败，不知所终。这当然是题外之话了。

写到这里，我忽然想起歌唱家蒋大为经常演唱的一首歌：《在那桃花盛开的地方》。这首歌，以歌唱桃花来歌唱故乡，歌唱幸福的生活，来抒发戍边战士的深情，那歌词也可说是一篇新时代的《桃花赋》：

> 在那桃花盛开的地方，
> 有我可爱的故乡。
> 桃树倒映在明净的水面，
> 桃林环抱着秀丽的村庄。
> 啊！故乡！
> 生我养我的地方。
> 无论我在哪里放哨站岗，
> 总是把你深情地向往。
>
> 在那桃花盛开的地方，
> 有我可爱的故乡。
> 桃园荡漾着孩子们的笑声，

桃花映红了姑娘的脸庞。

啊！故乡！

终生难忘的地方。

为了你的景色更加美好，

我愿驻守在风雪的边疆！

爱莲说

——咏荷诗文漫说

莲，亦称荷，也叫芙蕖，别称菡萏，又名芙蓉，为了与落叶灌木、秋日开花的木芙蓉相区别，有时加一水字，称作水芙蓉。自古以来，国人爱莲，种莲，采莲，赏莲，咏莲，对莲投入了深厚的情感，留下了美丽的诗文。

最有名的当是北宋著名的理学家周敦颐的《爱莲说》：

> 水陆草木之花，可爱者甚蕃。晋陶渊明独爱菊；自李唐来，世人盛爱牡丹；予独爱莲之出淤泥而不染，濯清涟而不妖，中通外直，不蔓不枝，香远益清，亭亭净植，可远观而不可亵玩焉。予谓菊，花之隐逸者也；牡丹，花之富贵者也；莲，花之君子者也。噫！菊之爱，陶后鲜有闻；莲之爱，同予者何人？牡丹之爱，宜乎众矣！

寥寥百余字，在与菊花、牡丹的对比中，突出地描绘了莲的色香、意态，精神、品性，笔简而意丰，语淡而情浓。莲生长在泥塘之中却不被污染，受到清水的洗浴却不显妖冶，这是写其出身，亦是写其质，似是比喻君子之出于世俗而不为世俗所累。莲梗中通外直，没有枝枝蔓蔓缠绕不清，这是写其形，差可比拟君子之内心空灵、外表方正。香远益清，可说是写其品，借以赞扬君子之风广被，可以传之久远。亭亭净植，美好，洁净，直立，可说是状其意态，如同君子之高洁与孤直。莲生在水中，只可远远地观赏，而不可任人亵渎玩弄，这当然是写其性，正好以之比喻君子的高雅与正派以及可与人和而相处，而不可任人欺侮戏弄的品格。

作者拿菊来比莲，这是正托；以牡丹来比莲，这是反衬。菊表隐逸，这是遁世者独善其身；牡丹喻富贵，这是世俗众人的喜好。作者似乎尊重逸者，而不屑于众人，认为只有具备莲之品质的贤者，才是不苟且，不营营，能入世，也敢傲世的君子。这是一篇爱莲说，实际也是一篇君子之歌。

如果说周敦颐的《爱莲说》是一篇淡雅而精致的抒情短章，那么，清初著名作家李渔的《芙蕖》，也许算得上是一篇既朴实又含情的知识小品，见之于他的名著《闲情偶寄》。李渔曾撰文说："予有四命，各司一时：春以水仙、兰花为命，夏以莲为命，秋以秋海棠为命，冬以蜡梅为命，无此四花，是无命也。"（《笠翁偶集·种植部》）在《芙蕖》一文中，作者对莲更是宠爱有加，开头第一段说：

> 芙蕖与草本诸花似觉稍异，然有根无树，一岁一生，其性同也。谱云："产于水者曰草芙蓉，产于陆者曰旱莲。"则谓非草本不得矣。予夏季倚此为命者，故非效颦于茂叔（按即周敦颐），而袭成说于前人也。以芙蕖之可人，其事不一而足，请备述之。

作者接下来以"赋"之手法，写"芙蕖之可人"。首先是"可目"（即可观）：

> 群葩当令时，只在花开之数日，前此后此皆属过而不问之秋矣；芙蕖则不然。自荷钱出水之日，便为点缀绿波。及其茎叶既生，则又日高日上，日上日妍。有风既作飘摇之态，无风亦呈袅娜之姿，是我于花之未开，先享无穷逸致矣。迨至菡萏成花，娇姿欲滴，后先相继，自夏徂秋，此则在花为分内之事，在人为应得之资者也。及花之既谢，亦可告无罪于主人矣，及复蒂下生蓬，蓬中结实，亭亭独立，犹似未开之花，与翠叶并擎，不至白露为霜而能事不已。此皆言其可目者矣。

从小荷出水到荷叶临风，从夏之莲花到秋之莲蓬，皆是"可目者"。不止"可目"，供人欣赏，一饱眼福，而且还"可鼻"（即可闻），"可口"（即可食），"可用"，作者一一做了说明：

可鼻，则有荷叶之清香，荷花之异馥，避暑而暑为之退，纳凉而凉逐之生。至其可人之口者，则莲实与藕皆并列盘餐，而互芬齿颊者也。只有霜中败叶，零落难堪，似成废物矣，乃摘而藏之，又备经年裹物之用。

综合上引两段，作者总结道：

是芙蕖也者，无一时一刻不适耳目之观，无一物一丝不备家常之用者也。有五谷之实而不有其名，兼百花之长而各去其短，种植之利有大于此者乎？

文章结尾，联系到自己，叙中有议：

予四命之中，此命为最。无如酷好一生，竟不得半亩方塘为安身立命之地。仅凿斗大一池，植数茎以塞责，又时病其漏，望天乞水以救之，殆所谓不善养生而草菅其命者哉。

作者面对"酷好一生"之莲，发出莲乃己之命，而己愧对于莲的自嘲与慨叹。

诗之咏莲者就更多了。汉乐府民歌《江南》，就是一首咏莲歌，咏的是江南采莲时的情景：

江南可采莲，莲叶何田田。

鱼戏莲叶间。

鱼戏莲叶东，鱼戏莲叶西，

鱼戏莲叶南，鱼戏莲叶北。

这首歌描绘了江南采莲风光：荷叶田田，复满湖塘，莲蓬低垂，小舟轻荡。读者似乎从中看到采莲姑娘们那洋溢着笑容的脸庞，听到从采莲劳动中自然唱出的优美动人的歌声。但作者没有这样明写，而是用"鱼戏莲叶间"一句，又采用民歌惯用的多次反复的手法，借写鱼的欢乐，表现人的欢乐。写采莲人的欢乐，也就表达了人们对莲的爱。就诗歌文本来说，前三句是主体，后四句是副歌。按乐府分类，这首诗属"相和歌辞"，而"相和歌"原是一人唱、多人和（读去声）的，后四句"鱼戏"东、西、南、北云云，当是"和声"。这和声，看似重复、稚拙，实则是

天籁之音，"天然去雕饰"。如果去掉这后四句，这首江南采莲歌还有如此自然、如此天真的趣味吗？

南朝梁武帝萧衍《江南弄》七曲中也有一首《采莲曲》，就没有汉乐府民歌《江南》那样一种天真与稚拙：

> 游戏五湖采莲归，
> 发花田叶芳袭衣。
> 为君艳歌世所希。
> 世所希，有如玉。
> 江南弄，采莲曲。

但从诗歌发展的角度看，这首《江南弄》中的《采莲曲》，有论者指或是后来唐宋词之滥觞。

可以与汉乐府民歌《江南》（江南可采莲）相媲美的，是南朝无名氏的《西洲曲》。（见郭茂倩《乐府诗集》）有论者指《西洲曲》，当为南朝乐府的绝唱。朱自清先生在他的名文《荷塘月色》中摘引过其中四句：

> 采莲南塘秋，莲花过人头。
> 低头弄莲子，莲子清如水。

这四句诗，两句一韵，清新自然。莲，音同"怜"，而怜在古语为爱之意；子，古语义为"你"，尊称。"莲子"一语双关，说白了，就是"爱你"，说明这是一首爱情诗，采莲姑娘含情脉脉的形象，活现在读者面前。

唐人咏莲，佳作很多。王昌龄《采莲曲》，颇有上引乐府民歌风味：

> 荷叶罗裙一色裁，芙蓉向脸两边开。
> 乱入池中看不见，闻歌始觉有人来。

这是一幅采莲图。池中荷叶与姑娘罗裙，"一色裁"，都是翠生生的，是兴又不是兴；朵朵荷花与张张笑脸，"两边开"，都是红扑扑的，是比又不是比。采莲姑娘们杂在田田荷叶、艳艳荷花间，若隐若现，以一句"闻歌始觉有人来"作结，韵味悠长。咏的是采莲人，读者从中也不难读到莲之美。

南宋杨万里一首《晓出净慈寺送林子方》的绝句，写西湖，写荷花，最是脍炙人口：

> 毕竟西湖六月中，风光不与四时同。
>
> 接天莲叶无穷碧，映日荷花别样红。

这是写西湖的名篇，也可说是咏莲的佳作。"接天莲叶"和"映日荷花"，互文见义：莲叶接天，荷花也接天；荷花映日，莲叶也映日；莲叶的碧既无穷又别样，荷花的红既别样又无穷。这首诗有虚实相生的一面：前两句是泛说，当为虚；后两句是描写，当为实。这首诗还有刚柔相济的一面：叶碧、花红，当属阴柔；而接天、映日，又何其壮美。杨万里善于摄取自然景物鲜活的特征和流走的姿态，用自然活泼、平易浅近的诗的语言表达出来。他不喜用典，惯用白描，且富于趣味，形成所谓"诚斋体"（杨号诚斋）。这首咏莲小诗，也很好地体现了诚斋体的风格。杨万里还有一首小诗，题为《小池》，写新荷出水，颇为别致：

> 泉眼无声惜细流，树阴照水爱晴柔。
>
> 小荷才露尖尖角，早有蜻蜓立上头。

诗题《小池》，池已是很小的了；荷是小荷，而且是刚出水的新叶尖尖角，这就更小了；小小的尖尖角上，还立着一只小小的蜻蜓，那就小之又小了；如果还算上首句小小的泉眼，与小小的细流，通篇不离一个小字，可见诗人观察之细致入微，构思之精微巧妙，笔触之小巧玲珑。这都是诗人捕捉到的稍纵即逝的自然物态之美，同时，又用他最拿手的白描手法，把它们描绘出来，使自然界的一瞬，变成诗境中的永恒。

词中咏莲佳作亦夥。"花间"词人李珣一阕《南乡子》，写夏日少女们泛舟荷塘，天真烂漫，无忧无虑，美丽的自然风光，活泼的生活场景，给每一位读者留下深刻印象：

> 乘采舫，过莲塘，棹歌惊起睡鸳鸯。游女带香偎伴笑，争窈窕，
> 竞折团荷遮晚照。

好一个"竞折团荷遮晚照"，姑娘们折荷掩面的举动，恐怕其意并不在遮阳，乃是一种青春活力的抒发，一种天真而略带调皮的表现，在夕阳的

映照下，成就了一幅美丽的剪影。

苏轼的《浣溪沙》（四面垂杨十里荷）写莲塘携酒赏荷，表达的则是一种寂寞无聊而又欲求旷达的情怀：

> 四面垂杨十里荷，问云何处最花多，画楼南畔夕阳和。　　天气乍凉人寂寞，光阴须得酒消磨，且来花里听笙歌。

词中"四面垂杨十里荷""且来花里听笙歌"，写出了荷塘宜人的美丽风光。

女词人李清照也有几首写到荷的词，如下面这两首：

如梦令

> 常记溪亭日暮，沉醉不知归路。兴尽晚回舟，误入藕花深处。争渡，争渡，惊起一滩鸥鹭。

怨王孙

> 湖上风来波浩渺，秋已暮、红稀香少。水光山色与人亲，说不尽、无穷好。莲子已成荷叶老，清露洗、萍花汀草。眠沙欧鹭不回头，似也恨、人归早。

两首词都写到荷塘泛舟，郊游晚归。只不过前一首是荷花盛开之时，"误入藕花深处"；后一首是"莲子已成荷叶老"，表达的是惜别之情。词人不说自己舍不得离开，而写"眠沙鸥鹭不回头""似也恨、人归早"，借水鸟埋怨人们过早地离开，表现人的依依惜别，也不无含蓄地写出了湖边荷荡的可爱。

我国古代的咏莲作品，常常将莲和其他一些美好事物放在一起写。如竹，杜甫"风含翠筱娟娟净，雨浥红蕖冉冉香"（《狂夫》）；如菊，苏轼"荷尽已无擎雨盖，菊残犹有傲霜姿"（《赠刘景文》）；如桂，柳永"重湖叠巘清嘉，有三秋桂子，十里荷花"（《望海嘲》）；如游鱼，水鸟，纳兰性德"鱼戏叶田田，凫飞唱采莲"，还有上文引述过的鸳鸯，鸥鹭，蜻蜓之类。黄庭坚《鄂州南楼书事四首》其一："四顾山光接水光，凭栏十里芰荷香。清风明月无人管，并作南楼一味凉。"更是把荷与清风、明月放在一起写，突出了莲的清新与美好。

近代女革命家秋瑾有一首咏白莲花的七律，题目就叫作《白莲》，也值得一读：

> 莫是仙娥坠玉珰，宵来幻出水云乡。
>
> 朦胧池畔讶堆雪，淡泊风前有异香。
>
> 国色由来亏素面，佳人原不借浓妆。
>
> 东皇为恐红尘浣，亲赐寒潢明月裳。

尾联的"浣"读如"卧"，乃弄脏、玷污之意。"潢"读如"黄"，积水之池也。尾联意思是，司花之神为怕俗世红尘弄脏了这洁白素净的莲花，特地赐予寒塘、明月为她做衣裳。这首诗首联写白莲之高贵，颔联写其淡泊，颈联说牡丹比白莲少了些素洁，真正的佳人原来并不借助于浓妆艳抹的。我们品读这首诗，似乎也能透过白莲的形象，看到秋瑾烈士自己的影子。

"宜乎众矣"

——也就诗文说牡丹

　　牡丹，丰姿绰约，雍容华贵，自来有"国色天香"之美誉。唐人"国色朝酣酒，天香夜染衣"的诗句（见李正封《牡丹诗》），不知道是"国色天香"一语最早的出处呢，还是将"国色天香"一语写进诗里面的最早的诗篇，反正"国色天香"已经成为牡丹的代名词。说牡丹，人们就会想起"国色天香"四字，提起"国色天香"一语，人们就自然想到牡丹花。也有个别特殊的，如白居易就用"此时逢国色，何处见天香"的诗句咏山石榴花（《山石榴花十二韵》），当然这只是例外。

　　牡丹花以其花型硕大、花色艳丽而被形容为"艳压群芳"。自隋唐以来，大量种植牡丹，牡丹俨然成为众芳之首。民间有不少关于牡丹的传说。如说隋唐前牡丹长在深山，还不为世人所重，武则天家乡西河的牡丹特盛，武后爱其美艳，而御苑内没有，即下旨将牡丹移栽上林苑，从此牡丹便在京、洛一带繁兴起来（见舒元舆《桃花赋》）。而清人李汝珍的长篇小说《镜花缘》，一开篇就有"武太后怒贬牡丹花"的传说故事。说武则天雪天欲赏花，下旨："明朝游上苑，火速报春知。花须连夜发，莫待晓风催。"恰巧当时司花之神百花仙子不在，作为花中"大姐大"的牡丹仙子为寻百花仙子，未能赶在晓风前开放，武皇一怒，下令将牡丹烧死，牡丹植株经火一烧，就成了有名的中成药六味丸里不可少的"炙丹皮"；烧剩下的牡丹贬至洛阳，所以后来洛阳牡丹甲天下。这两则都与武则天有关，前者似记实，后者若言虚，所言武后对牡丹亦是一褒一贬，未知孰是，反正传说就是传说罢。

咏牡丹的诗，也是自李唐以来，迭有佳作。最为传诵的，应该还是唐人刘禹锡的七绝《赏牡丹》：

> 庭前芍药妖无格，池上芙蕖净少情。
> 唯有牡丹真国色，花开时节动京城。

刘宾客认为，芍药太妖冶，格调不高；荷花呢，生在水中倒也清净，但是少了点情韵。只有牡丹，才是真正的国色天香，既有格，也有韵。所以牡丹盛开的时节，整个京城都轰动了。好一个"花开时节动京城"，人们从中可以想见唐代京城长安、东都洛阳，在牡丹开花时节，车马骈阗、红尘扑面，合城士民赏花游玩的盛况，从一个侧面也可反映出哪怕是中唐时，也还有那种令四邻和后来的人们所艳羡的大唐气象。

盛唐之时，大诗人李白在长安做供奉翰林。唐玄宗与杨贵妃御苑赏牡丹花，欲唱新词，于酒肆中宣李白赴苑急草，留下了贵妃捧砚、力士脱靴等逸闻逸事，诞生了既咏名花又咏美人的名篇《清平调》三首：

> 云想衣裳花想容，春风拂槛露华浓。
> 若非群玉山头见，会向瑶池月下逢。

> 一枝红艳露凝香，云雨巫山枉断肠。
> 借问汉宫谁得似？可怜飞燕倚新妆。

> 名花倾国两相欢，常得君王带笑看。
> 解释春风无限恨，沉香亭北倚阑干。

前人评说，此诗句句写牡丹，句句亦似写妃子。将名花比美人，以美人喻名花，名花与美人交替描写，美人与名花交相辉映。"可怜飞燕倚新妆"的"可怜"是可爱之意，"名花倾国两相欢"的"倾国"指美人，即杨贵妃，古语有"一顾倾人城，再顾倾人国"的名句（见《汉书·外戚传》）。

和刘禹锡同时，并称"刘白"的白居易，咏牡丹的诗篇很多。他的长篇排律《牡丹》，实在是一篇牡丹赋：

绝代只西子，众芳唯牡丹。
月中虚有桂，天上漫夸兰。
夜濯金波满，朝倾玉露残。
性应轻菡萏，根本是琅玕。
夺目霞千片，凌风绮一端。
稍宜经宿雨，偏觉耐春寒。

见说开元岁，初令植御栏。
贵妃娇欲比，侍女妒羞看。
巧类鸳机织，光攒麝月团。
暂移公子第，还种杏花坛。
豪士倾囊买，贫儒假乘观。
叶藏梧际凤，枝动镜中鸾。

似笑宾初至，如愁酒欲阑。
诗人忘芍药，释子愧梅檀。
酷烈宜名寿，姿容想姓潘。
素光翻鹭羽，丹艳艳鸡冠。
燕拂惊还语，蜂贪困未安。
倘令红脸笑，兼解翠眉攒。

少长呈连萼，骄矜寄合欢。
息肩移九轨，无胫到千官。
日曝香房拆，风披蕊粉干。
好酬青玉案，称贮碧冰盘。
璧要连城与，珠堪十斛判。
更思初甲坼，那得异泥蟠。

骚咏应遗恨，农经只略刊。
鲁班雕不得，延寿笔将殚。

> 醉客同攀折，佳人惜犯干。
>
> 始知来苑囿，全胜在林峦。
>
> 泥滓常浇洒，庭除又绰宽。
>
> 若将桃李并，更觉效颦难。

开篇以美人西施为喻，称牡丹为众芳第一，连月中之桂、瑶池之兰也不可比肩。写富豪之家抢着倾囊购买，寒素之人也争着前去观看。诗人看到牡丹就忘记了芍药，僧人看到牡丹也以只知赏梅、檀而似有愧色。如果要用玉璧来打比方，那须是连城之璧；若以明珠来譬喻，那就得用十斛之珠。牡丹的美艳，大匠鲁班恐怕也雕不出来；牡丹的芳容，曾为王昭君画过像的汉宫画师毛延寿大约也画不出，而只好搁笔。倘若将桃李花和牡丹花放在一起，那真如东施窥西施，效颦都不够格呢。诗人以大量篇幅，从花形、花影、花色、花香、花姿、花态多方面铺陈描写，笔力无所不至，全面刻画了牡丹的美艳绝伦，同时也说明了牡丹得到人们普遍的喜爱。

白居易还有一首题为《惜牡丹花》的七绝，说的是恐怕明早风雨花残，打起火把连夜赏牡丹：

> 惆怅阶前红牡丹，晚来唯有两枝残。
>
> 明朝风起应吹尽，夜惜衰红把火看。

这不禁令人想起苏东坡有名的《海棠》诗："只恐夜深花睡去，故烧高烛照红妆。"所咏之花不同，爱花惜花之情则是一样的。

与白居易差不多同时的韩愈，也不乏爱花之心，这有他的七律《戏题牡丹》为证：

> 幸自同开俱隐约，何须相倚斗轻盈。
>
> 陵晨并作新妆面，对客偏含不语情。
>
> 双燕无机还拂掠，游蜂多思正经营。
>
> 长年是事皆抛尽，今日篱边暂眼明。

韩愈是一位以儒家道统继承者自命的文坛领袖人物，苏轼称其"文起八代之衰，道济天下之溺"，面对牡丹，竟也是"长年是事皆抛尽，今日篱

边暂眼明”了。

晚唐的李商隐，以他清丽典雅的无题诗，享誉诗坛，他也有咏牡丹诗，试看其题作《牡丹》的一首七律：

> 锦帏初卷卫夫人，绣被犹堆越鄂君。
>
> 垂手乱翻雕玉佩，招腰争舞郁金裙。
>
> 石家蜡烛何曾剪，荀令香炉可待熏？
>
> 我是梦中传彩笔，欲书花叶寄朝云。

牡丹开放，好像锦帏刚刚卷起来，就看见卫夫人俏丽的笑脸；又仿佛绣被簇拥着，仍能瞥见越鄂君俊美的颜面。春风拂过牡丹的花瓣和叶片，好像盛妆佳人在起舞，时而跳垂手舞，雕玉佩饰随之乱翻；时而跳折腰舞，郁金裙裾争相飘展。牡丹之色，红艳艳的，多么像齐烧的蜡烛，豪富的石家蜡烛又何曾剪去烛芯？牡丹之香，清幽幽的，多么像荀令的体香，而被越人歌唱的美男子，哪里用得着香炉的熏染？我有一支梦中所传的彩笔，在牡丹的花叶上题写诗句，寄给我的心上人朝云，带去我深深的思念。这首诗，句句用典，正可见李商隐“掉书袋”的本色。卫夫人指春秋时卫国的南子，《论语》有孔子见南子的记载。越鄂君指楚国令尹子晰，美男子，见《说苑》。《乐府解题》谓垂手之舞，如惊鸿，如飞燕，舞时玉佩乱翻。《西京杂记》载，戚夫人善为翘袖折腰之舞。石家蜡烛的石家，指晋代石崇，《世说新语》谓石家“以蜡烛作炊”。荀令指三国荀彧，稗史《襄阳记》有“荀令君至人家，坐处三日香”的记载。梦中传彩笔的是江淹，朝云则是指巫山神女，宋玉《高唐赋》有“朝为行云，暮为行雨”的句子。

唐末诗人罗隐《咏牡丹花》诗也很有名：

> 似共东风别有因，绛罗高卷不胜春。
>
> 若教解语应倾国，任是无情亦动人。
>
> 芍药与君为近侍，芙蓉何处避芳尘？
>
> 可怜韩令功成后，辜负秾华过此身。

颔联“若教解语应倾国，任是无情也动人”，是咏牡丹的绝唱。《红楼梦》

第六十三回"寿怡红群芳开夜宴",大观园里姐妹们掣花签、行酒令,宝钗抽取第一签便画的是牡丹花,题着"艳冠群芳"四字,下镌一句唐诗,便是这"任是无情也动人"。罗隐说芍药只是牡丹的近侍,因为芍药常与牡丹种在一处,且花期大约与牡丹相近而略晚,对牡丹来说只是个陪衬;问芙蕖"何处避芳尘",其意大概是说荷花羞于与牡丹争胜,只好开在水中。韩令指韩弘,唐元和年间曾任中书令,其第宅有牡丹,教人尽行斫去,且曰:"予岂效儿女子耶!"(见《唐国史补》)诗人用韩令斫花之典,当表示自己的惜花之意。

唐末进入五代的诗人皮日休,则以"百花王"的称号来盛赞牡丹:

> 落尽残红始吐芳,佳名唤作百花王。
>
> 竞夸天下无双艳,独立人间第一香。

"落尽残红始吐芳",指桃李花等谢后,牡丹花才一展其芳容。"天下无双艳""人间第一香",从色与香两个方面来赞美牡丹,高歌直唱,给牡丹以极高的评价。

宋人牡丹诗作之多,应是前所未有。自帝王,至将相,赏花如醉,歌咏不绝。如宋徽宗赵佶的《书牡丹诗》:

> 异品殊葩共翠柯,嫩红扑扑醉金荷。
>
> 春罗几叠敷丹陛,云缕重萦浴绛河。
>
> 玉鉴和鸣鸾对舞,宝枝连理锦成窠。
>
> 东君造化胜前岁,吟绕清香故琢磨。

诗前有一小序,当可作为此诗之注脚:"牡丹一本,同干二花。其红深浅不同,名品实两种也。一曰叠罗红,一曰胜云红。艳丽尊荣,皆冠一时之妙。造化密移如此。褒赏之余,因成口占。"徽宗赏鉴牡丹名品,对花能"口占"七律,可见其文化程度之高。现在看来,诗还了了,唯其以瘦金体手书此诗,流传至今,已属国宝了。

帝王如此,将相若何?请看下面三位重臣之牡丹诗:

奉圣旨赋牡丹花

> 栽培终得近天家,独有芳名出众花。

香递暖风飘御座，叶笼轻霭衬明霞。

纵吟宜把红笺襞，留赏唯张翠幄遮。

深觉侍臣千载幸，许从仙仗看秾华。

寇准

再谢真定李密学惠牡丹

牡丹京洛艳，惠我见新邻。

一与樽前赏，重生塞上春。

衰荣存主意，深浅尽天真。

却似登兰室，清香暗袭人。

韩琦

和君贶寄河阳侍中牡丹

真宰无私妪煦同，洛花何事占全功。

山河势胜帝王宅，寒暑气和天地中。

尽日玉盘堆秀色，满城乡毂走香风。

谢公高兴看春物，倍忆清伊与碧嵩。

司马光

前一首是寇准的七律。寇准是当朝一品，富贵尊荣，奉旨赋诗，大约只能如此。中一首是韩琦的五律。韩琦为相十载，辅佐三朝，曾率军塞上防御西夏，与范仲淹齐名。诗中"重生塞上春"云云，大约是联想起当年督军塞上、青春焕发的豪情。后一首是司马光的七律。司马光官拜尚书左仆射兼门下侍郎（宰相），所以他在诗中以东晋名相谢安自喻。"妪煦"为生养覆育之意。妪，指地赋物以形体；煦，指天降气以养物。颜真卿有"妪煦万类"之语（见《天下放生池碑铭序》）。

宋人喜爱牡丹，付诸诗文者，最有名的莫过于欧阳修了。他的《洛阳牡丹记》，一纸风行，流传至今。文分三篇，一曰"花品序"，列牡丹二十四品，叙其地域，指"出洛阳者为天下第一"；二曰"花释名"，解说花名的由来，细叙各品种之来历及其形态特征，指姚黄、魏花（今通称魏紫）为极品；三曰"风俗记"，记时人赏花及种花、养花、医花的方法。其于洛阳人赏花之盛况，描写细致，如在目前。下面为"风俗记"

之第一段：

> 洛阳之俗，大抵好花。春时，城中无贵贱皆插花。虽负担者亦
> 然。花开时，士庶竞为游遨。往往于古寺废宅有池台处为市，井张
> 幄帘，笙歌之声相闻。最盛于月陂堤、张家园、棠棣坊、长寿寺、
> 东街与郭令宅，至花落乃罢。洛阳至东京六驿，旧不进花，自今徐
> 州李相（迪）为留守时始进。御岁遣牙校一员，乘驿马一日一夕至
> 京师，所进不过姚黄、魏花三数朵，以菜叶实竹笼子藉覆之，使马
> 上不动摇，以蜡封花蒂，乃数日不落。

文中说"大抵洛人家家有花"，但还要争相游遨花市；朝廷皇宫为求赏姚
黄、魏紫等名品，不惜快马加鞭，从洛阳送达开封。可以想见承平时北
宋之繁荣以及人们文化欣赏品味之高。

欧公又有长篇七古诗《洛阳牡丹图》一首，与其《洛阳牡丹记》后
先辉映，洵为双璧：

> 洛阳地脉花最宜，牡丹尤为天下奇。
> 我昔所记数十种，于今十年半忘之。
> 开图若见故人面，其间数种昔未窥。
> 客言近岁花特异，往往变出呈新枝。
> 洛人惊夸立名字，买种不复论家赀。
> 比新较旧难优劣，争先擅价各一时。
> 当时绝品可数者，魏红窈窕姚黄妃。
> 寿安细叶开尚少，朱砂玉版人未知。
> 传闻千叶昔未有，只从左紫名初驱。
> 四十年间花百变，最花最好潜溪绯。
> 今花虽新我未识，未信与旧谁妍媸。
> 当时所见已云绝，岂有更好此可疑。
> 古称天下无正色，但恐世好随时移。
> 鞓红鹤翎岂不美，敛色如避新来姬。
> 何况远说苏与贺，有类异世夸嫱施。
> 造化无情宜一概，偏此著意何其私。

又疑人心愈巧伪，天欲斗巧穷精微。

不然元化朴散久，岂特近岁尤浇漓。

争新斗丽若不已，更后百载知何为。

但应新花日愈好，惟有我老年年衰。

诗人阅览洛阳牡丹图谱，赞美洛阳"牡丹尤为天下奇"。从诗中"我昔所记数十种，于今十年半忘之"来看，当是作记十年后又作此诗，诗人慨叹牡丹"争新斗丽若不已"，而自己这个赏花人，则是"甚矣吾衰也"。

周敦颐作《爱莲说》，说莲为花之君子，菊为隐逸者，牡丹则是富贵者。认为"菊之爱，陶后鲜有闻"，"莲之爱，同予者何人"，"牡丹之爱，宜乎众矣"。这种说法，对于牡丹无疑带有不屑乃至于贬损之意。其实，倒也说明了一个事实，那就是：牡丹之爱宜乎众矣！上引诸人，徽宗皇帝及其朝廷重臣寇准、韩琦、司马光等自不必说，韩愈、白居易、欧阳修亦系政坛精英、文坛领袖，刘禹锡则屡遭贬抑，李商隐亦仕途偃蹇，罗隐乃一介寒士，皮日休据说还参加过黄巢的义军。这些人都留下了咏牡丹的诗文，这至少说明，牡丹之爱，的确是"宜乎众矣"。

在我国民间，许多地方很早就有"簪花"的习俗，这在欧阳修的《洛阳牡丹记》中就有记载。人们还把牡丹绣上衣裙，印作被面，画在粉墙，雕入画栋，文人则更付诸诗文，图写丹青。悦目的是它的雍容华丽，赏心的是它的富贵吉祥。极少有像咏梅或咏菊那样对牡丹的品格给予别样的赞美，并且人格化地赋予它人间最美的情操和雅韵。只有当今著名词作家乔羽的《牡丹之歌》，才真正地不仅写了牡丹之形，而且写了牡丹之神，挖掘出了人们一向未曾注意，或很少提及的牡丹的美好品格。笔者以为这是一首远胜前人的吟咏牡丹的佳作，特录之于下，以为本文的结尾：

啊，牡丹！

百花丛中最鲜艳。

啊，牡丹！

众香国里最壮观。

有人说你娇媚，

娇媚的生命哪有这样丰满？
有人说你富贵，
哪知道你曾历尽贫寒！

啊，牡丹！
百花丛中最鲜艳。
啊，牡丹！
众香国里最壮观。
冰封大地的时候，
你孕育着生机一片；
春风吹来的时候，
你把美丽带给人间！

唐人《牡丹赋》欣赏

中晚唐时，有个叫舒元舆的，写了一篇《牡丹赋》，广受赞誉，《新唐书》记载说"时称其工"。这篇小赋，是唐代咏物赋的名篇，而且应当还是牡丹第一赋。作者本人也是这样以此自诩的，见之于赋前的小序：

> 古人言花者，牡丹未尝与焉。盖遁乎深山，自幽而著。以为贵重所知，花则何遇焉？天后之乡，西河也，有众香精舍，下有牡丹，其花特异，天后叹上苑之有阙，因命移植焉。由此京国牡丹，日月寖盛。今则自禁闼泊官署，外延士庶之家，弥漫如四渎之流，不知其止息之地。每暮春之月，遨游之士如狂焉。亦上国繁华之一事也。近代文士为歌诗以咏其形容，未有能赋之者。余独赋之，以极其美。或曰："子常以丈夫功业自许，今则肆情于一花，无乃犹有儿女之心乎？"余应之曰："吾子独不见张荆州之为人乎？斯人信丈夫也。然吾观其文集之首，有《荔枝赋》焉。荔枝信美矣，然亦不出一果尔，与牡丹何异哉？但问其所赋之旨何如，吾赋牡丹何伤焉？"或者不能对，余遂赋以示之。

作者追述了古来咏花的很多，但却没有牡丹花，这是因为牡丹以前长在深山里，人们未能认识它的真价值。后来由于武则天家乡多牡丹，武后喜欢，而御苑又缺，遂命移栽京师。此后日繁月殖，由皇宫禁苑以至士庶之家，衍生开来，如同江、淮、河、济之水，哪有止息！于是乎，暮春之时，牡丹盛放，游赏男女，似醉如狂，实乃大唐上国之繁华盛事。但是那些诗人词客大都只用诗呀词呀之类来吟诵，没有用赋体来描写的，"我"则独撰一篇牡丹之赋，希望能穷尽牡丹之美。有人对"我"作牡丹赋有所诘难，说你常言大丈夫当以建功立业为重，怎么现在却滥情于一花，你难道还是同一般俗人似的儿女情长吗？"我"回应说，所赋何物并不重要，重要的是"所赋之旨"。张荆州（即张九龄）曾为宰相，当然是大丈夫了，他的文集开头即有《荔枝赋》，荔枝的确很美，也不过是一种果子罢了，跟牡丹有什么不同呢？关键在于作者作赋的意图、目的是什么。那些诘难的人大约无言以对，"我"就拿这篇《牡丹赋》给他们看。

这篇小序，大概说了这么几个意思：一是说隋唐以前没有吟咏牡丹的诗文，因为牡丹长在深山，人们对它还没有认识；二是说武则天对推广栽培牡丹有贡献，当然也是说洛阳牡丹甲天下的原因；三是说游赏牡丹当下已成为大唐繁华之一胜事；四是说作者不为诘者所难，独赋牡丹的原由，重点在引导读者要认真领略其"所赋之旨"。

《牡丹赋》的正文部分，依据赋体的特点，可分作三部分来理解：第一部分总说，以引起下文；第二部分分述，为赋之主体；第三部分再总说，兼揭示题旨。

先看第一部分：

> 圆元瑞精，有星而景，有云而卿。其光下垂，遇物流影。草木得之，发为红英。英之甚红，钟乎牡丹。拔类迈伦，国香欺兰。我研物情，次第而观。

"圆元"指天，"元"当作"玄"，盖唐人避玄宗讳而改作元。天上祥瑞之精华，是那明亮的星星，还有美丽的云彩。星云的光亮垂于下界，遇物留影，随品赋形，草木得之，即有艳丽的花。而花之最艳丽的色彩，又集中于牡丹。牡丹出类拔萃，美艳绝伦，国色天香，胜过兰花。请容许我仔细地研讨牡丹的性情，观察牡丹的形态，依次欣赏牡丹的美艳吧。这一部分总写牡丹集大自然之精华，具出类拔萃之天生丽质。"景星""卿云"的描写，对于牡丹，既是一种起兴，也是一种烘托。"我研物情，次第而观"，则是引入下文对牡丹做多层次、多角度铺陈描写的启下之笔。

第二部分是赋的主体，作者"次第而观"，又可分作四层。第一层描写牡丹由含苞到怒放：

　　暮春气极，绿苞如珠。清露宵偃，韶光晓驱。动荡支节，如解凝结。百脉融畅，气不可遏。兀然盛怒，如将愤泄。淑色披开，照曜酷烈。美肤腻体，万状皆绝。赤者如日，白者如月。淡者如赭，殷者如血。向者如迎，背者如诀。坼者如语，含者如咽。俯者如愁，仰者如悦。袅者如舞，侧者如跌。亚者如醉，曲者如折。密者如织，疏者如缺。鲜者如濯，惨者如别。

春天，生气充盈，牡丹含苞待放。那绿色的花苞，就像晶莹的明珠。夜里清清的露水沾湿了它，似乎有些低垂敧侧；早晨和煦的阳光驱散了夜露，它又焕发出迷人的神采。它摇动着枝叶，舒展开心胸，百脉通畅，生气勃发，不可遏止。突然之间，牡丹愤然怒放，那艳丽的色彩披展开来，在阳光照耀之下，就像美女美艳的肌体，情态万千，都臻于极致啊。到"万状皆绝"这里，还只是泛描、概写，接下来"赤者如日，白者如月"等十六个"者"字，那才真是兴会淋漓，穷形尽相啊。你看吧：鲜红像朝阳，素白如皓月；淡雅若赭石，殷浓似鲜血；相对如相迎，相背如相别；开放的像在谈笑，含苞的像在呜咽；俯下身子的仿佛有什么忧愁，昂起头来的好像非常喜悦；细软的好像在舞蹈，侧斜的仿佛受蹉跌；低桠的像喝醉了酒，弯曲的好像是受了挫折；密集的就像织锦那样圆满，稀疏的又仿佛是哪儿有些欠缺；新鲜的像刚洗出来一样，而惨淡的呢，似乎又在作生离死别！列举牡丹不同的色彩和不同的姿态，用十六个"如"字打比方，描摹牡丹盛开时的多彩多姿，真正是五颜六色，千姿百态。这大约是写牡丹单株的静态之美。

　　作者之笔，不止于此。在第一层极写单花个体之美后，第二层接写花之繁，花之茂以及群花在各种环境下的情状。这是写牡丹群花的动态之美：

　　初胧胧而上下，次鲜鲜而重叠。锦衾相覆，绣帐连接。晴笼昼薰，宿露宵裹。或灼灼腾秀，或亭亭露奇。或飐然如招，或俨然如思。或带风如吟，或泣露如悲。或垂然如绌，或烂然如披。或迎日拥砌，或照影临池。或山鸡已驯，或威凤将飞。其态万万，胡可立辩？不窥天府，孰得而见！

牡丹花有时上下掩映，有时相互重叠。有时像锦被遮盖，有时像绣帐连接。白天阳光笼罩薰染，夜里露水沾湿洗涤。红颜灼灼，秀色可餐，亭亭玉立，奇幻莫测。有时摇曳，像在招手；有时娴静，恍若沉思。微风吹来，像在轻轻地吟唱；露珠滴落，仿佛伤悲的泪垂。细雨霏微，你垂下花蕊；阳光灿烂，你花瓣纷披。你簇拥在石阶旁，迎接那初升的太阳；你伫立在水池边，弄影那皎洁的月光。你像那美丽温驯的锦鸡，娴静伫立；你像那威仪华美的凤鸟，展翅欲飞。真是仪态万方，一时难以辨别；不入皇家御苑，哪里能领略到如此美丽的景象！这十二个"或"字句，同前面十八个"如"字句一样，亦偶亦排，字句整齐而又富于变化，形象生动而又音韵铿锵，这些最能体现赋体之本色，将牡丹静态的美，动态的美，以及不同时间里、不同环境下的美，搜罗无遗，形容殆尽。

作者在赋前小序中明确宣示，自己的《牡丹赋》要"极其美"，要穷尽牡丹之美，所以作者之笔，再起波澜，又展开其第三层：

> 乍疑孙武，来此教战，其战为何？摇摇纤柯，玉栏风满，流霞成波。历阶重台，万朵千窠，西子南威，洛神湘娥，或倚或扶，朱颜色酡，角街红缸，争颦翠娥。灼灼夭夭，逶逶迤迤，汉宫三千，艳列星河。我见其少，孰云其多？弄彩呈妍，压景骈肩，席发银烛，炉升绛烟。洞府真人，会于群仙。晶荧往来，金缸列钱。凝睇相看，曾不晤言。未及行雨，先惊旱莲。

面对满园盛开的牡丹，又忽然觉得，这是不是孙武子在吴国教练宫女战法？玉砌雕栏前站满了那些美丽的嫔妃宫女，衣袂飘飘，就像那灿烂的流霞。又仿佛看见，级级台阶前，层层重台上，千朵万朵牡丹花，像西施，像南威，像洛神，像湘娥，这些美女，或皱翠眉，或舒醉脸，有的倚着绣柱，有的扶着雕栏，有的立在街边，有的站在灯前，一个个争宠献媚，尽态极妍。还有呢，这牡丹花海，如同银河里，星群灿烂生辉；汉宫中，三千佳丽争艳。如果说这是由于我见得少了，那有谁能说他见得多呢？那牡丹园里，异彩纷呈，争奇斗妍，好比神仙洞府，群仙聚会，席间高烧银烛，炉内缭绕紫烟，壁上金饰耀眼。仙人们徜徉流连，压影摩肩，好像是在凝神相看，却又不曾相互寒暄。传说巫山神女朝为行云、

暮为行雨，可这里还没来得及行雨，却早已惊动了望雨的旱莲。这一层不仅是将花拟人，而且还以花喻仙。作者驰骋其瑰奇的想象，完成了一幅幅艳丽的画卷。

应该说，这已经是尽善矣，尽美矣，可是作者意犹未尽，再描绘一幅"花开时节动京城"，人们游览赏花的动人场面：

> 公室侯家，列之如麻。咳唾万金，买如繁华。遑恤终日，一言相夸。列幄庭中，步障开霞。曲庑重梁，松篁交加。如贮深闺，似隔窗纱。仿佛息妫，依稀馆娃。我来睹之，如乘仙槎。脉脉不语，迟迟日斜。九衢游人，骏马香车。有酒如渑，万坐笙歌。一醉是竟，孰知其他。

你看那公侯世家，结队赏花，不惜重金，买尽繁华，整天赏鉴，彼此相夸。更有的为了赏牡丹，在庭中，挂起锦绣般的帏帐；出游时，张开流霞似的屏风。曲曲的廊庑，重重的梁柱，松竹掩映，万紫千红。美丽的牡丹啊，就像藏在深闺，也似隔着纱窗，仿佛春秋时代息侯漂亮的夫人，也依稀是吴国馆娃宫里的西施姑娘。我来游赏呢，就好像乘坐仙人的木筏，来到了人间天上，含情脉脉，一声不响，从迎来朝日，到送走夕阳。那通衢大道上，宝马香车，络绎不绝，酒如渑水长流，处处笙歌不歇。游赏之人在牡丹丛中，只求一醉方休，哪里还管其他一切！这一层写游赏之盛，而游赏如此之盛，也从侧面凸显了牡丹惊人的美丽，同时照应了赋前小序所谓"每暮春之月，遨游之士如狂焉。亦上国繁华之一事也"之说。

以上是第二部分，为赋的主体。作者依次写了牡丹从含苞到怒放的全过程，分别从静的方面，到动的方面；从单独的花，到连片的花；从各种时段，到各种环境：对牡丹的千姿百态、千娇百媚做了穷尽的搜罗、描写，对时人游园赏花之如醉如狂，也做了详尽的记述。手法上有比喻，有拟人，有类比，有夸张，有对偶，有排比。按照赋体韵律的要求，有时每层一韵到底，有时又灵活地中间换韵，形成一种既流韵婉转而又富于变化的音乐般的语言，或曰语言的音乐。这种赋的语言之美，与所咏对象牡丹的自然之美，可谓表里和谐，相得益彰。

这样，顺理成章，进入第三部分，总结全文，生发议论，点明题旨：

> 我案花品，此花第一。脱落群英，独占春日。其大盈尺，其香满室，叶如翠羽，拥抱比栉，蕊如金屑，妆饰淑质。玫瑰羞死，芍药自失，夭桃敛迹，秾李渐出，踯躅宵溃，木兰潜逸，朱槿灰心，紫微屈膝：皆让其先，敢怀愤嫉？焕乎美乎，后土之产物也，使其花之如此而伟乎！何前代寂寞而不闻，今则昌然而大来？岂草木之命，亦有时而塞，亦有时而开？吾欲问汝，曷为而生哉！汝且不言，徒留玩以徘徊。

劈头一句，直截了当：我定花品，此花第一。这既是上文描述的应有之结论，又是下文生发议论之总括。牡丹啊，你冠绝群芳，你独占春光。你体态丰盈，花大满尺；你芬芳馥郁，满室生香。你的枝叶，像那翠玉般的羽毛；你的花蕊，金灿灿的，装饰着品质的美好和格调的高尚。这应是第一层：若论花品，牡丹第一。接下来，面对牡丹，玫瑰恐怕要羞愧而死，芍药大概会恍然若失，妖娆的桃花会敛其踪迹，秾丽的李花当惭愧而去，杜鹃花也许连夜隐遁，木兰花恐怕也只好逃逸，朱槿花肯定是灰心丧气了，紫薇花说不定会低头屈膝哩。这些花卉一定会嫉妒牡丹占得先机，可是又不敢怨恨吧。这是第二层：牡丹花魁，众芳俯首。连举八花，选用对比，用意只有一个，就是突出牡丹的才质惊人，品格出众，为最后点明题旨张目。牡丹，你真是美艳绝伦啊！大地所产之物，竟能这样的奇伟壮观呀！可是，你为什么在前代寂寞无闻，而在当今却这般繁荣而兴盛呢？难道是草木的命运，也有时闭塞，有时开张吗？牡丹啊，我想问你，你究竟是怎样生，怎样长的呢？你不回答，我只好在你的花丛中留恋，赏玩，徜徉，徘徊……这是第三层。这一问，发人深省，属点睛之笔。这一问，给全赋带上哲理之色彩。以反问的形式来表达，思辩意味更浓郁。写牡丹不回答，自己空自徘徊花间，赏玩而已，那不尽之意，也就都在不言中了，使得文章的意蕴，更加含蓄而悠长。

作为读者，我们来读这篇赋，尤其是反复咀嚼赋前小序中所说的，作赋不问所赋何物，"但问其所赋之旨何如"，还有赋的结尾一问，作者作牡丹赋之旨，即其意图、目的何在？能给人们以什么样的启示呢？这

还得结合这篇赋的作者舒元舆这个人来谈，前人所谓"知人论世"者也。

舒元舆（？—835），唐代婺州东阳（今浙江东阳）人。元和八年（813）登进士第，调鄠县尉，累官至监察御史、刑部员外郎。为当朝宰相李宗闵所抑，改著作郎，分司东都（洛阳）。在此期间，与李训过从甚密，为训所重。大和八年，李训入朝，把持朝政，遂召舒入朝，任右司郎中、御史中丞，至刑部侍郎同中书门下平章事（即为相），声名遂显于世。舒氏大概是有感于自己之才情，足以名于当世，而为人所扼，及遇识者，方登高位，遂借为牡丹作赋，而一抒胸中之才情，并且揭明自己的人才观，即对世上人才成功之诸多原因的看法。概括说来，一是人才同牡丹一样，本身应有过人的才质，方能服众；二是要遇到好的时代，有人认识其价值，抬举他，就像则天武后抬举牡丹花，培植牡丹花一样。马积高《赋史》评论说："以牡丹初不为人所知，经武则天移于上苑，遂为京国名花，喻人亦须遇时始显，思想并无特出之处。"是的，这种姜尚遇文王、傅说遇武丁之类"人亦遇时始显"的思想认识，确实并无特出之处；但他强调人才还须本身具备过人的才质，从外在之表到内含之质，都要像牡丹那样，才是杰出的人才，才可能遇时而显。所以，他玄思妙想，不惜笔墨，对牡丹大写特写，"以极其美"。这应当说是特出的，是前无古人的。而且，撇开题旨之寄托不谈，单就描写牡丹而论，挥洒才情，也可说是臻于极致了。史载，舒氏曾参与李训等人谋杀宦官，后来事败被杀。欧阳修、宋祁《新唐书》记载说，舒氏死后，"帝观牡丹，凭殿阑诵赋，为泣下"。亦可见出这篇《牡丹赋》影响之深了。

咏松诗文古今谈

　　还是中学时代，在语文课上，读到著名美学家朱光潜先生谈美的文章：《我们对于一棵古松的三种态度》。我很佩服朱先生写作手法的高明，把一个美学的问题，通过对一棵古松的三种态度的比较分析，解说得如此通俗易懂，明白有趣，如下面这一段：

　　　　假如你是一位木商，我是一位植物学家，另外一位朋友是画家，三人同时来看这棵古松。我们三人可以说同时都"知觉"到这一棵树，可是三人所"知觉"到的却是三种不同的东西。你脱离不了你的木商的心习，我也脱离不了我的植物学家的心习，我们的朋友——画家——什么事都不管，只管审美，他所知觉到的只是一棵苍翠劲拔的古树。你心里盘算它是宜于架屋或是制器，思量怎样去买它，砍它，运它。我把它归到某类某科里去，注意它和其他松树的异点，思量它何以活得这样老。我们的朋友却不这样东想西想，他只在聚精会神地观赏它的苍翠的颜色，它的盘屈如龙蛇的线纹以及它的昂然高举、不受屈挠的气概。

　　朱先生认为，各人所见到的古松的形象，都是各人自己性格和情趣的返照，古松的形象一半是天生的，一半是人为的。极平常的知觉都带有几分创造性，极客观的东西之中都有几分主观的成分。王国维在他的《人间词话》里说："以我观物，故物皆著（同'着'）我之色彩。"我们所读到的咏松的诗文，当然不是木材商写的，多半也不是植物学家写的，诗人、作家、艺术家笔下的松树，当然会著诗人、作家、艺术家之色彩。比如，《论语·子罕》记孔子的话说："岁寒，然后知松柏之后雕（同

凋）也。"孔子对松树由衷赞叹之情，应是溢于言表。这是一个比喻，实际意思是：人是要有骨气的。作为有远大志向的君子，他就应该像松柏一样，不畏严寒，能够经受各种各样的严峻考验。松树在这里也就带上了作为封建时代"圣人"品格的色彩。

西晋左思《咏史八首》其二，如果也可以作为咏松的诗作来看，那就更著诗人之色彩了：

> 郁郁涧底松，离离山上苗。
>
> 以彼径寸茎，荫此百尺条。
>
> 世胄蹑高位，英俊沉下僚。
>
> 地势使之然，由来非一朝。
>
> 金张藉旧业，七叶珥汉貂。
>
> 冯公岂不伟，白首不见招。

当时门阀制度，所谓"上品无寒门，下品无势族"，使得出身寒微的才学之士，困居下僚，才能得不到施展。这首诗以松树为起兴，借松树作譬喻，反映了这种人间的不平，表达了作者心中的愤慨。诗中"金"为金日磾家族，七代为侍中；"张"为张汤家族，亦系豪门望族，《汉书·张汤传》所谓"亲近宠贵"者也。他们凭借的只是"旧业"，却能七代都于冠旁插戴貂尾为饰（珥汉貂为侍中之职的标志），"世胄蹑高位"。而冯唐呢，很有才能，却到老只做到中郎署长这样的小官，"白首不见招"，真正是"英俊沉下僚"了。

左思的"郁郁涧底松"，题为咏史，实系抒怀，松只是用作兴起和比喻。在他之前，魏之刘桢《赠从弟》一诗，则是一首真正的咏物诗，咏的就是松：

> 亭亭山上松，瑟瑟谷中风。
>
> 风声一何盛，松枝一何劲！
>
> 冰霜正惨凄，终岁常端正。
>
> 岂不罹凝寒？松柏有本性。

诗人紧扣松的植根山上，不惧风雪，枝干坚劲，立身端正的特征来写，借咏松表达自己对高风亮节的赞美和追求，并以此勉励堂弟坚贞自持，守住本性。

在左思之后，南朝·梁的吴均《赠王桂阳》一诗，有人说是其向时任桂阳郡守的王嵘的"自荐"之作，也是一首咏物诗，咏的也是松：

> 松生数寸时，遂为草所没。
>
> 未见笼云心，谁知负霜骨。
>
> 弱干可摧残，纤茎易陵忽。
>
> 何当数千尺，为君覆明月。

咏物也是咏怀。运用比体，托物言志，是古代诗人惯用的手法。本篇句句是咏松，句句也是写人。松虽有参天之材，但初生只数寸而已，为杂草掩没。人们不知道它凌云的壮志，也不知道它傲霜的风骨。还弱小的树干，可能会遭到摧残，纤细的枝条也为人所轻忽。什么时候它能长成参天大树，笼云覆月，庇护众生呢！这结尾"为君"二字，正透露出借物抒怀之意，希望能得到王郡守提携，但又显得不卑不亢，分寸拿捏恰到好处。全诗已具近体五律雏形，论者指这正是由古诗向近体律绝过渡的形式。

唐代大诗人李白有不少咏松诗，他的《赠韦侍御黄裳》则是一首以松自况，并以松勉人的诗作：

> 太华生长松，亭亭凌霜雪。
>
> 天与百尺高，岂为微飙折？
>
> 桃李卖阳艳，路人行且迷。
>
> 春光扫地尽，碧叶成黄泥。
>
> 愿君学长松，慎勿作桃李。
>
> 受屈不改心，然后知君子。

诗中以长松与桃李对比，突出了松之凌霜傲雪、受屈不改心的高贵品质，劝慰友人不必为些许挫折而灰心。诗人以松比君子，诗人自己呢，也实在颇具不同流俗、绝不摧眉折腰的君子之风。

晚唐李商隐的七律《题小松》，亦是将松与桃李对比着写，又别有一

番风味：

> 怜君孤秀植庭中，细叶轻阴满座风。
>
> 桃李盛时虽寂寞，雪霜多后始青葱。
>
> 一年几变枯荣事，百尺方资柱石功。
>
> 为谢西园车马客，定悲摇落尽成空。

诗意大略是：我喜爱你呀，独立挺秀在庭园中的小松，你细叶轻阴带来满座清风。桃李盛开的时候，你虽然寂寞；进入霜雪繁多的严冬，你就显得更加郁郁葱葱。一年之内，桃李等花卉几经枯荣；而你长大之后，则具栋梁、柱石之功。那些去西园观花的人们，在冰封雪飞的花园里，一定会为枝叶光秃秃的桃李而伤悲、嗟叹，而傲然挺立的只有你啊，我的翠绿的小松。这首诗一改"小李"诗典雅朦胧的风格，少用事，多白描，像所咏的小松一样，显得简练、平易，乃至几分透明。

唐末的杜荀鹤也有一首题作《小松》的七言绝句，似可一并参看：

> 自小刺头深草里，而今渐觉出蓬蒿。
>
> 时人不识凌云木，直待凌云始道高。

松树幼小时和小草一样，貌不惊人；慢慢长大才超出蓬蒿之辈。当它长成参天大树时才称赞它高，那没有多大意义；只有在它貌不惊人的弱小时，就能识得它就是那"凌云"之木，就爱护它、培养它，那才是真的有识见呢。而现实是，由于"时人不识"，多少可以成为"凌云木"的小松，或遭埋没，或遭冷遇，甚或还遭砍伐摧残。诗人杜荀鹤出身寒微，虽然早具才华，却屡试不中，一生潦倒，不正是那"自小刺头深草里"的一株小松吗？作者对那些"不识货"的"时人"，给予了不温不火的一份冷嘲。

宋人王安石咏《古松》的一首七律，也很值得玩味：

> 森森直干百余寻，高入青冥不附林。
>
> 万壑风生成夜响，千山月照挂秋阴。
>
> 岂因粪壤栽培力，自得乾坤造化心。
>
> 廊庙乏材应见取，世无良匠勿相侵。

实际上，王安石也是在以松喻人，他所喻的是"廊庙之才"，即供朝廷使用的大材。他认为这种人才不是一般土壤能够培养出来的，乃是乾坤造化之功，是所谓天赋之才。而在那个时代，宰相是为朝廷选材的不二人选，王安石二度为相，这首诗正体现了王安石为国选材的自负、自矜与自豪。所谓"世无良匠勿相侵"，既表现了松之凛然不可侵的气概，大概也是对操有选贤任能大权者的一种诫勉吧。

当然，诗人中也有只把松当作一般的朋友，愿意与松结邻的，中唐的白居易就爱它"四时各有趣"。下面是他的咏松诗，诗题就叫《庭松》：

> 堂下何所有？十松当我阶。
>
> 乱立无行次，高下亦不齐。
>
> 高者三丈长，下者十尺低。
>
> 有如野生物，不知何人栽。
>
> 接以青瓦屋，承之白沙台。
>
> 朝昏有风月，燥湿无尘泥。
>
> 疏韵秋槭槭，凉阴夏凄凄。
>
> 春深微雨夕，满叶珠蓑蓑。
>
> 岁暮大雪天，压枝玉皑皑。
>
> 四时各有趣，万木非其侪。
>
> 去年买此宅，多为人所咳。
>
> 一家二十口，移转就松来。
>
> 移来有何得？但得烦襟开。
>
> 即此是益友，岂必交贤才？
>
> 顾我犹俗士，冠带走尘埃。
>
> 未称为松主，时时一愧怀。

"多为人所咳"的"咳"读如"嗨"，惋惜之意。"未称为松主"的"称"读去声，称职、相称。诗人用他那"老妪能解"的类似口语的诗句，不用寄托，纯施白描，同样也表达了对松树的爱。

盛唐的王维，苏轼称其"诗中有画""画中有诗"，他只把松当作画材，写进诗里，创造出一种诗画合一的优美之境，传达出一种恬然自适

之情。像《青溪》中的"声喧乱石中，色静深松里"，《酬张少府》中的"松风吹解带，山月照弹琴"，《过香积寺》中的"泉声咽危石，日色冷青松"，《山居秋暝》中的"明月松间照，清泉石上流"之类，松作为诗境中的一个意象，当然也带上了诗人主观的色彩。

咏松之文，初唐有王勃的《涧底寒松赋》，看题目，显然是受到左思那一首"郁郁涧底松"的《咏史》诗的启发和影响。赋前小序说，那寒松"冒霜停雪，苍然百丈"，但却长在"茅溪之涧"，"深溪险磴，人迹罕到"，作者不禁慨叹"呜呼斯松，托非其所"，"感而兴成"，遂作此赋：

> 惟松之植，于涧之幽。盘柯跨崄，沓柢（重叠之根）凭流。窝天地兮何日？沾雨露兮几秋？见时华之屡变，知俗态之多浮。故其磊落殊状，森梢峻节，紫叶吟风，苍条振雪。嗟英鉴之希遇，保贞容之未缺，攀翠崿而形疲，指丹霄而望绝。已矣哉！盖用轻则资众（器物轻微，使用就多），器宏则施寡（器物宏大，设置就少）。信栋梁之已成，非榱桷（椽子）之相假。徒志远而心屈，遂才高而位下。斯在物而有焉，余何为而悲者！

作者句句写的是涧底寒松，又好像句句在写底层寒士。先是写松之姿，继写松之品，终则发松之论。由序中的"托非其所"，到赋中的"才高而位下"，由松生感，由感生情，抒发自己胸中的不平之气。结尾说，这种不平，在物原是常有的，而我又为什么为之悲叹呢？好个"余何为而悲者"！作者作赋的原由和目的，尽藏在这一戛然而止的反问中了。

中唐则有李绅的《寒松赋》。李绅以他的"锄禾日当午，汗滴禾下土。谁知盘中餐，粒粒皆辛苦"的《悯农》诗而闻名，今则更盛。他的这篇唐人小赋，虽在王勃之后，也都受左思赋的影响，仍能以别样的风采，展现在读者面前，文辞雅洁，声韵铿锵，有古赋之风神，而无古赋之诘屈难读。赋不甚长，照录如下：

> 松之生也，于岩之侧。流俗不顾，匠人未识。无地势以炫容，有天机而作色。徒观其贞枝肃矗，直干芊眠（光色鲜明）。倚层峦则捎云蔽景（同影），据幽涧则蓄雾藏烟。穹石盘薄而埋根，凡经几

载？古藤联缘而抱节，莫记何年。于是白露零，凉风至，林野惨淡，山原愁悴。彼众尽于玄黄，斯独茂于苍翠。然后知落落高劲，亭亭孤绝。其为质也，不易叶而改柯；其为心也，甘冒霜而停雪。叶（同协，符合）幽人之雅趣，明君子之奇节（节操）。若乃确乎不拔，物莫与隆（盛）。阴阳不能变其性（品性），雨露所以资其丰（丰姿）。擢影后凋，一千年而作盖；流形入梦，十八载而为公。不学春开之桃李，秋落之梧桐。乱（尾声）曰：负栋梁兮时不知，冒霜雪兮空自奇。谅（诚）可用而不用，固斯焉而取斯。

赋中"擢影后凋"，当然是出自孔子"岁寒然后知松柏之后雕也"一语；而"流形入梦"云云，大概用的是"丁固梦松"之典，《三国志》裴松之注引吴书曰：初，固为尚书，梦松树生其腹上，谓人曰："松字十八公也，后十八岁，吾其为公乎！"卒如梦焉。末尾一句"固斯焉而取斯"为最难懂。"固斯焉而取斯"，乃化用《论语·公冶长》里孔子的话："君子哉若人，鲁无君子者，斯焉取斯。"翻译一下：那个人确实是君子呀！如果鲁国没有君子，那个人是从哪儿获取的美德呢。朱熹《四书集注》注释"斯焉取斯"，说是"上斯斯此人，下斯斯此德"。意思是，"斯焉取斯"四字中，上一个斯字是指君子其人；后一个斯字是指君子之德。《寒松赋》结尾用此语典，大约是说：寒松就是孔子所称赞的君子，寒松的品格就是孔子所说的君子当学取的美德。

松与竹梅，称作"岁寒三友"，是历代文人骚客惯写的题材。或称其不老，或赞其凌云，或美其高洁，或誉其清贫，有的借其劲节以自况，有的则如左思及其以下，托松以发抒"才高而位下"或"可用而不用"之类的胸中的不平。古人已矣，今人之境界当超过前人。笔者忽然想起，中学时学过的陶铸同志的《松树的风格》，就是这样一篇思想性、艺术性远迈前人的散文精品。读读其中的一些段落吧：

> 我对松树怀有敬佩之心不自今日始。自古以来，多少人就歌颂过它，赞美过它，把它作为崇高的品质的象征。

> 你看它不管是在悬崖的缝隙间也好，不管是在贫瘠的土地上也好，只要有一粒种子——这粒种子也不管是你有意种植的，还是随

意丢落的，也不管是风吹来的，还是从飞鸟的嘴里跌落的，总之，只要有一粒种子，它就不择地势，不畏严寒酷热，随处茁壮地生长起来了。它既不需要谁来施肥，也不需要谁来灌溉。狂风吹不倒它，洪水淹不没它，严寒冻不死它，干旱旱不坏它。它只是一味地无忧无虑地生长。松树的生命力可谓强矣！松树要求于人的可谓少矣！这是我每看到松树油然而生敬意的原因之一。

我对松树怀有敬意的更重要的原因，却是它那种自我牺牲的精神。你看，松树是用途极广的木材，并且是很好的造纸原料；松树的叶子可以提制挥发油；松树的脂液可制松香、松节油，是很重要的工业原料；松树的根和枝又是很好的燃料。更不用说在夏天，它用自己的枝叶挡住炎炎烈日，叫人们在如盖的绿荫下休憩；在黑夜，它可以劈成碎片做成火把，照亮人们前进的路。总之一句话，为了人类，它的确是做到了"粉身碎骨"的地步了。

要求于人的甚少，给予人的甚多，这就是松树的风格。

自然，松树的风格中还包含着乐观主义的精神。你看它无论在严寒霜雪中和盛夏烈日中，总是精神奕奕，从来都不知道什么叫作忧郁和畏惧。

我常想：杨柳婀娜多姿，可谓妩媚极了，桃李绚烂多彩，可谓鲜艳极了，但它们只是给人一种外表好看的印象，不能给人以力量。松树却不同，它可能不如杨柳与桃李那么好看，但它却给人以启发，以深思和勇气，尤其是想到它那种崇高的风格的时候，不由人不油然而生敬意。

我每次看到松树，想到它那种崇高的风格的时候，就联想到共产主义风格。

作者从松树的风格，联想到共产主义的风格，我们的事业前无古人，我们的理想、情操、精神生活，在古人流风、雅韵的基础上，更有质的升华。作为无产阶级革命家的陶铸同志，在20世纪60年代初那比较困难的日子里，把松树的风格笔之于书，目的显然是激励人们发扬松树的风格，在社会主义革命和建设中奋勇前进。可就是这样一位伟大的革命家，在后来的"文革"中与"四人帮"一伙做了不屈的斗争，被迫害致死。他所喜爱和敬佩的松树，也是他本人的光辉写照呢。

今人创作的新诗，笔者所爱诵读的，有差不多与《松树的风格》同时代的张万舒的《黄山松》，结合当时国际国内形势，他所歌颂的，更多是松树的斗争精神：

> 好！黄山松，我大声为你叫好。
> 谁有你挺的硬，扎的稳，站的高。
> 九万个雷霆，八千里风暴，
> 劈不歪，砍不动，轰不倒！
>
> 要站就站上云头，
> 七十二峰你峰峰皆到；
> 要飞就飞上九霄，
> 把美妙的天堂看个饱！
>
> 不怕山谷里阴风的夹袭，
> 你双臂一抖，抗的准，击的巧！
> 更不畏高山雪冷寒彻骨，
> 你折断了霜剑，扭弯了冰刀！
>
> 谁有你的根底艰难贫苦啊，
> 你从那紫色的岩上挺起了腰。
> 即使是裸露着的根须，
> 也把山岩紧紧拥抱！
>
> 你的雄姿象千古高峰不动摇，
> 每一根针叶都闪烁着骄傲。
> 那背阳的阴处，你横眉怒扫，
> 向着阳光，你迸出劲枝万千条！

啊，黄山松，我热烈地赞美你，

我要学你艰苦奋战，不屈不挠。

看，在这碧紫透红的群峰之上，

你像昂扬的战旗在呼啦啦地飘。

听我的老师说，当年此诗在《诗刊》发表后，在诗坛影响很大，传抄者不绝。

今人咏松的旧体诗，流传最广的，当数元帅诗人陈毅同志的那首有名的五古或曰古绝《青松》，是他发表于《诗刊》的《冬夜杂咏》之一：

大雪压青松，青松挺且直。

要知松高洁，待到雪化时。

陈毅元帅的这首诗，咏的是青松，诗人也是在以青松自况吧。

幽兰香风远

——读咏兰诗文　品君子之风

　　我国人民很早就与兰花兰草结缘，爱兰，植兰，赏兰，无论贫跟富，不分春与秋。文人们更是不遗余力，画兰，写兰，咏兰，或形诸笔墨，或付与丹青。人们把兰和梅、竹、菊并列，称作"四君子"。赞人之居室曰兰室，赞人之诗文曰兰章，称人友谊曰兰交，称人良友曰兰客，誉人优秀子弟曰兰玉（为"芝兰玉树"之省），誉人美好资质曰兰石（取"兰芳石坚"之意）。兰，几几乎成了美好的代名词，成为我国传统中一个带标志性的文化符号。

　　我国封建时代的圣人孔子对兰不吝热情赞美之词，比如："芝兰生于深林，不以无人而不芳。君子修道立德，不谓穷困而改节。"再比如："与善人居，如入芝兰之室，久而不闻其香，即与人化矣。"（见《孔子家语》）尤其是他称兰为"王者香"，更是对兰的极高的评价，兰的君子之称，当自这位文化先师始。

　　我国最早的诗歌总集《诗经》，就提到兰。《国风·郑风》的《溱洧》章，就有"溱与洧方涣涣兮，士与女方秉蕳兮"之咏。春天，溱河洧河碧波荡漾，少男少女漫步河边，手里都捧着刚采的兰。虽然有学者指这里"蕳"是一种兰草，不是今日常见的兰花，但兰花也好，兰草也罢，很早就写入诗章，当是事实。

　　对兰情有独钟，视兰为生命的一部分的，是伟大的爱国诗人屈原。他在《离骚》《九歌》《九章》等诗篇中，反复咏到兰，尤其是《离骚》。一则曰"扈江离与辟芷兮，纫秋兰以为佩"（披上江离和幽芷的外衣，又

纽结了秋天的兰花作为佩带）；再则曰"余既滋兰之九畹兮，又树蕙之百亩"（我曾培植过大片地的春兰，又栽种了百来亩的秋蕙）；三则曰"时暧暧其将罢兮，结幽兰而延伫"（时光昏暗下来了，像是末日的将要来临，我怅惘地捧着通情的幽兰直发愣）。屈子纫兰，滋兰，结兰，把兰作为美好事物与高尚人格的象征。而当君子遭忧、小人得势时，他又借以讽刺说："户服艾以盈腰兮，谓幽兰其不可佩。"（他们的腰间挂满了野艾，反而说幽香的兰花，不值得佩带）。当有的人不知自爱，从俗浮沉时，他又借以叹惜说："余以兰为可恃兮，羌无实而容长。"（我以为兰花是最为可靠，谁知它没有骨气，虚有其表——译文均引自文怀沙《屈原离骚今绎》）正由于楚辞，尤其是屈赋，借兰以喻人，托蕙以寓意，"美人香草"即成为我国历代文人抒情寄意的传统手法。而历代咏兰诗作，也无不以之为样板，歌吟兰的君子之风。

翻开《唐诗三百首》，第一首就是咏兰的篇什，而且正是香草美人式的托物寄情的作品，这就是张九龄的《感遇》其一：

> 兰叶春葳蕤，桂华秋皎洁。
>
> 欣欣此生意，自尔为佳节。
>
> 谁知林栖者，闻风坐相悦。
>
> 草木有本心，何求美人折。

有论者评说："若张曲江《感遇》，则语语本色，绝无门面矣。而一种孤劲秀淡之致，对之令人意消。盖诗品也，而人品系之。"（清·贺贻孙《诗筏》）"孤劲秀淡"之致，既是此诗诗境、诗语之致，也应是所咏之兰的本色风致。孤高、劲洁、清秀、淡雅，正是兰给人的突出印象。

历代咏兰的诗篇真可谓多矣。唐人自帝王至一般诗家，不可枚举：

芳兰

> 春晖开禁院，淑景媚兰场。
>
> 映庭含浅色，凝露泫浮光。
>
> 日丽参差影，风传轻重香。
>
> 会须君子折，佩里作芬芳。

唐太宗

芳兰

孤兰生幽园，众草共芜没。

虽照阳春晖，复非高秋月。

飞霜早淅沥，绿艳恐休歇。

若无清风吹，香气为谁发？

李白

幽兰

幽植众宁知，芬芳只暗持。

自无君子佩，未是国香衰。

白露沾长早，春风到每迟。

不如当路草，芬馥欲何为？

崔涂

兰

兰色结春光，芬氲掩众芳。

过门阶露叶，寻泽径连香。

畹静风吹乱，亭秋雨引长。

灵均曾采撷，纫佩挂荷裳。

释无可

　　太宗皇帝的这首《芳兰》，首联总写春日御苑兰圃风光，中间两联分写兰之色、香、光、影，尾联以兰为君子之佩作结，写得有些婉媚浮泛，这和唐初诗坛"承陈隋风流，浮靡相矜"（见《新唐书》）的风气有关，即使唐太宗这样有作为的开国君主，也不能摆脱其影响。但诗之尾联"会须君子折，佩里作芬芳"，还是点明了兰乃君子之花，堪为君子之佩，诗之格调赖此而有所提升。李白的这首《孤兰》，大约正是这位大诗人孤傲不群、遗世独立的秉性的写照。结尾"香气为谁发"一问，扣紧题目的"孤"字，正所谓"不为人夸我自香"，君子之风，合是如此罢。晚唐诗人崔涂以善咏物，尤其是以那首《孤雁》而闻名于世。他的这首《幽兰》，写兰长在幽僻之地，众人不知。没有君子来折以为佩，还常常遭受夜露的沾湿，迟迟得不到春风的吹拂，甚至还不如那当路的野草，但它

总是不改君子的本性，幽独地发出它那馥郁的芳香。全诗诗眼，即是诗篇开头的那一个"幽"字。释无可的这一首咏兰诗，以"兰色结春光，芬氲掩众芳"领起，以"灵均曾采撷，纫佩挂荷裳"作结，实际上也是吟咏性情之作。灵均就是屈原，《离骚》有"名余曰正则，字余曰灵均"的诗句。用屈子"扈江离与辟芷兮，纫秋兰以为佩"之语典，对于讴歌兰的高贵和不同凡艳，当然就有了与寻常字句不能等同的艺术感染力。无可是一位僧人，他是诗人贾岛的堂弟，本名叫作贾区，也是一位苦吟诗人。

宋人亦有许多咏兰诗作。试看苏轼的两首五言诗，一首五古咏兰，一首五律咏蕙，从苏轼诗中，我们可以知道，兰与蕙原还是一族呢：

题杨次公春兰

春兰如美人，不采羞自献。

时闻风露香，蓬艾深不见。

丹心写真色，欲补离骚传。

对之如灵均，冠佩不敢燕。

苏轼

题杨次公蕙

蕙本兰之族，依然臭味同。

曾为水仙佩，相识楚词中。

幻色虽非实，真香亦竟空。

云何起微馥，鼻观已先通。

苏轼

两首都是题画诗，一首提及《离骚》，一首提及《楚辞》，这当然也是在用典，让读者产生与屈子"纫兰""结兰""滋兰"有关涉的丰富联想，从而赞美兰、蕙的高贵品质。前一首咏春兰，首、颔两联写兰如美人深藏闺中，羞于自献，只闻其香，难见其人。这是写兰的风姿，也是写兰的品格。颈、尾两联赞美画得精美，可以和《离骚》中咏兰的诗句配合，看到这幅画，就好像看到屈子冠佩以兰的形象，诗人自己则连簪兰于冠、结兰于佩也不敢了，怕亵渎了圣洁的兰花。"离骚传"的"传"字，读去声。"不敢燕"的"燕"，为轻慢、亵渎之意；一说"燕"同

"晏"，义为晚或迟。后一首咏蕙。一茎一花谓之兰，一茎多花谓之蕙。"蕙本兰之族，依然臭味同。""臭"读如"嗅"，气味也；意思是兰、蕙一族，志趣相同。"云何起微馥，鼻观已先通。"也是赞画的高妙：眼观才到，鼻观已通；才睹其色，复闻其香。观所画纸上之蕙，似闻真蕙之香。画具神韵，东坡之观画诗就更具神韵了。

　　咏兰，联想到屈原，联想到《离骚》，联想到《楚辞》，当然不止苏轼。历来咏兰之作，莫不托兰以喻君子，以斥小人、俗人，莫不拿屈子作为榜样。像下面这几首：

苏叔党所作兰蕙

风雅传衣到小坡，笔头分外得春多。

佩寒帐冷空遗恨，澹写孤芳续《九歌》。

（宋）居简

咏兰

萧艾荣枯各有时，深藏芳洁欲奚为？

世间鼻孔无凭据，且伴幽兰读《楚辞》。

（宋）刘克庄

买兰

几人曾识《离骚》面，说与兰花枉自开。

却是樵夫生鼻孔，担头带得入城来。

（宋）方岳

题赵子固墨兰

承平洒翰向丘园，芳佩累累寄墨痕。

已有《怀沙》《哀郢》意，至今春草忆王孙。

（元）邓文原

兰

分向湖山伴野蒿，偶并香草入《离骚》。

清名悔出群芳上，不入《离骚》更自高。

（元）宋无

仲穆墨兰

滋兰九畹空多种，何似墨池三两花。

近日国香零落尽，王孙芳草遍天涯。

（元）张雨

题赵子昂墨兰

王孙宴罢碧澜堂，翠羽琼蕤结佩裳。

欲寄灵均无处所，至今遗恨满潇湘。

（元）袁士元

题画兰

九畹香清露气寒，三湘月落泪痕干。

楚天空阔秋无际，谁复行吟泽畔看。

（明）朱右

题郑所南画兰

渚宫春冷北风寒，九畹萧条入塞垣。

老死灵均在南国，百年谁为赋《招魂》？

（明）朱凯

这些篇什，咏兰，咏画兰，都十分自然地联系到屈原（灵均），联系到《楚辞》，更具体些联系到《离骚》《九歌》《怀沙》《哀郢》《招魂》，联系到"九畹""行吟泽畔"。上引最后一首《题郑所南画兰》，说的是宋末的郑思肖（字所南）。宋亡，所南隐居于吴下，寄食于报国寺，坐必南向，闻北语即掩耳走。所画兰，根皆不着土，以示亡国失土之意。他有一首题在画上的四言诗：

> 纯是君子，绝无小人。
>
> 空山之中，以天为春。

郑思肖认为，大宋灭亡后，洁净的土地已不复存在（所谓"空山"），素洁之兰草只能深居空山，依天而生了。所以"以天为春"的"春"字，有论者解作"生存"（《宋诗精华录全译》）。这首诗，歌颂了兰草清高的本性，寄托了诗人画家坚贞的民族气节。元代画家倪瓒颇知所南之心，他在一首题郑思肖所画兰的诗中这样写道："秋风兰蕙化为茅，南国凄凉气已消。只有所南心不改，泪泉和墨写《离骚》。"这和上引朱凯的《题郑所南画兰》诗的旨趣是相同的。这些遗民的咏兰诗，当然多了些肃杀之音。

明代著名画家徐渭（青藤）也是一位卓尔不群的人物，他题为《水墨兰花》的绝句，即可见出他孤高倔强、不与俗人为伍的性格：

绿水唯应漾白苹，胭脂只念点朱唇。

自从画得湘兰后，更不闲题与俗人。

与徐青藤有几分相似但又有显著不同，扬州八怪之一的郑板桥，一生喜欢画竹、石和兰，他的咏兰诗也别有一番滋味：

兰两首（其一）
屈宋文章草木高，千秋兰谱压风骚。

如何烂贱从人卖，十字街头论担挑！

题破盆兰花图
春雨春风写妙颜，幽情逸韵落人间。

而今究竟无知己，打破乌盆更入山。

题兰诗廿首（之一）
宿草栽培数十年，根深叶老倍鲜妍。

而今归到山中去，满眼名葩是后贤。

深山兰、竹
深山绝壁见幽兰，竹影萧萧几片寒。

一顶乌纱早须脱，好来高枕卧其间。

这里引的第一首，"十字街头论担挑"，讽刺世风日下，借兰之贱卖，喻君子如何不为人所重。第二首，"打破乌盆更入山"，连兰也慨叹世上少君子之友，而欲打破泥盆避入深山了。第三首，"满眼名葩是后贤"，喻君子之风欲绝。第四首，则表现了作者厌恶官场，愿与兰、竹为友的

淡泊情怀。

历代介绍兰、吟咏兰的文也很多。介绍兰的早在南宋即有《金漳兰谱》，迟至民国又有《兰蕙小史》，当下各种介绍兰花书籍，更是图文并茂，令人眼花缭乱了。吟咏兰的文章，今人的不说，古代不少人为兰作赋，亦是借兰以抒己之怀抱。笔者读过的有南朝梁陈时周弘让写的《山兰赋》，还有清乾隆时期的袁枚写的《秋兰赋》，两篇都是文人咏物的抒情小赋，但各具面目。先看周氏的《山兰赋》：

> 爰（发语词）有奇特之草，产于空崖之地。仰鸟路而裁（通"才"）通，视行踪而莫至。挺自然之高介，岂众情之服媚？宁纫结之可求，垂延伫之能洎（读如计，意为及、到）。禀造化之均育，与卉木而齐致。入坦道而消声，屏山幽而静异。独见识于琴台，窃逢知于绮季（隐士，商山四皓之一）。

大意是：有一种奇特的芳草，生长在空廓的山崖之地。仰观鸟路悠悠，仿佛才刚刚能通过；俯察空山寂寂，竟见不到行人的一点儿踪迹。它坚持自己那自然而不做作的孤介与清高，从来不像一般俗情的只知顺从或献媚。屈子曾用它结成佩带，挂在腰间；还把它捧在手上，若有所思地久久伫立。它禀承天地万物一样的养育，它与其他草木并无二致。但是，它进入平坦大道便销声匿迹，它藏进深山就那样静穆而独异。它曾得到落拓中的圣人见赏于琴台，也只能在像"商山四皓"那样的著名隐士中才能找到知己。

此赋不满百字，却是一篇空山幽兰的颂歌，实际上也是一篇对那"挺自然之高介"的士子的颂歌。史载周弘让早年不得志，曾居茅山中，与隐士为伍，著有《续高士传》。赋中之山兰，也许正是他和他的隐者同道们的一种自况。对于封建时代的隐者，自然应当予以分析，有的是抽身远祸，有的是官场失意，有的是图享林泉闲情，有的是欲走终南捷径，不值得一味肯定；但那些像屈子一样，保持兰的高洁品质，不愿苟同于流俗，努力修身正己者，还是值得称许的。

再来读读袁枚的《秋兰赋》：

> 秋林空兮百草逝，若有香兮林中至。既萧曼以袭裾，复氤氲而

绕鼻。虽脉脉兮遥闻，觉熏熏然独异。予心讶焉，是乃芳兰。开非其时，宁不知寒？于焉步兰陔，循兰池，披条数萼，凝目寻之。

　　果然兰言，称某在斯。业经半谢，尚挺全枝。啼露眼以有待，喜采者之来迟。苟不因风而桄触（感触），虽幽人其犹未知。于是舁（抬）之萧斋，置之明窗。朝焉与对，夕焉与双。虑其霜厚叶薄，党（亲族，此指枝茎）孤香瘦；风影外逼，寒心内疚。乃复玉几安置，金屏掩覆。虽出入之余闲，必褰（揭开）帘而三嗅。谁知朵止七花，开竟百日。晚景后凋，含章（文采）贞吉（美，好）。露以冷而未晞（干），茎以劲而难折；瓣以敛而寿永，香以淡而味逸。商飙（秋风）为之损戚，凉月为之增色。留一穗之灵长，慰半生之萧瑟。予不觉神心布覆，深情客与。析佩表洁，浴汤孤处。倚空谷以流思，静风琴（风声）而不语。

　　歌曰：秋雁回空，秋江停波。兰独不然，芬芳弥多。秋兮秋兮，将如兰何！（括号内解释为笔者所加）

赋分三部分。第一部分，从"秋林空兮百草逝"到"披条数萼，凝目寻之"，写秋兰之被发现。秋林空廓，百草枯萎，一股幽香，飘然而至。这是兰花，开的真不是时候，难道你不知寒冷吗？我心里很是惊奇，于是走上生着兰草的田埂，绕着开着兰花的池边，拨开枝条，细数花朵，凝神注目，欣赏兰花。第二部分，从"果然兰言，称某在斯"到"静风琴而不语"，从三个方面对秋兰品格加以赞美。先是写秋兰甘愿洁身自好，隐居幽处。深林中，花已经谢落一半，还仍然坚挺着全部的叶茎，如果不是风的吹送，使人触闻到它的香气，即使幽居的隐者，也未必知道它的存在。接着写作者对秋兰的珍惜和赏爱。把兰搬进书房，置于窗台之上，朝夕与之相对。担心霜厚叶薄，茎叶孤单，冷风从外凌逼，寒气向内侵心，就又用玉几盛放它，用金屏覆盖它。每天出入，闲暇之时，一定要揭起帘幔再三看看它，闻闻它。再接着，写秋兰的美好品质，写秋兰对作者的熏染与启示。秋兰，一茎花止于七朵，而开放竟达百日，深秋不凋，晚景灿烂。能经受风霜雨露的考验，从不显露自己的华彩。它身上的霜露，因为寒冷而不会被晒干；它细长的茎条，因为刚劲而难

以折断；它的花瓣，因为收紧而长时间开放；它的香气，因为清淡而能长久地飘香。秋风只能吹散它的忧愁，秋月还能为它增色。留下一茎长久地开吧，正可慰藉它半生的萧瑟冷落呢。作者面对秋兰，不觉心动神移，思绪万千。解下佩带，以示素洁，清水洗浴，一人独处，望着空谷，陷入沉思，静听风声，静默不语：只有这样，才是不亵渎兰花啊。第三部分，从"歌曰"到"将如兰何"，以歌作结，这既是赋体的传统做法，又是对秋兰最后的礼赞。秋雁也要飞回南方，秋江也泛不起波浪，唯独秋兰，凌寒不凋，而且更加芬芳。

袁枚是清代乾隆年间有名的大才子，著名的《随园诗话》的撰者，与同时的赵翼、蒋士铨并称"乾隆三大家"，他首倡的所谓"性灵说"，在清中叶诗坛发生过颇大的影响。袁氏以其才高学富而又倜傥风流而名噪一时，但又由于他那孤傲而放任的个性，飘逸而独具的才气，为时人所嫉，甚至有人将他的诗文斥为"野狐禅"。袁氏只做了几任七品芝麻官便引疾归隐，而去经营他的"随园"。他对当时的社会，自己曾混迹过的官场是不满的，甚或是厌恶的；但他不是直面现实，去力矫时弊，而是采取洁身自好、超尘脱俗的态度。这大概也就是他歌颂秋兰隐居幽处，傲寒不衰，"茎劲难折""芬芳弥多"的原因所在。结尾一句"秋兮秋兮，将如兰何!"（寒秋啊寒秋啊，你能把兰怎么样呢）或许正是表达了袁枚对嫉妒他、讥讽他的人的一种不屑和反击吧。

兰，它长在深山，出身贫寒；移置绮窗，风情犹雅。它细长的叶片柔而刚，精致的花朵清而雅。它虽然没有牡丹那样硕大的花叶，没有茉莉那样浓郁的香气，没有夭桃那样媚人的艳态，但它有质朴、文静、淡雅、高洁的气质。兰这种质朴、文静、淡雅、高洁的气质，正符合东方人的审美标准，而受到中国人，首先是中国文人的青睐，成为与梅与莲一样的君子之花。伴随这些吟咏君子之花的诗文，拂面而来的正是那质朴、文静、淡雅、高洁的君子之风。李白有诗赞美兰，说"幽兰香风远"；我们诵读这些咏兰的美诗、美文，应是口齿留香了。

第三辑　诗国夕照

诗之传统再发扬（说清诗之一）

诗，是文学的一种样式。说清诗，当从清代文学说起。著名学者郭绍虞，指清代文学为集大成之文学。他说：

> 周秦以子称，楚人以骚称，汉人以赋称，魏晋六朝以骈文称，唐人以诗称，宋人以词称，元人以曲称，明人以小说、戏曲或制艺（按指八股文）称，至于清代的文学，则于上述各种中间，或于上述各种之外，没有一种比较特殊的足以称为清代的文学，却也没有一种不成为清代的文学。盖由清代文学而言，也是包罗万象而兼有以前各代的特点的。（《中国文学批评史·绪论》）

是的，清代文学可以说是以往各类文体的总汇，呈现出一种蔚为大观的集大成的景象。若具体作一分析，各体文学的成就及其历史地位是不一样的，比如，曾经兴盛过的文体再度兴盛，实际上也是中国文学传统精神和古典审美特征的复归与发扬。清诗即是如此。空前庞大的清代诗人群体，与空前丰富的清诗作品，证明了唐代、宋代曾经盛极一时的诗这种文体，在清代又再度兴盛，诗之传统精神和审美特征，继唐宋之后在清代又再度复归与发扬，同样呈现一种集大成之景象。论者指清诗远迈元、明，直逼唐、宋。清诗就其质而论，几乎可与唐、宋并驾，鼎足而三；而就量而言，则远远超过唐、宋之总和多少倍呢。

说到清诗的量，有学者指出，《全清诗》尚未编出，清朝267年间究竟产生了多少诗歌，一直是一个未知数。最近编成的《清人文集目录》，收作者约四万人，文集也就有四万部之多。一般说来，文较为典重，而诗则即景即事、偶得有感之类，较为轻便，写诗的人当会更多，诗集应

不止四万之数。清代科举考试，诗为考试科目之一，是每个考生必做的，这当然刺激或曰引导读书人都得读诗、写诗，能写诗、出诗集的人，比能作文、出文集的人应该还要更多些。依文集四万部来推断诗集的数量，四万部诗集应该还是相当保守的数字。即以四万部诗集这个最小值为基数，假定每一本诗集收诗十首，则有四十万首；若每本收诗一百首，则有四百万首。若依前者，乃是《全唐诗》五万首的八倍，而所谓每本诗集只收区区十首诗是断乎不可能的；若依后者，乃是《全唐诗》的八十倍。这是多么惊人的一个数字！而这只是一个推断，实际情形应该只会多不会少的。

再从质的方面来看，一般认为我国古代诗歌，唐代是一个顶峰，宋代有了进一步的开拓（参看缪钺《论宋诗》），元代走向式微，明代又一味复古。到了清代，诗大胜于元、明，也大不同于元、明。它是学古而非摹古，后期还超越了学古而从事革新。所谓穷则变，变则通，"望今制奇，参古定法"（《文心雕龙·通变》），清诗适应此规律。在总结明代复古逆流经验的基础上，在继承前代遗产的实践上，在267年社会现实的土壤上，开出了超明越元、抗衡唐宋的新局面（参看钱仲联《明清诗精选》序）。

这个新局面，实际上也就是我国源远流长的诗之传统的再发扬。

先说清初吧。这个时期的特征是爱国主义思想和民族精神的大发扬。明清之际的三大思想家顾炎武、王夫之、黄宗羲，还有众多的遗民诗人，或作悲愤的控诉，或作痛苦的低吟，也不乏反抗的呐喊，表现了强烈的民族意识和顽强的斗争精神。这些遗民诗人群体，在明清鼎革、社会动乱之际，以前代关注国运民生，自身志高节尚的诗家为榜样，岭南屈大均推尊屈原，江左顾炎武继踵杜甫，从总体上说继承和发扬了诗之缘事而发，有美刺之功，行"兴、观、群、怨"之用的传统精神，也承继并发扬了诗之传统的审美艺术特征。另一部分人，如钱谦益、吴伟业诸人，由明入清，大节虽亏，名列贰臣，然流风余韵未减，诗坛宗师地位犹在，他们的诗，对开有清一代诗风起着决定性的作用。比如，钱谦益，初学唐，后转益多师，不拘一格，自成一家。钱氏尤其服膺老杜，这从他的《后秋兴》组诗可以看出来。步韵杜甫《秋兴八首》，竟至十三叠共一百零四首，加上自题诗四首，计一百零八首，真是七律组诗中的空前绝后的巨制，其风格之沉郁顿挫，亦如老杜。钱谦益的动辄几十首乃至上百首的大型组诗，吴伟业亦叙事亦抒情的华丽的长篇歌行，稍后的王士禛追踪六朝以来诗之冲和淡远一格，将诗尚含蓄蕴藉的特征推向极致。我国诗的传统精神和古典审美特征，在清代初年又一次得到了发扬。

再看有盛世之称的康、雍、乾时代，诗坛名家辈出，流派纷呈，尊唐尊宋，或唐宋兼宗，最终或融会贯通，或别出一帜，诗坛可说是百花竞放，堪称美不胜收。著名学者钱仲联在他的《明清诗精选》前言中说：

> （这一时期）就风格流派说，有王士禛为首的神韵派，沈德潜为首的格调派，袁枚为首的性灵派，翁方纲为首的肌理派等。以地域为区分的诗派，则朱彝尊、厉鹗为首的浙派独占上风。浙派中又以钱载为代表的秀水派为最著。不立宗派的，如黄景仁、宋湘、黎简诸家，为乾、嘉时期的射雕手。黎、宋同为广东人，而风格不同。黎镂刻奇秀，宋朴素拗折，与江浙诗人对树坛坫。而黎简又深服钱载，浙江的姚燮又倾倒黎简，受黎影响极深。宋湘的诗歌主张，和性灵派相近，而自己的创作戛戛独造，却又近于钱载。四川的张问陶，是继袁枚而起的性灵派中坚，舒位与王昙，也是性灵派的流裔……

笔者感觉，钱氏列举的这些诗派、诗人，或主儒家诗教，或尚个人性灵，或倡学问入诗，大多都不悖诗之言志的传统。像王士禛、朱彝尊、袁枚、赵翼、厉鹗、黄景仁诸人的一些名篇佳作，置之唐宋人集中，似乎也未为逊色。

乾、嘉以后，道光朝的龚自珍，论者指其不落入性灵余派的泥坑，而力挽狂澜，开创诗坛新局面。龚氏死于鸦片战争爆发之次年，他的诗，实际上标志着清诗即将步入新的阶段，其影响直至清末。连晚清同光体诗人沈曾植也推崇龚氏为奇才，为数百年所仅有。

鸦片战争及其以后，也即是道光二十年以后，历咸丰、同治、光绪、宣统五朝，中国社会正如梁启超所说经历了千年未有之大变局，其间反抗外国列强的入侵，人民的再度揭竿而起，资产阶级维新派、革命派先后登上历史舞台。许多先进的中国人开始睁开眼睛看世界，也把他们的诗笔投向了这一前所未有的新时代。黄遵宪积极探索新派诗，梁启超鼓吹诗界革命。当然，也还有提倡汉魏六朝和盛唐的王闿运的湖湘派；有提倡南北宋的何绍基等人的宋诗派；有所谓同光体诗人，包括江西派的陈三立，闽派的郑孝胥，浙派的沈曾植；有兼采唐宋的以张之洞及门下樊增祥、易顺鼎为代表的唐宋派以及西昆派，等等；著名的诗歌团体南社，则是晚清诗坛带有新的色彩的殿军。清代诗史的最后一页，是由烈士们写就的，邹容、秋瑾的诗章将长久地鼓舞着后来的人们。

清诗，有超过唐诗、宋诗不知多少倍的量，也有在不同于唐宋的社会时代形态里，所再度发扬的诗之传统所体现出来的质。清诗量大而质优，可是为什么，人们一谈起诗，总是想到唐诗，或许还有宋诗，而很少提到清诗呢？除了本文开头所引述的所谓"没有一种比较特殊的足以称为清代的文学"，或许可算作原因之外，笔者以为尚有下列各项：不少研究者，包括像鲁迅先生那样的名人，都认为"诗到唐代都已做完"，权威言论，影响所及，一般人就以为清诗不足观了，这可能是原因之一；唐诗有不少选本为之宣传、普及，尤其是乾隆时代沈德潜编选的《唐诗别裁集》和署名蘅塘退士的《唐诗三百首》，使得文人案头有唐诗可供翻检，一般妇孺也有脍炙人口之诗篇可诵，即宋诗也有清末民初学者陈衍编选的《宋诗精华录》，而清诗则付阙如，这或许是原因之二；人们一般都会贵远而贱近，甚或是古而非今，唐宋离我们远，清代尤其是晚清直接民国，离我们近，对唐宋是仰视，对清代恐怕只是平视，缺少一种敬意，也许是原因之三；清代隔得近，情形又复杂，有些人和事，涉及现代甚至当代，比如，清初之志士反清、清末之党人排满，评判不易，宣说为难，此或为原因之四；清诗流派很多，名家亦不少，但笔者以为缺少像唐诗的李、杜，宋诗的苏、黄那样的大家，缺少人皆仰之的代表人物、代表作品，或许也是人们注目唐诗，兼顾宋诗，而轻看清诗的原因之五吧。

清诗或许没有唐诗那样情采飞扬，或许也不及宋诗那样理趣横生，但它即使两不及也还两者兼有之。我国是诗之国度，清诗则是我国传统诗的最后一座丰碑。诗国夕照，亦显无限风光。清诗承继了唐宋乃至更早自《诗经》《楚辞》开始的我国诗的传统，在新的历史条件下并有所发扬。清诗是我国宝贵的文化遗产的很重要的一部分，我们当然要继承这一份遗产，为我们在新的时代建设社会主义新的文化服务。

清诗分期之三说（说清诗之二）

一代之诗，依据其发展变化的轨迹，一般可分成若干阶段。比如，唐诗，自从明代高棅《唐诗品汇》按初唐、盛唐、中唐、晚唐之不同，分唐诗为初、盛、中、晚四期以来，虽也诘之者不断，到底还是基本符合唐诗的发展状况，方便人们认识唐诗，且称说方便，而为大多数人所采用。今人徐调孚《中国文学名著讲话》据此还做了具体说明：从唐高祖元年（618）到玄宗开元初（713），约百年间，称为"初唐"；从开元（713）到代宗大历初（762），五十年间为"盛唐"；盛唐之后为"中唐"，当从大历（766）到文宗大和（827）这六七十年间；中唐以后，即大和（827）直到唐末（906），八十年间为"晚唐"。按照初、盛、中、晚分期，《全唐诗》所载二千多位诗人、近五万首诗，按部就班，各得其所。比如，说到沈（佺期）宋（之问）、"四杰"（王勃、杨炯、卢照邻、骆宾王）、陈子昂，即是初唐；李（白）杜（甫）、王（维）孟（浩然）、高（适）岑（参），都是盛唐；"大历十才子"虽多为天宝年间进士，但通常与后来的韩（愈）柳（宗元）、元（稹）白（居易）同样归入中唐；"小李杜"（李商隐、杜牧）及以后之皮（日休）陆（龟蒙）杜（荀鹤）聂（夷中）诸人，则属晚唐了。这样的划分，对于更好地了解唐诗，认识唐诗，研究唐诗，从宏观上把握唐诗的发展脉搏，当然很有意义。

宋诗一般以"靖康"之变、宋室南渡为标志，一分为二，称北宋诗、南宋诗，诗之主题、题材、情绪、风格与趣味，北宋、南宋也确有不同。清末民初，陈衍提倡宋诗，编选《宋诗精华录》，以唐诗分期为例，也分宋诗为初、盛、中、晚四个阶段。《宋诗精华录》第一卷总案云："天道无数十年不变，凡事随之。盛极而衰，衰极而渐盛，往往然也。今略区元丰、元祐以前为初宋；由二元尽北宋为盛宋，王（安石）、苏（轼）、黄（庭坚）、陈（师道）、秦（观）、晁（补之）、张（耒）具在焉，唐之李（白）、杜（甫）、岑（参）、高（适）、龙标（王昌龄）、右丞（王维）也；南渡茶山（曾几）、简斋（陈与义）、尤（袤）、范（成大）、陆（游）、杨（万里）为中宋，唐之韩（愈）、柳（宗元）、白（居易）也；'四灵'（徐玑、徐照、翁卷、赵师秀）以后为晚宋，谢皋羽（翱）、郑所南（思肖）辈，则如唐之有韩偓、司空图焉。"论者指，陈氏此宋诗四分法，虽学自四唐，但大体上还是符合宋诗发展的实际的。

清代267年，历顺、康、雍、乾、嘉、道、咸、同、光、宣十朝，大体可分作两截：顺、康、雍、乾、嘉是清前期，为封建社会末造，称古代；道（实际当从道光二十年后算起）、咸、同、光、宣为清后期，社会性质渐变为半封建半殖民地社会，称近代。时代之界碑，则为1840年的鸦片战争。清诗依此脉络，亦可分为前期诗，属古代；后期诗，属近代。而诗人龚自珍死在鸦片战争发生之次年，实为清前期诗之殿后和后期诗即近代诗之先锋。这可谓是清诗分期之一说。

社科院编《中华文学通史》在论述清诗时，也将其分为前期、后期两段，前期至道光二十年止，归入古代文学编（古代文学第四卷），后期自1840年起，归入近现代文学编（近现代文学第五卷）。具体论述时，前期又分顺治、康熙时期，雍正、乾隆时期，嘉庆、道光时期；后期又分道光、咸丰时期，同治、光绪时期。此或可称作二期五段说，亦含有初、盛、中、晚之意。顺、康为初清，雍、乾为盛清，嘉、道为中清，道、咸至同、光为晚清。这应是清诗分期之又一说。

袁行霈主编的《中国文学史》（四卷本），章培恒、骆玉明主编的《中国文学史》（三卷本），还有其他文学史、文学理论著作，以及《清诗鉴赏辞典》（钱仲联主编）、《明清诗精选》（钱仲联编选）和《清诗三百首译析》（刘琦等译注）等书的《前言》，都以清初期、清中期、清晚期三段来分析、评论清诗。有的三期起讫明确，甚至还标明年代。

清初期，大约包括顺治、康熙、雍正三朝，从1644年到1735年，约九十年间。这个时期的总的特征，是爱国主义思想和民族精神的大发扬。

明清之际的三大思想家顾炎武、黄宗羲、王夫之，还有屈大均、吴嘉纪以及傅山、归庄、方以智等，通称"遗民诗人"，或表现为顽强的反抗精神，或表现了强烈的民族意识，甚或表现出理想破灭、信念绝望后的悲愤和痛苦，当然也有人把目光投向战乱中人民的苦难生活，但爱国精神和民族意识，乃是这一时期诗歌的主调。另有一部分人，以钱谦益、吴伟业为代表，他们以朝臣的身份，或领班降清，或接受清禄，而又自觉有亏，常思补过。他们经历了故国沧桑、身世荣辱的巨大变故，入清后的诗作更显出鲜明的艺术个性和创作特色。以他们诗坛盟主和巨擘的身份，开创了清诗的一代诗风。还有略后的一些诗人，如经钱氏提携、奖掖而成为继钱氏之后的诗坛领袖的王士禛，与王士禛并称为"南朱北王"的朱彝尊以及施闰章、宋琬、查慎行、赵执信等，以他们的诗作，共同装点出清初诗坛的繁荣景象。以上三类诗人，大约是清前期诗坛的中坚力量。

清中期，大约从雍正末年到乾隆、嘉庆直到道光初年，即1735年到1840年，大约百年。这个时期诗坛流派纷呈，各具面目，可算是出现了百花争妍的大好局面。乾隆帝带头作诗，据说多达数万首，当然其中不乏臣僚的代笔。康熙朝王士禛"神韵说"影响犹存，沈德潜"格调说"、袁枚"性灵说"、翁方纲"肌理说"又相继出现。以地域论，有被称作"江左三大家"的袁枚、赵翼、蒋士铨，后来还有被称为"南王北舒"的王昙、舒位，王、舒又与孙原湘并称"三君"，还有江苏的抑郁诗人黄景仁，四川的新调诗人张问陶，还有别是一家的扬州八怪之一的郑板桥。道光朝的龚自珍，则是这一期最灿烂的明星，他的诗，新风扑面，可说是下一个时期即近代诗的滥觞。

清晚期，从道光二十年以后，历咸丰、同治、光绪、宣统五朝，从1840年到1912年，大约70年。这一时期，清廷腐败，列强入侵，内忧外患，濒临极点。其特点是，爱国主义思想再一次全面迸发，先进的中国人开始重新认识世界，资产阶级维新运动和资产阶级革命相继出现。影响诗坛，爱国主义成为诗的主旋律。黄遵宪创作新派诗，梁启超鼓吹诗界革命，加速了由古典诗作走向现代的进程。当然老一派诗家，比如，提倡汉魏六朝和盛唐的湖湘派，首领为王闿运；提倡南北宋的宋诗派，稍前是郑珍、莫有芝、何绍基、江湜，略后为"同光体"，包括江西派的陈三立，闽派的郑孝胥，浙派的沈曾植诸人；兼采唐宋一派的，以张之洞为代表，樊增祥、易顺鼎张其羽翼；还有所谓"西昆派"，等等，共同演绎了清诗，也是整个中国传统诗最后的辉煌。邹容、徐锡麟、秋瑾等烈士，用他们带血的诗笔，写下了清诗最后一页。笔者感觉，清季诗与唐季、宋季诗相较，优秀的诗人们，少了许多肃杀、愁苦的亡国之音，而多了几分昂扬的气概和担当的精神，因而成为可以和前期、中期媲美，而又具鲜明时代特色的清诗的绚丽篇章。（参看《明清诗精选》及《清诗三百首译析》前言）

笔者于上述清诗分期说，较倾向于第三种说法，即初、中、晚三期之说。它比较准确地勾画出了一代清诗的轮廓，比较清晰地厘清了二百六十多年清诗发展变化的脉络。了解一下清诗的分期，对于人们学习清诗，进而研究清诗，即使是一般人诵读清诗，应当说都是有些益处的。

眼底兴亡笔底情（说清诗之三）

　　清初诗坛，遗民诗人唱主角。由明入清的一大批士人，以他们强烈的民族意识和深挚的爱国感情，写下了清诗沉重而又辉煌的第一页。

　　清兵入关，扬州十日，嘉定屠城，血腥镇压，激起汉族士民激烈的反抗。抵抗失败，或流转各地，或遁迹山林，或潜居庙观，或寄身书院，有的还继续奔走四方，以图恢复，对清廷取不投降、不屈服、不合作、不应召的态度，表现出强烈的民族气节。大思想家大学者顾炎武，正是这类遗民的代表人物。

　　顾炎武（1613—1682）初名绛，明亡后改炎武，字宁人，学者称亭林先生，江苏昆山人。明末加入复社，清兵入关，在江南积极参与抗清活动，失败后亡命华北，考察山川，访求豪杰，图谋恢复。他终其一生不事清廷，清廷多次逼迫他应博学鸿词科试及修《明史》，他都坚拒不从，称"刀绳俱在，毋速我死"，不惜以死相抗。顾氏学识广博渊深，讲求经世致用，注重审核名实，反对空谈臆断，经学、史学、音韵学，都有很高造诣，开有清一代朴学之风。文学以诗见称，存诗四百余首。他认为"文须有益于天下"（《日知录》），推崇白居易"文章合为时而著，歌诗合为事而作"的文学创作主张，其诗亦很好地实践了这一主张。他治经治史，以捍卫文化道统为己任；他命笔为诗，则具强烈的感奋色彩和真实的壮烈情怀。他早期的五律《京口即事》，赞扬史可法的抗清精神，表达自己的恢复宏愿：

　　　　白羽出扬州，黄旗下石头。

　　　　六双归雁落，千里射蛟浮。

河上三军合，神京一战收。

祖生多意气，击楫正中流。

京口即镇江，石头即金陵，神京即北京，白羽代师旅，黄旗指天子之气。前三联赞史可法镇守扬州、挥师却敌的威武气势，后一联用祖逖北伐、击楫中流故事，表达诗人自己恢复的决心和信心。五古《精卫》则借精卫填海的神话，来表达诗人誓死抗清复明的志向：

万事有不平，尔何空自苦？

长将一寸身，衔木到终古。

我愿平东海，身沉心不改。

大海无平期，我心无绝时！

前四句设问，后四句设答，实际上这里的精卫是诗人的化身，表现的是作者坚贞不磨的民族气节。

顾氏不少诗作，抒写了刻骨铭心的故国之思，比如，下面这一首赠答诗：

赠朱监纪四辅

十载江南事已非，与君辛苦各生归。

愁看京口三军溃，痛说扬州七日围。

碧血未消今战垒，白头相见旧征衣。

东京朱祐年犹少，莫向尊前叹式微。

十载悠悠岁月未能冲淡诗人心中亡国之痛，也未能磨灭他胸中斗争的豪情。再看下面这一首登临之作：

白下

白下西风落叶侵，重来此地一登临。

清笳皓月秋依垒，野烧寒星夜出林。

万古河山应有主，频年戈甲苦相寻。

从教一掬新亭泪，江水平添十丈深。

白下就是南京，诗人重来，目睹一片萧瑟，感慨万端，不禁一洒怀旧之泪。然而，透过"万里河山应有主"，可见豪气仍在；透过"频年戈甲苦相

相寻"，也似乎可以窥见诗人为恢复故国而奔走辛劳的不屈身影。再如《海上四首》其一：

> 日入空山海气侵，秋光千里自登临。
> 十年天地干戈老，四海苍生吊哭深。
> 水涌神山来白鸟，云浮仙阙见黄金。
> 此中何处无人世，只恐难酬烈士心。

身在海上而心怀故国，十载干戈壮志未残，以身许国豪情犹在。《海上》四首倍受前人赞叹，认为可拟于杜甫《秋兴》八首。还有不少选本都选录的七律《雨中至华下宿王山史家》，似可视为其"烈士暮年壮心不已"的写怀之作：

> 重寻荒径一冲泥，谷口墙东路不迷。
> 万里河山人落落，三秦兵甲雨凄凄。
> 松阴旧翠长浮院，菊蕊初黄欲照畦。
> 自笑漂萍垂老客，独骑羸马上关西。

这首诗当与顾氏的名文《复庵记》相互参看。作者四方奔走，考察山川，以图恢复，十四年前来过此地，十四年后重寻老友，尾联一句"独骑羸马上关西"，勾画出了一位不忘恢复、终老不屈的志士形象。

顾炎武一生致力于学术研究，辞章韵语乃其余事。然而正如沈德潜评述其诗作时所言："然其词必己出，风霜之气，松柏之质，两者兼有，就诗品论，亦不肯作第二流人。"（见《明诗别裁》）顾氏之诗内容充实，感情充沛，笔力劲健，用典精当，形成了一种沉郁凝重、古朴刚健的风格。顾诗不仅彪炳清初诗坛，而且对开启有清一代诗风，形成清诗集大成的格局，也不无创始之功。

与顾炎武并称清初三大杰出思想家的黄宗羲和王夫之，虽非以诗见长，也有一些优秀诗作。黄宗羲（1610—1695），浙江余姚人。字太冲，号南雷，学者称梨洲先生。他的《云门游记》《感旧》《宋六陵》等诗作，抒发亡国之痛。其七律《山居杂咏》更是铿锵誓言：

> 锋镝牢囚取次过，依然不废我弦歌。

死犹未肯输心去，贫亦岂能奈我何！

廿两棉花装破被，三根松木煮空锅。

一冬也是堂堂地，岂信人间胜著多。

乐观的战斗情绪，溢于言表。王夫之（1619—1692），湖南衡阳人。字而农，号姜斋，学者称船山先生。他的《落花诗》《补落花诗》缠绵悱恻，喻意深远，试看其中一首：

乘春春去去何方？水曲山隈白昼长。

绝代风流三峡水，旧家亭榭半斜阳。

轻阴犹护当时蒂，细雨旋催别树芳。

唯有幽魂消不得，破寒深醞土膏香。

以落花飘魂，抒写胸中郁结的亡国之恨，给人含蓄蕴藉、深沉瑰奇之感。

遗民诗人可与顾亭林、黄梨洲、王船山三位比肩的，还有吴嘉纪和屈大均。吴嘉纪（1618—1684），泰州人，字宾贤，一字野人。一介布衣，困厄潦倒，其诗继承杜甫传统，诗作极写动乱中的民生疾苦。他的《内人生日》一诗，写贫贱夫妻相濡以沫的苦中之乐：

潦倒邱园二十秋，亲炊葵藿慰余愁。

绝无暇日临青镜，频过凶年到白头。

海气荒凉门有燕，溪光摇荡屋如舟。

不能沽酒持相祝，依旧归来向尔谋。

妻子生日，诗人无钱沽酒相祝，仍要归来与妻商量此事，窘况如斯，却不落寒酸态，使人读后感到的是一种贫苦生活中的温馨，颇饶风趣。他的《过史公墓》则是另一副笔墨：

才闻战马渡滹沱，南北纷纷尽倒戈。

诸将无心留社稷，一抔遗恨对山河。

秋风暮岭松篁暗，夕照荒城鼓角多。

寂寞夜台谁吊问，蓬蒿满地牧童歌。

诗作描绘了民族英雄史可法墓地景物荒凉冷落，融入了诗人对当日朝臣误国的悲愤和山河易主的遗恨，感情十分沉痛。

屈大均（1630—1696），广东番禺人，初名绍隆，字介子，又字翁山。明亡后曾削发为僧，改名今种，中年还俗，更今名。他的诗富于民族意识，风格高浑雄肆，论者指其兼有李白、杜甫之长（钱仲联《明清诗精选》），为当时"岭南三大家"之首（另两家是陈恭尹和梁佩兰）。试看他的《旧京感怀》其二：

> 内桥东去是长干，马上春人拥薄寒。
> 三月风光愁里度，六朝花柳梦中看。
> 江南哀后无词赋，塞北归来有羽翰。
> 形势只余抔土在，钟山何必更龙蟠！

屈氏十八岁即遭亡国之变，此后倾力救亡，奔走四方，其诗作多记经历，抒感慨，怀古伤今，孤愤难平。又如《壬戌清明作》：

> 朝作轻云暮作阴，愁中不觉已春深。
> 落花有泪因风雨，啼鸟无情自古今。
> 故国江山徒梦寐，中华人物又消沉。
> 龙蛇四海归无所，寒食年年怆客心。

杜甫诗"感时花溅泪，恨别鸟惊心"，屈氏反用其意，以花鸟之无知无情来强调渲染内心的孤寂悲凉，壮志未酬，只剩感慨！屈大均诗名当时由岭南而远播江南，所谓"未出梅关名已香"。他的七律气势雄放，笔力遒劲，沉郁悲慨，似学杜甫。他的七古歌行，笔意纵横，气象壮伟，造境瑰奇，深受李白影响。

清初遗民诗人的诗作，是最富时代精神的篇章。清人卓尔堪编《明遗民诗》，辑录作者近五百人，诗作三千余首。在当时的时代背景下，"天下兴亡，匹夫有责"，成为中华民族爱国主义传统的激动人心的口号。眼底兴亡笔底情。遗民诗人用血泪写成的诗篇，奏响着爱国主义的主旋律，首先开拓了清诗的新天地，是整个一代清诗沉雄、绚丽的开篇。

多少遗恨付吟笺（说清诗之四）

清初诗坛，有两位由明入清的大诗人最为人所关注，褒之者有之，贬之者亦有之。他们的人生经历颇为相似，诗作造诣各臻其妙。他们就是有诗坛宗师声望的钱谦益，和以"梅村体"著称的吴伟业。他们在明末清初诗歌的分流中，各自代表了不同的趋向，但又共同为有清一代诗之集大成格局的形成，起到了引领作用。

钱谦益（1582—1664）字受之，号牧斋，晚号蒙叟，江苏常熟人。明万历三十八年（1610）进士，授编修，曾讲学于东林书院，为当时清流人望所归。南明弘光朝，任礼部尚书。顺治二年（1645）清兵南下，钱氏率班迎降，清廷授予礼部侍郎管秘书院事，充修明史副总裁。半年后，告病归里。顺治四年（1647），因黄毓祺反清案被捕入狱，两年后获赦。以后居家著述，卖文为生，晚年家境甚贫。钱氏早年为东林党魁，后降节依附阉党，尤其是后来迎降仕清，无论其心迹如何，行迹在传统士人看来则是大节有亏，因而颇为时人所讥，他自己也因而灵魂备受煎熬。然其仕清仅半年，后又秘密进行反清斗争，支持并参与反清活动。顺治十六年（1659）郑成功率水师进逼南京，钱氏欣喜若狂，前后奔走，密赴郑营晤谈，策反清军将领，资助义军军资，还与明遗民如黄宗羲诸人密切往还。忏悔自赎，希图取得世人谅解，此种心态，终其一生。

钱氏之诗，初学盛唐，尤尚杜甫，后兼采唐宋，转益多师，不拘一格，自成一家。他反对明代复古派的模拟因袭，批评公安派的浅薄空疏，亦不满竟陵派的纤仄诡僻，提出"诗文之道，萌于灵心，蜇启于世运，而茁长于学问"的主张，要求性情、世运、学养并举，且本在求真，从

而建立起他之所谓"诗有本"的真情论。论者指其才学兼资，藻思沛然，骨力苍劲，托旨遥深。他各体兼擅，尤工近体，长篇动辄几十韵，组诗达数十首至百余首之多（社科院《中华文学通史》）；其诗"情词怆恻，沉雄苍凉，入杜堂奥"（袁行霈主编《中国文学史》）；"主要是把唐诗的华美的修辞、严整的格律与宋诗的重理智相结合"（章培恒、骆玉明主编《中国文学史》）。钱氏入清后诗作，悼念宗国，感伤身世，沉郁悲凉，哀感顽绝，最具特色。

其七绝如：

金陵后观棋（选一）

寂寞枯枰响泬寥，秦淮秋老咽寒潮。

白头灯影凉宵里，一局残棋见六朝。

告别戏题十四绝句（选一）

江南才子杜秋诗，垂老心情故国思。

金缕歌残休怅恨，铜人泪下已多时。

留题奉淮丁家水阁

苑外杨花待暮潮，隔溪桃叶限红桥。

夕阳凝望春如水，丁字帘前是六朝。

娄江王奉常西田园诗

竹暗花明断劫灰，夕阳多处草堂开。

湘帘荡日春风卷，依旧乌衣燕子来。

悲念故国，心底凄凉，而又出语清丽，味之隽永。七律如：

西湖杂感（选一）

潋滟西湖水一方，吴根越角两茫茫。

孤山鹤云花如雪，葛岭鹃啼月似霜。

油壁轻车来北里，梨园小部奏西厢。

而今纵会空王法，知是前尘也断肠。

和盛集陶落叶（选一）

秋老钟山万木稀，凋伤总属劫尘飞。

不知玉露凉风急，只道金陵王气非。

倚月素娥徒有树，履霜青女正无衣。

华林惨淡如沙漠，万里寒空一雁归。

狱中杂诗（选一）

良友冥冥恨夜台，寡妻稚子尺书来。

平生何限弹冠意，死后空余挂剑哀。

千载汗青终有日，十年血碧未成灰。

白头老泪西窗下，寂寞封题一雁回。

书梅村艳诗后四首（选一）

挝鼓唤箫罢后庭，书帏别殿冷流萤。

宫衣蛱蝶晨风举，画帐梅花夜月停。

衔璧金缸怜旖旎，翻阶红药笑娉婷。

水天闲话天家事，传与人间总泪零。

首首都是哀感凄绝，沉郁苍楚。笔者最佩服的，还是钱氏的《投笔集》所收七律组诗。《投笔集》初题名《后秋兴》，乃是步杜甫《秋兴八首》韵，共十三叠一百零四首，加上自题诗四首，计一百零八首，这要有多么精深而又雄强的笔力啊！组诗始于郑成功水师攻入长江之际，时在顺治十六年（1659）；迄于康熙元年（1662）永历帝（桂王）被杀，复明梦破灭。叙述与郑成功抗清及南明政权有关时事，抒写由希望到失望再到绝望的心路历程，越到后数叠，感情越沉痛，诗句越哀绝。试读其中几首：

龙虎新军旧羽林，八公草木气森森。

楼船荡日三江涌，石马嘶风九域阴。

扫穴金陵还地肺，埋胡紫塞慰天心。

长干女唱平辽曲，万户秋声息捣砧。

（第一叠之一）

·**201**·

杂虏横戈倒载斜，依然南斗是中华。

金银旧识秦淮气，云汉新通博望槎。

黑水游魂啼草地，白山战鬼哭胡笳。

十年老眼重磨洗，坐看江豚蹴浪花。

（第一叠之二）

海角崖山一线斜，从今也不属中华。

更无鱼腹捐躯地，况有龙涎泛海槎。

望断关河非汉帜，吹残日月是胡笳。

嫦娥老大无归处，独倚银轮哭桂花。

（第十三叠之二）

不成悲泣不成歌，破砚还如墨盾磨。

拌以余生供漫兴，欲将秃笔扫群魔。

途穷日暮聊为尔，发短心长可奈何？

赋罢无衣方卒哭，百篇号踊未云多。

（吟罢自题长句之二）

前二首写于郑成功水师迫近南京城下时，复明希望在即，钱氏兴奋之情，透过"长干女唱平辽曲""坐看江豚蹴浪花"等诗句，表露无遗。第三首写于最后永历帝（桂王）被杀，复明无望，诗人以"嫦娥老大无归处，独倚银轮哭桂花"的凄婉诗句，表达希望破灭、孤独无依的痛苦心情。第四首自题诗，正是诗人"不成悲泣不成歌"，悲痛欲绝而又无可奈何的心态的独白。

钱谦益诗各体皆工，而以近体为擅长，尤以七律为最著；同时代的吴伟业亦擅诸体，而以歌行著称，尤其是长篇歌行，叙事中抒情，抒情中叙事，加之感情丰富，文字华美，一时名满诗坛，与钱氏齐名，加上龚鼎孳，被誉为"江左三大家"。吴伟业和钱谦益一样，同为开创有清一代诗风的代表人物。

吴伟业（1609—1671）字骏公，号梅村，江苏太仓人。崇祯四年（1653）进士，授翰林院编修，充东宫讲读，曾参与复社活动。南明弘光朝，任少詹事，因与魏党马士英、阮大铖不合，辞官归隐。清顺治十年

（1653）被强征赴京，任国子监祭酒，后借母丧南归，从此隐居故里。出于封建士大夫的正统观念，他对于仕清一节，痛悔不已，认为是"误尽平生"。据说其临终遗言，既不敢在死后恢复汉之衣冠，也不愿在坟头题署新朝所封官诰，隐衷之矛盾痛苦，可以想见。

吴氏之诗，现存一千多首。早年春风得意，多风华绮丽之作；三十五岁以后遭逢丧乱，阅历兴亡，诗多变徵之音；晚年心情愈加凄苦，诗亦更多苍凉悲楚之调。吴氏诗作，内容广泛，题材丰富，除了早年一些反映晚明士人优游诗酒、留连风月的生活诗作外，更多的是哀世伤时、语带沧桑之作。像他的近体《扬州》四首：

一

叠鼓鸣笳发棹讴，榜人高唱广陵秋。
官河杨柳谁新种，御苑莺花岂旧游。
十载西风空白骨，廿桥明月自朱楼。
南朝枉作迎銮镇，难博雷塘土一丘。

二

野哭江村百感生，斗鸡台忆汉家营。
将军甲第橐弓卧，丞相中原拜表行。
白面谈边多入幕，赤眉求印却翻城。
当时只有黄公复，西上偏随阮步兵。

三

尽领通侯位上卿，三分淮蔡各专征。
东来处仲无他志，北去深源有盛名。
江左衣冠先解体，京西豪杰竟投兵。
只今八月观涛处，浪打新塘战鼓声。

四

拨尽琵琶马上弦，玉钩斜畔泣婵娟。
紫驼人去琼花院，青冢魂归锦缆船。
豆蔻梢头春十二，茱萸湾口路三千。
隋堤璧月珠帘梦，小杜曾游记昔年。

这一组七律，写乘舟北上沿途所见，故国沧桑，抚今追昔，不禁悲从中来。"十载西风空白骨，廿桥明月自朱楼""江左衣冠先解体，京西豪杰竟投兵""紫驼人去琼花院，青冢魂归锦缆船"，心情惨淡，感慨弥深。

吴伟业近体之外，古体尤其是七言歌行，在清初独擅胜场，时人称之为"梅村体"。这当中又以《圆圆曲》最为著名，最具代表性。诗作叙述明末名妓陈圆圆一段惊心动魄的身世遭遇，而诗旨则在斥责吴三桂背叛明廷的失节罪行。请看开头：

> 鼎湖当日弃人间，破敌收京下玉关。
> 恸哭六军俱缟素，冲冠一怒为红颜。
> 红颜流落非吾恋，逆贼天亡自荒宴。
> 电扫黄巾定黑山，哭罢君亲再相见。

"鼎湖"常用作帝王死去的代名词，此指崇祯皇帝吊死在煤山上。诗人从吴三桂打着为崇祯复仇的旗号写起，以"恸哭六军俱缟素，冲冠一怒为红颜"，点出其为一女人而不惜开关延敌、引清入寇的罪行。接着以倒叙手法，写陈圆圆与吴三桂的初识，补写其身世：

> 相见初经田窦家，侯门歌舞出如花。
> 许将戚里空侯伎，等取将军油壁车。
> 家本姑苏浣花里，圆圆小字娇罗绮。
> 梦向夫差苑里游，宫娥拥入君王起。
> 前身合是采莲人，门前一片横塘水。

又追述圆圆先为"豪家"强夺，献给"宫掖"，宫掖不纳，重回"永巷"。吴三桂一见钟情，纳之为妾，吴氏出征，圆圆又陷于义军。"若非壮士全师胜，争得蛾眉匹马还？"接写吴氏"冲冠一怒"，献关降清，战场上又夺得圆圆。"专征箫鼓向秦川，金牛道上车千乘。斜谷云深起画楼，散关月落开妆镜"，以陈圆圆与吴三桂享受荣华为叙事之结。后半部分，诗人又继之以大段议论，议中有叙，叙中有议，异常精彩：

> 传来消息满江乡，乌桕红经十度霜。
> 教曲妓师怜尚在，浣纱女伴忆同行。

旧巢共是衔泥燕，飞上枝头变凤凰。

长向尊前悲老大，有人夫婿擅侯王。

当时只受声名累，贵戚名豪尽延致。

一斛明珠万斛愁，关山漂泊腰肢细。

错怨狂风飏落花，无边春色来天地。

尝闻倾国与倾城，翻使周郎受重名。

妻子岂应关大计，英雄无奈是多情。

全家白骨成灰土，一代红妆照汗青。

君不见

馆娃初起鸳鸯宿，越女如花看不足。

香径尘生鸟自啼，屧廊人去苔空绿。

换羽移宫万里愁，珠歌翠舞古梁州。

为君别唱吴宫曲，汉水东南日夜流。

诗人以旧日浣纱女伴与今日圆圆相比，慨叹世争难料；又说吴三桂为美色而献关投敌，"全家白骨成灰土"，倒使得陈圆圆在历史上出了名，"一代红妆照汗青"；最后借写吴王夫差贪色误国，预感吴三桂将会败亡的下场。《圆圆曲》表面上看，是写风流韵事，其中却融注了诗人社稷兴亡的感慨以及世事沧桑的嗟叹。既有对红颜薄命的同情，更有对吴氏降清的讥刺。时人陆次云说："梅村效《琵琶》《长恨》体作《圆圆曲》，以刺三桂，曰'冲冠一怒为红颜'，盖实录也。"据说吴三桂曾赍重币求去此诗，梅村不许。陆次云评论："当其盛时，祭酒（吴伟业）能显斥其非，却其赂遗而不顾，于甲寅之乱似早有以见其微者。呜呼，梅村非诗史之董狐也哉！"给予了极高的评价。至于其笔法之迂回盘曲，情节之迭荡生波，语句之华美富赡，修辞之多彩多姿，用典之绵密契合，音韵之婉转和谐，艺术功力，堪称精湛。

对于钱谦益、吴伟业二人，历来评价不一，关键在他们降清、仕清的问题上。笔者对此的认识是：第一，钱、吴以明廷官员的资格降清、仕清，无论是以当时士大夫传统观念来看，还是我们后人以历史主义态度来看，都是失节行为；尤其是与顾炎武、屈大均等同时代遗民诗人宁

死不降、终身不应召的坚贞气节相对照，更显其大节有亏；第二，我们也应看到，他们之降清、仕清或有其隐衷。钱迎降时要求不要滥杀无辜，似也有保全百姓之意图在，作为文坛宗师，恐亦有保住唐宋及明以来之传统文脉之意；吴之仕清，接受的是国子监祭酒的职位，这大概相当于近世以来的国立大学校长（这在当时则是唯一的），他希望保存并传承传统文化之意似更明显；第三，他们仕清时间都很短，都借故回归乡里，著书立说，或支持并亲身参与反清活动，用他们的实际行动表明了与清廷不合作的态度。所以，应当说他们后期诗文怀念故国、痛愧前尤，是真诚的，而不是如某些论者所言，是所谓"企图掩盖觍颜事敌的耻辱"的虚伪之作。

多少遗恨付吟笺，钱、吴诗作的最精华部分正在其后期。赵翼《题元遗山集》诗云："国家不幸诗家幸，赋到沧桑句便工。"钱谦益、吴伟业也许正当得起这两句诗论呢。至于他们的诗艺，笔者感觉，他们二位才华富赡，学识广博，其诗出入唐宋，又能自成一家，其特色之明显，个性之突出，诸体之擅长，造语之典丽，用典之博洽，格律之精工，可谓前不输于古人，后有启于来者，洵为一代之宗师，其学其才足以开一代诗风。

承平时唱六家诗（说清诗之五）

清初康熙一朝（1662—1722），一个甲子，长达六十年。前期由动乱渐渐走向承平，后期由承平渐渐走向所谓盛世。这一时期，诗坛领袖人物钱谦益、吴伟业这些由明入清的老诗人已经或将要退出历史舞台，顾炎武、黄宗羲这些遗民诗人的歌声或许还未远去；真正的第一代清诗人就先后走上了诗坛。这其中有许多优秀的歌者，不少文学史著作，有所谓清初诗坛"六大家"之说。

六家依生年先后排列是：宋琬（1614—1673），施闰章（1618—1683），朱彝尊（1629—1709），王士禛（1634—1711），查慎行（1650—1727），赵执信（1662—1727）。（参看程千帆、程章灿《程氏汉语文学通史》）

这六家的共同特点是：大多成长或出生于清朝，赵执信还是康熙帝登基那一年出生；大多在清朝参加科举而入仕，宋琬、施闰章、王士禛为顺治朝进士，查慎行、赵执信为康熙朝进士，朱彝尊也是在康熙朝应博学鸿词试而后入仕；在地域上呈现南北呼应的局面，六家两两相对，彼此之间，相差一辈：宋琬与施闰章并称"南施北宋"，年辈最早；朱彝尊与王士禛并称"南朱北王"，年辈稍后；并称"南查北赵"的查慎行与赵执信，可以说是朱、王对应关系的延续，查慎行是朱彝尊的表弟，而赵执信则是王士禛的甥婿。这六家若依诗坛地位论，则是王士禛一骑突出，领袖诗坛，于诗称魁手；朱彝尊学问渊博，成为清诗中浙派首领，于词则为巨擘。

王士禛（1634—1711），字子真，一字贻上，号阮亭，又号渔洋山

人，山东新城人。出身世家，顺治十二年（1655）进士，历任台阁。少有诗名，因得钱谦益揄扬推举，继钱谦益、吴伟业后，主盟诗坛数十年，俨然一代正宗，许多诗人出其门下，连乾隆朝的沈德潜、袁枚等人都是他的再传弟子。集中体现其诗论的是他的《带经堂诗话》，长时间影响清代诗坛的是他的"神韵说"。神韵说的历史渊源，可以追溯到唐代司空图《二十四诗品》中的"不著一字，尽得风流"，宋严羽《沧浪诗话》中的"羚羊挂角，无迹可求"等说诗隽语；其主旨与锺嵘《诗品》的"滋味"说，司空图的"韵外之致"大体相同。要求诗歌具有含蓄深蕴、言有尽而意不尽的特点，推崇清幽淡远、富于诗情画意之作，以唐之王维、孟浩然、韦应物等为其创作的典范，这也体现在他晚年编选的《唐贤三昧集》里。

王士禛二十四岁时在济南大明湖畔所赋《秋柳四首》，论者指乃其成名之作，当时和以后和者不下数十家。下面录其第一首：

> 秋来何处最销魂？残照西风白下门。
>
> 他日差池春燕影，只今憔悴晚烟痕。
>
> 愁生陌上黄骢曲，梦远江南乌夜村。
>
> 莫听临风三弄笛，玉关哀怨总难论！

"论"字读平声，同杜甫"分明怨恨曲中论"的"论"字。诗人咏大明湖畔的秋柳，一开头就联系到明代始建和最后覆灭（即南明）的两朝首都（白下即南京），赋予全诗以兴亡之感。虽是咏物，却并不黏滞于"物"，虽关涉历史，却也不黏滞于史。只是由秋柳联想到美的东西的消逝，引起一种幻灭感，而这种感慨又因为诗的美丽的语汇和意象，流动的节奏和富于音乐感的韵律，而减少了对人们思想感情的冲击或刺激，使之转化为优美的淡淡的忧伤，使人从历史的悲哀中挣脱出来。这种诗味，读者细细咀嚼，可以感觉出来。这首诗的含蓄蕴藉，也似乎有了王氏后来所一心提倡的追求"悟得"，追求"味外味"的"神韵说"的意味。读者可以感受，却很难实指。这种若有所思，但不失醇正中和的意味，当然也就得到社会上更多人的认同，也正好适应了康熙朝社会走向承平的需要。

最能代表王士祯艺术风格的是他的七言绝句，比如《真州绝句》：

> 江干多是钓人居，柳陌菱塘一带疏。
> 好是日斜风定后，半江红树卖鲈鱼。

这是一幅水乡渔村小景：秋阳斜照下，柳陌菱塘，疏疏落落，江畔霜枫，烂红如火。钓人居外，摊点横斜，一派买卖鲈鱼的热闹气氛，从而传达出诗人眼中优美的、浓厚的生活气息。据说当年画家曾将诗意入画（社科院《中国文学通史》），而笔者小时候曾经用过一把折扇，扇面就是这首诗的诗意画，另一面以二王行书体写的也正是这首诗。再如《江上》：

> 吴头楚尾路如何？烟雨秋深暗白波。
> 晚乘寒潮渡江去，满林黄叶雁声多。

诗人晚舟过江，江上烟雨迷濛，岸边树林黄叶瑟瑟，宛如一幅淡雅的江南水墨图，清幽，淡泊，所含何意，凭读者去领略、体味，也颇得神韵。还有《高邮雨泊》：

> 寒雨高邮夜泊船，南湖新涨水连天。
> 风流不见秦淮海，寂寞人间五百年。

水乡夜雨，新涨连天。船泊高邮，想起此地名人，苏门四学士之一的诗人秦观秦少游（有《淮海集》）。秦少游词《鹊桥仙》（纤云弄巧）的"两情若是长久时，又岂在朝朝暮暮"，《满庭芳》（山抹微云）的"斜阳外，寒鸦数点，流水绕孤村"，《千秋岁》（水边沙外）的"春去也，飞红万点愁如海"，《踏莎行》（雾失楼台）的"可堪孤馆闭春寒，杜鹃声里斜阳暮"，一时涌上心头。词旨婉约，含蓄蕴藉，正契合渔洋山人神韵之说。所以诗人说秦观以后，五百年间再也没有读到这样的好作品了。这当然是夸张之词，只是为了说明，秦淮海乃是作者的同调罢了。诗是写景，也伴之以议论与抒情，有唐亦有宋之味。

王士祯的《秦淮杂诗》二十首，一直为人所称道。试录二首：

> 年来肠断秣陵舟，梦绕秦淮水上楼。
> 十日雨丝风片里，浓春烟景似残秋。

> 新歌细字写冰纨，小部君王带笑看。
>
> 千载秦淮呜咽水，不应仍恨孔都官。

前一首写泊舟南京（秣陵）秦淮河，所见所感，似乎有所寄托，有些言外之意，但又不好落实；也许是把明清鼎革后的失落与迷茫，转向了超脱和玄远，追求一种静幽淡泊之美。这种表现手法，也符合康熙承平时代政治和文化的需要。后一首乃是咏史，只有"千载秦淮呜咽水"一句拉回到诗人当下。"小部"是唐玄宗时梨园乐部之一，新歌用小字写在素洁的纨扇上，这是唐人典故，实则暗寓南明小朝廷佞臣阮大铖辈向弘光小皇帝进献所作《春灯谜》《燕子笺》等，惑乱后宫，不思恢复。孔都官是南朝陈时的孔范，为陈后主狎客，后世论者常指其为陈亡国之祸凶。诗之结尾"不应仍恨"一句，意在言外，颇具讽刺意味。这类咏史诗，藏而不露，含蓄蕴藉，亦富神韵。

被指为王士禛神韵诗代表作之一的《再过露筋祠》，不少选本都有选录：

> 翠羽明珰尚俨然，湖云祠树碧于烟。
>
> 行人系缆月初堕，门外野风开白莲。

这是行旅登临之作，描绘水乡景色，宛然如画。风神清秀的白莲，既是实写祠外之景，又是虚应祠中神像与贞女，"不即不离，天然入妙"，引发读者联想。还有《寄陈伯玑金陵》：

> 东风作意吹杨柳，绿到芜城第几桥？
>
> 欲折一枝寄相忆，隔江残笛雨潇潇。

芜城即扬州。这是赠人之作。诗人思念友人，而不直陈思念之情，借"杨柳""残笛"和"雨潇潇"等景物，来抒写情愫，以情入景，借景言情，含蓄有味，令人低回。似乎有一种淡淡的伤感，但言之有度，仅仅淡淡而已。

当然，作为一代诗宗，追求神韵的同时，风格也并不单调，尤其是后期不少诗作，意境开阔，气概不凡，如《蜀道集》《南海集》中诸作，即景感怀，吊古伤今，气韵沉健，风格苍劲。例如《登白帝城》：

赤甲白盐相向生，丹青绝壁斗峥嵘。

千江一线虎须口，万里孤帆鱼腹城。

跃马雄图余垒迹，卧龙遗庙枕潮声。

飞楼直上闻哀角，落日涛头气不平。

凭吊历史古迹，描写地方形胜，抒发兴亡感慨，几近杜甫，终不失神韵意味。

与王士禎并称"南朱北王"的朱彝尊（1629—1709），字锡鬯，号竹垞，浙江秀水（今嘉兴）人。词称大家，诗也有名，为浙派之开山。早年生活贫困，遭逢丧乱，参加过抗清斗争。诗作感慨沧桑，直面现实，颇有生活气息。后应博学鸿词科试，得授检讨一职。随着入仕清廷，诗作则多歌舞升平、赠答酬唱，也颇为适合承平时期之需要。今录几首，窥豹一斑：

鸳鸯湖棹歌（一百首选一）

穆湖莲叶小于钱，卧柳虽多不碍船。

两岸新苗才过雨，夕阳沟水响溪田。

越江词

山围江郭水平沙，遇雨轻舟泛若耶。

一自西施采莲后，越中生女尽如花。

度大庾岭

雄关直上岭云孤，驿路梅花岁月徂。

丞相祠堂虚寂寞，越王城阙总荒芜。

自来北至无鸿雁，从此南飞有鹧鸪。

乡国不堪重伫望，乱山落日满长途。

送袁骏还吴门

袁郎失意归去来，弹铗长歌空复哀。

天寒好向汝南卧，酒尽谁逢河朔杯。

远岸枫林孤棹入，平江秋水夕阳开。

要离墓上经过地，知尔相思日几回。

第一首是充满江南水乡风情的船歌，乃是仿民歌之作，清新秀美，笔意

疏淡。第二首是写舟泛若耶溪，赞美越女如花。诗人不说所见越女之美，而偏偏翻转过来，从古时写起，把越女之美，归于西施的流风余韵，构思新巧，颇耐品味。第三首为行旅之作，过大庾岭，怀古思乡。唐代丞相张九龄的祠堂，南越王赵佗的城阙，冷寂荒芜；见不到北来鸿雁的踪影，只听见南去鹧鸪的鸣声。乡关何处？乱山落日，漫漫长途，苍凉孤独之感油然而生。叙事，写景，用典，抒情，熔于一炉，诗情含蓄蕴藉，诗句沉郁顿挫，颇得杜律韵致。第四首为送友之作。诗中引用不少典故：战国冯谖弹铗于孟尝君门下；东汉袁安卧雪，甘守寒门而不向人乞讨；汉末刘松与袁绍子弟酣饮以避暑；汉代皋伯通葬梁鸿于春秋侠士要离墓旁；表现了对友人的理解和情谊。朱氏重学，他的诗有学者气，重才藻，求典雅，读此诗可见一斑。

　　宋琬（1614—1673）字玉叔，号荔裳，山东莱阳人。诗多伤时叹世之感，擅写七言。试读其七律《狱中对月》：

> 疏星耿耿逼人寒，清漏丁丁画角残。
>
> 客泪久从愁外尽，月明犹许醉中看。
>
> 栖乌绕树冰霜苦，哀雁横天关塞难。
>
> 料得故园今夜梦，随风应已到长安。

诗人于浙江按察史任上受人诬告下狱，全诗充满凄苦之情。首联写听，颔联写看，颈联借景写内心感受，尾联写思念亲人，形象而又概括地展示了诗题中"对月"的全部内容。再看其《登西岳万寿阁》：

> 崔嵬杰阁玉为寮，白帝离宫倚绛霄。
>
> 槛外河山三辅小，崖前豆百灵朝。
>
> 明星环佩云来湿，仙掌芙蓉雨欲摇。
>
> 会御长风凌绝巘，青鸾背上夜吹箫。

这是一首登临览胜的写景诗，又是一副笔墨和情感，雄健磊落，才情隽丽。

　　与宋琬并称"南施北宋"的施闰章（1618—1683），字尚白，号愚山，又号蠖斋，安徽宣城人。诗比较关心民间疾苦。工于五言，风格空灵淡泊。即事即景，自然入妙，如他的《过湖北山家》：

> 路回临石岸，树老出墙根。
>
> 野水合诸涧，桃花成一村。
>
> 呼鸡过篱栅，行酒尽儿孙。
>
> 老矣吾将隐，前峰恰对门。

施氏以五律高手著称，此诗是他五律中最有名的一首。首联写过山家；颔联写门外远景；颈联写山家家常，以及招待客人；尾联写想买山为邻，过世外桃源生活。沈德潜评此诗说："野水"十字，令穰、松年（赵令穰、蔡松年均为名画师）亦不能画。（《清诗别裁集》）再如《钱塘江观潮》：

> 海色雨中开，飞涛江上台。
>
> 声驱千骑疾，气卷万山来。
>
> 绝岸愁倾覆，轻舟故溯回。
>
> 鸱夷有遗恨，终古使人哀。

前三联写出了钱塘江潮惊天动地的气势，尾联写伍子胥（鸱夷）化为钱塘江神的传说，寄寓世事的感慨。又如《燕子矶》：

> 绝壁寒云外，孤亭落照间。
>
> 六朝流水急，终古白鸥闲。
>
> 树暗江城雨，天青吴楚山。
>
> 矶头谁把钓？向夕未知还。

诗写眼前山川形胜，"六朝""终古"一联，又将读者引入历史，笔墨间融入诗人深沉的沧桑之感。笔触空灵，意蕴含蓄。

查慎行（1650—1727）字悔余，号初白，浙江海宁人。与朱彝尊为表兄弟，但小朱氏二十一岁，对朱氏待之以师。又曾受学于黄宗羲，诗则学苏轼、陆游，尤致力于苏轼。《四库全书总目提要》评论其诗"得宋人之长而不染其弊"。诗作擅长白描，入深出浅，辞达气畅，以清新见长。早年曾入邑人贵州巡抚杨雍建幕三年，参与伐吴三桂的战争。赵翼称其"年少气锐，从军黔楚，有江山戎马之助，故出手即沉雄踔厉，有

幽、并之气"。例如下面这首《京口和韬荒兄》，乃是其三十岁时所作：

> 江树江云睥睨斜，戍楼吹角又吹笳。
> 舳舻转粟三千里，灯火沿流一万家。
> 北府山川余霸气，南徐风土杂惊沙。
> 伤心蔓草斜阳岸，独立遥天数落霞。

这是诗人赴荆州入杨幕，途经镇江时所作。全诗吊古伤今，借景言情，骨力雄张，气度恢宏。颈联"北府"指扬州，与京口隔江相对，"南徐"即是镇江，因切地而用东晋谢玄淝水之战和北魏太武帝南逼长江之典故。《初冬登南郡城楼》是诗人到荆州后登上江陵城楼即景抒情之作：

> 牢落城南卖饼家，空传形胜控三巴。
> 天寒落日千群马，叶尽疏林万点鸦。
> 沙市人来穿故垒，渚宫烟暝动悲笳。
> 累累新冢荒郊遍，还有遗骸半未遮。

荆州这座历史名城、形胜之地，战后只见荒冢白骨、疏林寒鸦，一片凄凉。抚今思昔，诗人不胜感慨，诗作也悲壮沉郁、骨重神寒。诗用白描，直书所见。写登临览古的，还有如《汴梁杂诗》：

> 梁宋遗墟指汴京，纷纷禅代事何轻！
> 也知光义难为弟，不及朱三尚有兄。
> 将帅权倾皆易姓，英雄时至忽成名。
> 千秋疑案陈桥驿，一着黄袍遂罢兵。

诗人游开封，想起宋朝史实，感慨系之，遂有斯作。有记载，宋太宗赵光义对其兄太祖赵匡胤有篡弑之嫌，作者戏称其"难为弟"；朱温（即朱三）代唐称帝，其兄朱全昱曾醉骂朱三："何故灭他李家（指唐）三百年社稷，称王称朕！"朱温一笑了之，诗人戏称是"尚有兄"。陈桥兵变，黄袍加身，周、宋禅让，改朝换代。所谓禅让之举，又蕴藏着多少政治斗争，多少千秋疑案，真是"纷纷禅代事何轻"！诗人于史实的叙述中融入兴亡的感慨。以诗艺论，风格则沉郁顿挫，语言又古朴自然，就是用典，亦以通俗之语出之。再看《度仙霞关题天雨庵壁》：

虎啸猿啼万壑哀，北风吹雨过山来。

人从井底盘旋上，天向关门豁达开。

地险昔曾当剧贼，时平谁敢说雄才。

煎茶好领闲僧意，知是芒鞋到几回？

清新风格中又带几分雄强，纯施白描，很少用事。这是旅途行役之作：首联写关之形势，渲染风雨中度关的氛围；次联写上关时之费力，到关后之豁然开朗；三联议论，动乱之时此关曾挡住叛贼，承平之时则如英雄无用武之地了。结联归到天雨庵，说不知今后是否还能再至，那就好好领受庵僧煎茶待客的好意吧，淡淡作结。还有《三闾祠》：

平远江山极目回，古祠漠漠背城开。

莫嫌举世无知己，未有庸人不忌才。

放逐肯消亡国恨？岁时犹动楚人哀。

湘兰沅芷年年绿，想见吟魂自往来。

诗人途经湖南楚三闾大夫屈原祠，联想到屈原"信而见疑，忠而被谤"的不幸，有感于自古及今，庸人忌才的世况，赞美屈原心系楚国的爱国之心，表达了人们，包括诗人自己对屈原的怀念之情。风格偏于哀婉，手法依旧白描，但同样清新易诵。

查慎行的短章如《青草湖》《舟夜书所见》等，也写得各有风姿：

森森湖光天尽头，曚瞳初月起芦洲。

小船百折行难到，一片苍云白露秋。

《青草湖》

月黑见渔灯，孤光一点萤。

微微风簇浪，散作满河星。

《舟中书所见》

《青草湖》这首小诗乃作者由贵阳回乡途经洞庭湖时所作，气象浩渺阔大，意境深邃，声调流转。《舟行书所见》寥寥几笔，却又细致入微地写出了河上渔灯变幻之妙，有的语文课本将其选作教材，实在也是历代小诗中的精品。

与查慎行南北对举的赵执信（1662—1744），字仲符，号秋谷，山东益都人。他是王士禛的甥婿，而论诗与王不合。其诗注重反映现实，力去浮靡，主张扩大眼界，自写性情，与神韵说似乎大异其趣。下面这首《金陵杂感》（选一），虽说是咏史之作，其诗旨却也明明白白：

> 深宫燕子弄歌喉，粉墨尚书作部头。
>
> 瞥眼君臣成院本，输他叔宝最风流！

这首诗所咏，是弘光南明小朝廷因淫逸而亡国的史事。首句实指阮大铖进献《燕子笺》传奇，朝廷为此大搜歌女；次句实指阮大铖等朝官在兵临城下时仍然粉墨登场，君臣逸乐；三句写南明君臣苟且之事，转眼间被写入后世的剧本；第四句写就这一点说，恐怕连风流成性的亡国之君陈后主也比不上，因为他还没有这种荣幸，被戏剧家搬演上舞台呢！五律《赴登州留别康海》则是一首赠别之作，自写性情，但仍有味：

> 微雨牵行色，离筵且对君。
>
> 预愁见何日，不惜手轻分。
>
> 远海高于岸，空烟聚作云。
>
> 来朝倚仙阁，吟望背斜曛。

首联写微雨留住行踪，得以离筵小停衔杯相对；颔联写预感自己归期未定，何时复能相见，而不忍就这样轻易分别；颈联乃是一种想象之词，预想登州（山东蓬莱）景色，看似宕开一笔，实为点题服务；尾联设想到登州后倚蓬莱阁南望友人的情景，抒发心中的友情。沈德潜十分赞赏诗之颔联，说"五、六句境奇语奇，'空烟'五字，尤入微妙"。赵执信有狂士之名，早年被诬革职，罢官后漂泊四方，慷慨不平，负气自傲，他的诗无法做到玄虚悠渺的"神韵"境界，比如下面这首七律《暮秋吟望》：

> 小阁高栖老一枝，闲吟了不为秋悲。
>
> 寒山常带斜阳色，新月偏明落叶时。
>
> 烟水极天鸿有影，霜风卷地菊无姿。
>
> 二更短烛三升酒，北斗低横未拟窥。

诗写潦倒的秋日情怀，不似悲秋之雅人，亦不似赏菊的高士，诗中透露出的是诗人自己那孤傲不平的姿态，这就是赵执信的风格。

上述六家，王士禛继钱、吴之后领袖诗坛数十年，其"神韵说"与"神韵诗"，影响不仅康熙一朝，甚至及于乾嘉之世，其诗也确有可圈点者。今之论者或谓其似乎探得了中国诗歌艺术（也包括其他艺术）重意境、重含蓄、重蕴藉的精髓，虽然他的诗作题材不够广泛，内容较为贫乏。朱彝尊成就主要在词，诗也卓然名家，前期苍凉雄健，后期转为淳雅恬淡，从学唐到兼取两宋，在清诗发展史上，具有过渡意义。而依笔者个人品位，则甚爱查慎行，爱其清新健朗的格调。其实清人中亦早有服膺查氏者，赵翼云："梅村（吴伟业）后欲举一家列唐、宋诸公之后者，实难其人。唯查初白才气开展，工力纯熟，鄙意欲以继诸贤之后。"（见《瓯北诗钞》）朱庭珍谓查氏诗："以白描为主，入深出浅，时见巧妙，卓然成一家言。"（见《筱园诗话》）而《四库全书总目提要》则谓其"得宋人之长而不染其弊，数十年来，固当为慎行屈一指也"。给予很高的评价。

盛世诗坛各有声（说清诗之六）

一般认为，康、雍、乾时代为清之盛世。实际上，康熙前期仍为战乱恢复期，康熙后期才渐渐步入承平，开启盛世；而乾隆晚期已见衰颓之相；称得上隆盛的当是雍、乾之时。

盛世诗坛各有声。雍、乾时代，诗坛诸家争鸣，各得一端；百花齐放，尽展风华。康熙帝、乾隆帝亲炙翰墨，据说乾隆一人诗作多至几万首；君臣唱和，加之科考以诗，朝中几无不能诗之臣；士人亦以诗上谒，或以诗会友，民间诗社、诗会蔚成风气。看看乾隆时曹雪芹《红楼梦》中大观园的几次结社吟诗、联句，即可见一斑。而伴随着诗人诗作之蜂起，也促进了对诗歌艺术的探索，诗人们提出了各种不同的诗歌理论主张，形成了若干个诗歌流派。康熙朝王士禛的"神韵说"后，又有沈德潜的"格调说"、袁枚的"性灵说"和翁方纲的"肌理说"先后出现。大批诗人或出入一家，或前后异帜，共同装扮着雍、乾诗坛的繁荣。

康熙朝的王士禛，以诗坛领袖的身份，倡导"神韵说"，造成很大的影响，乃至被推为"一代正宗"。神韵说要求诗要有含蓄的韵致，象外寄情，言外寓意，言短而意长，言尽而意不尽；还要神思缥缈，难以落实，他认为实则无味；风格上要清空淡远，整体浑成，清秀圆润；语言则要流畅、明净，所谓"不着一字，尽得风流"。集中体现王士禛诗论观点的理论著作是他的《带经堂诗话》，集中体现其创作风貌的作品集是《渔洋山人精华录》，集中体现其诗歌创作主张，体现其好尚、推崇的唐代诗人诗作的选本，是其精心编选的以王维、孟浩然、韦应物、柳宗元等诗人诗作为主体的《唐贤三昧集》。他的诗作，人们称之为"神韵诗"。如

《真州绝句》《秦淮杂诗》等，可作代表：

> 江干多是钓人居，柳陌菱塘一带疏。
>
> 好是日斜风定后，半江红树卖鲈鱼。

《真州绝句》

> 年来肠断秣陵舟，梦绕秦淮水上楼。
>
> 十日雨丝风片里，浓春烟景似残秋。

《秦淮杂诗》选一

《真州绝句》是一幅秋阳斜照下的渔村小景，富于生活气息，写来又极有韵致。《秦淮杂诗》之一，含蓄空灵，似有寄托，像是咏兴亡之感，但又不好落实，只觉得诗人有一种幽思在内，呈现在诗里的，则是一种幽静淡泊之美。

康熙朝王士禛提倡的神韵说，到了乾隆朝，虽说奉之者有之，却也遭到若干名家的反对或质疑。最著者有沈德潜、袁枚和翁方纲。这三位所反对的程度，质疑的方面，所要引导的方向，又各自不同，影响和势力大小也有不同，但都是乾隆一朝各展其主张的著名的诗坛之声。

沈德潜（1673—1769）字确士，号归愚，江苏长洲（今苏州）人。他生活年代虽较早，但影响诗坛，主要是在乾隆时代。他六十七岁才中进士，后官至内阁学士兼礼部侍郎，为乾隆帝所信重，沈德潜的诗论即是所谓"格调说"。格调，本指诗之格律、声调；沈氏则是要求诗要"格高""调响"，表现出一种高华雄壮而又富于变化的美感，而且首先必须合于儒家"温柔敦厚"的诗教，起到"和性情、厚人伦、匡政治"的教化作用。从哲学上讲，是中庸之道的不偏不倚；从文学上讲，是温柔敦厚的不怨不怒。他在《重订唐诗别裁集序》中，说作诗须"先审宗旨，继论体裁，继论音节，继论神韵，而一归于中正和平"。他的《说诗晬语》第一节即言："诗之为道，可以理性情，善伦物，感鬼神，设教邦国，应对诸侯，用如此其重也。"他也讲"原本性情"，但又提出必须是"关乎人伦日用及古今兴坏之故者，方为可存"。我们只要看看他编选的《唐诗别裁集》，就可以窥见沈氏格调说的大概。沈氏高张盛唐，因为盛唐之诗有一种高华雄伟的气象。他肯定李白的高古雄奇，五、七言古风

选录了八十首之多；他推崇杜甫的忧国忧民，"三吏""三别"等《唐诗三百首》一首都不选，他却一篇不落地全部选入；而像晚唐李商隐的《无题》诗，大概他认为"最足害人心术"（见《唐诗别裁集》凡例），一首都不选。有论者指沈氏的诗论是以汉儒的诗教说为本，以唐诗的"格调"为用，顺合清王朝严格的思想统治，又能点缀盛世气象的一种近乎"御用"的诗之主张（见章、骆主编《中国文学史》）。难怪乾隆帝亲自为他编选的《唐诗别裁集》作序（今本《唐诗别裁集》则未见有载）。

沈德潜的大多数诗作，被论者指为雍容典雅，平庸无奇，为典型的台阁体；少数诗作反映民生疾苦，语言则朴素自然。如有些选本选录的《刈麦行》：

> 前年麦田三尺水，去年麦田全枯死。
>
> 今年三麦俱有秋，高下黄云遍千里。
>
> 磨镰霍霍割上场，妇子打晒田家忙。
>
> 纷纷落砲白于雪，瓦甀时闻饼饵香。
>
> 老农仓罢吞声哭，三年乍见今年熟！

这首诗似乎超出了诗人所主张的"温柔敦厚"的范围，但还是属于"愠而不怒"吧。他的《夜月渡江》，规格法度，有盛唐之面目，而少了点盛唐的"真气"：

> 万里金波照眼明，布帆十幅破空行。
>
> 微茫欲没三山影，浩荡还流六代声。
>
> 水底鱼龙惊静夜，天边牛斗转深更。
>
> 长风瞬息过京口，楚尾吴头无限情。

有论者谓沈氏之诗："平正而乏精警，有规矩法度而少真气，袭盛唐之面目，绝无出奇生新。"（朱庭珍《筱园诗话》）学有余而才不足，也许是众口一词的评价。倒是他偶作小诗，不凝妆修饰，反而天真有味。如《过许州》绝句：

> 到处陂塘决决流，垂杨百里罨平畴。
>
> 行人便觉须眉绿，一路蝉声过许州。

沈德潜平生倾慕王士禛，不满王士禛的也只是他的空疏，他对王氏的神韵还是很欣赏的，他此诗中的"一路蝉声过许州"句，就是从王士禛"一路槐花出故关"的名句化出。

翁方纲对王士禛的神韵说也有不满，认为神韵之说虽然超妙，但易流于空调，有王氏之才则可，无王氏之才则不可。所以他提倡"肌理说"，特地拈出"肌理"二字，欲以实救虚。所谓"肌理"，包括义理（指思想）和文理（指文词）两个方面。他反对把义理和文词截然分割，认为"考订训诂之事与词章之事未可判为二途"，而义理须通过考订训诂方能明晰，于是义理和学问等同起来了。因此，他主张"为学必以考证为准，为诗必以肌理为准"（《志言集序》），认为"士生今日，宜博精经史考订，而后其诗大醇"（《粤东三子诗序》）。翁氏自己是著名学者，博通经术，《清史稿》本传评述道："（翁氏）所为诗，自诸经注疏以及史传之考订、金石文字之爬梳，皆贯彻洋溢其中。"以学问为诗，甚至用诗（其实不能算作诗，只是一些押韵之语）作考据，是翁氏的特色。

翁方纲（1733—1818）字正三，号覃溪，顺天大兴（今北京）人。乾隆十七年（1752）进士，累官至内阁学士。以博学为天下宗仰，其诗作却不免为人非议，同时代的袁枚讥之为"误把抄书当作诗"（《论诗绝句》），后来的朱庭珍贬斥得更厉害："翁以考据为诗，饾饤书卷，死气满纸，了无性情，最为可厌。"（《筱园诗话》）然而追随者还是不少，同时的钱载，后来的何绍基诸人，还有清末的沈增植等，所谓学人之诗，应该是皆从"肌理说"出之。翁氏的诗作，当然多的是贯彻他所提倡的肌理说的"学问诗"，质实而少情趣。但也有写得好的作品，比如他的七言古诗，如《青玉峡》《阅江楼歌》《洋画歌》，熔李杜苏韩于一炉，状景题画，铺张才力，济以学问，自有其特色。他有些小诗也写得有神韵，有性情，不涉"学问"，如七绝《题画》：

> 破荷叶影照横塘，半卷红云衬夕阳。
> 何处歆来凉露点，荷风香是水风香。

翁氏提倡肌理说，实际还有矫正袁枚"性灵说"之偏的用意。袁枚（1716—1797）字子才，号简斋。乾隆四年（1739）进士，做过六年地方

知县，中年辞官，退居南京小仓山随园，自号随园老人，世称随园先生。袁氏生活通脱放浪，个性独立不羁，论者往往指其有离经叛道、反叛传统的色彩；攻之者甚至指其诗为"野狐禅"。实际上依笔者看来，他与清初的李渔差不多，离也好，叛也罢，有一定的限度，绝对不会弄到李卓吾、金圣叹的地步。他是一个聪明人，生活本身是他追求的目标。袁氏提倡写个人的"性情遭际"，写个人的"灵感"，符合自我，发扬天分，随性而为，不必有所拘束。这是一种要求解放传统的束缚，实现文学上的自由的主张。他不满沈德潜的格调说，认为"诗宁有定格哉"！他驳斥沈德潜写诗要"温柔敦厚"的主张，指出这只是"诗之一端"，不必篇篇如此。他讥讽翁方纲的肌理说，指所谓"学问诗"为"填书塞典，满纸死气"，还要"自矜淹博"。他对当时极为风行的王士祯的神韵说也有议论，认为追求虚无缥缈的"神韵"是脱离"真性情"，不是"真诗"而是"假诗"，还讥讽说"一代正宗才力弱"（《论诗绝句》），这"正宗"当然指的就是王士祯。

袁枚自己的诗，正是他性灵说理论的实践，只要内容合乎性灵，则无所顾忌，无不可写，社会百态，生活情趣，日常应酬，大到家国之慨，细到男女私情，一一入其诗。这样，扩大了诗的题材范围，在他的笔下几乎没有不可写之物事，也几乎没有什么物事不可入其诗；加之他的诗自写性灵，明白如话，通俗晓畅，不假修饰（当然不是全部）诗作量又极大（现存即有七千余首），因之读者极多，弟子门生亦夥，流播广远，影响很大。赵翼、郑燮、宋湘、黄景仁、舒位诸人，或与其同声气，或受其影响。在格调、肌理、性灵三派中，性灵影响之大，远过其余两家；就诗作而论，无论量还是质，袁枚更是沈氏、翁氏难以企及。

袁枚诗作，颇有幽默感。比如下面这首《自嘲》：

> 小眠斋里苦吟身，才过中年老亦新。
> 偶恋云山忘故土，竟同猿鸟结芳邻。
> 有官不仕偏寻乐，无子为名又买春。
> 自笑匡时好才调，被天强派作诗人。

嬉笑之间，亦有欷歔，但以诙谐出之，可见其性情。袁枚作诗，喜吟身边物事，比如别人不屑吟咏的钱，他则公然以《咏钱》为题，付之于七律：

> 人生薪水寻常事，动辄烦君我亦愁。
>
> 解用何尝非俊物，不谈未必定清流。
>
> 空劳姹女千回数，屡见铜山一夕休。
>
> 拟把婆心向天奏，九州添设富民侯。

诗中说，没有钱你买不来货品，钱要用当所用，自然是一个好东西（俊物）；不敢或不屑于谈钱的，未必就是不爱钱的人（清流）；人们数钱数到千回之数也不嫌厌倦，采掘铜矿去铸钱，一个晚上就把一座铜山挖完了；他建议上天封钱为"富民侯"，因为人人都爱它，也离不开它。袁枚有时也把同情倾注到下层百姓身上，比如这首七绝《马嵬》：

> 莫唱当年《长恨歌》，人间亦自有银河。
>
> 石壕村里夫妻别，泪比长生殿上多。

以唐玄宗与杨贵妃的生死相隔作衬垫，说世上遭受生离死别的人还多得很。用对比法，借古喻今，颇有新意。袁枚咏古一类诗作，尤其是七律，格局严整，声调沉稳，最见功力，比如《秦中杂感八首》，试读其中一首：

> 百战风云一望收，龙蛇白骨几堆愁。
>
> 旌旗影没南山在，歌舞楼空渭水流。
>
> 天近易回三辅雁，地高先得九州秋。
>
> 扶风豪士能怜我，应是当年马少游。

无论意境还是句法，都苍老浑成，论者指颇得唐之李颀、李益之神髓。马少游，是汉将马援从弟。其志向淡泊，知足求安，无意功名，他认为优游乡里即足以了此一生。马少游曰："士生一世，但取衣食裁足，乘下泽车，御款段马，为郡掾史，守坟墓，乡里称善人，斯可矣。致求盈余，但自苦尔。"见《后汉书·马援传》。再如《抵金陵二首》其一：

> 登临不尽古今情，无数青山入郡城。
>
> 才子合从三楚谪，美人愁向六朝生。

> 身非氏族难为客，地有皇都易得名。
>
> 八尺阑干多少恨，新亭秋老月空明。

格律严整而又语调清新，用事也不使僻典。袁枚一些小诗以清新灵巧见长，正如他自己所说："只将寻常话作诗。"比如他的七绝《遣兴》：

> 但肯寻诗便有诗，灵犀一点是吾师。
>
> 夕阳芳草寻常物，解用都为绝妙词。

有一回看桃花，去晚了，落红已尽，他作诗吟咏：

湖上杂诗

> 桃花落尽杳难寻，人为来迟惜不禁。
>
> 我道此来迟更好，想花心比见花深。

与众不同，别出心裁。袁枚诗中还有一些讽刺之作，可以见出他尖锐的个性，像下面这一首《偶作》：

> 晴太温和雨太凉，江南春事费商量。
>
> 杨花不倚东风势，怎好漫天独自狂？

以厌恶的口吻，描绘那些趋炎附势还洋洋自得、不可一世的一类人物的丑态。这也是袁枚的特色。袁枚尖锐的个性遭人疾恨，但他至死无愧，这有他的《绝命词》为证：

> 赋性生来本野流，手提竹杖过通州。
>
> 饭篮向晓迎残月，歌板临风唱晚秋。
>
> 两脚踏翻尘世路，一肩担尽古今愁。
>
> 如今不受嗟来食，村犬何须吠不休！

　　当然，袁枚提倡性灵，扩大了诗的题材范围，有时不加检束，泛滥无涯，也带来一些浅薄无聊琐碎的内容；袁枚着意通俗，不假修饰，也有时生出俚俗油滑之病。性灵说的后继者，才或不逮袁氏，而他们诗作内容的无聊琐碎，诗作语言的俚俗油滑，甚或过之，颇为后人所诟病，甚至有人提出作诗不可学袁枚。

　　盛世诗坛各有声。上述格调说、肌理说、性灵说，还有康熙朝早就流行的神韵说，是对乾隆朝诗之流派的粗略梳理；如果以地域而论，则有"江右三大家"，即袁枚、赵翼、蒋士铨，"浙西六家"，即康熙朝的朱彝尊、查慎行之后的厉鹗、严遂成、王又曾、钱载、吴锡麟和袁枚；浙派中又有所谓"秀水派"，以钱载为首领，别树一帜；不立宗派的名家则有黄景仁，广东的宋湘、黎简，四川的张问陶诸人。真可谓诗家蜂起，高唱入云。

"江右三大家"袁枚外，当数赵翼。赵翼（1727—1814），字云松，号瓯北，常州阳湖（今江苏武进）人。乾隆二十六年（1761）进士，授翰林院编修，数度主持乡试、会试，曾出任广西镇安知府、广东广州知府，累官至贵西兵备道。后辞官归里，主讲安定书院，专心著述。赵氏学问赅博，尤精史学，著有《廿二史札记》《陔余丛考》。诗则有《瓯北诗钞》，分体编排，其中七律七卷，收录七律诗作五百九十九题，计一千零二十六首。赵氏诗中，七律数量最多，用功最深，题材广泛，内容丰富，兼有丰赡之腴与劲健之骨，又出之以清畅之语。也许是"史癖"的缘故，诗好使事用典，有些诗非读笺注本难得全解。笔者曾购得近人王起孙之《瓯北七律浅注》，一巨函共七册，笺注精细，颇能佐人品读。

试读其《黄天荡怀古》：

> 打岸狂涛卷白银，似闻桴鼓震江津。
> 归师独遏当强寇，兵气能扬到妇人。
> 有火谁教戎箭射，无风何意海舟沦？
> 建炎第一功终属，太息西湖竟角巾。

这首怀古诗，写韩世忠水军黄天荡大败金兵故事。韩世忠以海船扼金兀术于江中，梁红玉亲自击鼓以振奋士气。后金兵得人教授指点，以火箭攻韩船之箬篷，又值无风，韩之海舟不能动，兀术因得脱。韩世忠以八千舟师，独挡兀术十余万众，围其月余，时称建炎中兴第一功。后韩因为岳飞被"莫须有"罪名害死而不平，上表乞骸骨（请辞休），杜门谢客，纵酒西湖以自遣。读此类诗，当以了解此类史实为前提。再如《过文信国祠同舫庵作》：

> 须眉正气凛千秋，丞相祠堂久尚留。

南渡河山难复楚，北来俘虏岂朝周？

出师未捷悲移鼎，视死如归笑射钩。

何事黄冠樽俎语，平添野史污名流！

文天祥封信国公，本是一介书生，以状元资格，擢右丞相，率师抗击元军，屡战屡挫，屡挫屡起，直至兵败被俘，富贵不淫，威武不屈，以身殉国。有一种记载说：元世祖多求才南官，文天祥被俘后，有名王积翁者推荐文天祥，遂遣其谕旨。天祥曰："国亡吾分一死矣，倘缘宽假，得以黄冠归故乡，他日以方外备顾问，可也。"（明陈桱《通鉴续编》）黄冠即道士，也算方外之人。赵翼考订史实最精，他认为这种说法是有人想诬蔑文天祥，所以他借写过信国祠怀古诗予以驳斥，认为这是"平添野史污名流"，是向文天祥泼脏水，最不足信。了解此中缘由，方可读懂此诗。赵翼七律，当时即负盛名，尚镕《三家诗话》谓云松七律"语无不典，事无不切，意无不达，对无不工，兼放翁（陆游）、初白（查慎行）之胜，非袁（枚）、蒋（士铨）所能及"。

一般人最熟悉的还是他的以诗论诗的诗，像《题元遗山集》的"国家不幸诗家幸，赋到沧桑句便工"之类，最著者为《论诗》绝句，今录脍炙人口的两首：

只眼须凭自主张，纷纷艺苑说雌黄。

矮人看戏何曾见，都是随人说短长。

李杜诗篇万口传，至今已觉不新鲜。

江山代有才人出，各领风骚数百年。

前一首说诗家、诗评家要有个人主见，要有个性。后一首说江山新了，才人也应出新，创新才是一切艺术繁荣发展的不竭动力。两首诗都清新流畅，明白如话，还有些许含蓄和幽默，使得议论一点也不觉得生硬枯燥。

继朱彝尊、查慎行之后的厉鹗，乃浙派主要作家，主盟江南诗坛凡数十年。诗风清幽淡雅，论者指其"于渔洋（王士禛）、竹垞（朱彝尊）外，自树一帜"（陈衍《石遗室诗话》）。厉鹗（1692—1752），字太鸿，又字雄飞，号樊榭，又号南湖花隐，浙江钱塘（今杭州）人。康熙五十九年举人，乾隆朝二度赴京应试，均未第。性孤峭，酷嗜书，旁搜博览，著作等身，有《樊榭山房集》《宋诗纪事》《绝妙好词笺》《南宋院画录》等。诗、词俱臻名家，词则尤胜。《清史·文苑传》谓其诗"幽新隽妙，刻琢研炼"。其七律《秦淮怀古四首》其一诗云：

> 佳丽江山入暮秋，秦淮从古擅风流。
>
> 残阳半隔乌衣巷，绿北斜通白鹭洲。
>
> 事去兴平空拜爵，天亡归命不成侯。
>
> 当年大有伤时语，一曲清歌在漏舟。

风流豪华与亡国辱身相继，是六朝古都秦淮河畔不断上演的历史活剧，南明福王政权的覆灭，则是最近的一出。颈联上句之用事，系指南明弘光帝曾封高杰为兴平伯，旋为总兵所杀；下句是说东吴之孙皓投降后，晋武帝还封他为归命侯，而南明弘光帝被俘则连命也保不住。"一曲清歌一束绫，美人犹自意嫌轻"，南明弘光政权这条破船就在征歌选舞，醉生梦死中沉没了。品读此诗，我们可以感觉到，诗人的怀古感慨，较之前人有了新的内容和深度，少了对新朝的敌视，多了些历史的认识和反思。再看他的五律《移居》：

> 生涯仍往日，俗累复今年。
>
> 半宅从人典，全家冒雨迁。
>
> 栽花无隙地，汲井有新泉。
>
> 差喜东城近，萧疏野趣便。

末句之"便"，读若便宜之便，也即是宜也，安适，适宜之谓也。作者在《东城杂记·自序》中曾说居杭城东，三十年未离斯地，凡五迁。"冒雨迁"，无奈而又狼狈；"野趣便"，野外情趣倒也安逸。光景是穷愁潦倒，每况愈下，诗则不作悲酸之语，披露了诗人旷达的心胸。厉氏的七绝多山水之作，流连光景，清妙轶群。录两首如下：

山阴舟中四首（选一）

> 白塔湖边孤棹开，风回忽卷乱云堆。
>
> 越山绝似西施髻，朵朵翠翘浮水来。

淮城使风暮抵扬州

西风作意送行舟，帆饱清淮碧玉流。

三百里程消一日，芦花吹雪到邗沟。

前一首写舟行饱览会稽鉴湖山水风光，以小巧的首饰翠翘来形容越地山峦的秀美，颇见新意。后一首写古运河上顺风顺水的快意和"清淮流玉""芦花吹雪"的自然景色，"三百里程消一日"，当从李白"千里江陵一日还"得到启发。两首都写得清新优美，形象鲜明生动，诗语明快流畅。

崛起于南粤的黎简（1747—1799）、宋湘（1756—1826）和从四川走出来的张问陶，不同程度受到袁枚的影响，他们的诗也颇多可观者。

诗人张维屏赞赏黎简之诗曰："二樵（黎简之号）生平擅诗、书、画三绝。其诗由山谷（黄庭坚）入杜（甫），而取炼于大谢（灵运），取劲于昌黎（韩愈），取幽于长吉（李贺），取艳于玉溪（李商隐），取瘦于东野（孟郊），取僻于阆仙（贾岛），锤焉凿焉，雕焉琢焉，于是成其为二樵之诗。"试读其五律《高峰隘》：

高峰双壁路，一线袅悬空。

马歇嘶云表，人来出石中。

田青四月雨，天黑八蛮风。

莫自悲行役，春天捣断蓬。

高峰为广东地方一山名，诗写隘道的高危险峻，透出行旅的艰辛。诗人、学者洪亮吉称黎简诗"如怒猊饮涧，激电搜林"，此评正切合此诗。

宋湘亦为岭南诗人之杰出者，与黎简双峰并峙。学者称黎以雕炼胜，宋以自然胜（钱仲联《明清诗精选》）。试读其《木棉花》：

历落欹嵩可笑身，赤腾腾气独精神。

祝融以德火其树，雷电成章天始春。

要对此花须壮士，即谈风绪亦佳人。

不然闲向江干者，未肯沿街买一缗。

用古诗手法写七律，多硬笔。运典（颔联）不着痕迹，以自然语出之。颈联实际上是把木棉花比作壮士，也比作佳人。尾联说，如果不是这样，人们就不会舍得花一贯钱买下一束木棉花了。

四川的张问陶（1764—1814），与黎简、宋湘一样，都是袁枚的崇拜者，性灵派后来的中坚人物。张维屏评其诗为"生气涌出，生趣飞来"，谓其近体"几欲于从前诸名家外又辟一境"。今人说他的近体："空灵、沉郁、刻入、清超，兼擅众美。"（钱仲联《明清诗精选》）试读其七律《十六夜雪中渡江》：

> 故人折简近相招，一舸横江路不遥。
>
> 醇酒暗消京口雪，大帆平压海门潮。
>
> 扬州灯火难为月，吴市笙歌腾此箫。
>
> 那管风涛千万里，妙莲两朵是金焦。

这首诗，记诗人应友邀赴宴，归途雪夜过江，表达欢快、豪迈，又有几分落拓的复杂心情。意境壮美，诗情亦令人陶醉。把金山、焦山比作两朵江上美丽的莲花，也很别致，用婉约来结住前面的豪放，似更有味道。还有，笔者喜欢读他的七律组诗《梅花九首》，以为当与明代高启的《梅花九首》相媲美，写得丰姿潇洒，华美富赡，又是一副笔墨。

盛世诗坛各有声。雍、乾之世，诗人辈出，流派杂陈，佳作联翩，一篇短札是怎么也说不完的。但是，笔者又同时感到，如果拿盛唐来相比较，则所谓盛清显然要逊色许多。这一时期名家虽众，但像开天盛世李白、杜甫那样的大家，则付阙如；像高、岑的边塞诗派那样的雄强高张，王、孟田园诗派那样的恬淡自然，雍、乾诗坛也还逊色不少。因之，整个一代清诗量虽数倍于唐，论质则应为之低首，这大概也是不争的事实。

别具风华说两家（说清诗之七）

 乾隆朝诗坛，有两位诗人别具风华，不可不说。一位是家贫命短的天才诗人黄景仁，一位是怪也不怪的画家诗人郑燮郑板桥。

 社科院《中华文学通史》专立一节《独树一帜的诗人》来介绍黄景仁。开头就说："乾隆年间，在诗坛的中心之外，还有一位青年诗人，当时虽没有袁枚等那么高的知名度，但才华深为同道倾倒，身后声名愈益卓著，甚至被推尊为清朝第一诗人。"

 黄景仁（1749—1783），字仲则，号鹿菲子，江苏武进人。四岁丧父，家道衰落，随祖父生活。七岁即能文，尤迷恋于诗。十二岁祖父下世，翌年祖母亡故，三年后唯一的哥哥又罹病夭折。诗人早慧的心灵，过早地承受了忧患的重压。十六岁应童子试，在三千人中名列第一。令人悲叹的是，以后多次应举皆失败，迫使他走上为人作幕之路。先后依附于湖南按察使王太岳、太平知府沈亚富、安徽学政朱筠。乾隆三十七年（1772）上巳日，朱筠张宴于采石矶太白楼，赋诗者十余人，黄景仁时年不足二十四岁。有记载说："君年最少，著白袷，立日影中，顷刻数百言，遍示座客，座客咸辍笔。时八府士子以词赋就试当涂，闻学使者高会，毕集楼下，至是咸从奚童乞白袷少年诗竞写，一时纸贵焉。"（洪亮吉《黄君行状》）这次诗会让黄景仁才名大著。乾隆四十年（1775）冬，二十七岁的诗人入京，翌年以乾隆东巡召试二等，得充武英殿书签官，名动公卿间，自翁方纲、纪晓岚以下皆以青眼相加。这是他一生中最快意的一般时光。后家眷来京，俸薄口众，生计大难。陕西巡抚毕沅看重黄氏才华，以为价值千金，先寄五百，邀诗人西游。黄得此资助，才捐了个县丞，在京候补。又为债主所逼，扶病西行，准备再度入陕投靠毕沅，不幸中途病逝于山西解州。一代诗星陨落了，穷困一生的天才诗人只活了短短的三十五个春秋。（参看《中国文学通史》第四卷）

诗人短暂的一生，充满太多的艰辛与苦难，他的《两当轩诗集》所存一千七百多首诗，绝大部分都写个人的愁苦生活。孤傲而高贵的气质，幽抑而凄苦的情调，正是黄景仁诗最突出的特征。他十七岁时作的七律《杂感》一首，是最早为人传诵的名篇：

> 仙佛茫茫两未成，只如独夜不平鸣。
>
> 风蓬飘尽悲歌气，泥絮沾来薄倖名。
>
> 十有九人堪白眼，百无一用是书生。
>
> 莫因诗卷愁成谶，春鸟秋虫自作声。

颔联"十有九人堪白眼，百无一用是书生"，寻常话中提炼出极具隽思之语，最为人所赞赏。怀才不遇一直是中国文学的基本主题，对黄景仁来说，不遇则更显悲哀，读读他的《癸巳除夕偶成》二首：

> 千家笑语漏迟迟，忧患潜从物外知。
>
> 悄立市桥人不识，一星如月看多时。

> 年年此夕费吟呻，儿女灯前窃笑频。
>
> 汝辈何知吾自悔，枉抛心力作诗人。

黄景仁的五律《春夜闻钟》，写雨夜听到钟声的感受，也启人遐思：

> 近郭无僧寺，钟声何处风？
>
> 短长乡梦外，断续雨丝中。
>
> 芳草远逾远，小楼空更空。
>
> 不堪沉听寂，天半又归鸿。

由闻钟又引出闻雁，孤寂思亲之怀令人同情。这也许是他十几岁时所作。他二十七岁时作的《都门秋思》，写贫士穷愁苦况，颇为生动：

> 五剧车声隐若雷，北邙唯见冢千堆。
>
> 夕阳劝客登楼去，山色将秋绕郭来。

寒甚更无修竹倚，愁多思买白杨栽。

全家都在风声里，九月衣裳未剪裁。

首句的"五剧"相当于"五衢"，指四通八过的繁华道路。结联"全家都在风声里，九月衣裳未剪裁"，真是自然语写尽贫寒之状。据说陕西巡抚毕沅，初不识面，见此诗，徘徊半夜，谓值千金，非常欣慕，乃有赠金邀真西游之事。还有七绝《别老母》，情真意深，心悲辞切，末一句转为愤慨，更是动人心弦：

搴帏别母河梁去，白发愁看泪眼枯。

惨惨柴门风雪夜，此时有子不如无！

诗人幼孤家贫，为衣食奔走；长大后为人作幕，亦是客居他乡。他的七律《客中闻雁》，把旅居中闻雁思家、心忧岁暮的寒士痛苦生涯，写得十分深刻：

山明落月水明沙，寂寞秋城感物华。

独上高楼惨无语，忽闻孤雁竟思家。

和霜欲起千村杵，带月如听绝漠笳。

我亦稻粱愁岁暮，年年星翼为伊加。

"为伊加"的"伊"，即指稻粱谋，谋衣求食。黄景仁的好友洪亮吉字稚存，也是有名的诗人、学者，与景仁"居同里，少同学，长同游"，黄景仁《别稚存》一诗，有劝慰，有策励，表现了诗人对友人深厚而又真挚的感情：

莫因失路气如灰，醉尔飘零浊酒杯。

此去风尘宜拭目，如今湖海合生才。

一身未遇庸非福？半世能狂亦可哀。

我剩壮心图五岳，早完婚嫁待君来。

末一句最后相约，待儿女长大、婚嫁事了，再一心同游五岳名山。

七言歌行在黄景仁诗中占有相当大的比例，黄氏倾慕李白，李白的歌行对他有很大的影响。黄的七古《元夜独登天桥酒楼醉歌》最为人所称道。《中华文学通史》不惜篇幅，全首照录：

天公谓我近日作诗少，满放今宵月轮好。

天公怜我近日饮不狂，为造酒楼官道旁。

我时薄病卧仰屋，忽闻清歌起相逐。

心如止水遭微飙，复似葭灰动寒谷。

千门万户灯炬然，三条五剧车声喧。

忽看有月在空际，众人不爱我独怜。

回鞭却指城南路，一线天街入云去。

揽衣掷杖登天桥，酒家一灯红相招。

登楼一顾望，莽莽何迢迢。

双坛郁郁树如荠，破空三道垂虹腰。

长风一卷市声去，更鼓不闻来丽谯。

此楼此月此客可一醉，谁共此乐独与清影相嬉遨？

回头却望灯市，十万金虬半天紫。

初疑脱却大火轮，翻身跃入冰壶里。

谪仙骑鲸碧海头，千余年来无此游。

不知当年董糟丘，天津桥南之酒楼，亦有风景如兹不？

古人不可作，知交更零落。

少年里闬同追欢，抛我今作孤飞鹤。

不知此曹今夜何处乐？酒尽悲来气萧索。

典衣更酌鸬鹚杯，莫遣纤芥填胸怀。

天上星辰已堪摘，人间甲子休相催。

然藜太乙游傍谁？吃斋宰相何人哉？

瓮边可睡亦径睡，陶家可埋应便埋。

只愁高处难久立，乘风我亦归去来。

明朝市上语奇事，昨夜神仙此游戏。

通篇意气横溢，挥洒自如，颇有李白歌行如《梦游天姥》《将进酒》的格调。只是由于黄氏身世困顿，身贫病多，慷慨悲歌中时时透露出些许悲凉，与李白的放旷隽逸，高蹈超世不同。但他的七言歌行艺术直追太白，超出同时代诗人，则是可以肯定的。

　　黄景仁的写景小诗明朗率真，清新自然，展现了他诗作的另一方面。像《横江春词》三首：

> 门外晴洲香草香，浣纱生小爱春阳。
> 柳丝几尺花千片，荡得春江尔许长。

> 不羡成都濯锦新，鸭头一色皱鱼鳞。
> 逢人都道风波恶，如此横江思煞人。

> 家住横江古渡头，年年江上望归舟。
> 郎若归时今日好，常时那见水平流？

黄景仁也有过一段悱恻缠绵的爱情经历，他的一些诗也反映了他的这一段经历，这些诗当数其青年时代。比如这首七律《秋夕》：

> 桂堂寂寂漏声迟，一种秋怀两地知。
> 羡尔女牛逢隔岁，为谁风露立多时？
> 心如莲子常含苦，愁似春蚕未断丝。
> 判逐幽兰共颓化，此生无分了相思。

"判逐"同"拼逐"，"无分"同"无份"。表示爱情坚贞，至死不忘。还有《绮怀》十六首，试读其中一首：

> 几回花下坐吹箫，银汉红墙入望遥。
> 似此星辰非昨夜，为谁风露立中宵？
> 缠绵思尽抽残茧，宛转心伤剥后蕉。
> 三五年时三五月，可怜杯酒不曾消。

读着这样的诗句，人们都会想到李商隐，想到李商隐的《无题》诗。感情强烈，体验深刻，出语瑰丽。黄景仁的七律，当然还包括其他抒怀明志之作，于李商隐外，杜甫、杜牧、苏轼、黄庭坚、元好问都有取法。翁方纲称赞曰："试摘一二语，可通风云而泣鬼神。"（《悔存诗钞序》）。

　　黄景仁的诗，以鲜明的独创性，在清代诗坛占有重要位置。他的才华生前就得到推崇，去世后声誉愈高。张维屏评论说："仲则天分极高，无所不学，亦无所不能。至下笔时，要皆任其天之自然，称其心所欲出，乾坤清气，独往独来。此仲则之所以不可及也。"包世臣甚至说他"声称噪一时，乾隆六十年间，论诗者推为第一"（《齐民四术》）。当时吴锡麒就有"传之千世，斯人不死"的赞语（《与刘松岚书》）；近代以来，谭献、文廷式、张恨水、瞿秋白、阿英等著名文学家、文化人都十分欣赏黄景仁诗。现代作家，《春风沉醉的晚上》《沉沦》等著名小说的作者郁达夫说："要想在乾嘉两代的诗人之中，求一些语语沉痛，字字辛酸的真正具有诗人气质的诗，自然非黄仲则莫属了。"（《关于黄仲则》）

黄景仁诗题材范围稍窄。论者指这是由于他具有"东野穷而长吉夭"双重命运所致，东野就是被称作"郊寒岛瘦"的孟郊，长吉就是短命诗人李贺。在他的时代，他终究是最具诗人气质和才华的。笔者常常为这样一位天才诗人的早逝嗟叹不已；也常常为这样一位天才诗人的丰富诗作，没有能像他所景仰的李白、李商隐的诗作那样得到广泛流传，为更多的人所认识和欣赏而深深地惋惜。所以，笔者也不惜笔墨，多写了如上的话。

乾隆时期，诗坛还有一位画家诗人，就是被称作"扬州八怪"之一的郑燮郑板桥。他的诗当然不能与黄景仁相提并论，但在民间却相当有名，也许还有爱他的画的缘故吧。

郑燮（1693—1765）字克柔，号板桥，江苏兴化人。乾隆元年（1736）进士，曾为山东范县、潍县知县，饶有政声，后以疾辞官。（一说因为替灾民请赈而触忤大吏，被罢官。）回到扬州，以卖书画为生。关于他的思想，章培恒、骆玉明《中国文学史》有这样一段概括提示："郑燮出身贫困，得仕进，以做好官为人生志愿，服膺儒家的政治理想，但也很向慕徐渭、袁枚那样的自由放达之士，有愤世之心。大致而言，他是一个稍带狂诞习气，而思想和性格却并不敏锐和强烈的正直人士。就像他的书画，有些'怪'味，却并不放纵，其实还是比较秀雅的，内蕴也比较浅。"笔者以为这样的概括是恰当的，郑板桥就是这样一位说怪而并不怎么怪的别具风华的画家诗人。

郑板桥论诗，提倡"真气""真意""真趣"，推崇杜甫的"历陈时事，一寓谏诤"，主张诗作要"道着民间痛痒"（《潍县署中与舍弟第五

书》)。他的诗有一部分反映民间疾苦，像《悍吏》一诗，揭露封建官吏的胡作非为："县官养老赐帛肉，悍吏沿村括稻谷。豺狼到处无虚过，不断人喉抉人目。长官好善民已愁，况以不善司民牧！"像《潍县竹枝词》四十首中的好几首，反映所谓盛世中的社会现实，民歌风里透出诗人对穷苦百姓的同情：

> 绕郭良田万顷赊，大都归并富豪家。
> 可怜北海穷荒地，半篓盐挑又被拿。

> 东家贫儿西家仆，西家歌舞东家哭。
> 骨肉分离只一墙，听他笞骂由他辱。

> 征发钱粮只恨迟，茅檐蔀屋又堪悲。
> 扫来草种三升半，欲纳官租卖与谁？

郑板桥集中多山水记游之作。作者曾自我批评说："古人以文章经世，吾辈所为，风月花酒而已。"（《后刻诗序》）但这类诗语言自然浅切，不喜模拟，亦有作者感喟寄寓其中，优秀作品仍可一读。比如下面这首七律《扬州》：

> 画舫乘春破晓烟，满城丝管拂榆钱。
> 千家养女先教曲，十里栽花算种田。
> 雨过隋堤原不湿，风吹红袖欲登仙。
> 词人久已伤头白，酒暖香温倍悄然。

郑板桥的七律浅切流畅，似不着力，有时还嫌过于轻滑。但用之于自我讽刺之类而略带戏谑的诗作中，反而更有效果。像下面这首《嘲教馆》：

> 教书原来是下流，傍人门户渡春秋。
> 半饥半饱清闲客，无枷无锁自在囚。
> 课少东家嫌慵懒，功多子弟结恩仇。
> 从今改过神龛子，天地君亲大牯牛。

"课少"一句，指教得少了东家不满意，说你慵懒；"功多"一句，说作业多了，又与那些子弟（学生）结下仇隙。"天地君亲师"的牌位供在神龛上，只是一个摆设，教馆的老师还不如一头大牯牛呢。愤激之情，溢于言表。

郑板桥也有咏史、怀古之类的诗，也有很强的讽刺意味。比如下面这首咏史七绝，题为《绍兴》，"绍兴"乃是南宋高宗赵构的年号：

> 丞相纷纷诏敕多，绍兴天子只酣歌。
>
> 金人欲送徽钦返，其奈中原不要何！

郑板桥最为人所称道的还是他的题画诗。像这首《潍县署中画竹呈年伯包大中丞括》，是诗选家必选的佳作：

> 衙斋卧听萧萧竹，疑是民间疾苦声。
>
> 些小吾曹州县吏，一枝一叶总关情。

这首诗，体现了郑板桥儒家"民贵君轻"，官吏要勤政爱民的思想，从细小处着笔，"一枝一叶总关情"，很有感染力量。还有《予告归里，画竹别潍县绅士民》：

> 乌纱掷去不为官，囊橐萧萧两袖寒。
>
> 写取一枝清瘦竹，秋风江上作渔竿。

这首诗写自己，自己不就是一枝清瘦竹么？卸任之时，囊橐空空，两袖清风，但诗人感到轻松、自由，可卖书画养活自己，可以渔樵终其一生。这首诗，可谓写出了个性。还有《竹石》，也是题画诗：

> 咬定青山不放松，立根原在破岩中。
>
> 千磨万击还坚劲，任尔东西南北风！

画以写意，诗以明志，诗画结合，妙语天成。人们爱其传达出来的根牢、节劲、坚韧、执着等美好品质。习近平总书记经常用这首诗来激励人们坚韧不拔、执着以求地去为心中的理想而不懈地奋斗。

笔者曾经有过一把折扇，画的水乡小景，背面是行书郑板桥的《喜雨》。这首七律一如他的其他作品，浅近自然，富于情趣，只是多了些喜悦之情。摩挲之余，几遍吟哦，即能成诵，至今还记得：

宵来风雨撼柴扉，早起巡檐点滴稀。

一径烟云蒸日出，满船新绿买秧归。

田中水浅天光净，陌上泥融燕子飞。

共说今年秋稼好，碧湖红稻鲤鱼肥。

这样的诗，笔者以为可以和苏、辛的"农村词"，或者范成大的《四时田园杂兴》相媲美。

民间广为流传的《板桥道情》十首，通俗易懂，很有点元曲的味道，现今若归类，大约可并入曲艺一类。当年街头艺人唱道情是很常见的，笔者家乡至今还有会"打渔鼓、唱道情"的人在。《板桥道情》就是郑板桥制作的，依据扬州一带道情的曲调而编的唱词。读着那些民间小调似的道情，笔者总是想起曹雪芹《红楼梦》里那典丽的十二支《红楼梦》曲子。语言风格截然不同，同是乾隆朝人，思想情绪似乎又有某种相通之处。笔者爱读这语言庄中带谐，思想似浅而深的板桥先生的《道情十首》，不忍舍弃，抄之于下：

板桥道情

［开场白］

枫叶芦花并客舟，烟波江上使人愁；劝君更尽一杯酒，昨日少年今白头。

自家板桥道人是也。我先世元和公公，流落人间，教歌度曲。我如今也谱得《道情十首》，无非是唤醒痴聋，销除烦恼。每到山青水绿之处，聊以自遣自歌。若遇争名夺利之场，正好觉人觉世。这也是风流事业，措大生涯。不免将来请教诸公，以当一笑。

［道情词］

老渔翁，一钓竿，靠山崖，傍水湾，扁舟来往无牵绊。沙鸥点点轻波远，荻港萧萧白昼寒。高歌一曲斜阳晚。一霎时波摇金影，蓦抬头月上东山。

老樵夫，自砍柴，捆青松，夹绿槐，茫茫野草秋山外。丰碑是处成荒冢，华表千寻卧碧苔。坟前石马磨刀坏。倒不如闲钱沽酒，醉醺醺山径归来。

老头陀，古庙中，自烧香，自打钟，兔葵燕麦闲斋供。山门破落无关锁，斜日苍黄有乱松。秋星闪烁颓垣缝。黑漆漆蒲团打坐，夜烧茶炉火通红。

水田衣，老道人，背葫芦，戴袄巾，棕鞋布袜相厮称。修琴卖药般般会，捉鬼拿妖件件能，白云红叶归山径。闻说道悬岩结屋，却教人何处相寻？

老书生，白屋中，说唐虞，道古风，许多后辈高科中。门前仆从雄如虎，陌上旌旗去似龙，一朝势落成春梦。倒不如蓬门僻巷，教几个小小蒙童。

尽风流，小乞儿，数莲花，唱竹枝，千门打鼓沿街市。桥边日出犹酣睡，山外斜阳已早归，残杯冷炙饶滋味。醉倒在回廊古庙，一凭他雨打风吹。

掩柴扉，怕出头，剪西风，菊径秋，看看又是重阳后。几行衰草迷山郭，一片残阳下酒楼，栖鸦点上萧萧柳。措几句盲辞瞎话，交还他铁板歌喉。

邈唐虞，远夏殷。卷宗周，入暴秦，争雄七国相兼并。文章两汉空陈迹，金粉南朝总废尘，李唐赵宋慌忙尽。最可叹龙盘虎踞，尽销磨《燕子》《春灯》。

吊龙逢，哭比干。羡庄周，拜老聃，未央宫里王孙惨。南来薏苡徒兴谤，七尺珊瑚只自残。孔明枉作那英雄汉，早知道茅庐高卧，省多少六出祁山。

拨琵琶，续续弹，唤庸愚，警懦顽，四条弦上多哀怨。黄沙白草无人迹，古戍寒云乱鸟还，虞罗惯打孤飞雁。收拾起渔樵事业，任从他风雪关山。

［尾白］

风流家世元和老，旧曲翻新调；扯碎状元袍，脱却乌纱帽，俺唱这道情儿归山去了。

郑板桥与曹雪芹一样，虽同在乾隆"盛世"，思想深处却总有那种元曲中多有的盛衰难说、运命无定的沧桑之感，以及高官厚禄还不如渔樵耕读

的林泉之慨。加之他这十首《道情》，词浅语俗，韵律悠扬，读来也颇有滋味，很受人喜爱。鲁迅先生曾说过："《板桥家书》我也不喜欢看，不如读他的《道情》。"著名书法家刘炳森以隶书将《板桥道情十首》写成字帖，供人欣赏、临摹，也可见出他的喜爱之情。

我劝天公重抖擞（说清诗之八）

在我国古代星宿学说中，有一颗星名称特殊。它在黄昏出现时称"长庚"；而它在黎明之前显现时，称"太白"。其实这是同一颗星，即金星。中国文学史上的龚自珍，很像这颗金星。他带着奇特的光芒出现在封建时代的黄昏时分，随着社会进入"夜之漫漫"，它仿佛隐去了。而到十九世纪末二十纪初，即"五四"新文化黎明到来之前，它却再度闪射出耀眼的光辉，直到淡入熹微晨光中。——这是社科院《中国文学通史》中《近代最初的启蒙文学家龚自珍》一章的《影响与地位》一节开头的一段话。撰者满怀感情，以诗一样的语言，形象地描述了龚自珍这位出现在古代和近代之交的杰出思想家、文学家，封建"衰世"的批判者，呼唤近代"人"的觉醒与精神解放的启蒙者和有远见卓识的爱国者，在中国文学史上的特殊地位和深远影响。笔者拜读之余，感到这种比喻和赞美，既形象又贴切。龚自珍正是这样一位站在封建末世的黄昏，眺望新时代的曙光的"睁开眼睛看世界的先进的中国人"。恩格斯曾说，欧洲文学史上意大利文艺复兴时期的伟大诗人但丁，是古代"最后一位诗人，同时又是新时代的最初一位诗人"。龚自珍或者也可以说是我国旧诗坛的殿后，新诗坛的先锋，中国的但丁。龚自珍生活在嘉、道之世，鸦片战争爆发（1840）之次年就去世了。而不少文学史著作，将其列入"近代"文学史范围，其主要依据，也正是龚氏的思想和著作，开创了一代新风，对近代文学产生过广泛而深刻的影响。笔者以为这样不拘泥于某一年月的时代安排和评价，是合理的。

龚自珍（1791—1841），字璱人，曾更名易简，字伯定；又曾更名巩

祚；号定庵，又自号羽琌山民。以自珍之名与定庵之号为最著。浙江仁和（今杭州）人。出身官宦文学世家。自幼即由父母授以诗文，后又从外祖父（清代著名学者、《说文解字注》撰者段玉裁）学经学、训诂，并治考据、掌故、目录、金石等乾嘉之学的基础科目，打下了今天人们所盛谈之"国学"的深厚基础。十三岁撰文命赋，十五岁起诗集编年，十九岁倚声填词，到了二十一岁所著诗文益伙，间有治经史之作，祖父称许他"风发云逝，有不可一世之慨"。二十七岁中举，后数次落第，不得已就任掌"撰拟缮记"之职的内阁中书，才华横溢的奇士俊才困于科场；三十八岁（1829）始成进士，却因"楷法不中程，不列优等"，仍归中书原班；四十四岁后迁宗人府主事、礼部主事，仍厄于下僚位置；四十八岁辞官南归，两年后，五十岁（1941）暴卒于丹阳，赍志以殁。

龚自珍生活的时代，正是我国由封建社会进入半封建半殖民地社会的历史转折期。国内问题重重，农民起义，边疆叛乱，危机四伏；国际上，以英帝国主义为首的西方列强，或以鸦片走私等手段，加强对中国进行残酷的经济掠夺，或对这个老大帝国虎视眈眈，蠢蠢欲动。龚自珍呼吸着大风暴来临之前沉闷的空气，以思想家的深刻和诗人的敏锐，察觉到了时代的危机，感觉到社会的暮气，士人人格之萎缩与丧失，沉痛地意识到在即将到来的这场大风暴面前，国家和民族将处于一种十分危急的形势之中。龚自珍沉于下僚，虽多有议奏，但人微言轻，不受重视；理想不能实现，抱负不得伸展，只能凭借手中之笔，以诗文大声疾呼，希图呼唤觉醒之"自我"，呼唤社会之变革，呼唤新人之起来，扭转时局，创新生机。

龚自珍论诗，有"人以诗名，诗尤以人名""诗与人为一，人外无诗，诗外无人"的名言（《书汤海秋诗集后》）。他最重视的是诗的个性和激情，他的诗也正是他一生的写照，具有独创的风格和新异的面目，给人以奇丽非凡、纵横浩博的感觉。袁行霈主编《中国文学史》以"张扬个性与理性的'尊情'与'尊史'"，"以'史官'自处的社会批判精神"，"睥睨'乡愿'的'怪魁'"三句话，来概括诗人龚氏的思想和创作道路。龚自珍的诗有继承传统，有取法前人，但熔铸出来的，非汉魏亦非唐宋，完全是龚氏自己的创造。这种天才的创造，来源于不断高扬的个性精神，以及对于封建压抑的激烈冲击。

龚自珍这位"一代奇才"（张维屏《艺谈录》语），一生迭遭逸毁訾议，但当时一批进步思想家和有识者，如林则徐、魏源、黄爵滋、汤鹏、姚莹、张维屏、梁章钜、包世臣、蒋湘南、李兆洛、徐松等都推许他。龚自珍对晚清文学家影响之广泛和巨大，超过了此前任何一位大家、名家。维新时期的黄遵宪、康有为、梁启超、谭嗣同、夏曾佑，南社主要作家柳亚子、高旭、陈去病、苏曼殊、黄节、于右任等，无不是龚自珍的崇拜者。"五四"以后的许多新文学家，仍然爱好龚自珍，如鲁迅、胡适、俞平伯、郁达夫、王统照、冰心等。沈尹默曾在《追怀鲁迅》一文中，说鲁迅"少时喜学定庵诗"。梁启超手书、集龚诗而成的一副对联"世事沧桑心事定，胸中海岳梦中飞"，在冰心案头挂了数十年（冰心《从联句又想到集句》）。确实，龚自珍是不朽的。

龚自珍诗，现存六百余首。龚长于七言近体，先看他的七律。龚氏有二首同题而作于不同时期的七律《夜坐》：

夜坐（一）

沉沉心事北南东，一睇人才海内空。
壮岁始参周史席，髫年惜堕晋贤风。
功高拜将成仙外，才尽回肠荡气中。
万一禅关砉然破，美人如玉剑如虹。

夜坐（二）

春夜伤心坐画屏，不如放眼入青冥。
一山突起丘陵炉，万籁无言帝座灵。
塞上似腾奇女气，江东久陨少微星。
平生不蓄湘累问，唤出姮娥诗与听。

前一首诗人写其少年（髫年）的梦想，壮岁的庸碌，未来的目标。"一睇人才海内空"，既反映了当时济世之才空旷的现实，也表达了诗人睥睨一切的耿耿情怀。尾联"万一禅关砉然破，美人如玉剑如虹"，"砉然"即轰然，此联以禅关攻破、禅机顿悟为喻，抒发了寄望于将来的思想感情，

所谓"美人如玉剑如虹"是也。后一首写诗人在难以忍受的压抑情景中，放眼青空，看到的是庸才妒抑奇才，听到的是朝廷（帝坐）的一种声音。边域将有事，而中原人才寥落，谁来挽救颓危呢？只有向月里嫦娥倾诉吧。这里抒发的感情，当然迥异于一般士子的不遇之叹。

龚氏会试未中之时，心情孤寂而又难以压抑，有七律《秋心》诗三首，今选录其一：

> 秋心如海复如潮，但有秋魂不可招。
>
> 漠漠郁金香在臂，亭亭古玉佩当腰。
>
> 气寒西北何人剑？声满东南几处箫？
>
> 斗大明星烂无数，长天一月坠林梢。

袁行霈主编《中国文学史》这样解析这首诗：这是悼念奇才友人的亡故，抒发诗人忧时深怀的诗篇。"秋心"指愁绪，"秋魂"指逝者，"郁金香""古玉佩"写亡友的品德，"气寒"喻西北的严重形势，"何人剑"感慨报国乏人，"箫"声寥落言哀时之士的匮乏，"斗大明星烂无数"言庸才充斥，最后以"月"坠林梢痛才友的沦亡，与开头呼应。全诗思想深刻，形象鲜明，感情真挚，意象含蓄，耐人寻味。尤其是"剑"与"箫"，这诗人常用的诗之意象，在许多诗中反复出现，成为最有龚氏特色的常用词或曰诗语。"剑"乃代表功业报国的壮怀，"箫"则是代表忧国伤时的情思。

龚自珍咏史诗，借古喻今，议论纵横为其特色，但也不乏形象，造语尤为刚健：

咏史

> 金粉东南十五州，万重恩怨属名流。
>
> 牢盆狎客操全算，团扇才人踞上游。
>
> 避席畏闻文字狱，著书都为稻粱谋。
>
> 田横五百人安在？难道归来尽封侯！

诗人诗中提出人才问题，他对庸才当道，极为不满，可现实是：金粉东南，官场士林，一片苟且无聊而又自命风流的景象，而这正是清王朝运用高压手段，制造文字狱造成的，所谓"天下之廉耻"被"震荡摧锄"的结果（《古史钩沉论一》）。诗人不禁追问：像田横五百壮士那样铮铮硬骨的士人，像他们所表现的那种英雄气概，难道人世间已不可复得了吗？他对士林的堕落，士人人格的缺失痛心疾首，愤激之情无以复加。

龚自珍诗，于近体中尤工七绝。七绝在他手中，可以纪事，可以咏史，可以写情，可以言志。像《漫感》：

> 绝域从军计惘然，东南幽恨满词笺。
>
> 一箫一剑平生意，负尽狂名十五年。

"东南幽恨"的"东南"，即上引《咏史》中的"金粉东南十五州"，也即是诗人眼底的社会现实。这种"东南幽恨"中包含着对江南民生凋敝的伤心，也包含着改革之志向难酬的悲郁。像《猛忆》：

> 狂胪文献耗中年，亦是今生后起缘。
>
> 猛忆儿时心力异，一灯红接混茫前。

诗从中年耗尽心血著书立说（所谓"狂胪文献"）着笔，落想到儿时灯下读书的情景，表达了作者从童年时代起，就有探索真理、凿破洪荒的独创精神和启蒙志愿。再像同一时期的《梦中作四截句十月十三夜也》：

> 黄金华发两飘萧，六九童心尚未消。
>
> 叱起海红帘底月，四厢花影怒于潮。

诗题"梦中作"，实以"记梦"形式抒发情怀。"六九"指六岁到九岁，童年时代；"海红"为大红色。首二句言岁月虽不饶人，自己黄金用罄，中年已是两鬓花白，但是童心未泯，仍然是"一灯红接混茫前"，要"叱起海红帘底月"，先知觉后知，唤醒国人起来变革现实，出现一种"四厢花影怒于潮"的理想境界。诗借童稚之幻想，倾吐心声，呼出磊落不平之气。立意新奇，造语剽悍，色彩瑰丽，正是定庵本色。

给龚自珍带来巨大影响，使其定格在清诗大家行列的，是他的由三百一十五首七言绝句组成的超大型组诗《己亥杂诗》。己亥是道光十九年（1839），这年诗人四十八岁。诗人辞官离京返杭，后因接眷属又往返一次。途中作七绝三百一十五首，统名《己亥杂诗》。有论者指龚氏的《己

亥杂诗》，是以诗写的自传（钱仲联《明清诗精选》）。题材有感时言志，亦有咏史抒怀；有谈艺论学，亦有赠友怀人；风格有大漠悲笳，亦有幽谷琴声；有一针见血，亦有含而不露：万壑千流，奔来眼底，千红万紫，涌向笔端，共同构成一幅时代之风情画，个人的履历图。要想选录，难择一端，兹抄数首，恐亦难以窥其一斑：

浩荡离愁白日斜，吟鞭东指即天涯。
落红不是无情物，化作春泥更护花。

（第 5 首）

颓波难挽挽颓心，壮岁曾为九牧箴。
钟簴苍凉行色晚，狂言重起廿年瘖。

（第 14 首）

满拟新桑遍冀州，重来不见绿云稠。
书生挟策成何济？付与维南织女愁。

（第 21 首）

不是逢人苦誉君，亦狂亦侠亦温文。
照人胆似秦时月，送我情如岭上云。

（第 28 首）

文章合有老波澜，莫作鄱阳夹漈看。
五十年中言定验，苍茫六合此微官。

（第 76 首）

只筹一缆十夫多，细算千艘渡此河。
我亦曾糜太仓粟，夜闻邪许泪滂沱！

（第 83 首）

津梁条约遍南东，谁遣藏春深坞逢？
不枉人呼莲幕客，碧纱橱护阿芙蓉。

（第 85 首）

少年击剑更吹箫，剑气箫心一例消。
谁分苍凉归棹后，万千哀乐聚今朝。

（第 96 首）

河汾房杜有人疑，名位千秋处士卑。

一事平生无龋龁：但开风气不为师。

（第 104 首）

不论盐铁不筹河，独倚东南涕泪多。

国赋三升民一斗，屠牛哪不胜载禾！

（第 123 首）

陶潜诗喜说荆轲，想见停云发浩歌。

吟到恩仇心事涌，江湖侠骨恐无多。

（第 129 首）

少年哀乐过于人，歌泣无端字字真。

既壮周旋杂痴黠，童心来复梦中身。

（第 170 首）

吟罢江山气不灵，万千种话一灯青。

忽然搁笔无言说，重礼天台七卷经。

（第 315 首）

第 5 首表达诗人爱惜人才的护花之心，"落红不是无情物，化作春泥更护花"是人们爱诵的名句；第 14 首表达了诗人力挽"颓心"的坚强决心；第 21 首写自己的建言不被采纳的书生之叹；第 28 首称人亦是自称；第 76 首叙诗人自己曾上有关西北建行省等建议，没有回应，他表示虽然官微言轻，但坚信建议的正确，也一定会实现；第 83 首诗中的"邪许"乃状纤夫拉船的劳动号子，表达诗人对下层劳苦民众深深的同情；第 85 首的"津梁条约"指中外通商条约，"藏春坞"此处借指吸食鸦片之地，"莲幕客"代指抽鸦片之人，"阿芙蓉"指鸦片，此诗反映了官僚上下吸食鸦片、精神堕落的社会现实，可见诗人眼光之敏锐和批判的深刻；第 96 首回首当年，百感交集，"剑"与"箫"凝结着他的一生，"狂剑"概而言之，指他报国之壮志，排击黑暗的批判精神，"怨箫"的核心则是哀民生之多艰，以及忧国伤时的忧患意识。第 104 首表达了诗人作为早期启蒙思想家的自觉意识，"但开风气不为师"极为后人所景仰；第 123 首饱含对江南一带民生凋敝的悲郁和伤心；第 129 首咏陶潜说到"江湖侠骨

已无多"，叹息士人人格之衰颓败坏，节义之士的难觅；第170首是诗人真心的表白：在名利场中周旋，有时不能不装呆卖傻，是为"痴"，有时又不得不耍弄狡狯，是为"黠"，诗人十分厌恶这种违心的、失去真人面目的生活，呼唤"童心"归复，要做到"歌泣无端字字真"。第315首是这部超大型组诗最后一首，诗人流露的感情是无言的悲愤和伤感，有一种鲁迅先生《无题》诗末尾"吟罢低眉无写处，月光如水照缁衣"的那种深沉的慨叹。

龚自珍《己亥杂诗》中最为人所熟悉、所称道的还要数第125首：

> 九州生气恃风雷，万马齐喑究可哀。
>
> 我劝天公重抖擞，不拘一格降人才。

诗后有作者自注："过镇江，见赛玉皇及风神、雷神者，祷词无数，道士乞撰青词。"道士斋醮，上奏天神的表章，用硃砂笔写在青藤纸上，称青词。诗人过镇江，赛神道士请他撰写青词，即写了这首诗。钱仲联先生品读这首诗说：这是《己亥杂诗》中最突出的一首，最能体现作者的精神及对时代的要求。作者就眼前赛神会的玉皇、风神、雷神等形象，巧妙地联系到"天公""风雷"进行构思，表现了清王朝统治下人们的思想十分压抑，社会一片死寂的"万马齐喑"的现实。这一现实是"可哀"的，作者在召唤着巨大的社会变革风雷的到来，期待着生气勃勃的新局面的出现。而新局面是不可能自动出现的，要依靠人才去破坏旧世界，缔造新世界。人才又需要多种多样，"不拘一格"。这首诗的重心，前半提出了"生气"问题，后半提出了"人才"问题，这是个新问题，作者希望人们去重新考虑，振奋起来，以达到改造世界的目的。这诗的启蒙意义，就在于此。而诗句本身，当然又是健笔拿云的。（参看《明清诗精选》）

这首诗，到了1958年，毛泽东同志在他的《介绍一个合作社》一文中又全文引录，在全国引起强烈反响；后来毛主席的文章又选入中学语文教材，这首诗也连带得到了普及；再后来，这首诗直接进入各类学校教材，普及面更广。现在，人们只要提到龚自珍，提到《己亥杂诗》，就会想起这首诗，想起这首短小却能振聋发聩、给人带来强烈震撼的诗篇。我们今天的时代，已经翻开了崭新的一页，"万马齐喑"变成了万马嘶

鸣、万马奔腾。但是我们仍然需要变革，需要前进，需要人才，仍然要
"我劝天公重抖擞"。这个"天公"不是别人，就是全国各族人民；只要
全国人民振奋精神，努力奋斗，在中华民族伟大复兴的征程里和实践中，
就会"不拘一格"地产生出许许多多杰出的人才。这当然也是龚自珍诗
中的愿望。于是，笔者以这句"我劝天公重抖擞"，作为介绍诗人龚自珍
的这篇小札的题目。

新陈杂出晚清诗（说清诗之九）

晚清这一时期，从道光后期（道光二十年）经咸丰、同治、光绪、宣统五朝，大概与从鸦片战争到辛亥革命（1840—1911）相等同。这是中国历史从封建社会进入半殖民地半封建社会的转折时期，是中国传统文化与世界近代以来资产阶级启蒙文化的冲突、交会的过渡时期，是中国古代文学向中国近现代文学发展的蜕变时期。这一时期，中国发生了"二千年未有之大变局"（梁启超语），在西方列强以坚船利炮轰开了中国封闭的大门之后，神州大地霎时间成了侵略者任意豆剖瓜分的自由地盘，而救亡图存成了中华民族最紧迫的任务，爱国主义也就成了中国人民，首先是那些"睁开眼睛看世界"的先进的中国人思想的主旋律。从鸦片战争至辛亥革命，莫不如此。

就诗坛而言，爱国主义这根红线，也一直贯穿整个晚清七十年。在爱国主义这面旗帜底下，众芳争妍，新陈杂出，则是这一时期诗坛的典型景观。龚自珍、魏源等人开启了从古代步入近代的艰难思想历程，萌生了最初的近代意识，他们的诗直接影响了整个晚清诗坛，直至清末；随后的郭嵩焘、黄遵宪等人的脚步已走向了世界，黄遵宪亲身感受过欧风美雨，作起了"新派诗"，掀起了诗之革新运动；康有为、梁启超、谭嗣同、严复等人更由士大夫文人转化为近代型知识分子，成为资产阶级改良运动的倡导者和启蒙思想家，梁启超推重黄遵宪，大力倡导"诗界革命"，为传统诗坛吹送出一缕新风；辛亥革命前后，废科举，兴新学，迅速形成近代知识分子群体，南社的出现，带来一股从未有过的诗坛新潮，辛亥志士血写的诗篇，成为整个清诗的最后一页。这都可说是

"新"，当然这新中也有旧。

我国传统诗学，代不乏人。到了晚清，创作队伍亦夥，诗坛流派众多。其荦荦大者，有以"学人之诗"为特征的"宋诗派"，以师承宋人相标榜，尤以苏（轼）、黄（庭坚）为主，并上溯到开启宋代诗风的杜甫、韩愈等，往下影响延续至清末，或称"宋诗运动"，其代表人物有程恩泽、祁寯藻、何绍基、郑珍等。前期为所谓"学人之诗"，中期则"合学人、诗人二而一之"。中间又有曾国藩推尊杜（甫）、韩（愈）、苏（轼）、黄（庭坚），而特"宗涪公（黄庭坚）"的"诵法江西"时期（黄庭坚乃江西人）。最后一直到所谓光绪、宣统以降的"同光体"时期，陈三立、沈增植、郑孝胥、陈衍等为其代表。除此之外，声势较大的流派，还有提倡汉魏六朝和盛唐的，其首领是湖南人王闿运，称为"湖湘派"。这是在宋诗派因得曾国藩扶植、倡导而称盛之时，后起的王闿运别树一帜，以"复古"相号召，独尊汉魏六朝而形成的派别，湘楚诗人，从者颇众。还有与"同光体"大致同时的所谓"中晚唐诗派"，代表人物是张之洞门下的樊增祥、易顺鼎。樊、易两位是清末民初诗坛才子，诗作以才情富艳，藻采丽密，属对工巧，用典精切自负，并以此著称诗坛，近温（庭筠）、李（商隐）者居多，故称中晚唐诗派。比樊、易略早而影响樊、易的，是李慈铭和张之洞。这些晚清诗坛派别，蹊径不同，但都重视复古。这可说是"陈"，当然陈中也有新。

晚清诗坛，最早且最有影响的新派人物，当是差可与龚自珍比肩的魏源。魏源（1794—1857）字默深，湖南邵阳人。他面对西方列强的入侵，最早提出"师夷之长技以制夷"，主张变法图强。但是他直到五十一岁才考中进士，才华横溢的青壮年时期则只能为人作幕。他受鸦片战争后被革职且遭遣戍新疆的林则徐之托，在林辑《四洲志》基础上编撰的世界史地著作《海国图志》，堪称那个时代中国乃至整个东方，都具有划时代意义的著作。传到日本后，启迪了日本明治维新前的一批先驱者，但对道光朝的清政府却似未曾激起一丝微澜。魏源的文学观是"经世致用"，他的诗主要包括"述时事"的政治诗和途经纪游或兴至登临的山水诗。《寰海》《寰海后》《秋兴》《后秋兴》四部七律组诗，广泛地反映了鸦片战争的具体内容和国家倾危形势，堪称"诗史"，最受人推重。今录

《寰海后》之一首：

> 曾闻兵革话承平，几见承平话战争？
>
> 鹤尽羽书凤尽檄，儿谈海国婢谈兵。
>
> 梦中疏草苍生泪，诗里莺花稗史情。
>
> 官匪拾遗休学杜，徒惊绛灌汉公卿。

诗中"匪"同"非"，不用非而用匪，乃是平仄格律的需要；"莺花"指鸦片；"杜"指杜甫，杜甫曾任唐肃宗时的左拾遗，乃谏官；"绛"指绛侯周勃，"灌"指灌婴。汉代贾谊因为上书议朝政改革之事，遭到大臣们的反对。颈联"梦中疏草苍生泪，诗里莺花稗史情"，有论者指可以概括魏源的政治诗："苍生泪"和"莺花（鸦片）史"是其两大主题，以史入诗，以诗为疏（奏章），正是魏源创作特色。他的山水诗大都写名山大川，景色奇伟壮丽，也有幽美的山水画面，富有意境神韵。袁行霈主编《中国文学史》曾举其《三湘棹歌》为例：

> 溪山雨后湘烟起，杨柳愁杀鹭鸥喜。
>
> 棹歌一声天地绿，回首浯溪已十里。
>
> 雨前方恨湘水平，雨后又嫌湘水奔。
>
> 浓于酒更碧于云，熨不能平剪不分。
>
> 水复山重行未尽，压来七十二峰影。
>
> 篙篙打碎碧玉屏，家家汲得桃花井。

魏源的主要贡献当然不在诗，与他相仿佛的还有林则徐。林则徐（1785—1850）字少穆，一字元抚，福建侯官（今福州）人。他以"虎门销烟"、坚决抗英而被誉为民族英雄。鸦片战争后，被革职遣戍新疆，从封疆大吏、朝廷重臣，而为遣戍罪人。他的一首《赴戍登程口占示家人》，最为传诵：

> 力微任重久神疲，再竭衰庸定不支。
>
> 苟利国家生死以，岂因祸福避趋之？
>
> 谪居正是君恩厚，养拙刚于戍卒宜。
>
> 戏与山妻谈故事，试吟"断送老头皮"。

尾联"断送老头皮"乃是一典：宋真宗听说杨仆能诗，便召来问："有人写诗送行吗？"杨仆说："我老妻写了一首：'更休落魄耽杯酒，且莫独狂爱咏诗。今日捉将宫里去，这回断送老头皮！'"真宗大笑，让他回去。（见苏轼《东坡志林》）林则徐这首诗的佳处，在于诗人被谪遭遣赴戍登程时，仍能乐观以待，不怕死，不怕压，顽强不屈。颈联说，只要是有利于国家的，我将生死以赴；岂能因祸而避、因福而趋之乎！爱国精神，于"口占"中见之，因而成为人们爱诵的名句。

　　林则徐不以诗名，以诗名者有张际亮、姚燮。张际亮（1799—1843），字亨甫，号松寥、华胥大夫，福建建宁人。他提倡所谓"志士之诗"，要求诗人"思乾坤之变，知古今之宜，观万物之理，备四时之气。其心未尝一日忘天下"。潘世恩在《张亨甫全集》卷首题辞中说："亨甫负经济才，磊落有奇气，读其诗如天马行空，瞬息千里，又如神龙变化，不可捉摸，殆得力于李青莲（指李白）；而激昂慷慨，可泣可歌，忠孝之忱，时流露于楮墨间，则少陵（指杜甫）之嗣响也。"刘存云《圮云楼诗话》指张际亮在当时"负海内重名将三十年"。张氏后期诗以七律著称，侧向写实，诗思凝重，似更有杜意。像下面这首《致林七秀才》：

> 衮衮诸公自省台，洛阳年少久蒿莱。
>
> 东南歌舞民方困，西北征输岁屡灾。
>
> 麯蘖尚耽名士习，文章何与济时才。
>
> 登高共望穷秋色，老雁寒云惨地来。

诗人不在其位，却关心现实，忧虑社会危机的加剧，表现出高度的政治敏锐性。七律《传闻》《迁延》等组诗曾广为传诵，今各录一首：

传闻（选一）

> 轻敌徒矜战斗才，孤城仓卒亦堪哀。
>
> 翁山士马伤亡尽，支海夷獠笑舞来。
>
> 地险将军仍卧甲，天高使相但衔杯。
>
> 可怜碧血沉沕后，重见朱颜去不回。

迁延（选一）

百万金缯贿寇还，明州父老痛时艰。

捷书互报中朝贺，优诏仍蒙上赏颁。

浪跋鲸鱼腥璧水，血分鸩鸟污珠纛。

舟山鬼泣君知否？无数楼船瘴海间。

《传闻》咏定海失陷事。前四句写守城总兵轻敌自用，全无戒备，英寇轻取定海，守城清军伤亡殆尽，英夷则笑舞狂欢：表达出作者的一腔愤慨。后四句写钦差大臣宴请英酋，腆颜媚敌；而有节操之士人、妇女不甘屈辱，投水而亡：传达出诗人对媚敌者的讥讽和对死难者的悲恸。《迁延》写的则是英军攻占宁波，勒索巨量银圆后撤出，而将军奕经却谎称收复，清廷居然滥赏的史实。诗人忍不住质问："舟山鬼泣君知否？无数楼船瘴海间！"意思是，有多少冤魂在哭泣，有多少敌舰在横行！诗人的愤怒到了不可遏止的程度。

姚燮（1805—1864），字梅伯，号野桥、复庄，浙江镇海人。他是一位画家，文学上更是才华横溢的多面手，戏曲、小说、词都有大量著作存世，同时又是为世所重的一位学者。诗则成就最高，《复庄诗问》卷首题辞谓其"真诗人之杰，不为时代所汩没者"（朱琦评姚燮语）。论者指姚燮以画家的眼光观察生活全景和细部，以诗人的感情给画面着色，一些叙事诗还有戏剧化情节，描写人物时见小说笔法。语言或典奥而不涩，或明晓而不俗，体式变化不一：从而留下了丰富多彩的十九世纪三四十年代广阔的社会历史画卷。（《中华文学通史》）他的由一百零八首五古组诗《南辕杂诗》中，有流民图长卷。像下面这一首，就是这流民长卷图中的一幅：

茕茕老若幼，负载行路旁。

短喘接烦促，流汗身手僵。

前村去后市，计里纡且长。

往来日三五，未供一日粮。

云头火方赤，柳下风微凉。

顾之不敢憩，举步还踉跄！

诗写饥民艰难行进的惨状：三五日没得一顿饱饭，一步一挨，身手僵直，气喘吁吁，炎日如火，却不敢去柳荫下稍微休息一下，还得不停地往前赶路，哪怕步履踉跄。可是前路在哪儿呢？等待他们的是乐土吗？

姚燮的山水诗也很有名，当然那又是一幅笔墨。他的普陀山诗，论者以为可与高心夔的庐山诗、刘光第的峨眉山诗、许承尧的黄山诗相媲美（钱仲联《明清诗精选》）。像下面这一首写普陀山的五律《澄灵涧》：

> 玉局三生梦，人间石铫泉。
>
> 炼心初夜月，洗耳再来禅。
>
> 大海无真岸，空山有逝川。
>
> 远公余旧屐，谁结听琴缘？

诗中"玉局"指苏轼，轼曾为玉局祠官。"远公"是东晋高僧慧远，这里指与作者相识的普陀山僧。诗咏的是山水（澄灵涧），参的是禅意，哲理从形象中体现，而不是发议论，这就是这首诗的妙处。

以诗名者，更早些还有张维屏。张维屏（1780—1859），字子树，一字南山，号松心子，广东番禺人。道光二年进士，累官至南康知府，五十六岁（1836）辞官，隐居于广州珠江南岸花地，自号珠海老渔。鸦片战争的炮声打破了他"耽书爱酒娱花木"的小隐生活，他目击"英夷之变"，诗风为之一改，雄健慷慨，格调高昂。七古《三元里》以豪壮的笔调，展现了如涛如潮、气势磅礴的三元里平英团抗英场面：

> 三元里前声若雷，千众万众同时来。
>
> 因义生愤愤生勇，乡民合力强徒摧。
>
> 家室田庐须保卫，不待鼓声群作气。
>
> 妇女齐心亦健儿，犁锄在手皆兵器。
>
> 乡分远近旗斑斓，什队百队沿溪山。
>
> 众夷相见忽变色，黑旗死仗难生还！
>
> 夷兵所恃唯枪炮，人心合处天心到。
>
> 晴空骤雨忽倾盆，凶夷无所行其暴。
>
> 岂特火器无所施，夷足不惯行滑泥。
>
> 下者田塍苦踯躅，高者冈阜愁颠挤。

> 中有夷酋貌尤丑，象皮作甲裹身厚，
>
> 一戈已桩长狄喉，十日犹悬郅支首。
>
> 纷然欲遁无双翅，奸厥渠魁真易事。
>
> 不解何由巨网开，枯鱼竟得攸然逝。
>
> 魏绛和戎且解忧，风人慷慨赋同仇。
>
> 如何全盛金瓯日，却类金缯岁币谋。

诗中歌颂了三元里人民同仇敌忾、戮力抗英的英雄壮举，勾画了英夷在三元里人民打击下的狼狈相，给我们留下了弥足珍贵的诗写的史料，同时也揭露了当时清廷上下惧洋媚敌的面目。这首诗以其场面描绘之壮阔、形象之生动、对比之强烈、声情之激越，在同类题材诗作中可谓独占鳌头。张维屏还有一首小诗《春雷》，选入中小学语文课本：

> 造物无情却有情，每于寒尽觉春生。
>
> 千红万紫安排着，只待春雷第一声。

四句小诗，充满了对春天的呼唤，对春雷的期待，表达了一种强烈的弃旧图新、迎接新时代到来的思想感情。诗是即事即景，却又颇富哲理，能给人以很多启示。

上述魏源、林则徐到张维屏、张际亮、姚燮等诗家或可称为如张际亮所言的"志士之诗"；而以"学人之诗"为特征的近代宋诗派，则延续直至清末，后人或称之为"宋诗运动"。代表诗人何绍基和郑珍。何绍基在诗学上立一家之说，完善了宋诗派的理论建树；郑珍则在创作上成一家之诗，显示了宋诗派的创作成就。

何绍基（1799—1873），字子贞，号东洲，晚号猿叟，湖南道州人。道光十六年（1836）进士，为翰林院编修，国史馆总纂，历典闽、黔、粤省乡试，迁四川学政，后辞官，晚年主持扬州书局。何氏早年求学，入仕即务文教，晚岁讲学、校书，可谓一生为学人。尤以书法名世，人推清代第一（见黄黄山《弈人传》）。何绍基论诗，核心虽然仍是"温柔敦厚"儒家的传统诗教，但他强调要"先学为人"，"人与文一"，最后达到"人成文立"。他认为作诗要有"真性情"，要"不俗"，"作诗文必须胸有积轴"，把义理、考据与诗文统一起来，成为"学人之诗"。何氏论诗注重独创性，一不依傍古人，二不逐从时俗，所谓"诗是自家做的，便要说自家的话"。（与汪菊士论诗）何绍基诗论乃是一种调和的理论，带有明显的保守性，但又扩大了"温柔敦厚"诗教的容量，使传统诗学得以延存，影响及于清末民初。

何绍基本人的诗，时人谓"无他高妙，只是本色而已"（张穆《使黔草》序）。平和清逸的学人之诗，有山水写景、论书题画、金石题跋、酬答抒怀几类。写贵州奇景的长诗《飞云岩》，颇为人所赞赏。试读开头一段：

> 垂天之云向空布，来为人间沛甘澍。
> 功成气猛不自收，太古阴风莽吹沍。
> 云欲上天天谓顽，太虚缥缈无由还。
> 云欲回山断根络，窌秘岩扃无住着。
> 忙云失势化闲云，云自无心不悔错。
> 幻为百千亿万云，云云一气相分合。
> 一云乍起一云落，一云向前一云却。
> 一云奋舞一云懒，一云欢喜一云愕。
> 大云瞵盯母覆子，小云睿戢鱼戏水。
> 丑云恶缩妍云笑，痴云凝立灵云诡。
> 睡云颓散欲着床，淡云散涣偏成绮。
> 三云四云相颉颃，十云百云不乱行。
> 如神如鬼如将相，如屋如塔如桥梁。
> 如龟蛇蛰虎咒吼，鸾凤翙翙虹龙纠。
> ……

通篇似在写"云"，这云有神有态，或立或卧，或伸或曲，无奇不有。再读篇末一段：

> 我蹑云趾坐立眠，登巅看松胁听泉。
> 泉下灌田松照天，云闲无事几千年。
> 不嫌碍笠又妨屐，试与摩挲出润泽。
> 扣之有声出自魄，非木非金色苍白。

> 我行十里方出云，且兰早秋天正碧。
>
> 寄语看诗读记人，我所道云都是石。

至此方知，前面句句似写云，实则句句在写石。妙喻连连，笔力不可一世。另如七律《山雨》，即目所见，落笔轻快：

> 短笠团团避树枝，初凉天气野行宜。
>
> 溪云到处自相聚，山雨忽来人不知。
>
> 马上衣巾任沾湿，村边瓜豆也离披。
>
> 新晴尽放峰峦出，万瀑齐飞又一奇。

七绝《小树》：

> 大雨吞山百丈斜，山根摧落几人家。
>
> 中间小树浑无事，颠倒生根又放花。

人们不经意处，诗人发现某种自然美和生活情趣，颇饶理蕴。何氏此类诗，论者指其深得宋诗尤其是苏诗神韵，今人钱仲联甚至推为"晚清学苏第一人"（《梦苕庵诗话》）。而何氏论书法、题金石之作，以考订入诗，发为韵语，学者气浓，诗味则寡淡了。

郑珍（1806—1864），字子尹，号柴翁，贵州遵义人。三十二岁中举后屡试不第，只任过本省几县训导、教谕，一生局促困顿，而学术成就甚著，通经学、训诂，被尊为"西南巨儒"。郑珍首重为人，强调读书养气，诗贵有我，不随流俗，持论与何绍基一致。但他一生仕途困穷，局促于乡，生活阅历使其对百姓苦难有较为深切的体会，发之为诗则真切感人。例如五律《者海铅厂》：

> 无斯煎煅利，鬼亦掉头还。
>
> 墨井人声底，炉场夕照间。
>
> 百年无树影，众皱是灰山。
>
> 谁识荒荒顶，飞鸿爪自闲。

者海，贵州地名。山有铅矿，设厂冶炼。首联说如果不是获利颇丰，鬼也会掉头不顾；颔联写矿工劳作之苦，人在"墨井"里，劳动则到晚不休；颈联和尾联写环境被严重破坏，说路过的飞鸟也不肯停留落下。这是一首反映矿山开采冶炼情况的诗，在那个时代应该说还是很难得的。有的选本还选录有郑氏的七古《经死哀》一首，有些白居易新乐府味道，比之杜甫《三吏》《三别》，更多了些悲哀和悲愤：

> 虎卒未去虎隶来，催纳捐欠声如雷。
>
> 雷声不住哭声起，走报其翁已经死。
>
> 长官切齿目怒瞋："吾不要命只要银！
>
> 若图做鬼即宽减，恐此一县无生人！"
>
> 促呼捉子来，且与杖一百：
>
> "陷父不义罪何极，欲解父悬速足陌！"
>
> 呜呼！
>
> 北城卖屋虫出户，南城又报缢三五！

"走报老翁已经死"的"已经死"是已自经即自缢而死。"欲解父悬速足陌"是说要想解下上吊的老父的尸首，就得交足粮款。这是一篇控诉书，催租逼款的官差如狼似虎，穷人只有上吊一条路，人死了还要借尸体逼欠，打板子，加罪名，南城逼得人刚死，北城又是逼死人！真的是骇人听闻。郑珍这类诗，反映了诗人处在下层民众中的所见所闻所感。但就其整个诗作来看，他的诗依然还是学人之诗，属传统范围。

新的方面，上承龚自珍的创作方向，下启清末诗界革命先声，最早有志于"别创诗界"的诗人是黄遵宪。黄遵宪（1848—1905），字公度，广东嘉应州（今梅县）人。二十九岁（1876）中举。光绪三年（1877）受任为使日大臣的参赞随使日本，后历任英、美总领事，是我国第一代外交官之一，走的是传统士人从没走过的道路。归国后任湖南按察使，支持梁启超、谭嗣同等维新人士，并亲自参与变法活动。戊戌政变后被革职。黄遵宪论诗，早年即反对尊古，曾写诗讥讽说："俗儒好遵古，日日故纸研。六经字所无，不敢入诗篇。"他明确提出"我手写我口"的口号，并且自信："即今流俗语，我若登简编，五千年后人，惊为古斓斑。"使日及宦游英、美后，眼界开阔，尝试逐步脱去古人束缚，去古从今，别创诗界，向着有别于传统诗派的"新派诗"方向努力。一是大作其海外诗，这是前人没有过的，也作不出来的。这些诗写异国之历史、风土、

政俗、民物，例如下面这两首七绝：

拔地摩天独立高，莲峰涌出海东涛。

二千五百年前雪，一白茫茫积未消。

朝曦看到夕阳斜，流水游龙斗宝车。

宴罢红云歌绛雪，东皇第一看莺花。

前一首写东京富士山，后一首写观赏莺花，颇能传达出异国风韵。他诗中写"奇景"：像锡兰（今斯里兰卡）的卧佛，伦敦的大雾，巴黎的铁塔，"一河横跨两洲遥"的苏伊士运河，"百花烂漫堆案头"的新加坡风光；诗中也寄"新思"：在描绘异国风情时联系其历史文化、时代风云，联想到祖国命运。最有名的如五古《今别离》四首，以咏别离作引子，实际分咏轮船火车、电报、照相以及东西半球昼夜相反等现象，是当时出现的新事物、新知识，但在国内是见所未见、闻所未闻。今录其中一首咏轮船、火车：

别肠转如轮，一刻既万周。

眼见双轮驰，益增中心忧。

古亦有山川，古亦有车舟。

车舟载离别，行止犹自由。

今日舟与车，并力生离愁。

明知须臾景，不许稍绸缪。

钟声一及时，顷刻不少留。

虽有万钧柁，动如绕指柔。

岂无打头风，亦不畏石尤。

送者未及返，君在天尽头。

望景倏不见，烟波杳悠悠。

去矣一何速，归定留滞否？

所愿君归时，快乘轻气球。

诗中"石尤"乃是一典：神话传说，石氏女嫁尤郎，尤郎不归，石女死后化风，以阻尤行。这些诗从诗境、内涵、语言、格调，与传统都大不相同。梁启超看到后，大为赞赏，推为他所创导的"诗界革命"的样板作品。

二是纪事诗，以史家之笔，传写列强凭陵、中国危亡、民族抗争的历史，寄寓爱国义愤和忧国悲思。比如七古《哀旅顺》：

> 海水一泓烟九点，壮哉此地实天险。
> 炮台屹立如虎阚，红衣大将威望俨。
> 下有洼地列巨舰，晴天雷轰夜电闪。
> 最高峰头纵远览，龙旗百丈迎风飐。
> 长城万里此为堑，鲸鹏相摩图一啖。
> 昂头侧腹何眈眈，伸手欲攫终不敢。
> 谓海可填山可撼，万鬼聚谋无此胆。
> 一朝瓦解成劫灰，闻道敌军蹈背来。

"鲸鹏相摩图一啖"，指西方列强都想占有旅顺。最后两句陡然换韵，点出"哀"字：如此要塞，一朝陷落，原来是守将轻敌，麻痹大意，没有料到敌军从背后攻击，岂不哀哉！可谓画龙点睛。

三是述志诗，这一类诗是黄遵宪心灵历程的展露。像维新运动时所作《赠梁任父同年》：

> 寸寸山河寸寸金，瓜离分裂力谁任？
> 杜鹃再拜忧天泪，精卫无穷填海心。

祖国一寸山河一寸金，但谁能抵挡列强入侵和瓜分？杜鹃啼出血来，也难解忧心之苦，精卫衔石填海，壮心永远也不会停止。表达了诗人忧虑国难的深情和愿意为国奋斗不止的决心。变法失败后，黄遵宪写的《己亥杂诗》，更是一吐胸中之情愫，试读其中一首：

> 滔滔海水日趋东，万法从新要大同。
> 后二十年言定验，手书心史井函中。

诗人对未来之中国充满信心。黄遵宪就是这样一位以旧形式写新内容的所谓"新派诗"的首创者，"旧瓶子装新酒"，而且酒味相当不错。梁启

超对黄氏的《人境庐诗草》推崇备至，称黄遵宪"于古诗人中独具境界"。梁启超以黄遵宪为标杆，于晚清诗坛掀起一场"诗界革命"。

诗界革命的鼓吹者、戊戌维新的旗手之一梁启超不以诗名，他以他"笔端常带感情"的"新民文体"著称于世。梁启超（1865—1929），字卓如，号任公，又号饮冰室主人，广东新会人。人们熟知并经常引用的梁启超的诗，大概是这两首题作《读陆放翁集》的绝句：

> 诗界千年靡靡风，兵魂销尽国魂空。
> 集中什九从军乐，亘古男儿一放翁。

> 辜负胸中十万兵，百无聊赖以诗鸣。
> 谁怜爱国千行泪，说到胡尘意不平。

这两首诗，诗人高度赞扬了陆游的爱国精神和爱国诗篇，读来如同他的文章，令人有奋发之气。他的七律《自励》，更是一篇自许、自负、自励、自诚的自白书：

> 献身甘作万矢的，著论求为百世师。
> 誓起民权移旧俗，更研哲理牖新知。
> 十年以后当思我，举国犹狂欲语谁。
> 世界无穷愿无尽，海天寥廓立多时。

首联说自己期望的贡献，颔联写自己实际的作用，颈联预想自己的影响，尾联表达自己远大的愿望和志向。从最后一句"海天寥廓立多时"，我们似乎可以看到，这位一生向国人输入新知，唤醒国人变法图强的爱国者，胸怀祖国、放眼世界的独立不移的身影。

梁启超的老师康有为，实际上是自觉以诗界革命精神开拓诗的创作意境，而且卓然成家的诗人，诗的成就当在他的弟子梁启超之上。康有为（1858—1927），字广厦，号长素，广东南海人，世称南海先生。光绪二十一年（1895）进士。推动戊戌变法的主要代表人物。康有为的诗，今存有一千五百余首。康为人雄强自负，其诗亦气势不凡。试看其《登万里长城》之一：

> 秦时楼堞汉家营，匹马高秋抚旧城。
> 鞭石千峰上云汉，连天万里压幽并。
> 东穷碧海群山立，西带黄河落日明。
> 且勿却胡论功绩，英雄造事令人惊！

传说神人鞭石下海，这里将旧典改造成为鞭石上山筑长城，以表现英雄人物"造事"的驱使一切的非凡力量，而康有为本人也就是一个敢于"造事"的人物。他的《初游香港睹欧亚各洲俗》诗，既伤心香港沦为殖民地，又赞美其近代科技文明成就以及都市的繁华和美丽：

> 灵岛神皋聚百旗，别峰通电线单微。
> 半空楼阁凌云起，大海艨艟破浪飞。
> 夹道红尘驰腰褭，沿山绿围闹芳菲。
> 伤心信美非吾土，锦帕蛮靴满目非。

康有为写景之作往往寄托其心胸抱负，字面不言志而自有一种恢宏气度。如《过昌平城望居庸关》：

> 城堞逶迤万柳红，西山岩嶙霁明虹。
> 云垂大野鹰盘势，地展平原骏走风。
> 永夜驼铃传塞上，极天树影递关东。
> 时平堡堠生青草，欲出军都吊鬼雄。

不少选本都选录的《出都留别诸公》，可视作康氏的代表作：

> 沧海惊波百怪横，唐衢痛哭万人惊。
> 高峰突出诸山妒，上帝无言百鬼狞。
> 岂有汉庭思贾谊，拼教江夏杀祢衡！
> 陆沉预为中原叹，他日应思鲁二生。
>
> 天龙作骑万灵从，独立飞来缥缈峰。
> 怀抱芳馨兰一握，纵横宙合雾千重。
> 眼中战国成逐鹿，海内人才孰卧龙？
> 抚剑长号归去也，千山风雨啸青锋。

这是康有为第一次入都，上书不达，出都时所作，抒发变法愿望受挫的愤懑，讥讽乃至抨击朝政，表达独立不挠的改革之志，既有愤激与悲情，亦有自负与自信，"高峰突出诸山妒"，"独立飞来缥缈峰"，"海内人才孰卧龙"，无不充分显示康氏雄强自负的个性。

被梁启超称作"新学之诗"的诗歌改革尝试者谭嗣同、夏曾佑，在晚清诗坛也占有一席之地。谭嗣同（1865—1898），字复生，号壮飞，湖南浏阳人。其父官至湖北巡抚。谭与康、梁结交，主编《湘报》，后参与百日维新，为主要人物之一，慈禧发动政变后慷慨就义，为"戊戌六君子"之一。谭嗣同的诗分前后两期，论者指其前期诗未脱"旧学"范围，表达传统士人的修齐治平理想和忧国忧民情怀，其中优秀篇什往往豪宕雄奇，比如登临览胜的山水诗，也往往溶心志于山川形胜：

潼关

终古高云簇此城，秋风吹散马蹄声。

河流大野犹嫌束，山入潼关不解平。

崆峒

斗星高被众峰吞，莽荡山河剑气昏。

隔断尘寰云似海，划开天路岭为门。

松挐霄汉来龙斗，石负苔衣挟兽奔。

四望桃花红满谷，不应仍问武陵源。

前一首七绝咏潼关，后两句对仗，"河流"与"山入"对偶，"河""流"乃是两个词，即"大河流入"之意。诗写得雄浑高古，苍凉恢阔，似将诗人自己不甘束缚、愤懑不平之气赋予了大河峻岭。后一首七律咏崆峒山，笔下峰峦松石似乎都获得了一种吞星、开天的气势，赋予了奔腾不羁的性格，这当然只是诗人自己的心胸抱负的一种载体而已。他的《览武汉形势》一诗，咏笔者家乡一带，包孕了一种萧瑟苍凉之感：

黄沙卷日堕荒荒，一鸟随云度莽苍。

山入空城盘地起，江横旷野竟天长。

东南形胜雄吴楚，今古人才感栋梁。

远略未因愁病减，角声吹彻满林霜。

像这一类诗作，通过自然景物的人格化、感情化，构成独特的意象、意境，传写诗人自己的个性、情志，引起读者审美联想和情感共鸣，正能代表谭嗣同诗的风格。

谭嗣同后期的诗，以"新学"的新事物、新名词、新概念入诗，形成一种艰涩怪诞的风貌，如《赠梁卓如诗》之类。当然也有明晓深沉之作，诗之寄意则与前不同，乃是维新志士之情怀了。比如《有感一首》：

世间无物抵春愁，乞向苍冥一哭休。

四万万人齐下泪，天涯何处是神州。

这首《有感》，作于甲午战败，屈辱的马关条约签订后，悲痛和激愤已经不能自已，但再也不是一家一姓之王朝，而是四亿人民的家国了。最为传诵的是他的《狱中题壁》：

望门投止思张俭，忍死须臾待杜根。

我自横刀向天笑，去留肝胆两昆仑。

这是谭嗣同这位戊戌烈士生命的绝唱。所谓"我自横刀向天笑，去留肝胆两昆仑"，是说去国流亡、以图再起的战友，留在国中慷慨赴死，以血唤醒民众的同志，都是像巍巍昆仑山一样顶天立地的英雄。当然这句诗还有别的解释，但笔者愿意这样去理解。这和他的《绝命词》"有心杀贼，无力回天，死得其所，快哉快哉"那种豪迈、爽朗，视死如归的情怀是一致的。

"新学诗"另一位首倡者是夏曾佑。夏曾佑（1863—1924），字穗卿，号碎佛，笔名别士，浙江钱塘人。光绪十六年（1890）进士，任过泗州知府。与严复等编《国闻报》，宣传维新变法。夏氏早期诗多借关河风物寄托家国愁思，比如甲午之战初起时作的《送汪毅白出都》：

落拓长安秋已分，烽烟如此况离群。

马头风雨连红树，笛里关山望白云。

千古心期凭寸简，九州容易入斜曛。

江湖断梗藩笼翼，同向天涯哭典坟。

后来写新学诗，如绝句：

> 冰期世界太清凉，洪水茫茫下土方。
> 巴别塔前分种教，人天从此感参商。

短短四句诗，有地质史的名词"冰河期"，有希腊神话中的"洪水"以及《圣经》中的诺亚方舟、巴别塔等外国典故。梁启超《饮冰室诗话》说："当时所谓新诗，颇喜挦扯新名词以自表异。"这些所谓新学诗，其实践都在梁启超提倡"诗界革命"之前，论者指其有精神解放之意义。

最早自觉参与"诗界革命"的诗人中有丘逢甲，梁启超推许他为"诗界革命一巨子"。丘逢甲（1864—1912），字仙根，号仲阏，别号仓海君，祖籍广东镇平，生于台湾彰化。光绪十五年（1899）进士，官工部主事。甲午战败，清廷割让台湾给日本，丘逢甲为义军大将军，守台中抗日，后兵败内渡。丘逢甲的诗，饱含爱国主义精神，并能开拓诗之新境界，风格则以悲壮雄迈为主，兼有清丽婉通。黄遵宪称其为"真天下健者"。

丘逢甲的诗，多写失台之痛，念台之情，复台之志。像下面这几首：

离台诗
宰相有权能割地，孤臣无力可回天。
扁舟去作鸱夷子，回首河山意黯然。

春愁
春愁难遣强看山，往事惊心泪欲潸。
四百万人同一哭，去年今日割台湾。

有感赠义军旧书记（四首选一）
凤凰台上望乡关，地老天荒故将闲。
自写鄂王词在壁，从头整顿旧河山。

天涯
天涯断雁少书还，梦入虚无缥缈间。

兵火余生心易碎，愁人未老鬓已斑。
没蕃亲故沦沧海，归汉郎官遁故山。
已分生离同死别，不堪挥泪说台湾。

秋怀（八首选一）

古戍斜阳断角哀，望乡何处筑高台。
没蕃亲故无消息，失路英雄有酒杯。
入海江声流梦去，抱城山色入秋来。
天涯自洒看花泪，丛菊于今已两开。

得颂臣台湾书却寄原文

故人消息隔乡关，花发春城客思闲。
一纸平安天外信，三年梦寐海中山。
波涛道险鱼难寄，城郭人非鹤未还。
去日儿童今渐长，灯前都解问台湾。

诗写台湾沦陷后的悲愤，对故乡故人的怀念，表达了深挚炽烈的爱国感情，诗风则是悲郁怆恻中夹有凌厉雄迈之气。"扁舟去作鸱夷子"，是用春秋越人范蠡的典故。"自写鄂王词在壁"，是指题岳飞《满江红》词于壁上。"归汉郎官遁故山"，借汉代苏武事说诗人自己。"城郭人非鹤未还"，用陶潜《搜神后记》中的"丁令威化鹤归来"的故事，表达对故土的思恋。

　　进入 20 世纪，丘逢甲奉命走南洋，履迹遍及香港、澳门、西贡以及新加坡等地，又会见康、梁并拜访黄遵宪，积极投入诗界革命，并以诗界革命之雄者自许，如《论诗次铁庐韵》：

迩来诗界唱革命，谁果独尊吾未逢。
流尽玄黄笔头血，茫茫词海战群龙。

新筑诗中大舞台，侏儒几辈剧堪哀。
即今开幕推神手，要选人间绝代才。

辛亥革命胜利，丘逢甲翘首高歌：

谒明孝陵

郁郁钟山紫气腾，中华民族此重兴。

江山一统都新定，大蠹鸣笳谒孝陵。

这些诗虽然有些粗豪外露，但是慷慨高昂，颇能激动人心。丘逢甲这位台湾出生的爱国诗人，"于诗中开新世界"，是值得后人景仰和铭记的。

"开新"者如是，"复古"者亦有人，王闿运即所谓汉魏六朝诗派的首领人物。王闿运（1833—1916），字壬秋，一字壬父，自号湘绮，湖南湘潭人。咸丰朝举人。一生经历道、咸、同、光、宣五朝至民国，学问、诗文名重一时，被誉为"诗坛旧头领"。有《湘绮楼文集》《湘绮楼诗集》《湘绮楼说诗》。王闿运平生处世、行事、治学、论文乃至于说诗，大概都夷然自外于时代进步潮流，也傲然自异于统治层中的主流派。湘绮楼论诗，本于陆机之"缘情而绮靡"，由"缘情说"而导出"尊八代"（汉魏六朝），进而导入"复古论"。他的诗摹仿汉魏六朝。下面这首题为《多难》的诗，即写在八国联军侵入北京后，干戈遍地，亲友四散，秋夜思长，无由排遣：

岁月犹多难，干戈罢远游。

还持两行泪，遥为故人愁。

薄梦侵残夜，西风倾旧秋。

江湖空浩荡，无路觅前游。

诗是近体，却不避重字（如"游"字两出），不求工对（像颔联），带有古诗味道。像《寄怀辛眉》：

空山霜气深，落月千里阴。

之子未高卧，相思共此心。

一夜梧桐老，闻君江上琴。

诗是古体，也饶有古意。结尾二句仔细品之，言虽戛然而止，而思则绵延不尽，可称得上"隽永"二字。

宋诗派演进到清末，又有所谓"同光体"，指同治、光绪朝的宋诗派诗人诗作。代表人物是陈三立、沈曾植、郑孝胥，以及后来编选《宋诗精华录》的陈衍等，特别提出的是陈三立和沈曾植。陈三立（1852—1937）字伯严，号散原，江西义宁（今修水）人。光绪十五年（1889）进士，官吏部主事。其父乃湖南巡抚陈宝箴，父子俱为维新变法人物，戊戌后同被革职。有记载1936年日军侵占北平后，陈三立悲愤绝食而死。录其诗七律一首，题作《十月十四日夜饮秦淮酒楼，闻陈梅生侍御、袁叔舆户部出都遇乱，感赋》：

> 狼嚎豕突哭千门，溅血车茵处处村。
>
> 敢幸生还携客共，不辞烂漫听歌喧。
>
> 九州人物灯前泪，一舸风波劫外魂。
>
> 霜月阑干照头白，天涯为念旧恩存。

八国联军侵入北京，皇室逃离，诗人时在南京。诗写京城惨状，千门痛哭，遍地血腥；能与友人在南京酒楼聚饮，真乃幸事；谈起家国之事，九州人物，皆灯前垂泪；想到太后及皇上一行还在逃难途中，更是令人思念不已。陈三立的诗常有一种独立无依的孤独和凄凉彻骨的悲怆。论者指陈三立的诗，是最后一个封建王朝终将死亡的哀歌和终于死亡的挽歌；他的诗里，也驻留着最后一代忧国爱国而又怀着君国观念的士大夫的精魂。笔者顺便提一句，陈三立就是我国现代史学大师、学贯中西的大学者陈寅恪的父亲。

同光体的代表诗人还有沈曾植。沈曾植（1850—1922），字子培，号乙盦，晚号寐叟，浙江嘉兴人。光绪六年（1880）进士。曾支持康有为上书变法，戊戌时为张之洞所聘，主两湖书院史席，政变后幸免。后官至安徽布政使，护理巡抚。沈氏是一位学者，治史地；他的诗也有"学人之诗"的特点，艰深奇奥，力避平庸。今录较为平易的一首，题曰《偕石遗渡江》，石遗即陈衍，过江访友，时在武昌张之洞幕中：

> 湍深刚避鹊矶头，望远还迷鹦鹉洲。
>
> 残腊空舲容二客，清江晓日写千愁。
>
> 刚肠志士丹衷在，壮事愚公白发休。
>
> 只借柏庭收寂照，四更孤月瞰江楼。

诗中"刚肠志士丹衷在",写戊戌"六君子"身虽死,而爱国之心长存;"壮事愚公白发休",写诗人自己和石遗,壮志未酬,即是满头白发也未肯休。"柏庭""寂照"用佛家语,强自排遣。尾句以月照江楼景语作结,有论者指表现对光明的憧憬,笔者倒是倾向于只是为了烘托氛围、寄托幽思,至于幽思是什么,似可不必指明的。

清末诗坛,与同光体大致同时的旧派人物还有樊增祥和易顺鼎,他们的诗近温(庭筠)、李(商隐)的居多,称中晚唐派。樊增祥(1846—1931),字嘉父,号云门,别号樊山,湖北恩施人。光绪三年(1877)进士,任县令士余年,官至江宁布政使。樊樊生一生作诗号称三万首。七律多学温、李,藻采浓丽,蕴藉绵邈。像《八月十六城上望月》:

> 尺八横吹缥缈音,满衣风露此登临。
> 月如秦镜无圆缺,天与紫窑孰浅深。
> 烟霭四垂碧罗幕,山川全镀紫磨金。
> 碧城十二无消息,空负阑干万里心。

晚年樊樊山人既颓唐,诗亦庸烂。像下面这一首《三月十二日同阎公阅世遂至酒肆小饮》:

> 老涉歌场不自羞,直须日日恣情游。
> 逢鸡便吃逢花醉,莫问诗中几酒楼。

然而,爱国之心并未泯灭,伤时之叹时付吟笺。在一本薄薄的近代诗选里,笔者读到他的《中秋夜无月》的七言绝句,至今还记得:

> 亘古清光彻九州,而今烟雾锁重楼。
> 莫愁遮断山河影,映出山河影更愁!

中国的读书人,旧时所谓士大夫,无论穷达,他们的爱国感情是相同的。笔者出生在恩施,与樊樊山老人可称同乡,故简叙于此,易顺鼎则略去。

就在清末诗坛旧垒张其旗鼓之时,新的诗之群体应运而生。他们的思想和诗作,都呈现一种新时代的风格,显示出新人的朝气、热情和激烈的革命精神。在梁启超、黄遵宪诸人诗界革命的基础上更进一步,掀起一股革命诗潮。这股诗潮的大力推动者就是"南社"。南社的成立和壮大，南社诗人的成就，是辛亥革命前后磅礴诗潮的重要标志。南社主要创始人是高旭、陈去病和柳亚子，都是同盟会员。武昌起义前夕，南社成员已达 228 人。创作以激励国人为职志，"掊击清廷，排斥帝制，大声以呼，振启聋聩"（高旭《答陈悦老书》），有些人如黄兴、宋教仁、汪精卫、居正、陈其美、邵力子、于右任等人还直接参加推翻帝制的革命斗争。

笔者前些年购得一部《南社诗选》，诗、词同录，厚厚的一本。于汪精卫亦选其诗词多首，其中一首《被逮口占》："慷慨歌燕市，从容作楚囚。引刀成一快，不负少年头。"这是汪精卫和同盟会同志刺杀摄政王载沣事败被捕，清庭判汪精卫"大逆不道，立即处斩"，汪精卫在狱中写下此诗以明志。汪投奔日寇当汉奸那是后来的事，人是会变的。

南社发起人中年龄最小（16 岁），作诗时间又最长（直至 1950 年代，还与毛泽东主席唱和诗词，互有赠答），能够与时俱进的诗人是柳亚子。柳亚子（1887—1958），原名慰高，曾更名弃疾，号亚子，后即以亚子为名号，江苏吴江人。今录其《吊鉴湖女侠秋女士》七律一首，以见其早年思想及诗作之风采：

> 漫说天飞六月霜，珠沉玉碎不须伤。
> 已拼侠骨成孤注，赢得英名震万方。
> 碧血摧残酬祖国，怒潮呜咽怨钱塘。
> 于祠岳庙中间路，留取荒坟葬女郎。

诗中"于祠"指明末民族英雄于谦墓，"岳庙"指宋代民族英雄岳飞的岳王坟，皆有祠。诗人将秋瑾与岳、于二位并列，是赞扬她的伟业与英名。

秋瑾（1875—1907），号鉴湖女侠，浙江绍兴人。她赴日留学途中所作《日人石井君索和即用原韵》一首七律，可见其女中豪杰的英雄气概和爱国思想：

> 漫云女子不英雄，万里乘风独向东。
> 诗思一帆海空阔，梦魂三岛月玲珑。
> 铜驼已陷悲回首，汗马终惭未有功。
> 如许伤心家国恨，那堪客里度春风。

还有写在赴日留学船上的七律《黄海舟中感怀》，感情充沛，大气磅礴，真正巾帼不让须眉：

> 闻道当年鏖战地，至今犹带血痕流。
> 驰驱戎马中原梦，破碎山河故国羞。
> 领海无权悲索寞，磨刀有日快恩仇。
> 天风吹面泠然过，十万烟云眼底收。

人们最广为传诵的，还有她的《对酒》一绝：

> 不惜千金买宝刀，貂裘换酒也堪豪。
> 一腔热血勤珍重，洒去犹能化碧涛。

这是一首言志诗。末句合用了"苌弘血化碧"和"伍子胥死后化作钱塘江潮"两个典故，表达了诗人伟大的志向。秋瑾和其他革命志士的鲜血，为清诗写下了最后灿烂的一页。

说到这里，我们不妨将清末诗坛与唐末、宋末作一比较。唐末诗坛，一片肃杀之音；宋末诗坛，亦多衰亡之调。而清末诗坛，虽则新、旧杂出，流派纷呈，但旧已走向式微，新则喷薄而出，多了时代赋予的内容，多了有新时代新内涵的爱国主义思想，多了肩负时代使命的革命者的奋起和担当，尤其是南社诸人，以反清革命为共同思想基础，以振起国魂、弘扬国粹为主导文学思想的呐喊，这些都给清末诗乃至整个晚清诗涂上了一抹亮色。如果说整体而言，一代清诗不如唐，或许也赶不上宋，但晚清诗绝对不让晚唐或晚宋，则是一定的。

名家群里觅大家（说清诗之十）

清人王夫之有云："艺苑品题，有'大家'之目，自论诗者推崇李、杜始。"（《夕照永日绪论》外编）说起"大家"，论古文，有唐宋八大家之称（韩、柳、欧、王、曾与"三苏"）；论杂剧，有元四大家之誉（关、王、马、白）；论书法，有所谓楷书四大家（欧、颜、柳、赵）以及宋四大家之说（苏、黄、米、蔡）。大家，是和名家相比匹的一个概念，大家一定是名家，而名家不一定是大家。大家是名家中的出类拔萃者，名家中的名家，是艺术的某一行当中最杰出、最著名、最有成就，而且最有影响的专家。就诗而言，就是最杰出、最著名、最有成就，而且最有影响的诗人。统言之，大家就出在一个"大"字上。笔者以为，诗坛大家，或是诗之领域的集大成者，一大也；或是在许多方面，比如创作和理论建树方面，有大的成就，二大也；或是在诗坛享有崇高的地位、对后世有大的影响，三大也；当然首先是诗要写得好，是得到人们公认的大诗人。像李白和杜甫，就全都符合这几条，堪称唐诗大家。至于王（维）孟（浩然）、高（适）岑（参）、韩（愈）柳（宗元）、白（居易）刘（禹锡）、杜（牧）李（商隐）诸人或符合其中一二条，而且很突出，大概也可称作大家。宋代诗人中，笔者曾排出梅（尧臣）、欧（阳修）、王（安石）、苏（轼）、黄（庭坚）、陈（师道）、陈（与义）、陆（游）、范（成大）、杨（万里）为宋诗十大家。友人建议以古文唐宋八大家为例，只选八家，则舍去北宋的梅圣俞和陈无已，留下北宋四大家和南宋四大家。

清诗的规模超过唐、宋不知多少倍，论质也差和比拟。清诗，无论

清早期，清中期，还是清晚期，流派纷呈，名家辈出，灿若星河。在各具面目的名家群里，数一数出类拔萃的大家，应该也是一件有趣味，当然也是有意义的事情吧。可是，当笔者反复搜寻，再三比对之下，却有些踌躇：一代清诗，名家不少，可要数出几个大家来，而且要人家信服，也不是那么容易的事情。

说清诗的大家，先得看看清代诗坛的名家。钱仲联编选的《明清诗精选》共选入 49 位诗人的诗作，连鼓吹"诗界革命"的梁启超都没有入选，可见选择之精，这 49 位诗人或当是数以万计的清代诗人中的名家。笔者手边有一本近些年出的《清诗三百首》，收入 149 位诗人的诗作，其中选诗 3 首以上者 31 人，这 31 人也或当是编选者眼中的名家。因为如果只选 1 首，则有可能只是这一首诗的思想内容或者艺术形式，入了选编者的法眼，也可能并未着眼到这一个诗人；而选诗到 3 首以上，则在选编者眼中，当是名家无疑了。笔者再粗略翻翻，发现即使只选 2 首的诗人（61 人）中，还有不少著名诗人呢。

不少文学史著作，在评述清诗时列举的诗人，也可作为是否名家的参考。比如章培恒、骆玉明主编《中国文学史》列举 33 人，程千帆、程章灿《程氏汉语文学通史》列举 30 人，袁行霈主编《中国文学史》列举 45 人（均以注明生卒年月者计）分别作了介绍。社科院《中国文学通史》涉及面要广一些，包括清宗室、少数民族、台湾诗人在内，则多一点；如果加上稍带提及的诗人，这数目应不下一百。当然，这些不能作为遴选清诗名家的唯一依据，但大约也可以从中看出，这些文学史家所认定的清代诗坛名家的大致范围。

名家群里觅大家，首先来看看清早期。清初诗人大体上可分作两类，一类是由明入清者，这一类较早；一类是真正意义上的清代诗人，这一类略晚。由明入清的诗人中，又似可分作两类，一类是所谓遗民诗人，一类或可称之为"遗臣"诗人。遗民诗人，文学史著作中列举的名家有顾炎武、黄宗羲、王夫之，屈大均、吴嘉纪，阎尔梅、杜濬、钱澄之、归庄，以及与屈大均同称为"岭南三大家"的陈恭尹、梁佩兰等。顾炎武、黄宗羲、王夫之是明清之际三大著名思想家，同时也是著名史学家和文学家。他们学术方面贡献巨大，诗乃其余事，虽然他们的诗都写得很好，其中又以顾炎武为最著。吴嘉纪乃是一介布衣，诗风质朴古淡；屈大均曾削发为僧后还俗，诗风豪迈雄强：他们是遗民诗人中的佼佼者。尤其是屈大均，以屈原后代自居，诗学屈原，兼学李白、杜甫，为岭南三大家之冠。遗民诗人中，要选大家，大约非顾氏与屈氏莫属，若止于一人，笔者倾向于顾炎武。

顾炎武（1613—1682），字宁人，学者称亭林先生，江苏昆山人。著名的笔记体巨著《日知录》的撰者。顾氏既是一位精通经学、史学、文学的学者，同时又是一位拒不与清廷合作、一生图谋诛复的志士。文学当中，以诗为长。顾氏论诗，"主性情"，反对模拟，提倡"文须有有益于天下"（《日知录》），推崇白居易"文章合为时而著，歌诗合为事而作"的主张。这与他做学问注重审核名实，反对空谈臆断，力求学以致用的学术思想是一致的。顾氏创作态度十分严肃，存诗虽止四百余首，但不论拟古、咏怀，还是游览、即景，都围绕抒发民族感情和爱国思想的主题。他念念不忘恢复故国，他的诗正是他"天下兴亡，匹夫有责"这种壮烈情怀的真实抒写。顾氏的诗有鲜明的史诗色彩，他长歌当哭，不少诗篇描叙了易代之变给江南百姓带来的灾难，描叙了抗清志士慷慨悲歌、谋图恢复的壮举。论者认为：顾氏的诗歌内容充实，感情充沛，笔力雄健；同时由于他博学多识，功力深厚，故而诗歌形式上，也是用典精当，造语健朗，笔墨矜重，不假巧饰，形成了一种质实坚苍、沉雄悲壮的格调，往往接近杜甫。清人沈德潜评价他"肆力于学"，"韵语（指诗词创作）其余事也"，"然词必己出，风霜之气，松柏之质，两者兼有"，"就诗品论，亦不肯作第二流人"（见《明诗别裁》）。今人钱仲联乃研究明清诗专家，他在《明清诗精选》中介绍顾炎武说："炎武为清代儒林开山，其诗宗法杜甫，沉郁苍凉，有强烈的爱国精神与艺术感染力，卓然大家。"

笔者同意上述沈氏、钱氏的看法，选取顾炎武为清初诗坛大家，作为遗民诗人群体的代表人物。可是友人献疑曰：前人尚已指出，于顾氏，诗乃其余事，且诗作仅四百余篇，评其为学林巨擘当无异议，评其为诗坛大家，恐非恰当之选罢。笔者应之曰：君之言非无据；然以顾氏一生图谋恢复的抗清志士之真情实感，"天下兴亡，匹夫有责"之担当精神，

发之为诗，慷慨悲歌，能惊天地泣鬼神，原不在数量之多寡，亦不在是否为余事，其感染力，其影响力，在遗民诗人中当是首屈一指。且所谓大家，应是相对而言，与李白、杜甫较，则难当大家之名；若与同时代之诗家相比，顾氏也确是"卓然大家"了。

笔者命名为"遗臣诗人"的，是指那些在明代已是高官，清兵南下后或迎降、或归附，又仕于清的所谓"贰臣"人物。主要代表当是钱谦益和吴伟业。此二子，于大节或有亏，就诗而论则当入大家之列。

钱谦益（1582—1664），字受之，号牧斋。江苏常熟人。明万历朝进士。南明福王时为礼部尚书。清兵南下，钱氏曾率班迎降；入清，任礼部右待郎，旋告病归，又秘密从事抗清活动。钱氏诗作宏富，作于明者收入《初学集》，作于清者收入《有学集》。晚年并作有《投笔集》，乃大型七律组诗，8 首一组，13 组结为一体，原是步杜诗《秋兴八首》原韵，一叠再叠至十三叠计 104 首，另附自题诗 4 首，共 108 首，原题《后秋兴》，后改题《投笔集》，实为历代次韵诗所未有的创造性的史诗巨制。论者指钱氏能自觉地致力于清诗学建设，嗤点前贤，对明代复古派和反复古派进行尖锐的批判，有弃有取，敢破敢立。他主张诗"萌拆于人心，蛰启于世运，而茁长于学问"，指出诗要性情、世运、学问相结合。钱氏品诗不论唐、宋，他本人的诗，则将唐诗的华美的修辞、严整的格律与宋诗的富于理智融合为一。他在广泛继承的基础上创新出奇，故能笼罩百家，肇开风气。他诗作叙事抒情，众体兼擅，尤工近体，七律则更是得之于心、应之于手，写得情词恻恻、沉雄苍凉，可谓入杜堂奥，学得其神髓。他诗作语言颇见技巧，又出于自然，使事用典，往往能以藻丽之语出之，富于一种雅致韵味。尤其值得一提的是，受钱氏影响，其家乡常熟产生了虞山诗派，主要成员有冯舒、冯班、钱曾等人，影响直到后来的赵执信。钱谦益主盟明清之际诗坛几十年，延引后进，奖掖新人，王士禛、施闰章、宋琬、冯班诸人，都是由他提携成名，受其亲炙的还有龚鼎孳、钱澄之等诗人。由于钱谦益在诗坛的重要地位，被称为清诗的开山宗匠。清人归庄赞钱氏于清初诗坛之功绩是"除榛莽，塞径窦，然后诗家始知趣（同趋）于正道，还之大雅"。今人钱仲联在品读钱之诗作时慨叹说："芬芳悱恻，沉郁苍凉，丽藻以表至情，合李商隐、元好问于一手，沧桑哀唱，不得不令人叹为冠绝清代"。

笔者读到潘重规先生校订过的《钱谦益投笔集校本》108 首诗作，以郑成功水师进逼金陵至败走长江为起讫，叙事抒情，陈寅恪曾赞叹为史诗，其情感之炽烈，叙事之深微，用典之贴当，造语之雅致，即现时事、步杜诗韵，而能妙语层出不穷，在在翻新，始则欢欣鼓舞，终则长歌当哭，哀转久回。笔者读罢，深为震撼。笔者以为，推钱氏为大家，当无异义。可是细读前几十年文学史著作，于钱氏颇多微词，翻翻有关诗的选本，钱氏之诗或选录寥寥，或竟至诗以人废，一首都不选。推其原由，盖在于钱氏迎降一事。笔者对此的看法：一是钱氏迎降，无论以当时观念还是现今历史眼光来看，都应是大节有亏，这当毋庸置疑；至于是否为保一城士民百姓，护卫中华文化不至断绝，则可留给研究者探讨。二是钱氏仕清时间很短，只有几个月，旋即以病辞归，后来暗中长期参与抗清活动，这也有不少记载可以做证，其诗文多为故国之思，当可见其心未泯，乾隆帝屡颁旨禁其诗文著作，亦为反证。三是其人诗作宏富，诗论亦精新，领袖诗坛数十年，培植、奖掖后进甚众，开一代诗风，影响至于整个有清一代，单就诗而论，恐怕没有人比钱氏更有资格作大家了。综合来看，笔者以为，钱氏还是应当排入清诗大家行列。当然他的降清、仕清，已是抹不掉的历史污点，留给后人惋惜与嗟叹吧。

吴伟业（1609—1671），字骏公，号梅村，江苏太仓人。明崇祯朝进士，授翰林院编修，充东宫讲读，南明福王朝官少詹事。因与魏党不合，辞官归隐。入清，被强征赴京，任国子监祭酒。后借母丧南归。吴氏经历，大约与钱谦益相捋。

吴氏与钱谦益、龚鼎孳并称"江左三大家"，龚氏不论，钱、吴二氏前后主盟诗坛，各领风骚。吴氏今存诗一千余首，早年春风得意，多为风华绮丽之作；中年以后遭逢丧乱，阅历兴亡，诗风为之一变；晚岁心情凄苦，诗多苍凉悲楚之调，内容也以哀时伤世为多。近体外，吴氏创作了不少古体诗，尤其是七言歌行，在清初独擅胜场。这些歌行融合初唐四杰的格律和中唐元、白的叙事，长篇歌行中叙事、抒情兼具，情韵、风华并胜，融通今古，自成一家，时称"梅村体"。在文学史上，能以其人姓字来名其体式的并不多见，早些只有屈赋、屈骚之称，晚些只有南

宋杨万里的"诚斋体"。梅村体歌行最著名的是《圆圆曲》。《圆圆曲》写苏州名妓陈圆圆与吴三桂的故事，表面上是写风流韵事，实际上融注了诗人的社稷兴亡之感慨，以及世事沧桑之嗟叹。既有对红颜薄命的同情，也有对吴三桂献关降清的讥刺。笔法迂回盘曲，情节迭荡生波，展现了明清之际变幻莫测的时代风云。往前看，有唐代卢照邻《长安古意》元稹《连昌宫词》白居易《长恨歌》的影子；往后看，清末樊增祥的《彩云曲》，又似乎可以看到吴氏《圆圆曲》的影子。吴氏《圆圆曲》等七言歌行，格局恢宏，笔致深曲，哀乐交缠，耐人咀嚼，诵读咏唱间，很见风韵，显示出纯熟精湛的艺术功力。清末李慈铭以为"梅村长歌，古今独绝"，张尔田则称其"声情骀宕，上掩元、白，而苍凉激楚过之"，乾隆时代的赵翼更是推其为"近代中的大家"。

　　吴伟业列入清诗大家唯一的疑义，还是与钱谦益一样，即仕清一案。笔者以为：一、吴氏赴京任职，乃是被逼不得已之举，而且旋即借故退隐故里，于士大夫之节虽有亏，但与钱谦益之率班迎降还是有别的；二、吴氏在新朝所任之职（国子监祭酒），既是最高教育机关首长，又可说是最高学府，即唯一的国立大学校长，吴氏或是以传承中华文化为务；三、吴氏后半生痛悔其仕清一节是"误尽平生"，临终遗言，虽不敢在死后恢复汉衣冠，但也不愿在坟头上题署新朝所封官诰，可见其隐衷。"吴梅村诗名盖代"（陈廷焯《词坛丛话》），如果我们能具体地考虑到上述因素，则应将吴伟业排入大家的行列。

　　受到钱谦益大力推赞而登上清早期诗坛，并成为诗坛领袖达数十年之久的王士禛，当是大家的最有资格的候选人物。王士禛（1634—1711），号阮亭，又号渔洋山人，山东新城人。顺治十二年（1655）进士。官至刑部尚书。王氏主要生活在康熙朝走向承平之世，他的诗正好适应了这一历史潮流。他与前述顾、钱、吴诸人不同，是成长于清代的真正清代诗人。他诗歌理论方面的重大建树，是提出所谓"神韵说"。他从司空图"不著一字，尽得风流"和严羽"羚羊挂角，无迹可求"等论诗观点中，提炼出"神韵"二字，主张诗境以"清远"为尚，诗要含蓄蕴藉、言尽意不尽，既有高妙的意境，又有天然的韵致，还要有清亮的音节。王氏"神韵说"影响很大，尽管乾隆朝沈德潜"格调说"、翁方纲

"肌理说"、袁枚"性灵说"起来，王士禛的"神韵说"影响仍然不尽如缕。王氏诗歌创作在其"神韵说"指导之下，人们称之为"神韵诗"。王氏24岁在济南大明湖所赋《秋柳四首》，是他的成名之作，即带"神韵"色彩，大江南北和者不下数十家。中年"逾三唐而事两宋"（见《渔洋诗话》序），晚年又转而宗唐，"神韵"则一以贯之。王士禛以钱谦益之后的诗坛盟主地位，亦凭其多方面的艺术造诣，以及"神韵说"的理论主张，开创出"神韵诗派"，著名戏剧作家、《长生殿》编剧洪昇，就是追随者之一。虽然袁枚说他"一代正宗才力薄"（《仿元遗山论诗绝句》），但还是不能否认他"正宗"的地位。直至清末，谭献仍坚称"本朝诗终当以渔洋为第一"。虽然他的诗内容比较单薄一些，尤其是缺少"哀民生之所艰"一类的篇什；但艺术表现方面，确有卓越的成就，有论者指其探寻到我国文学艺术讲究"写意""传神"的特点，实属难能可贵。据此，列王士禛为大家当无异义。

到了清中期，主要是乾隆时代，沈德潜"格调派"、翁方纲"肌理派"、袁枚"性灵派"三家鼎立。沈氏和翁氏官做得大，在朝堂地位高，但论者指其诗难副其名。只有袁枚，无论理论建树，歌诗创作，还是诗坛真正地位，以及对后来诗坛的影响，都是同时代其他诗家无法比拟的。袁枚（1716—1793）字子才，号简斋。浙江钱塘人。乾隆四年（1739）进士，入翰林院，外放溧阳、江宁等地任县令，32岁辞官，隐居随园，世称随园先生。袁氏论诗，标举"性灵说"，包括性情、才情、个性，认为"性情以外本无诗"（《寄烛钱屿沙方伯予告归里》），指出"作诗不可无我"（《随园诗话》卷七），又说"诗人无才，不能役典籍运心灵"（《蒋心余藏园诗序》），世人颇为推崇的《随园诗话》即是其诗论之总汇。袁枚作诗，以才运笔，抒发性灵，极富特色。题材则怀古咏史、叙时说世、描景状物、抒怀记趣，诗中有我，不受传统束缚和正统限制；形式则信手拈来，触笔成趣，清灵隽妙，活泼晓畅。内容和形式，相对传统而言，都能有所突破。当然，袁枚生性通脱放浪，性情不羁，诗亦有时流入油滑浅率。袁氏同时还是一位文化商人，经营文化既有品位又得实惠。在当时，爱之者趋之若鹜，嫌之者称其诗为"野狐禅"。如果我们承认大家也是有缺点的，那么我们就不妨把袁枚排进大家的行列，因

为袁枚确实具备了笔者在本文开篇所列的诗坛大家的几个条件。

与袁枚并称为"乾隆三大家"的赵翼和蒋士铨，也是当日诗坛名家。蒋士铨似乎戏曲（传奇）方面贡献更大些，有些文学史著作把他列入戏曲创作章节评述，可不必说；赵翼能否排入清代诗坛大家行列，倒是可以讨论一番的。赵翼（1727—1814）字云松，号瓯北，阳湖（今江苏武进）人。乾隆二十六年（1761）进士，官至贵西兵备道。后辞官，主讲安定书院。赵翼学问赅博，尤精史学。论诗则与袁枚相近，《瓯北诗话》乃是其论诗的著作。诗风也与袁枚有共同之处，清新、明畅，妥帖、工整，长于在诗中发议论。他以诗论诗，论者指其有理论建树；以诗评价历史人物，亦甚具历史眼光。他的《论诗》诗，历来盛传不已，尤其是那首"李杜诗篇万口传，至今已觉不新鲜。江山代有才人出，各领风骚数百年"，主张艺术创新，推崇与时俱进，以艺术观而论，是较为先进的。他论元好问："国家不幸诗家幸，赋到沧桑句便工。"的确，元好问之诗正好印证了前人所谓诗"穷而后工"的说法。赵翼各体皆擅，诗作宏富，尤其工于近体律绝，他的七律，写得既多又好。《瓯北诗钞》中仅七律一体就有七卷，收录 599 题，计 1026 首。清人尚镕《三家诗话》谓云松七律："语无不典，事无不切，意无不达，对无不工，兼放翁（陆游）、初白（查慎行）之胜，非袁（枚）、蒋（士铨）所能及也。"笔者前些年购得一部《瓯北七律浅注》，一函七册，仿线装，爱不释手。捧读之下，只觉佳句满眼；又由于赵翼的历史癖、考证癖，用典之多，屈指难数，不读注释，我辈恐难得其诗味。论者指，这也是赵翼诗一个缺撼呢。但瑕不掩瑜，历来都认为赵翼是和袁枚齐名的诗人，笔者以为，袁枚既入大家行列，赵翼也举为大家，应该是可以令人信服的。至于有人说赵翼任贵西兵备道，仇视并参与镇压过农民起义云云，则应与诗坛评选大家关系不大，这与辛弃疾当年也大力剿杀过农民义军，但并不妨碍稼轩当选词坛大家一样。

乾隆诗坛，还有一位青年诗人横空出世，当时虽然没有袁枚等人那么著名，他的才华却为同道倾倒，身后声名则愈益卓著，甚至被推尊为清朝第一诗人，他就是天才的短命诗人黄景仁。黄景仁（1749—1783）字仲则，号鹿菲子。江苏武进人。七八岁即能著文；九岁应学使者试，寓江阴小楼，临期犹蒙被而卧，同试者催之起，曰"顷得'江头一夜雨，楼上五更寒'句，欲足成之，毋相扰也"。十六岁应童子试，三千人中名列第一。诗人早慧，世人目为神童。可是命运多舛，四岁丧父，随祖父生活，十二岁祖父又下世，翌年祖母亦亡故，三年后唯一的哥哥又罹病夭折。科途亦不通，多次应举失败，为生计所迫，不得不走上为人作幕之路，先后依附湖南按察使、太平知府、安徽学政。二十七岁时入京，翌年以乾隆东巡召试二等，得充武英殿书签官，职虽卑微，诗名却引动京师，公卿中自翁方纲、纪晓岚以下皆以青眼相加。无奈家眷来京，薪俸薄而食者众，生计难以维持。时任陕西巡抚的毕沅欣赏其才华，寄五百金，邀其西游。黄得资助，捐一县丞，在京候补，又为债主所逼，不得不扶病西行，以期入毕沅幕，行至山西解州，病重而亡，时年止三十五岁。

黄景仁短暂的一生充满了艰辛与苦难，却也为我们留下了1700多首诗篇。他的诗作中，有不少七言歌行，任才使气，放旷隽逸，尽情倾吐自己的志向、情怀，淋漓地渲泄自己的悲哀、愁苦，既有李白的影子，又是诗人自己的表达，如《元夜独登天桥酒楼醉歌》就颇具李白歌行的格调；七律则写得沉郁清壮，对大小杜（杜甫、杜牧）及苏轼、黄庭坚、元好问都有取法，给人影响最深的还是李商隐的影响（见《中华文学通史》）。论者指出：相似的失意境遇，相似的幕僚经历，相似的孤傲性格，使黄景仁对李商隐诗情有独钟，有名的《绮怀》十六首，情感的缠绵，诗句的工丽，即使置之玉溪生集中，也应无二致。黄景仁诗一般纯以直抒胸臆为主，较少用比兴，也不太用典。感情则深沉绵远，语言则明快畅达。各体诗中分别有李白的豪宕腾挪，亦兼韩愈的盘转古硬，有杜甫的沉郁顿挫，更是具李商隐的情深辞丽，他是转益多师的。清人包世臣说他"声称噪一时，乾隆六十年间，论诗者推为第一"。现代著名作家郁达夫也说："要想在乾嘉两代的诗人之中，求一些语语沉痛、字字辛酸的真正具有诗人气质的诗，自然非黄仲则莫属了。"（《关于黄仲则》）笔者有意将黄氏列入大家，只是惋惜这位天才诗人死得太早了，假如他有沈德潜、翁方纲和袁枚那样的高寿，他该会给我们留下更多更好的诗篇。自然，历史是没有假如的。

　　名家群里数大家，接下来最没有争议的，当是被称作近代最初的启蒙文学家的龚自珍。《中国文学通史》（社科院本）特立专章来介绍这位古代黄昏、近代前夜这一特定时代，具有独立不羁人格的大诗人。开头一段就说："中国近代文学的开端，是以一位杰出的思想家、文学家为标志的，这位人物就是龚自珍。在中国文学史上，龚自珍居于特殊的地位，正如欧洲文学史上意大利文艺复兴时期的伟大诗人但丁一样，他是古代的最后一位诗人，同时又是新时代的最初一位诗人。他的思想和所开创的文学新风，对近代文学，尤其是近代后期资产阶级倡导的文学变革运动时期，产生过广泛而深刻的影响。"

　　单就诗歌而论，龚氏现存诗600余首，词120余首，这些都是诗人阅历的记录和真情的凝结。其精粹之作，创造了一系列兼有时代特色和个性特征、兼具哀艳与雄奇这样一种审美风格的独特意象，表现这位身处"衰世"的启蒙思想家敏锐的危机感、深沉的忧患意识和激切的批判精神。其中有对古代诗歌传统的广泛继承，更具有不同于前代的现实社会投影和幻想境界的写意，展现了不同于前代诗人的心灵历程、感情波澜和心理矛盾。所以论者指其不仅在古典诗苑中自成一家，更是为新的时代别开生面的第一位诗人。龚自珍推崇、称赏的古代作家、诗人有庄子、屈原和李白，还有陶渊明、杜甫、韩愈、李贺、杜牧、李商隐、苏轼、黄庭坚、元好问、吴伟业、屈大均等，不拘一格地广泛吸收前代诗歌的精粹，形成自我的独特艺术个性。论者指，其浓郁的诗情近唐，以表意与陈述为主近宋，近唐而不流于兴象空疏，近宋而不流于枯瘠乏象，他融会了唐音、宋调的优点而避其流弊，以宋诗的面子包裹唐诗的里子，有独特的创造，自成一家。（参看袁行霈主编《中国文学史》）一是时代性的社会内涵与启蒙思想家人生体验的高度融合；二是通过移情、幻境、梦论、联想等深层心理转换，展开艺术想象，并借助象征、借代、拟人、比况等非实写的虚设手法，赋予天候、景物等自然物象和人事、史典等社会物象以特殊内涵，构成独到性的审美意象；三是以浪漫风格为基调，"哀艳杂雄奇"，怨箫、落花的哀艳，狂剑、风雷的雄奇，两者并存，合之以诗；四是龚氏学识富赡、涉猎广泛，诗的语言丰奇多彩，璀璨瑰丽，且不论生典熟话，皆可供其驱使，诗的形式自如，不为格律所拘。（参看

《中华文学通史》）龚氏代表作《己亥杂诗》乃是大型组诗，共315首七绝，为作者四十八岁时辞官返乡途中所作。从出京写起，继而回顾平生，接写旅途闻见，兼抒情言志。漫长的人生经历与广阔的生活图画，有机结合在一起，有论者指绝似一部由七绝组成的《离骚》。

龚氏一生，位列下僚，但关心国事，个性张扬，傲岸不羁，敢于放胆议论，虽迭遭诐毁訾议，但进步者、有识者、同道者如林则徐、魏源、张维屏、梁章钜、包世臣等对其推许有加。维新时期的黄遵宪、康有为、梁启超、谭嗣同、夏曾佑等，南社高旭、陈去病、柳亚子、苏曼殊、黄节等，无不是龚氏的崇拜者。连同光体诗人沈增植，《孽海花》作者、小说家曾朴，也都极推龚氏。龚氏对后世的影响，思想上则是精神解放的启蒙价值，文学上则以其革新精神成为先驱者，他那"狂剑""怨箫"、哀艳雄奇并存的为诗乃至为人的风格，成了清末民初那一代人物景仰的理想人格，受其熏染者真是指不胜屈。新文学时代的鲁迅、胡适、俞平伯、郁达夫、王统照及冰心等，都爱好龚自珍。我们的毛泽东主席在他的文章里引用他的诗，写诗时还化用他的诗句呢。

龚自珍（1792—1841），号定庵，浙江仁和（今杭州）人。自小从外祖父（清代著名学者、《说文解字注》作者段玉裁）习经学、训诂，并治考据、掌故、目录、金石之学。十三岁即能撰文命赋，十五岁起诗集编年，十九岁倚声填词。二十七岁中举，后数次落第，至三十八岁始成进士。四十四岁后方迁至礼部主事，困于下僚。四十八岁辞官南归，鸦片战争爆发（1840）之次年去世。

历史进入晚清，诗坛名家辈出，流派纷呈。可是，名家群里数大家，笔者一时还数不出来。林则徐的诗写得好，但他是以虎门禁烟的民族英雄闻名于天下。魏源的诗也写得很好，但他还是以他的《海国图志》之类学术著作驰名于世。曾国藩为晚清宋诗派首领，但他主要声名在政治方面，他的诗似乎还没有他的《家书》有名。张之洞力推中晚唐诗派，但他最为人所知的，还是所谓"中学为体，西学为用"的洋务派方略，还有一部当时读书人必备的《书目答问》。王闿运为湖湘派首领，宗法汉魏六朝，当时俨然一大家，然而连时人陈衍也说他"墨守古法，不随时代风气为转移"。康有为诗写得多且好，并且力推"诗界革命"，梁启超

说他"卓然称大家",但他的诗的知名度还是不及他的政论文章,如《孔子改制考》和《大同书》。他的弟子梁启超亦然,最有名气、影响一代乃至几代人的还是他那笔锋常带感情的被称作"新民体"的各类文章。樊增祥虽然被目为才子,诗写了三万余首,也不乏好诗,但正如今人钱仲联所指出的"晚年所作,多率意庸滥"。同光体诗人所谓"不专宗盛唐"一派,实为宋诗派,人多势众,派中有派;浙派沈增植,同时是一位学者,其诗有学者之诗的特点;闽派郑孝胥诗写得不错,"兴象、才思,两相凑泊",可是后来抗日战争时期当了大汉奸;江西派的陈三立,被宋诗派诗人推为宗师,诗之成就最高,论者指其诗是最后一个封建王朝终将死亡的哀歌和终于死亡的挽歌,他的诗中也驻留着中国最后一代忧国爱国而又浸湮着君国观念的士大夫的精魂,因而有些许大家气象。南社诸人革命意气风发,亦有佳作见世,但少了大家,柳亚子的起来大半在辛亥之后了。辛亥志士、烈士们功绩永垂不朽,秋瑾诸人与前此谭嗣同诸人一样值得后人景仰,于诗则都难称作大家。笔者数来数去,感觉只有梁启超大力推崇的写"新派诗"的黄遵宪,最具大家气质,最有大家风范,也最富大家成就。

黄遵宪(1848—1905),字公度,广东梅县人。二十九岁(1876)中举,次年(光绪三年)受任为使日大臣的参赞,随使日本,成为近代中国第一代外交官之一,后又历任驻美、英、新加坡等国外交官。履迹既广,视野亦阔,发之于诗,多为新唱。在传统诗歌领域,孜孜以求,希冀开辟出一条改革之路。他的诗被称作"新派诗",今存1000多首。纷略可分作三类:一是海外诗,既写新奇之景,亦寄新奇之思;二是纪事诗,以史家之笔写列强侵凌、国家危亡、民族抗争,寄爱国义愤,忧国悲思;三是述志诗,即是诗人心灵历程的展露,胸中理想的抒发。黄遵宪的诗收在《人境庐诗草》里,人境庐之名当取自陶渊明"结庐在人境,而无车马喧"的诗句。梁启超极力推崇黄遵宪:"近世诗人能熔铸新理想以入旧风格者,当推黄公度。"并评价说:"公度之诗,独辟境界,卓然自力于二十世纪诗界中,群推为大家,公论不诬也。"梁任公评黄氏为大家,并且肯定为"公论",笔者表示赞成。

名家群里数大家,从清初、清中期、晚清依次数来,诗坛可称大家者，笔者以为有以下八人（按出生年先后排列）：钱谦益（1582）、吴伟业（1609）、顾炎武（1613）、王士禛（1634）、袁枚（1716）、赵翼（1727）、龚自珍（1792）、黄遵宪（1848）。

此文草讫，又虑及或有喜以"十"名之者，当在八位大家中再添二位。笔者注目之名家中，有清初与顾炎武相类的屈大均，康熙朝与王士禛并列为"南王北朱"的朱彝尊，比王、朱略晚的查慎行、赵执信，乾嘉时的厉鹗，晚清与康、梁同时代的丘逢甲等。名家群里数大家，笔者倾向于清初的屈大均和清末的丘逢甲。屈大均（1630）广东番禺人，其诗富于民族意识，风格高浑雄肆，兼有李白、杜甫之长，与陈恭尹、梁佩兰并称"岭南三大家"，屈为之冠。丘逢甲（1864）台湾彰化人，原籍广东镇平。甲午战败，清廷割台，丘氏为义军大将军，曾守台中抗日，兵败内渡。其诗饱含爱国精神，并能开拓新境。黄遵宪称其为"真天下健者"，丘逢甲亦自负："二十世纪中，必有刻黄、丘合稿者。"

读钱谦益《投笔集》

　　读社科院编《中华文学通史》，在评述清初诗人钱谦益时，有下面一段话：

> 　　尤其值得一提的是《投笔集》所收七律组诗，形式上步杜甫《秋兴八首》，故名《后秋兴》，共十三叠一百零四首。这些诗歌始作于顺治十六年（1659）七月，郑成功水师攻入长江之际；迄于康熙元年（1662）桂王被杀。其内容大抵与郑成功的抗清斗争及南明桂王政权的军国形势有关，被人称为"明清之诗史"。

该书只举其中一首作例子。袁行霈主编《中国文学史》对《投笔集》作了较多的分析评论，但也只引用二首以及一些零句。中华书局出的《钱谦益诗选》，也只选了其中几首。直到看见潘重规《钱谦益投笔集校本》，才一睹全璧。读罢全帙，始觉袁行霈主编的《中国文学史》评述《投笔集》的一段话，言之非虚：

> 　　《后秋兴》是大型七律组诗，8首一组，相互关联，13组诗浑然一体，是一个有机结合的整体。连叠杜诗原韵，一叠再叠至十三叠104首，另附自题诗4首，澜翻不穷，无斧凿凑韵之痕，为历代次韵诗所未有，是一种创造性的史诗巨制，显示出炉火纯青的艺术造诣。

《投笔集》有"史诗"之誉，最早见之于陈寅恪《柳如是别传》。陈氏在其中第五章《复明运动》中说：

> 　　《投笔集》诸诗摹拟少陵，入其堂奥，自不待言。且此集牧斋诸诗中颇多军国之关键，为其所身预者，与少陵之诗仅为诸远道传闻

及追忆故国平居者有异。故就此点而论，《投笔》一集实为明清一之诗史，较杜陵尤胜一筹，乃三百年来之绝大著作也。

潘重规先生在《钱谦益投笔集校本》前的《题辞》中说：

> 牧斋《投笔集》，传世极稀。四十年前，张公溥泉（张继）以所藏抄本示先师黄君（黄侃），曾于侍坐顷一见之。结想愈深，时萦魂梦。往岁观书国立中央图书馆，乃获抄本《投笔集》二帙：一在牧斋《有学集》补遗中，有焦氏藏书印；一为陈仁懋手校本。……陈抄字颇工整，又以朱笔点记字侧，书所校误字于眉端。焦氏藏本较草率，亦颇饶胜处。因取陈抄相较，勘正讹误，勒成清本。每一长吟，辄觉声情激越，摩戛苍穹，大地山河，一时震动，百世之下，有余哀焉。

潘先生说的"百世之下，有余哀焉"，是就整个《投笔集》而言的；如果从钱氏落笔写《金陵秋兴》（即《后秋兴》）第一叠第一首第一句"龙虎新军旧羽林"来看，作者的心情是欢欣鼓舞的，他要用他那如椽亦如花的妙笔，记下他的弟子郑成功反清复明的战史，记下他自己和夫人柳如是参与反清活动的经历，记下他心灵深处的点点滴滴。这，当然还得从头说起。

钱谦益（1582—1664），号牧斋，明万历进士，官至礼部尚书。清顺治二年（1645）清兵南下，钱氏率班迎降，被授礼部侍郎管秘书院事，充修明史副总裁。半年后告病归里。顺治四年（1647）因黄毓祺反清案被捕入狱，两年后获赦，以后居家著述，卖文为生。他愧恨自己的失节行为，他希望用自己的行动来补救。"多少年来，含垢忍辱，暗中联络桂王朝中的瞿式耜和台湾岛上的郑成功，这两位忠心耿耿的爱国领袖，都是老人（其时钱氏年近八十）的受业弟子。他结交方外的僧众羽流，在野的遗民志士，梯山航海，帛书腊丸，沟通消息，发踪指使。他和柳夫人倾囊斥产，资助义师。他四处奔走，鼓吹反正。他凝望反攻复国的义旗，他倾听反攻复国的号角，如痴如醉，昼夜彷徨。"（潘重规《读钱牧斋投笔集》）

当听到郑成功的水师攻入长江，兵临金陵城下的消息，他一扫哀悼

明亡的悲怆凄苦，为郑氏水师的胜利进军，唱起嘹亮的凯歌。这一年钱氏七十八岁。第一叠第一首：

> 龙虎新军旧羽林，八公草木气森森。
>
> 楼船荡日三江涌，石马嘶风九域阴。
>
> 扫穴金陵还地肺，埋胡紫塞慰天心。
>
> 长干女唱平辽曲，万户秋声息捣砧。

反清复明的龙虎新军，就是过去的羽林军，震摄敌魄以为草木皆兵。楼船荡日，随着三江奔涌；唐陵石马，迎风嘶鸣，使得九州处处皆阴。多么雄壮的威武之师，多么浓烈的战斗气氛！扫穴犁庭，还我故都，埋葬敌寇，告慰祖灵。长干女儿唱起了平辽的得胜曲，战事结束，一片秋声中，将再也听不到千家万户赶制征衣的捣砧声。钱氏以为可以一战定乾坤，以至于欣喜若狂。第二首：

> 杂虏横戈倒载斜，依然南斗是中华。
>
> 金银旧识秦淮气，云汉新通博望槎。
>
> 黑水游魂啼草地，白山战鬼哭胡笳。
>
> 十年老眼重磨洗，坐看江豚蹴浪花。

作者想象着，那些溃败的残虏，丢盔曳甲，落荒而逃；南斗分野下的锦绣山河，依然还是属我中华。金陵城里那金银之气还是帝王之气，云汉间还要新开博望侯通天之槎。让那些白山黑水的战鬼游魂哭泣去吧！老夫我要擦拭等待了十年的昏花老眼，看那江豚欢腾跳跃，蹴起朵朵美丽的浪花。诗人心中的喜悦之情，真正是溢于言表了。

　　第三首"沟填羯肉那堪裹，竿挂胡头岂解飞？"写出了作者心中无比的愤恨；第四首"杀尽羯奴才敛手，推枰何用更寻思！"表达出诗人灭虏务尽的决心；第五首"枕戈席藁孤臣事，敢拟逍遥供奉班？"诗人说自己也要枕戈待旦，尽一个臣子的孤忠；第六首"为报新亭垂泪客，好收残泪览神州"，诗人告诉曾经的同僚，不必再学东晋那班人的"新亭对泣"，好好看看光复后的神州吧。第七首"秦淮卖酒唐时女，醉倒开元鹤发翁"，作者悬想光复后，自己像开元时贺知章、李白等长安饮中八仙一样，也醉倒在金陵秦淮河边卖酒家。第八首"孝子忠臣看异代，杜陵诗史汗青垂"，诗人热烈赞扬郑成功等爱国的志士仁人，说他们的英雄业迹将永垂青史。

这是顺治十六年（1659）七月郑成功水师胜利沿江突进时所作。可是不料郑成功疏忽轻敌，遭金陵守敌夜袭，舟师溃退。钱氏听到这个消息，在写第二叠时，慰勉，鼓励，提醒，嗟叹，失望而又怀有希望，各种情绪一时涌来，可谓百感交集。第二叠第一首：

> 王师横海阵如林，士马奔驰甲仗森。
> 戒备偶然疏壁下，偏师何竟溃城阴？
> 凭将按剑申军令，更插靴刀傲士心。
> 野老更阑愁不寐，误听刁斗作秋砧。

诗人禁不住要问一声：军营戒备偶然疏忽遭敌夜袭，为什么舟师会溃城而走呢？主将应当按剑重申军令，后退或溃散者军法从事！作者自言听到溃退的消息，满怀愁绪夜不能寐。在第四首中，诗人勉励义军将士，小败不足悲，要总结教训，以利再战：

> 由来国手算全棋，数子抛残未足悲。
> 小挫我当严警候，骤骄彼是灭亡时。
> 中心莫为斜飞动，坚壁休论后起迟。
> 换步移形须着眼，棋于误后转堪思。

作者以下围棋为喻，说明中心不应为小挫所动，应重新布置营垒，敌人得胜必骄，而骄兵必败。

第五首"荷锄父老双垂泪，愁见横江虎旅班"，言见义师远走而愁心落泪；第六首"小队谁教投刃去，胡兵翻为倒戈愁"，说我军小挫即溃去，反而让那些准备倒戈的胡兵不知向谁投诚而发愁。"争言残羯同江鼠，忍见遗黎逐海鸥"，人们都说残敌惶惶然已是过江之鼠，可是我们的义军为什么丢下黎民百姓漂海而去？第七首"南宫图颂丹铅在，辜负秋窗老秃翁"，诗人说满想为义军将士画图作颂，可现在一切皆成泡影，真是辜负秋窗我这白发老翁了。第八首"最喜伏波能整旅，封侯佩印许双

垂"，诗人还没有丧失信心，他还寄望于郑成功能像伏波将军那样重整旗鼓，以成中兴大业，封侯佩印，千古留名。

钱氏仍然关注战事的变化，对义军寄予希望。第三叠自注为"八月初十日小舟夜渡惜别而作"，写诗人与柳如是离别，赶赴军前。他设想像梁红玉击鼓抗金兵一样，自己和柳如是也能为心中的复明大业出一分力量，比如其中第三首、第四首：

> 北斗垣墙暗赤晖，谁占朱鸟一星微。
> 破除服珥装罗汉，减损斋盐饷伏飞。
> 娘子绣旗营垒倒，将军铁槊鼓音违。
> 须臾男子皆臣子，秦越何人视瘠肥。
>
> 闺阁心悬海宇旗，每于方卦系欢悲。
> 乍传南国长驰日，正是西窗对局时。
> 漏点稀忧兵势老，灯花落笑子声迟。
> 还期共复金山谱，桴鼓亲提慰我思。

第三首的颔联，即是钱、柳二人倾囊捐资以助军用的暗指，第四首尾联即以柳比梁红玉。

钱氏离开村庄，披星戴月，间道微行，通过只容脚趾的小径，潜伏在接近前线的江村，了解军情。像第四叠第四首、第八首：

> 身世浑如未了棋，桑榆策足莫伤悲。
> 孤灯削柿丸书夜，间道吹箫乞食时。
> 雨暗芦中双桨急，月明江上片帆迟。
> 荒鸡唤得谁人舞？只为衰翁揽梦思。
>
> 蒜乡芦渚路逶迤，竹杖迢迢度葛陂。
> 陌柳未舒离别绪，庭梧先曳却回枝。
> 途危只仗心魂过，路劣才容脚指移。
> 莫道去家犹未远，朝来衣带已垂垂。

他踡伏在槿篱茅屋之中，削简腊丸，秘密传递消息。因为他对战事走向尚抱希望：

> 穴纸江风吹面斜，槿篱门内尚中华。
> 苍凉伍员芦中客，浩荡张骞海上槎。
> 弦急撞胸悬杵臼，火炎冲耳簇箫笳。
> 刀尖剑唊懵腾度，瞪目犹飞满眼花。

这同叠第二首中用伍子胥、张骞之典，即可看出钱氏还没有完全丧失信心。这年的八月十九日，义军水师远去已久，钱氏才"暂回村庄"，写作《后秋兴》之五，虽多愁苦之音，而希望并未泯灭。像第二首：

> 禾黍离离芦荻斜，裹头遗老问京华。
> 共传淮水吹商律，却指张星望汉槎。
> 宛转牛阑通夜柝，参差牧笛咽霜笳。
> 浊醪更酌邻鸡下，挂壁龙身夜吐花。

写作第六叠时，钱氏愁苦心境渐见悲凉。像其中第四首、第七首：

> 棋罢何人不说棋，闲窗复较总堪悲。
> 故应关塞苍黄候，未是天公皂白时。
> 火井角芒长焰焰，日宫车辇每迟迟。
> 腐儒未谙楸枰谱，三局深惭崆帝思。
>
> 全躯丧乱有何功，顾赁余生大造中。
> 心似吴牛犹喘月，身如鲁鸟每禁风。
> 惊弓旅雁先霜白，染血林枫背日红。
> 闲向侏儒论世事，欲凭长狄问天翁。

庚子年中秋，钱氏已八十岁。这时桂王还在八桂（广西）一带活动，诗人还寄以中兴厚望，作于此时的《后秋兴》之七可见其心绪。比如第三首：

> 重华又报日重晖，中路何曾叹式微？
> 高庙肃将三矢命，定陵快睹五云飞。

即看灵武收京早，转恨亲贤授钺违。

翘首南天频送喜，丹鱼红蟹亦争肥。

他希望桂王能像唐肃宗一样灭掉安禄山收复京都，他翘首南天，盼望多来好消息。并且在第六首中说，桂王辗转炎热蛮荒之地，那才是今日的神州：

星星断发不遮头，霜鬓何须怨凛秋。

揽镜频过五岭路，挽眉长缩九疑愁。

山家寨栅凭麋鹿，海户封提尽鹭鸥。

莫指职方论徼塞，炎州今日是神州。

在《后秋兴》之九、之十里还希望桂王出征北伐，扭转乾坤。像第九叠的第一首，第十叠的第八首，就表达了这样的期盼：

桂树参差覆羽林，天容玉册自森森。

甘渊自有长生日，冥谷终无不散阴。

命将出车小雅颂，磨崖刻石老臣心。

元和盛世看图画，卤簿前头夹斧碪。

营巢抱茧叹逶迤，凭仗春风到射陂。

日吉早时论北伐，月明今夕稳南枝。

鞍因足弱攀缘上，檄为头风指顾移。

传语故人开口笑，莫因晼晚叹西垂。

到了康熙元年（1662），郑成功病逝，桂王（永历帝）被杀，钱氏才真正感到彻底失落，发出绝望的哀鸣。许多选本都选了第十三叠第二首：

海角崖山一线斜，从今也不属中华。

更无鱼腹捐躯地，况有龙涎泛海楂。

望断关河非汉帜，摧残日月是胡笳。

嫦娥老大无栖处，独倚银轮哭桂花。

诗人以嫦娥自喻，"哭桂花"很明显即哭桂王，感情的真挚与沉痛，在十三叠104首中达于极致。

钱氏在和杜《秋兴八首》至十二叠时，看到复明前途渺茫，《吟罢自题长句拨闷二首》，心情颇为悲哀：

孤臣泽畔自行歌，烂漫篇章费折磨。

似隐似俳还似谶，非狂非醉又非魔。

呕心自笑才华尽，扪腹其如倔强何。

二祖历宗恩养士，几人吟咀泪痕多。

不成悲泣不成歌，破砚还如墨盾磨。

拌以余生供漫兴，欲将秃笔扫群魔。

途穷日暮聊为尔，发短心长可奈何。

赋罢无衣方卒哭，百篇号勇未云多。

在这年"中夏六日"，写完十三叠最后一首后，钱氏又《重题长句二首》，进一步抒发自己悲愤难抑的感情：

漫漫长夜独悲歌，孤愤填胸肯自磨。

敌对灾星凭酒伯，破除愁垒仗诗魔。

逢人每道君休矣，顾影还呼汝谓何。

欲共老渔开口笑，商量何处水天多。

百篇学杜拟商歌，墨沉频将渍泪磨。

世难相寻如鬼疰，国恩未报是心魔。

射潮霸主吾衰矣，观井仙人奈老何。

取次长谣向空阔，江天云雾为谁多。

他和着血泪写诗，精神已深深地陷入如醉如痴的境界。他要呕心沥血地吐露肝胆，可又碍于时世不能一吐为快。他原指望他的《后秋兴》是反清复明胜利的号角，到头来反而成了义军远走、南明灭亡的悲哀的挽歌。两年之后（1664），诗人赍志以殁，留下这些当时无法刻印的诗篇。

笔者读钱谦益《投笔集》，对于当时八旬老人能创作出被今人称为史诗的巨制，深感钦服。一是其规模巨大，次韵杜诗《秋兴八首》至十三

叠，加上自题诗计 108 首七律，规模之大既空前亦绝后。二是构思精严，8 首一组，相互关联，13 组诗浑然一体，是一个有机结合的整体，诗则波澜起伏，跌宕生姿。三是内容富赡，从郑成功水师进逼南京，写到舟师远走，永历帝最后被杀，南明彻底灭亡，诗中在在可点，实具明清之际诗史性质。四是感情真挚，开篇欢欣鼓舞，结篇悲痛欲绝，皆是出自肺腑，流露于字里行间，真笔写真情，所以有很强的感染力。五是艺术精湛，其对仗之工稳，句式之多变，藻饰之典丽，风格之沉郁，音韵之顿挫，用典之繁富与恰切，且于次韵中不受拘束，腾挪自如，其艺术造诣，确实如学者所指出的，到了炉火纯青的地步。

笔者读罢《投笔集》，有些遗憾的是：钱氏学识渊博，不经意间即用一典；加之碍于时局，不敢明言，只得使事用典，以求含蓄不露；所以读罢多有不明之处。如果有今之学人，为之细细笺注，读者将能领会得更深切些。多部《中国文学史》皆言乾隆朝几次下旨禁毁钱谦益著作，可能乾隆帝也看到过钱氏《投笔集》手抄本，他有很高的汉文化修养，他对于钱氏诗中所记所感，或许比起我辈来看得更懂些吧。

曼笔殊华

——说说苏曼殊

　　读了一点苏曼殊的诗，笔者同情他的别样身世，理解他的矛盾情怀，钦佩他的过人才华，惋惜他的英年早逝，很乐意将他介绍给读者朋友，尤其是笔者教学大学语文的大一新生。

　　苏曼殊是南社中风格较为独特的人物之一，被人们称为"南社奇才"，其人其诗，都充满浪漫主义色彩。

　　苏曼殊（1884—1918），名戬，字子谷，后更名元瑛，曼殊为其出家后的法号。广东香山（今中山）人。曼殊是私生子。父亲苏杰生是日本横滨英商茶行的商人，往返日本横滨与中国广东之间，在横滨与日本女子名叫若子的生下曼殊，后转为苏杰生之妾、也是若子之姐的名叫河合仙的抚养。因为是私生子，所以曼殊自言常有"身世之恫"（见《题拜轮集》诗前小序）。

　　小曼殊六岁时，随嫡母黄氏回归广东原籍。十三岁去上海，学习中文和英文。十四岁与表兄一道东渡日本，在横滨大同学校读书。十五岁，擅自返广东，在蒲涧寺披剃为僧（一说返广东后不堪嫡母虐待而剃渡出家）。不久，又还俗，重至横滨，入东京早稻田大学高等预科，又转成城学校。这期间参加革命团体青年会。1903 年（十九岁），加入拒俄义勇军和国民教育会，因积极参加革命活动，被迫回国。归国后，在广东惠州再度出家。之后，历游暹罗（泰国）、锡兰，学习梵文。1907 年（二十三岁），在日本与鲁迅等创办《新生》杂志，未果。复于 1909 年（二十五岁）南游新加坡、印尼。1912 年（二十八岁）在上海参加南社，在

《太平洋报》主笔政。1913 年（二十九岁）"宋教仁案"激起南社同人的强烈公愤，以"托身世外"自许的苏曼殊发表《讨袁宣言》，历数袁贼窃国之罪恶，对"不恤兵连祸结，涂炭生灵"的袁世凯发出"起而褫（夺）尔之魂"的怒吼。随后又东渡日本，服务于中华革命党的机关刊物《民国杂志》。苏曼殊多次参加同盟会的活动，孙中山称他为"革命的和尚"。1916 年回国，1918 年病逝于上海，年仅三十五岁。孙中山出资，命陈去病（南社骨干）料理其后事，葬于杭州西湖孤山之阴。

苏曼殊虽参加革命，但就其一生来看，主要的还不是一个革命活动家，而是一个富于才华的诗人、作家。他具有多方面的才能，诗文、小说、绘画无不精通，又深谙中、日、英、法、梵五种文字，精于翻译，曾译过拜伦、雪莱的诗作和雨果的《悲惨世界》，是近代诗人、作家中不可多得的"异才"。

苏曼殊身入法门，但未忘俗世，既有爱国志士火热的激情，又有文人墨客的浪漫风流。他既是诗僧，又是情圣。他有哀乐过人、悲怆痛苦的个人身世，本欲遁迹空门，两度披剃；但又向往革命，热爱生活，追求爱情，不得已而逃禅。往往在出世入世、情爱矛盾纠结之网中，用佛家戒律来约束、抑制灵魂的喧嚣，自我折磨和毁害，倍尝凡人不得体会的痛苦。加之他的个性纯真，豪放不羁，又聪慧敏悟超于常人，他的诗大都是一腔真情，喷涌而出。诗兴一发，下笔成篇，歌咏不足，或伏案作画，或挥剑起舞。因而曼殊的诗，具有一种震撼和感动人的力量。他的诗作，无论是抒发爱国情怀和家园之感，还是抒发个人身世之哀和爱情际遇的聚欢离愁，无不脱口吟出，如珠玉落盘，耐人回味遐想，处处动人。正如有的学者所指出的：他既是和尚，又是革命者，而这两者都不能安顿他的心灵，他以一种时而激昂时而颓废的姿态，表现着强烈的生命热情，他的诗也是如此。

现存最早的两首诗《以诗并画留别汤国顿》（1903），表现了诗人昂扬的革命激情和爱国的英雄气概：

> 蹈海鲁连不帝秦，茫茫烟水著浮身。
>
> 国民孤愤英雄泪，洒上鲛绡赠故人。

> 海天龙战血玄黄，披发长歌览大荒。
>
> 易水萧萧人去也，一天明月白如霜。

前一首歌颂鲁仲连义不帝秦，后一首"易水萧萧"用荆轲刺秦王之典，实际是以鲁仲连与荆轲自况。作者留别友人之画作，恐亦为鲁仲连与荆轲，诗作则配合画作，描绘出二幅悲壮而又雄丽的画面。史载"蹈海"而死的，是田横五百壮士；当然据《史记》载鲁仲连最终也归隐东海。不知曼殊此处是误记鲁仲连的典故，还是依《史记》而用事，笔者倾向于前者。

苏曼殊诗既有悲壮激昂的高歌，也有低回哀怨的愁唱。比如下面这几首：

过平户延平诞生处 （1909）

> 行人遥指郑公石，沙白松青夕照边。
>
> 极目神州余子尽，袈裟和泪落碑前。

过若松町有感示仲兄 （1909）

> 契阔死生君莫问，行云流水一孤僧。
>
> 无端狂笑无端哭，纵有欢肠已似冰。

憩平原别邸赠玄玄 （1914）

> 狂歌走马遍天涯，斗酒黄鸡处士家。
>
> 逢君别有伤心在，且看寒梅未落花。

东居杂诗·十九首之二 （1914）

> 流萤明灭夜悠悠，素女婵娟不耐秋。
>
> 相逢莫问人间事，故国伤心只泪流。

总的风格是哀婉悲怆的，这和诗人对国事的失望有关，与自己身世和所历艰难，特别是思想深处的矛盾痛苦有关，同个人性格有关，也可能有佛家空寂思想的深深影响。

苏曼殊最为时人称道的，是他的爱情诗。诗僧说爱情，本来就很吸

引人们的眼球；加之诗人在诗中处处表现出爱心与禅心矛盾的痛苦，缠绵悱恻，哀婉凄绝，更能博得人们的同情和怜爱。曼殊爱情诗在他全部诗作中占有相当比重。像《为调筝人绘像》二首，《寄调筝人》三首，《本事诗》十首，《无题》八首，《东居杂诗》十九首，等等，大约都是爱情诗，或与爱情有关。试读以下几首：

为调筝人绘像二首（其一）

收拾禅心待镜台，沾泥残絮有沉哀。
湘弦洒遍胭脂泪，香火重生劫后灰。

寄调筝人三首（其二）

禅心一任蛾眉妒，佛说原来怨是亲。
雨笠烟蓑归去也，与人无爱亦无嗔。

寄调筝人三首（其三）

偷尝天女唇中露，几度临风拭泪痕。
日日思卿令人老，孤窗无那正黄昏。

无题八首（其七）

罗幕香残欲暮天，四山风雨总缠绵。
分明化石心难定，多谢云娘十幅笺。

东居杂诗十九首（之十六）

珍重嫦娥白玉姿，人天携手两无期。
遗珠有恨终归海，睹物思人更可悲。

本事诗十首（其五）

春水难量旧恨盈，桃腮檀口坐吹笙。
华严瀑布高千尺，不及卿卿爱我情。

苏曼殊爱情诗，量多且质优。社科院《中华文学通史》评论说："苏曼殊以不即不离的真诚态度，写燕婉的幽怀，不染轻薄的习气，不落香奁的窠臼，最是抒情诗中上乘的作品。"章培恒、骆玉明主编《中国文学史》评论说："苏曼殊熟悉雪莱、拜伦的诗，他的爱情诗中无所忌讳的真诚放任，以及对女性的渴慕与赞美，融入了西洋浪漫主义诗歌的神韵。只是他不用新异的名词时念，而在传统形式中透出新鲜的气息。在当时那种陈旧的思想压迫开始被冲破却又仍然很沉重的年代，渴望感情得到自由解放的青年，从他的热烈、艳丽而又哀伤的诗歌情调中，感受到了心灵的共鸣。"苏曼殊翻译雪莱、拜伦诗，写有《题〈师梨集〉》（今译《雪莱集》）（1909）和《题〈拜轮集〉》（今译《拜伦集》）（1909）两首绝句，录之如下：

> 谁赠师梨一曲歌？可怜心事正蹉跎。
> 琅玕欲报从何报？梦里依稀认眼波。

> 秋风海上已黄昏，独向遗编吊拜伦。
> 词客飘蓬君与我，可能异域为招魂。

曼殊诗多为七绝，论者指有明显学龚自珍的痕迹。现代作家又深谙传统诗词的郁达夫在《杂评曼殊的作品》中说："他的诗是出于定庵的《己亥杂诗》，而又加上一层清新的近代味的。所以用词很纤巧，择韵很清谐，使人读下去就能感到一种快味。"的确，"纤巧"和"清谐"，正是苏曼殊诗给人的第一印象。比如下面作于1909年的这一首：

本事诗

> 春雨楼头尺八箫，何时归看浙江潮。
> 芒鞋破钵无人识，踏过樱花第几桥？

情景如画，清新而又自然。于右任称真"在明灵境中，尤入神化"。这首诗在其《本事诗》十首中，有些选本摘其首二字为题与诗意似更为恰切。再如《淀江道中口占》（1909）：

> 孤村隐隐起微烟，处处秧歌竞种田。
> 羸马未须愁远道，桃花红欲上吟鞭。

画面鲜明，清新隽永，但略带感伤。

苏曼殊其人其诗可谓曼笔殊华，值得我们去了解和品读，本文只是作一简单的介绍而已。苏曼殊的身世、履历，均转录自《中华文学通史》，非笔者自撰。

后 记

　　收在这个集子里的几十篇长长短短的文章，都是有关传统诗文的，除小部分是以前的旧文外，大多是近年来教学之余，读书随笔所记，拉拉杂杂，一部分是任教大学语文时，给大一新生写的专题讲稿，也无甚创见。但老话说："家有敝帚，享之千金。"考虑到这些札记都没有超出常识的范围，或许可以供普及传统诗文之一助罢。

　　为使眉目清楚些，现将其厘为三辑。第一辑十二篇，大体是历代诗文读萃。其中有一篇《香草美人寄兴长》，就把"香草美人"四个字拿来做了这一辑的标题。"香草美人"是从《诗经》的比兴手法中脱胎出来，而又在楚辞尤其是《屈原赋》中大放光彩的一种写作手法。论者指这种集比兴、象征于一体的手法，乃是我国传统文化中所独有的。以之标目，虽然难以概括本辑的所有内容，但也不为离之太远，也含有提起读者诸君注意之意。

　　第二辑十一篇文章，大体上是围绕我国传统文化中见得较多的一些题材，或是诗文中经常出现的一些意象，展开有关文学作品的评述和讨论，像"岁寒三友""四君子""国色天香"之类，以期人们对这些传统文化中积淀下来，类似于某种文化符号的事物，及其所涵咏的意义，有更进一层的印象和体会。仅仅只是由于第一篇说"烟雨江南"，就拿来做了这一辑的题目。笔者家乡也是在江南，对江南烟雨之美情有独钟。身居京华，也时时忆及江南风物，吟诵起"闲梦江南梅熟日，夜船吹笛雨潇潇，人语驿边桥"来了。

　　第三辑计十二篇，前十篇为清诗漫谈。有清一代近三百年，以传统诗坛而论，清诗之数量，据估计当为唐、宋诗总和的好几倍；其质量，一般都认为可接武唐、宋，鼎足而三。可是直到今天，还似乎未得到应

有之重视，故不揣浅陋，一说再说，以至于十。第一篇大略是对清诗总的估价，第二篇说清诗的分期，接下来几篇依次对清前期、清中期、清晚期的诗人、诗作，作简略的介绍，最后一篇说说清诗的大家。这十篇《说清诗》，大致也都在常识范围，其中参入的笔者的一些见解，也不一定都对，只是抛砖而已。后二篇是读清初诗人钱谦益《投笔集》和读清末诗人苏曼殊的两篇札记，也一并附在这里。本辑标题曰"诗国夕照"，把清诗提到我国历代诗之长河中来观照，是笔者觉得，清诗虽然"近黄昏"，可还是"夕阳无限好"呢。

欧阳修说他的诗文是成于"三上"：马上、枕上、厕上。笔者读书写作，除"三上"中的"马上"当改为"车上"外，则大约还有"三下"：即会下、课下、灯下。尤其是"灯下"，教学之余，办公之暇，灯下读读书，写写心得，包括车上、枕上、厕上，以及会下、课下所想到的，一齐敲入电脑，也是一乐。用文一点的话说叫灯下漫笔，这一本《芸窗小札》也许可以用"灯下漫笔"作书名呢。

这本集子编成，正值金秋。唐人刘禹锡诗云："自古逢秋悲寂寥，我言秋日胜春朝。"秋天是丰收的季节。就让这本《芸窗小札》，作为笔者教学之余，读书学习留下的些许印迹，也算是秋天里的一点收获吧。

北京物资学院　刘浏
2018 年 10 月于北京通州古运河畔